批评的本义

红楼儿童文学对话 III

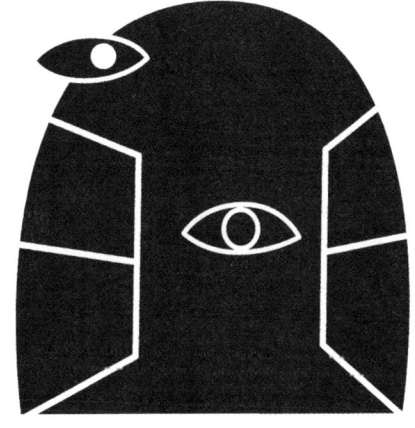

方卫平 —— 主编

海峡出版发行集团 | 福建少年儿童出版社

图书在版编目（CIP）数据

批评的本义：红楼儿童文学对话 . Ⅲ / 方卫平主编 . —福州：福建少年儿童出版社，2024.1
　ISBN 978-7-5395-8181-1

　Ⅰ . ①批… Ⅱ . ①方… Ⅲ . ①儿童文学理论—中国—当代—文集 Ⅳ . ① I207.8-53

中国国家版本馆 CIP 数据核字（2023）第 050167 号

PIPING DE BENYI HONGLOU ERTONG WENXUE DUIHUA Ⅲ
批评的本义：红楼儿童文学对话 . Ⅲ

主编：方卫平
出版发行：福建少年儿童出版社
http://www.fjcp.com　e-mail: fcph@fjcp.com
社址：福州市东水路 76 号 17 层（邮编：350001）
经销：福建新华发行（集团）有限责任公司
印刷：福州德安彩色印刷有限公司
厂址：福州市金山浦上工业园区 B 区 42 幢
开本：720 毫米 ×1000 毫米　1/16
字数：331 千字
印张：23.25
版次：2024 年 1 月第 1 版
印次：2024 年 1 月第 1 次印刷
ISBN 978-7-5395-8181-1
定价：50.00 元

如有印、装质量问题，影响阅读，请直接与承印者联系调换。
联系电话：0591-28059365

代序

坚持文学"批评"的初心和本义

——方卫平答《文艺报》记者王杨问

王杨：儿童文学理论批评的发展和革新，对我国当代儿童文学的发展起到了什么样的作用？

方卫平：在当代儿童文学的发展史上，儿童文学理论批评扮演过非常重要的角色。如二十世纪八十年代，整个文学界都被新的艺术开放和革新的氛围所笼罩，儿童文学也不例外。彼时，儿童文学理论批评对于新的童年观念的敏锐感应、对于新的艺术动向的及时洞察、对于新的艺术问题的热烈探讨等，不仅对当代儿童文学的发展起到了推波助澜的作用，甚至在某种程度上导引了那个年代的儿童文学艺术拓展和革新。

王杨：儿童文学理论批评对于创作的重要意义毋庸置疑，理论与创作是文学的两翼，您觉得目前我们在儿童文学理论批评方面是否还存在短板？如何更好地使理论和创作互相促进？

方卫平：这些年来儿童文学理论建设的大环境其实不错，儿童文学界对理论的关注和认可也在加深，越来越多的儿童文学作家和相关从业者意识到了理论和理论素养的重要性。

但是，从原创儿童文学理论的更高发展来看，它面临的主要瓶颈可能有这么两个：一是理论的创造力还不够强大。这倒不是说儿童文学研究缺乏新的理论成果，而是指缺乏体现重大创造性的理论成果，比如一些既富前瞻性又切中当下儿童文学发展现实的、足以引发整个儿童文学界关注讨论的重大理论命题。实际上，在今天这个充满变革的时代，儿童文学的发展特别需要一些对理论有前沿目光和洞见的重大命题。换句话说，这其实是一个呼唤重大理论命题的时代，但我们的理论似乎暂时还没能跟上这一现实的吁求。

二是缺乏较为系统的原创理论体系。一种文学理论成熟的标志之一，是能够形成一套相对完善的概念、命题和话语体系。其实，二十世纪八十年代，一批充满激情的中青年学者针对一系列儿童文学基础和前沿理论话题的探索，已经呈现出某种体系化的趋向，但在今天，这一理论体系可能反倒湮没在大量一般性话题的分散研究中。在我看来，推进本土儿童文学理论的建设，这一体系化的考虑可能要放在一个比较突出的位置。

相比于理论，创作与批评的关系要更密切直接。但我一直认为，一位优秀的儿童文学作家必然也应该具备一定的儿童文学理论素养。实际上，优秀的作家往往都有自己的一套文学阐释理论，这理论的形态可能是感性的、散漫的，但其内核一定是深刻的，富有人生和艺术的洞察力。在具备文学创作的才能基础的前提下，一位作家对其创作的对象理解得越深入，对其写作艺术把握得越透彻，其创作所能够抵达的艺术高度也就越引人注目，儿童文学创作也是同理。

反过来，儿童文学理论也应努力贴近创作的实际情况，并善于读出、整理进而确立作品中有价值的学术话题和理论生长点。

王杨：从 2008 年起，您所在的浙江师范大学（以下简称：浙师大）儿童文化研究院开始举办"红楼儿童文学新作系列研讨会"。您曾谈到其初衷是为了倡导真正的儿童文学批评，谈到"批评"在儿童文学评判和鉴赏中的基本功能。十年过去了，您认为它是否达到了初衷？这十年中，红楼研讨有没有发生什么新的变化，或者说您有没有发现什么新的问题？

方卫平：是的，红楼的系列研讨会今年 5 月刚举办了第二十四场。记录前二十场研讨会实录的《红楼儿童文学对话》一、二两辑已于 2014 年、2017 年分别由明天出版社、广西师范大学出版社出版。

近十年的红楼研讨，我们坚持的是文学批评的初心和本义，即通过坦诚、细致、深入的文本批评，借以探讨具体的文学问题，以助当下的创作实践。让我格外感动的，一是多年来每位被研讨的作家亲身在会听取批评时的亲切态度、睿智思维和大气胸怀，二是我们师生对儿童文学批评实践在态度上的天真、坚韧的守护，三是许多同行朋友对红楼批评实践的关注、认可和支持。研讨会上既有观点的交锋，也有批评者与作者的对话，一些文学问题在这样的交锋中得到了更为开放、深入的探讨。

红楼的"批评"没有"吓退"被批评者，这些年来，不断有作家、出版社向我表达携新作品到红楼来研讨的愿望。我想，红楼研讨的持续开展，除了一种对批评精神的坚持，也证明了一个重要的事实，即对于当前的儿童文学界、对于任何一位有文学追求的儿童文学作家而言，坦率、认真、切中文本且有见地的批评，是受到真诚期待和欢迎的。

目前，红楼儿童文学研讨会的研讨对象覆盖了儿童文学的各个主要文体，如小说（包括幻想小说、动物小说）、童话、童诗、散文、图画书等。我一直在考虑，要不要将批评本身也纳入研讨的范围。

王杨：关于"学院派批评"有很多不同的说法，在儿童文学理论批评中，您认为学院派批评的优势有哪些？在学院派批评发展过程中，又有哪些方面需要加以注意？

方卫平：我所说的学院派批评，主要是想强调一种独立、纯粹、有思想、有积淀的批评传统，恰如学院本身应有的样子，立身一隅，纵观世界，抱持理想，关切现实。当然，今天的学院比之过去，与周遭社会之间的关系已有较大变化，学院派批评在过去和今天，人们对它的理解也有新变。但学院传统中的独立精神和理想主义，我以为是学院文化中不能遗失的命脉与核心。

一切学院派批评都需警惕理论至上和理论主义的问题。儿童文学的学院派批评除了紧贴创作的现实，还需对当下儿童文化现实及儿童阅读现实保持密切的关注。我以为，儿童文学在某种意义上是以读者为中心的文学，儿童的愿望、兴趣、需求、精神等直接影响着儿童文学的创作和出版，而儿童本身又是一个充满文化活力和变革力的群体,尤其是在今天这急剧变化的媒介环境和社会语境中。因此,学院派批评除了关注儿童的文学,也应密切关注儿童的文化,以及这一文化在儿童文学中的投射、表现、塑造和建构。

另有一些与儿童文学紧密相关的童年生活现实的转变,比如对于当代儿童文学的接受、发展至为重要的亲子阅读现象,依传统学院派批评的标准,已经属于越出理论围墙的实践话题。但对于儿童文学来说,学院派批评如能依托其专业积淀和理论优势,加强对这类话题的专业介入,则其理论的活力和效力都将在这样的研究中得到进一步检验、印证和发展。

(本文系摘录,全文原载于 2017 年 7 月 19 日《文艺报》)

目录

■《渔童》：儿童小说中历史书写的困境与探索 \ 3
　赵丽宏：为儿童文学添薪加油——致方卫平 \ 20

■《一百个孩子的中国梦》：三十年后再次出发 \ 25
　董宏猷：纯粹、高贵与魅力 \ 52

■《魔术师的荣耀》：成人文学作家转型儿童文学写作的难度 \ 57
　王秀梅：那栋楼的名字如此美好 \ 87

■《海龟老师》："有底气的天真"下的现实逻辑 \ 91
　程玮：亲爱的毒舌闺蜜 \ 121

■《阿莲》：童年回忆叙事的深刻与隽永 \ 125
　汤素兰：重要的事情说三遍——红楼《阿莲》研讨会 \ 153

■《中国儿童文学史略》：一种视野，一种精神 \ 157
　刘绪源：三点治学的"独家秘籍" \ 190

■《有鸽子的夏天》：有力度的中国式童年书写 \ 195
　　刘海栖：我心目中的浙师大"红楼" \ 227

■《野蜂飞舞》：给沉重的历史插上轻盈的翅膀 \ 231
　　黄蓓佳：走进红楼，我也是有福的人 \ 263

■《挂龙灯的男孩》：成长小说中的儿童主体性塑造 \ 267
　　冯与蓝：神奇的红楼之缘 \ 301

■"孤独狼"系列童话：从讲故事到"演"故事的转型 \ 307
　　冰波："孤独狼"系列童话创作感言 \ 340

■现场与回声
　　周晓波　难忘红楼对话十年 \ 344
　　周　晴　问渠那得清如许 \ 346
　　胡丽娜　红楼：一种传奇，一种精神 \ 348
　　王　慧　就算分不清欢笑悲忧 \ 350
　　洪　浪　认真地坚持自己，深情地凝望世界 \ 352
　　熊慧琴　那座楼教给我的 \ 355
　　童潇骁　边界 \ 358
　　黄晨屿　与红楼相伴的日子都有余温 \ 360
　　周琼华　风乎红楼，咏而归 \ 362

赵丽宏长篇儿童小说《渔童》研讨会

《渔童》

作者：赵丽宏

责任编辑：陈天中

出版信息：福建少年儿童出版社 2015 年 5 月版

作家简介：

赵丽宏，诗人、作家。1952年生于上海。现为中国作家协会全国委员会委员，中国散文学会副会长，上海市作家协会副主席。《上海文学》杂志社社长。著有散文集、诗集、报告文学集等各种专著共八十余部，有十八卷文集《赵丽宏文学作品》行世，著有长篇儿童小说《童年河》《渔童》《黑木头》。散文集《诗魂》获新时期全国优秀散文集奖，《日晷之影》获首届冰心散文奖。2013年获塞尔维亚斯梅德雷沃金钥匙国际诗歌奖。2014年获上海市文化艺术杰出贡献奖。有十多篇散文被收录国内中小学和大学语文课本，有多篇作品被收录中国香港和新加坡的中学语文课本。作品被翻译成英、法、西、俄、意、保加利亚、乌克兰、塞尔维亚、日、韩等多国语言在海外发表、出版。

《渔童》：儿童小说中历史书写的困境与探索

时间：2015 年 12 月 12 日

主持人：方卫平

一、引言

方卫平：各位老师、同学，今天的研讨会迎来了诗人、作家、《上海文学》杂志社社长赵丽宏先生。近年来，《渔童》《童年河》这两部长篇小说引起我们出版界、文学界，尤其是儿童文学界读者们的广泛关注。今天《渔童》研讨会是红楼系列研讨会的第二十一场。我们若把十场作为一个周期，那么今天又是一个新的起点。

在当代甚至更久远的中国儿童文学创作史上，儿童文学从来就不是一个封闭的系统。中国现代儿童文学历史的启动，实际上是在一批文坛大师的加盟和推动下完成的，这样的传统在一百多年来的中国现当代儿童文学史中被继承和书写。近年来，一些在文学界非常有影响的作家陆续进入儿童文学领域或是提供一些适合儿童阅读的作品。去年，我们在这里召开了张炜先生的作品研讨会；最近，我们看到茅盾文学奖获得者阿来的《三只虫草》，已由明天出版社出版；马原、虹影等一些在文坛有一定知名度的作家都在从事与少儿有关的写作。

在这样新的创作版图中，赵丽宏的《渔童》一出现我就非常关注，去年我收到福建少年儿童出版社（以下简称：闽少社）寄来的《童年河》，便一口气读完，所思所想也和闽少社做了交流，并得知《童年河》在北京已召开过热烈的研讨会。今年，赵丽宏先生的新长篇《渔童》出版，我们很高兴能在这里对《渔童》进行研讨。

二、叙事逻辑与历史真实

钱淑英：我在《文艺报》上看到谢有顺先生的一篇文章《重建对重大精神问题的发言能力》，文中肯定了当代文学的价值，但也提到当代文学中一个可能的不足，就是对重大精神问题缺乏兴趣和发言能力。我想起张玉清在《地下室里的猫》的研讨会上，说到他想要写出人性中的恶，想站在史料的立场上，对史实进行发掘。

儿童文学的创作与研究也如谢有顺先生所说："写作的私人经验越来越泛滥，叙事日益琐碎化，以及消费文化当中对身体和欲望的书写越来越多……"儿童文学中的畅销图书正是这样，缺乏对重大精神问题的拷问。

《渔童》《童年河》对重大问题的发掘和表达让我非常欣喜。两者有一些相同点，即通过童年视角表现动荡复杂的时代。赵老师在《中华读书报》上讲过，创作《渔童》是试图挖掘人性中的闪光点。儿童文学作品即使描写绝境，也应该传达希望，但同时也要看到真正发生的历史，虽然它的视角可能是有限的、瞬间的、碎片的，但是读者可以感受到整个时代的背景，并且能通过阅读来探索那个时代究竟发生了什么。

阅读对孩子探索某段历史以及通过种种方式了解那段历史是有帮助的。所以，不仅要展现黑暗、渲染罪恶，还要去展现人性中的一种希望，就像您所说的"希望在丑中寻求美，在黑暗中投奔光明，在表现恶的时候肯定善"，这也是我很认同的一种创作理念，您在儿童文学当中去触及那段历史的创作使命感，让我充满敬意。

如果比较两者的不同，《童年河》虽有时代背景，可更多的还是从个体自我的童年经验出发，结合时代背景的表述，结合主体经验的叙事，且由叙事带动的很多细节，会打动和进入我的内心。《渔童》也用了童年视角，故事情节虽然是虚构的，但一定是您在那个年代经历过或看到过的，虽然切入角小，但是进行了深入挖掘，而且寻找到了一个恰切的孩童视角。它找到了文物载体那个切面，使文章整体线索很集中，同时又把背后的很多东西蕴藏在里面，去贯穿个体与时代的命运。

可是这本书阅读的代入感及叙事的逻辑上那种完全信服的感觉，好像不如我在读《童年河》的感觉，我试图找寻一些原因。

第一，在情节叙事上，很多部分是转述的，这会带来一种隔膜感。这种转述是必要的，因为孩子不可能进入现场，像成人一样一眼挖掘人性中真实复杂的东西，所以它必须转述，但若是转述过多，就会导致读者的不信任。

第二，就是在情节逻辑上我会有一些疑惑。像大路第一次去韩先生家里，那块大理石的桌面碎了，读到那里时我很紧张，我小时候就有这样的体验，害怕把人家的东西打破了。十二岁的孩子、五年级的大路，读者从一开始就会看到他是一个内心温良、细腻、敏感的孩子，像他对灰喜鹊的观察、对喜鹊蛋的爱护。他甚至是非常有修养的，我真的可以看到他身上的修养，比如说他第一次到韩娉婷家里去，保姆包阿姆来送东西的时候，他们在做功课，其他孩子都没有反应，就他说了一声谢谢，接着娉婷也说了谢谢。

他第一次进入韩家时非常好奇，进入非常豪华的家庭，会带着很谨慎的心理。所以当他背起大理石桌面时，我的心就"咯噔"一下，后来桌子就真的碎了，他自己都没有想到。但我觉得这事发生在大路身上有点不合理。

相对来讲，"渔童上了树"这章的表现就很好，它很真实也很可信。大路左思右想，两次爬上爬下的心理都是真实的，因为一开始他甚至想把渔童放在那个鸟窝里，但他担心鸟窝承不住重，然后又把渔童挂在树枝上，下来以后鸟一直在叽叽喳喳叫，好像会吸引对面的人，而且挂在那里晃来晃去，他没办法又上去把它拿了下来，怎么办？他再想办法。

怎么样让细节去真正地带动你进入这个文学语境，又怎么样通过外在情节的交代让你觉得这个时代的背景很鲜活地展现出来，可能书里这样的一种结合还差那么一点，这是我个人的感受。

回到我刚才说到的谢有顺的那篇文章，他在表达当代文学的价值和缺失时的第一点我很认同，也很喜欢他的这个说法，他说："其实文学是有一种非交流性、不可交流性的特质，作家的创作有的时候甚至需要关闭一些交流的通道，转向内心去挖掘自己内心相信的东西，比如一些信念、写作的信条，还有自身的写作经验和写作方式，更多地发现属于个体的一种创作特点……"我今天所说的话其实有些矛盾，因为这只是我个人的观点和感受，囿于我的阅读和生活经验，所提供的这些阅读感受仅供赵老师参考，谢谢！

方卫平： 暑假读《渔童》，说实话，我读完还是有一些激动的。我为什么会有这种激动的阅读感觉？可能跟这些年，我在长篇儿童文学的阅读中的一些经验有关。昨天和丽宏先生谈到，他说《童年河》带有很多他个人童年生活的珍贵记忆，他没有透露自己更多的想法。当我读到《渔童》时，我觉得放到今天儿童文学整体的创作语境中，这是一部创作素养比较丰厚的作品。具体体现在以下几个方面。

第一，它的长篇结构。赵丽宏是一个在散文和诗歌领域有成就的作家，所以《童年河》更多带有一种散文气质。从结构上讲，它是一种童年生活流的回忆，叙事结构相对松散，有很多片段打动我。

许多"长篇小说"实际上是由若干短篇或中篇组成的。在这样的背景下，当我看到《渔童》的结构时，我是蛮欣慰的。因为这个问题，我已经关注了二十多年：为什么今天儿童文学的创作者不多花一点创作的体能去经营一部长篇呢？

《渔童》是一部跨越了很长岁月的长篇，在结构上，我认为是非常用心的。

第二，小说写作和散文写作在侧重情感的表达和记忆、感悟、观察的呈现上有很大不同，小说有人物，人物身上的性格、人物活动带出的故事、整个结构尤其是细节的表现等等，我命之曰"小说写作的素养"。我觉得《渔童》在这方面给我留下很深的印象。

先看人物，主要有三个家庭：童大路的、韩娉婷的和胡生宝的。因为同时写到大人和孩子，有些人物花费的笔墨很少，比如胡生宝的妈妈。但是我觉得每一个人物的出场，我都印象挺深。一个作家能够用举重若轻的方式让作品中闪现的人物多而不乱，并且能留下记忆、留下辨识度，这是不易的。再比如那个盲人，描写到他的主要有两部分，一部分是描写他去韩娉婷家的路上，当然这里有一些回溯、叙述的交代；还有一部分是大路爸爸转述的内容，这个盲人给我的印象太深了。其实涉及盲人的笔墨也就两千字左右，可是这个人物在那样一个时代和环境当中，他的盲人的身份感以及他和大路互动过程中的个性和神情，体现了一个底层的靠算命谋生的劳动者的生活和经历。这样一个人物在那个时期的"算不准"和"算得准"之间的拿捏，体现出一个人物的智慧和叙事本身的张力。

人物性格在小说的描写当中具有跨度和张力，我觉得这才是一个作家功力的表现。比如写胡生宝，他在第八页出场时，"斜眼胡"交代："胡生宝长得矮小精瘦，像只小猴子，在学校里很活络，上蹿下跳，哪里有喧闹声，哪里就有他的身影。"如果仅写这个，我就觉得他是只小皮猴。可走进韩娉婷家时，"这小猴子却变得很规矩，缩手缩脚，看见韩娉婷的妈妈时，毕恭毕敬地喊了一声：'韩师母。'大路觉得很奇怪，胡生宝怎么好像有点害怕这'韩师母'呢。"你看这个细节当中，传达的文学信息是非常多的。第一，因为两家之间的历史，他也知道这家人对他们的重要性。第二，韩家的气场通过这样一个细节得以展现，包括韩家父母的容仪，给他们一种震慑感，这么顽皮的小猴子在这时候也能这么规矩。第三，也符合一个圆形人物的特点，他有不顾一切的时候，也有收敛的时候，我觉得这样的细节和交代，都是引人回味的，而类似细节在小说中很多。

如果说一些疑问和阅读的体验要讨论的话，我这里说一点。这部作品从整个叙事长度来说，是三个大段落。最后一段从结构上来讲是少不了的。但是，我估计作家写到后面有一点疲倦，结尾的段落还是没有满足我的阅读期待。让我觉得有点遗憾的是那两封信。韩娉婷从国外给大路寄来两封信，当然先后还有很多封信没收到，这两封信应该说是非常重要的，因为他们在少年时代共同经历了磨难，他们曾经有这样深切的童年生活的碰撞和交融，经历过岁月风霜和时间的淘洗，他们在成年时候又通过这两封信有了交集。所以这两封信在叙事交代和人物关系的衍生上是很重要的。但是经历过这样阶段的两个儿童到了成人阶段，在第170页和第174页的语言是这样的，我念一小段：

"在最困难的日子，是你和你们全家同情我们，帮助我们，给了我们人间最温暖的关心和爱。爸爸说，他对生命的信心，对生活的希望，都是因你们而重新燃起的。你们对我们有救命之恩，无论怎样都难以报答。"

我就念这一段，整封信的语言质地大概是这样一种感谢的语言。我就回想起他们童年时代经历的那段围绕着渔童、围绕着童年的故事，那种情感的起伏度是非常大的。在个人的命运面前，小说的情感是非常克制的，可是在这种克制当中，情感表达仍然富有深度和浓度。在经历岁月的淘洗以后，韩娉婷写出那样一封信来，在情感逻辑方面是不太准确的。这是一封用公共话语写出来的信，而不是一起经过童年生活的伙伴，经历过那样的历史悲喜以后的写作。我想以丽宏先生散文写作的功力，用这样的两封信来交代，我是觉得蛮遗憾的。如果能用更诗人化的，在平淡中见历史的沧桑、感慨和感激的语言来收尾的话，可能小说的结尾部分能更加真实。

赵丽宏：这两封信我确实反复修改了很多次，自己也不太满意，应该写得更私人化、更特别一点。

方老师您讲得很好，这部小说确实从头到尾每一句话、每一个情节，我都是反反复复地想，反反复复地修改。你们读出我的心血，我非常高兴。每一个人物的着墨不能很多，有些人物只能用几句话写出来，是非常动脑筋的。

这个结尾是最困扰我的，也是我花了最长时间的。我本来想的结尾是韩先生从国外回来，大路去迎接他，一起走在博物馆里，见面以后讲了很多话。这个是非常难写的，我写了好几遍。我后来写完了，编辑也都认可了，但我觉得大团圆的结尾不是这个小说的结尾。去年10月，我参加了塞尔维亚国际书展，我在书展期间一直想着这个结尾。

在我离开塞尔维亚的最后一晚，睡前我还在想，后来有人敲我的门，打开门一看，门外站着一个小孩，这个小孩穿白衣服，我一看，这个小孩好像有点面熟，我问你是谁。他说你跟我来。他就引着我走到门口，门口停着一辆白色的车，他把我引上车。坐上车我就觉得这不是一辆车，而是一艘船，或是一架飞机。这是非常完整的一个梦，梦里我看到水里面有一条鱼，孩子骑到鱼上面，就变成渔童。后来我醒来是半夜两三点，我赶紧起来在台灯下写了几个字：敲门、男孩、坐车。第二天，我在机场候机时写成这个结尾。

您读到的细节我很感谢，读得这么仔细。这两封信其实我自己也不满意，"公共语言"说得重了一点，一个孩子经过十几年的生活，语言肯定会变化，我也想过，但是你说的是对的，应该写得更特别一点，感情色彩更浓一点，会更好。

方卫平：讲到结尾，我们刚才讲小说的三部分，我还是觉得小说结尾的构思和交代有一点落入平常了，如果说前面的故事真是一个独特的故事的话，那么这个大团圆的结尾，没有出奇制胜。

赵丽宏：但是比我原来的结尾要好一些。

方卫平：有时我也在想，您是不是写得很累，或者说这是不是儿童小说写作者的菩萨心肠。今天，在写人物的复杂时，不忘记人性的多样化，我觉得这个比较重要。

钱淑英：这个结尾确实很难写，但是梦境这段我很喜欢，在所有梦境中我最喜欢这个。我联想到刘心武的短篇小说《煤球李子》，《文艺报》上有一个评论很有意思，讲在不同家庭背景出生的两个人，青年时曾彼此暗生情愫，但对方不知；他们在各自的人生轨迹中交错，可又惺惺相惜；最后在老年公寓相遇，七十多岁的老汉摸了六十多岁已经中风的女人的脸，在别人看来就是流氓行为，老汉被抓进了派出所，很戏剧化但又让人感动。它让我们想起马尔克斯的《霍乱时期的爱情》，两个老人之间其实是有真情实意的，评论说这中间绵密的细节夯得太实了。

《渔童》结尾不见面肯定比见面好，而且又有这个梦境的留白，带有一点空灵感，我蛮喜欢这个梦境的开放性设置的。

方卫平：小说的结构和叙事相关联。我觉得结尾简洁一点、含蓄一点，和前面有呼应和对接的话会更好。我读这部作品时，想起电影《美丽人生》：结尾时盟军的坦克进入监狱，其实代表黑暗的时代过去了，人们重回人间了，而刚进入集中营时，爸爸告诉孩子我们在做游戏，你躲到最后，你的奖品是一辆坦克，交代了这个，所以结尾出现坦克就很好。它是美好的，又是符合电影情节逻辑的，呼应得很严密，又很温暖。现在《渔童》这样的结尾感觉平了一些。

韦苇：赵丽宏儿童视角的运用是成功的，因为切入口很小，结构上很严密、很集中，集中在渔童身上，并始终围绕着它。因此赵丽宏的这部小说构思严密，人物和线索集中，便于儿童阅读。

儿童文学在叙事语言层面上，也要充分地文学化，我觉得这部小说在充分地文学化，包括细节充分地文学化上，有所不足。尤其是当我把这部作品和国外许多成功的作品做比较时，我觉得国外有许多同类小说能够用喜剧的手段来化解黑暗、化解恶的泛滥。

叙事语言的层面上，这部小说的公共语言用得比较多，个性化的、文学化的叙事和语言相对不够。用喜剧来写悲剧，用幽默来写黑暗，这样恶也可以幽默化，善也可以幽默化，在处理叙事内容时也更易取舍。

赵丽宏：谢谢！这确实就是我的写作习惯，我的语言修炼是不够的，我没有想过写小说要改变我的语言，就照自己习惯的语言去写。但是从一个孩子的视角来说，您的意见非常好，说明我的功夫还是不到家，还要继续努力。

三、历史反思与童年经验

童潇骁：非常感谢赵老师给我们带来这么精彩的作品。老师们都说小说结尾可能不够完美，我个人觉得，反面人物胡氏父子，他们最后得到了您在书中用他人的口吻说出来的，一个因果循环、天理报应、宿命般的结局——一个死了一个瘸了，结尾其实就是从反面人物的下场开始的，并不是另起一章才开始的。

老师您出于对儿童的保护也好，对儿童文学特质的尊重也好，您把好人写得多一些，坏人写得少一些，这样当然可以，但是我觉得在对创伤事件的言说中，您可以向儿童遮蔽掉一些，向他们呈现出一些，但最关键的是您向他们遮蔽掉的是什么，呈现出来的是什么，您遮蔽掉的东西是不是改变了整个事件的本质。

还有一点，儿童文学在表现创伤记忆时会向孩子遮蔽掉一些血腥杀戮的东西，但其实我们看到的一些公认比较优秀的作品，它也并没有完全回避死亡，甚至让孩子亲手去制造死亡和杀戮。这些其实不妨碍一部作品成为优秀的儿童文学作品，我觉得衡量一部作品在道德或者美学价值上的高度，不是看它是否写了死亡，而是看在写完死亡和杀戮之后作者是用一种什么样的态度来对待它、反思它。

不只是《渔童》，无论是写战争还是其他事件，我发现很多作家总喜欢在作品当中把恶具象化，就是把恶具体到一个人物身上。比如，曹文轩老师的战争题材儿童小说《火印》，最终就是以一个日本军官的死亡结尾的。我觉得这容易让我们被仇恨遮蔽眼睛，最终给我们的逻辑是一个以血还血的复仇的逻辑。

老师您用这种比较绝对的两分化写法，或许是因为担心孩子在阅读的过程当中容易被人性中的多样性迷惑，或者孩子自己没有办法把握这些东西。我能感受到老师您在转入儿童文学写作的过程中，对儿童文学的尊重和谨慎，对于儿童文学怎么写，您确实有自己的看法，但我觉得老师您把儿童想得太过脆弱了。

为什么今天我们对老师的这部作品有很多建议呢？因为我们实在是非常希望这部作品能够实现很多对于中国儿童文学的期望和期待，犹太作家写大屠杀，他们并没有指望犹太儿童能够从这一本书里面就了解大屠杀到底是什么样的。我觉得《渔童》更大的价值是给孩子一个窗口。

我昨天看了一句话，觉得特别棒：在那些具有极大创伤性的事件中，大多数人的苟活只是为了苟活，只有少数人的苟活是为了见证，而正是这少数人的见证让大多数人的苟活有了意义。我觉得赵老师您就是这少数的见证人之一，所以非常感谢您！

赵丽宏：这位同学讲得非常好，你思考的问题也是我思考的问题。这部儿童小说，绝对没有能力把一场历史的灾难全景式地呈现在孩子面前，也绝对不可能解答很多历史的疑惑、解答发生这些历史的原因，刚才你最后结尾的话讲出了我最初写这部小说的原意。我希望一个中国当代的小孩读了这本书以后去思考：怎么会发生这样的事情？如果他对这段历史产生兴趣，就像你说的——他去研究，去思考，去找更多的书来看，去找更多的人来了解，然后他进入这段历史，这个是我内心深处想达到的目的。

刚才你讲到"遮蔽"和"呈现"，这其实也是我在思考的一个问题。

对这段历史的研究，我觉得一定要有反思，"反思"这两个字我觉得是一个中国人、一个中国知识分子最重要的能力，我们对过去的一切都应该进行反思。如果没有反思的话那是很荒诞的，所以其实我有一个很朴素的想法——反思这段历史。我写一部虚构的小说，怎么写，怎么编这段故事，可能三言两语我也说不清楚，我就把我想要告诉孩子的东西写出来，通过一个人物、一个故事，我确实遮蔽了很多，但我并不是要掩盖什么，我只是选择一部分，通过一个局部、一个瞬间，让孩子对这段历史有一点点了解，然后他对这段历史有兴趣，回过头来去追溯，这样我就达到目的了。谢谢你。（热烈掌声）

方卫平：我觉得我们真的要为这样一位政协委员的观念和行动鼓掌。我特别认同，也有共鸣。

赵丽宏：这里也有一个知识分子的责任心。

方卫平：对，责任心和良知。刚才的发言真的太精彩了。这些天读赵老师的作品，包括他送我的两本，昨晚我看到两点多钟。今天上午起来再把这本书看了一遍，我从他的书当中，了解到他作为一个知识分子、一个作家，他的人文素养是非常深厚的。

一个作家将深广的积累和阅读，带到儿童文学中，所以刚才的掌声非常及时，是我们今天最精彩的掌声。也谢谢丽宏对我们"童大路的孩子"——童潇骁同学的鼓励。

四、出版困境与写作突围

陈效东： 从出版角度讲，出版这本书非常不容易。

赵丽宏： 其实写的过程中，我非常谨慎，必须讲真话，必须不能歪曲历史，但是有些事情你们可能没有注意到，比如韩家挂画的地方挂上了伟大领袖的画像。这些细节，我写了之后很怕被删掉，但最后还是被保留下来。这种细节不经意不会发现，其实每个地方我都是蛮用心的。这部小说在出版之前是发表在《收获》上的，《收获》从来不发儿童文学，当然他们也没把它当儿童文学发，发了以后反响也非常好。《人民日报》整版转载，摘了其中三章，他们之前给我打电话说："我们很紧张，这三章能不能通过我们还吃不准。"他们叫我写个创作谈。后来创作谈我就讲什么叫儿童文学，一个作家该怎么样真诚地面对孩子。

胡丽娜： 这部作品我是在《收获》上先看到的。我觉得对儿童文学来说，"渔童"这两个字是寄托着美好的想象的。1959 年就有一部剪纸动画片《渔童》。"渔童"这个独特的意象，其实是非常令人期待的。

我也看过《岛人笔记》，那本书里无论是您的亲身经历还是当时的一些见闻感想，在《渔童》中都有反映。比如《岛人笔记》当中的《火马》《童心》《友尊》《封条》等篇目在《渔童》里都有很巧妙的穿插。

写这样一部作品、这样一个时代，用"渔童"这么一个美好的意象，其实是一种很智慧的选择。

但是这种选择其实也很有难度。我先说关于结尾的问题，之前韦苇老师也提到"用喜剧写悲剧，用幽默写黑暗"，我觉得那是一种理想的境界，每个作家都有自己的创作风格,像赵老师您有在文学上的积累和您个人的童年体验,所以我觉得这个结局的处理您是有自己的想法的。但是从我个人的角度来说,刚才童潇骁也讲到恶的具象化和投射,我觉得作品当中始终让我看到因果报应的论调,比如童大路的妈妈说"什么样的父母会生出什么样的孩子";"斜眼胡"的恶到了最后以车祸的形式给他以报应;胡仲年的儿子在伙伴中不受欢迎;童大路的弟弟小路用石头去砸胡仲年家里的窗户,并认为是一种解恨的行为等等。我不是特别认同这样一种很明显的因果报应观,有没有可能给胡仲年一个反省的机会,或是给他一个另外的空间和另一种处理方式?

我特别喜欢这部小说的叙述手法,因为我们看了很多呈现苦难的作品,在表现苦难时都会表现得很用力,声嘶力竭,要把当时痛苦的情状历历在目地呈现出来,但这部小说恰恰相反。它有对苦难的呈现,但很多时候我们能看到苦难当中一些很美好的东西。就比如文章一开始的景物描写:"窗外的知了不停地叫,像一个不知疲倦的小老头,沙哑着喉咙不停地喊……"一切景语皆情语,看似很清浅的文字中,其实都是有意涵的。我很喜欢作品中不时出现的一些很智慧、很灵性的景物描写,这也跟赵老师的散文和诗歌的文学修养密不可分。我在阅读过程中有一种期待:能不能继续看到这些似乎是不着痕迹的、但其实很有韵味的文字。但比较遗憾的是,从第二十三章开始,这样一些灵性的景物描写就没有了,这是我阅读过程当中感受到的落差。然后我突然想到关于结尾表现的问题。因为我们常常会把一部优秀的作品放到整个世界经典作品的评判中来审视,在同样表现战争和苦难的《铁丝网上的小花》中,景物描写的语句给人印象很深刻,小女孩死掉了,但在结尾处,没有过多地渲染,而是很平淡地叙述——"番红花终于从地下冒出了芽,河水上涨了,溢出了河岸,树林都变绿了,鸟儿落满了枝头。春天在歌唱。"当然这是翻译的语言表现,但就作品本身来说,这样一种景物的表现是很轻巧智慧的。所以我觉得《渔童》整部作品中关于景物的描写,包括在《童年河》中赵老师您对河流意象的处理,都交织着很多童年的印记和情感，当我们在读这样一些景物描写的时候，很有代入感，您能够把我们带到那样一种情境、那样一种叙述的氛围和格调中。但在结尾部分，我个人感觉似乎有点仓促，因为有许多叙述的东西要交代，比如说韩先生他们到哪里去了，"斜眼胡"的结局会怎么样……结尾部分的节奏似乎快了一点，不像前面的叙述过程，有比较好的节奏把握——停顿一下，用一些景物的描写来冲淡，这个是我对结尾部分的一点感想和看法。

另外，我特别期待这部作品中"渔童"的形象有更加丰满和深厚的呈现。因为您这部《渔童》本身在儿童文学中有许多深意和历史的累积，我可以在作品中看到许多文化的想象或者说文化形象的传递。在《守株待兔的结果》这一章里，大路、小路和娉婷去废品收购站找书，尤其是最后小路很得意，因为他挑的书受到了韩先生的喜欢，儿童的情态和微妙的心理在这样一个事件当中都有很好的体现。这个章节讲了孩子在那个年代仍保有对阅读和知识的渴望，这让我想到了《偷书贼》。其实在同样苦难的年代中，很多时候，敏锐的作家都能捕捉到人性当中很美好的底色，并以一种很自然的方式来呈现。

对于"渔童"这个意象我会有很多想象，在阅读过程中，我不是特别能理解作品中童大路和渔童有很多在梦境中相遇的部分，我自己感觉这些梦境描写有点"实"，感觉是"日有所想，夜有所梦"，但在梦境和整个情节扭合的基础上似乎没有更多的情节的辐射和延伸。关于这点，我自己也没有成熟的想法，但我其实蛮想听听赵老师您在整个构思过程中，对于渔童和童大路的交流以梦境的形式来呈现，是否有自己的考量？整个故事中，有没有您觉得是在现实事件的描写当中所不能够覆盖的，但能通过梦境这个形式进行呈现的？

赵丽宏：谢谢，你讲得很好。你讲的第一点我也听到一些评价，就是关于"因果报应"，如果小说最后的主题落到这个上面，肯定会弱化这部小说的效果和深刻性，所以对不起，这也不是我的本意。

我也曾经想过，也和陈社长他们说过，我想加一两句话，让读者知道这不是因果报应。如果出版社同意的话，我可能还会稍做修改，可能通过某人的一句话，或者"斜眼胡"现在可能在哪里开了一个小店。但我不会点明。小说里任何事情都不要点明，让读者看到这个细节就产生意会，原来这个人有机会的话也可能做一个好人。你说的非常重要，如果读者被引到这个因果报应的圈套里面，这不是我的本意，说明是我写得不好。

另外你讲的这个梦，我本来的构思是想通过一组梦，把这部小说串起来，但它就会有点像玄幻小说了。我的每一个梦都是对命运的提示，梦里面出现渔童，它会告诉你接下来发生的事情，所以在每个故事的关键点、转折点，主角都会做一个梦，然后这个梦境会预知未来。后来我写的时候觉得不应该这样，我这样写的话肯定不行。后来我写了五个梦，每个梦都是有一点隐喻的，都有一点对未来的预想，写这几个梦还是下了一点功夫的，每个梦境都有点不一样，它对接下来发生的事情有一点预示，但过程其实还是有点含糊的。本来我想通过一连串的梦，把将来要发生的事情都预言出来，后来我改变了。我觉得很庆幸。

你还讲到关于空灵的问题，其实刚才钱淑英老师也有讲到，其实我是可以把这个小说写得很空灵的，到处充满自然的气息、抒情的意味，这是我之所长，我可以这么做。但写这部小说的时候我是有所收敛的，我写到了一些，但我觉得这个不能太过分。我可以以后专门写一部抒情小说，写得非常非常空灵，到处都是大自然的景象。但这部小说里面，我觉得不能过分。你对后半部分的不满足，我其实也有一些，我觉得我非常理解你，可能确实写得有一点仓促。我本来想让这部小说戛然而止，突然就在哪一个地方结束，我曾经这样想，但是我确实没有想好。如果在写之前就在红楼开一个研讨会，大家一起帮我出出点子，说不定我的小说会写得更完美。但是这部小说已经出版。我可能会做一点点修饰，关于因果报应我一定要修饰。哪怕通过一个老师的一句话，或者是一个景象，这个"斜眼胡"他还活着，他的儿子现在在做什么。他的儿子不是一个从头到尾坏到极点的人，他对做的事其实有点犹疑……

陈效东：对，这个人物控制得非常好。

赵丽宏：这个孩子还是有救赎的可能的。大家仔细读的话应该能感觉出我说的意思，包括他父亲。

五、结语

方卫平：因为时间关系，我们的研讨可能就要在这里打住了，还是留下了遗憾，很多老师、同学没来得及发言。我们最后还是请赵老师给我们做一个简短的总结。

赵丽宏：今天我非常高兴能参加这里的研讨会，来之前我就知道，红楼是中国儿童文学研究的重镇，全中国的儿童文学界都关注这里，对于从这里发出的声音，大家都非常重视。

确实，你们对中国当代儿童文学创作有非常深入的研究，我今天来开研讨会是有感受到的。有些所谓的作品研讨会就是大家讲讲好话，对这个作品有各种各样好的评价。我们这里是一个真正的研讨会，大家都讲真话，大家仔细地读了我的作品，提出了问题和不足，有些引起我的共鸣，有些尽管我的想法跟你们有点不一致，但我觉得你们这样的想法非常好。每一部作品，不同的读者都会做不同的解读，有些人觉得很好，有些人觉得很差，这是正常的；一部作品大家都认为好得不得了，这是不正常的。

今天开这样的研讨会让我很感慨，谢谢大家，认真读了我的作品以后，提出了自己的看法，提了很多非常好的意见。我刚才讲的也是我的心里话，如果我在小说定稿之前,我把我的初稿给大家看一看,然后倾听你们的意见,我一定会把这部小说写得更好。当然我不一定百分之百吸取你们的意见,但你们有些意见会触动我、启发我,使我把我的小说写得更好一点,谢谢大家!谢谢卫平!

整理者:黄晨屿　孙雪苹　周琼华　张婷婷

为儿童文学添薪加油
——致方卫平

赵丽宏

卫平兄：

收到来信，要我为前年来红楼参加《渔童》研讨会写几句话，加入你们即将出版的红楼研讨集中。这使我又回想起在红楼那次难忘的研讨，想起和您、和您的同事、学生们的对话。

浙师大的红楼我很早就听说过，您曾在这座红色的楼房中为很多作家的儿童文学新作开研讨会。这里是中国儿童文学研究的重镇，儿童文学界的作家、编辑和读者都关注红楼，从这里发出的声音，大家都非常重视。张炜就和我说起过在红楼参加研讨的经历，对你们有很好的评价。

我来红楼是2015年12月，已经过去三年。但那次研讨会的情景和气氛，回想起来就在眼前。那确实是一次印象深刻的经历，无法忘记。为什么无法忘记？我想是这样几个原因：

红楼的研讨，是说真话的研讨。有些所谓的作品研讨会，就是表扬会，欣赏会，大家讲讲好话，对被研讨的作品发出赞美。有些赞美和褒奖，也许是套话，是逢场作戏，是言不由衷。而红楼的研讨会，大家都讲的是真话，是在仔细研读作品后发表的真实观点。

红楼的研讨会,是思想开放、观点犀利、有争辩有交锋的研讨会。这是我欣赏的风格,也是我乐于参与的聚会。参加研讨的老师和学生们的意见和观点中,有肯定,有不满足,有质疑,甚至有批判。研讨会上的批评意见,有些引起我的共鸣,有些观点尽管和我的想法不一致,但我愿意倾听,如果对方误读了我的文字,我也会争辩解释。每一部作品,不同的读者都会做不同的解读,有些人觉得很好,有些人觉得有问题,这很正常。一部作品众口一词,大家都认为好得不得了,这也许并不正常。

红楼的研讨会,有时让人感觉是医院的会诊,参与会诊的是瞪大眼睛盯着病人的医师;有时甚至会让人感觉是解剖室,参与者用锋利的刀刃,把被研讨的作品丝丝缕缕地切划开。也许有的被研讨者会不习惯甚至不喜欢这样的感觉,但我可以接受。一部新作,很难完美,存在一些瑕疵是难免的。有人为你指出来,可以让你清醒,尤其是在别的地方听到一片赞美声之后。

儿童文学,是为孩子们写的,主要的读者是孩子。我更在意的,是孩子们的反应,是孩子们读了这些文字后引发的感想。在红楼听到的,是专业的批评家们的意见,这些意见,有些是站在孩子的立场,对作品提出批评,希望能更适合孩子阅读;有些是成人的眼光,是严苛的批评家的要求。对写作者,这样的意见可能刺耳,然而只要是善意的批评,都可以给人启发和参考。当然,倾听的同时,可以保留意见,坚持自己的想法。

在研讨会结束时,我曾经这样说:"如果在小说定稿之前,我把我的初稿给大家看一看,然后倾听你们的意见,我一定会把这部小说写得更好。当然我不一定百分之百吸取你们的意见,但你们有些意见会触动我、启发我。"这是我的心里话。

卫平兄,你们的红楼研讨会,应该还在延续吧。我的写作历史虽然很长,却是儿童文学界的新人,有机会进红楼和您以及您的同事、学生们交流,很幸运。再一次衷心致谢!您所发起、倡导的红楼研讨,对中国的儿童文学创作是一种推动和促进,您为此花费的心血和精力是很值得的。向您致敬!

后天是 2019 年元旦，祝新年快乐！也祝你们的红楼在新的一年继续红火，高朋满座，妙论风生，为中国的儿童文学创作添薪加油。

赵丽宏
2018 年 12 月 30 日

董宏猷新作《一百个孩子的中国梦》研讨会

《一百个孩子的中国梦》

作者：董宏猷

责任编辑：谈炜萍　黄震　张周　朱毅帆　李一意

特约编辑：张国功　王雨婷

出版信息：二十一世纪出版社 2016 年 1 月版

作家简介：

　　董宏猷，湖北武汉人，作家，中国作家协会儿童文学委员会委员，武汉市全民阅读促进会会长。著有长篇小说《一百个中国孩子的梦》《一百个孩子的中国梦》《十四岁的森林》《鬼娃子》，以及小说、散文、报告文学集等多部作品。曾四次获全国优秀儿童文学奖、三次获中宣部"五个一工程"奖等。

《一百个孩子的中国梦》：三十年后再次出发

时间：2016年4月24日
主持人：方卫平

方卫平：各位老师、各位同学，红楼儿童文学新作系列研讨会的第二十二场现在开始。今天，董宏猷先生带着他的新作《一百个孩子的中国梦》来到了我们研讨会现场。这次研讨会得到了二十一世纪出版社的大力支持。二十一世纪出版社的张秋林社长专门为这次会议写了一封贺信，请熊炽副社长代为宣读一下。

一、独特的创作与出版模式

熊炽：首先非常感谢浙师大儿童文化研究院和方卫平教授以及他的团队，提供了这样一个平台。张秋林社长因为有公务在身，不能前来，他委托我发言，题目是"三十圆梦，梦想花开"。

董宏猷《一百个孩子的中国梦》首次作品研讨会在浙江师范大学儿童文化研究院举办。我要特别感谢方卫平教授和浙师大儿童文化研究院的各位老师，对《一百个孩子的中国梦》的厚爱和支持。

我与董宏猷结缘于《一百个中国孩子的梦》。1986年庐山初会董宏猷，他向我透露，他正在着手写一本关于梦的书，写孩子们的梦。他的妙想，他的激情让我兴奋，我当即表示你写我出。梦想体小说《一百个中国孩子的梦》翩然问世，便佳评如潮，获奖连连。

2014年，我们着力打造了《一百个中国孩子的梦》的姊妹篇《一百个孩子的中国梦》。这项工程确定以后，二十一世纪出版社配备了精干的编辑队伍，全程深度协作作者创作。编辑人员不断为作者提供大量丰富的资料，陪同作者深入陕西、山西、青海、宁夏等地采风，行程数万里，体验不同地域孩子的实际生活和精神状态，还与作者一起连续数夜驻扎在武汉郊区的一处深山里，与作者共同探讨、构思梦的诞生，编创无缝融合。经过将近一年呕心沥血的创作，我们终于在2016年元月推出这部独具董式风格的梦幻现实主义奇作。《一百个孩子的中国梦》的创作出版，开创了编创深度合作、互动共谋、催生精品的全新模式。

从《一百个中国孩子的梦》到《一百个孩子的中国梦》，看上去只是改变字序，然而这么一改，却赋予了后者特别的意韵，它体现在"中国梦"这个关键词上。这一指向，使这本新的梦之书更具有时代气息。对于"中国梦"的理解，我个人觉得应当有不同形式和不同层面的表述，摆脱公式化、概念化、简单化。高洪波对此书有一段精辟的评论："其实董宏猷完成了他自己的一个梦想，一个他自己的中国梦。在这部作品中，他把中国经典元素、中国民族精神与他的梦幻手法和现实主义精神融为一体，真正做到了用他自己独特的语言讲述中国故事。我认为这部作品最大的特色和独特的价值就在于它不是一般中国梦的简单表述，而是将中国梦艺术化、个性化，符合儿童心理的真实表达。"

三十圆梦，梦想花开。如今的董宏猷早已成为名满天下的梦幻大王。我相信，他的"中国梦"一定会成为中国梦的华彩篇章。

方卫平：谢谢秋林社长。

陈晖：第一，《一百个孩子的中国梦》是一部气势磅礴的大书。它给我最直接和最深刻的印象就是它采用梦幻的形式，从孩子的角度见证了中国社会波澜壮阔的变革与变化，呼应了时代的脉动。

第二，《一百个孩子的中国梦》借助梦境或主观或客观地抒写，作者和他的作品穿越了现实和幻想。我们在作品里可以看到一种跳脱飞扬的想象力，其中既有现实主义和浪漫主义的交融，也有悲悯情怀和儿童关怀的交集；其中既有作者的责任和使命的担当，也有他才情和个性的挥洒，这成就了这部鸿篇巨制中浑然有序、错落有致的结构以及艺术的表现。

第三，它是创编一体的艺术创作和出版模式的尝试。可能因为写作过程相对比较紧迫，我感觉一些章节的选择和提炼，一些内容的叙述和表达，还有进一步打磨的空间。昨天我特别跟王亚平讨论，王亚平说这么大的书，有一些起伏，有一些华彩、璀璨，但同时又有一些平淡，这样的错落有致是很正常的，也是很自然的。但我个人还是比较期待它的一些再创作的空间。有一些素材我们觉得非常精彩，例如小小铁骑军，可能作者对这样的素材更有把握，更有体验，更有创作的意愿，这部分的呈现就更为精彩，更能给予读者某种触动，更能呼应他们内心真正的梦想和心愿。

李朝全： 我就谈谈我自己作为一个专业读者读这本书的一点感受。我这两年也编了两本儿童文学年度作品佳作选，集中读了一些儿童文学作品。我觉得董老师这部作品有非常高的辨识度。去年，我是茅盾文学奖的评委。有一本书叫《繁花》，其实那本书很不好读，但大家一直叫好，就是因为它有很高的文本辨识度，一看这就是写上海的，用上海的方言来写上海人的生活，让我们印象深刻。

我觉得《一百个孩子的中国梦》也是这样一本书。我用几个关键词来概括我读这本书的感想。

第一个词是佳话。这是一次创作与出版合作的佳话，也是儿童文学出版的一段佳话。三十年前，秋林社长和董老师有过非常成功的合作；三十年以后，两个人再续梦缘。我们经常说文学实际上是酿梦，也是做梦的事业。这与董老师梦幻现实主义的创作手法，正好是高度吻合的。

第二个词是深扎。深扎是董老师作品一个突出的特点。他像报告文学作家一样，来写儿童文学。你看他走南闯北，到生活的深处去捕捉素材、捕捉灵感、捕捉诗意和语言。他的书不是坐在书斋里凭空想象出来的，这样的创作手法就像作家进行田野调查一样。

第三个词是独特，表现在几个方面。第一，题材独特。他写孩子的中国梦，一般人写的基本上是成人的、英雄人物的、时代楷模的中国梦。他写的是孩子眼中的中国梦，也是孩子自己的梦想。这两者显然是不同的，我觉得董老师的把握非常到位。有的孩子可能更渴望快乐的童年，渴望游戏和玩耍，有的孩子的梦想可能是希望爸爸妈妈更多地待在家里，有的孩子可能渴望的是在足球比赛、篮球比赛中争取荣誉，还有的孩子希望减少校园暴力。在作家笔下，孩子的梦想，是一种无边无际的遐想和憧憬，是少男少女懵懵懂懂的情愫，是更加美好的校园、家庭、自然、社会和世界。因此，我觉得董老师写的《一百个孩子的中国梦》是对儿童世界非常逼真的一种观察和书写。第二，结构独特。董老师不局限于所谓长篇小说的结构与谋篇布局的方式，完全按照自己的理解来创作这一本书。因此我们看到这本书分了若干个章节，涵盖了各个年龄的孩子。他用不同年龄段孩子的梦想与渴望来连接全书。每篇故事既有独立性，又有一种内在的关联性。这种关联性包括了不同地域、不同民族甚至是不同健康状况的孩子。这样一种有着内在逻辑的书写把他们有机而不是牵强地黏合在一起。每一篇故事都采用了从现实进入梦境，再回到现实的结构。我觉得这种穿越文本式的布局是董老师的一种独特的创作，我们也许可以称之为"梦想现实主义"。有的人物能够穿越自己的梦境，在梦境里头行走，在梦境里头言说，还会在梦境里头发生各种故事。

第四个词是童趣。我认为童趣是童心的密码。董老师在这部书里构筑了一个旖旎多彩的儿童世界。不同年龄段的孩子的心理是不一样的，我们在这本书的呈现里能看到他们的生活、他们的乐趣、他们的兴趣是不同的，其中很多都是纯粹儿童的思维、儿童的语言。比如说给蝴蝶找被子，坐着大蜻蜓出国，骑着丹顶鹤奔月。还有儿童在生活中找到的乐趣，在山中收集风的种子、月光的种子、大山的种子，这些童话般的描述增加了很多童趣。

　　第五个词是厚重。厚重的第一个方面表现在这是一种传统与现代交织的书写。他把很多传统文化元素都糅合在作品里头：大量的民间传说、传统故事、民族习俗、自然风光和人文风景。同时，还有鲜明的时代气息：外星人、宇宙飞船、高铁，甚至还有垂直农业这样新兴的科技。厚重的第二个方面表现在它是一种百科全书式的书写。我认为这部书有很高的知识价值，我们可以在书中看到很多独特的人文知识，这些知识都进行了很严谨的考证。厚重的第三个方面表现在思想主题上面。作者写儿童丰富多彩的梦想世界，是为了让孩子们写他们铸梦、追梦和圆梦的过程。厚重的第四个方面表现在他写出了我们的时代之痛、家国之痛。书中写到那些留守的孩子、那些寻找父母的孩子，写到离异家庭孩子的成长，写到重点小学的火箭班，写到孩子的课业重负，也写到春运返乡大潮，农民工骑着摩托回乡路上的艰辛。我觉得作家的视野非常广阔，观照的方面非常全面，写出了我们这个时代，甚至我们这个国家的疼痛所在。

　　第六个词是中国。我觉得这是具有丰富中国元素的一本书。里面有大量的中国符号，特别是文化的符号，讲述了中国故事，展现了中国气派与中国精神。

　　第七个词是情怀。我认为董老师是一个有人文情怀、有精神高度的作家，他的写作是希望为儿童创造精神的底色，给予他们精神滋养。

　　第八个词是自由。我觉得董老师在写这本书的时候，实现了一种创作上的自由。他纵横捭阖，驰骋古今中外，这种奇异而独特的想象，是让人叹为观止的。

二、现实主义与理想主义的对接

孙建江：对董宏猷的创作，我一直是比较熟悉的。我最想说的两个词，一个叫现实主义，一个叫理想主义。我想这样的书就是现实主义和理想主义的一次对接。

董宏猷是一个现实主义的作家，非常关注现实，关注当下。从他的《十四岁的森林》到《王江旋风》，再到《胖叔叔》，一路写来都是如此。同时他又是一个有着非常强的理想主义情怀的作家，他的理想主义，在创作上最典型的反映就是三十年前的《一百个中国孩子的梦》。他以一种寻梦的方式，来展示他的理想，以对当下的孩子的所思、所想、所感、所悟，来体现他自己的一种理想。我觉得这既是一种很高妙的反映形式，也是他的理想主义情怀的自然流露。这两本横跨三十年的书虽然内容完全不一样，但有几个共同的关键词：一百个、孩子、中国、梦。

我当时看到《一百个中国孩子的梦》时，觉得非常惊讶，因为二十世纪八十年代绝大多数儿童文学作品都是关注校园生活的。而他的这部作品完全脱开了校园生活，把地域上的、空间上的、年龄层次上的叙述对象全部打散，以梦的形式来展示。这样的作品以这样的手法来展示，对当时的中国儿童文学创作，有非常大的启示意义。

三十年后，他又出版了《一百个孩子的中国梦》，我觉得这本书有几个特点。

一是当下性。这是三十年来，董宏猷这样的作家对当下性关注的一种延续。他三十年前关注的中国梦、孩子梦，或者说孩子眼中的中国梦，其实就是通过孩子来展示董宏猷本身的中国梦。这在当时，具有很强的超前性和前瞻性。

二是他关注一百个孩子中国梦的差异性。不是所有的梦都是一样的，也不是所有的梦都是美好的。这个我觉得是真实的，也是非常让人欣慰的。我们很担心有时候写中国梦，都写得很美好，都要往一些既定的方向去靠，这是不是真实的中国孩子的梦呢？我们需要的是当下孩子的真实的中国梦。在这个前提下，董宏猷写得有差异性。比如说富裕地区的孩子的梦可能是出国，上更好的学校。在边远地区，孩子的梦可能仅仅是温饱，仅仅是全家团圆，仅仅是找到母亲。这样一种差异性，我觉得非常真实，可信度非常高。另外，他没有把所有的梦都写得很美好、很美妙，还原真实的中国孩子的梦，才是真正的现实主义的反省，才是对中国当下孩子的心态真正的把握。

刚才我讲到本书是一种编创互动，不是纯粹的作者写好给你，而是出版社直接找地方，让他到处走。这种走不是游山玩水，白天走了，晚上写出来，这得多累。我真的很佩服出版社的眼光、胸襟和大气，也对董宏猷在三十年后又创作这样的书感到非常钦佩。因为在这么短的时间内要写出来，真的不容易，而且还要跟三十年前的作品有所区别，还要让人觉得有艺术性。所以我觉得董宏猷在我们中国儿童文学界，确实是非常独特的存在。首先，这三十年内还没有看到第二位作家写出类似的作品。且不说里面的艺术形式，光是这样的存在，就非常了不起。董宏猷一直很介意这本书是不是长篇小说。他说你怎么看？我反过来问它是什么形式很重要吗？这样一本书不是存在吗？这么一个艺术品是不是存在？董宏猷是作家出身，总有一个情结，认为长篇小说才是文学艺术创作中的皇冠。我们能理解，但我觉得，最新创作的艺术品当下都没有被界定，都是后人来界定，可能后人给你界定了一个非常高妙的类别。我觉得比是不是长篇小说更重要的是，它是不是一个艺术品，是不是一个独特的存在。我觉得这就足够了。

董宏猷：我之所以有这个情结，是因为《一百个中国孩子的梦》出来评奖的时候，初评是全部通过，第一次中评是差两票。理由就是：这哪是长篇小说呢？它又没有典型性格，又没有典型人物，又没有什么典型的什么，然后一投票就差两票。再评上这个奖是修订以后。所以，如果说有一个小小的心结，也许是当时我有点儿不太服气。

方卫平：《一百个中国孩子的梦》1992年作协评奖的时候，我跟建江是初评的评委。我记得有二百五十部作品，分了很多组。因为我们那时候年轻、体力好，就被分在长篇组。有一天，工作人员突然把《一百个中国孩子的梦》从短篇组拿到长篇组。我们当时也讨论过，也有不同意见。这本书最后还是获了奖的，我觉得这个心结可以过去了。因为一般作家都非常洒脱，不管别人贴什么标签。其实建江这个观点很好，这本书作为艺术品存在最为重要。

赵霞：《一百个孩子的中国梦》在内容和主题上的一个特征，就是它是对中国当代童年非常丰富的面貌的书写和呈现，我把它称为群像性写作。这种写作方式与以个体的生活为写作对象的创作比较大的区别就是，在写作对象的选择上面，需要考虑综合性和代表性。比如说年龄的代表性，不同家庭境况的代表性，不同文化背景的代表性，不同地域环境的代表性，还有孩子经历不同生活内容的代表性。我们可以看到，书里面孩子参与的活动是多种多样的：采人参、采莲藕、采药、养蚕、捕鱼、读书、画画、下围棋、上体校、赛马、表演，还有小藏僧的诵经。我想，读到这些故事的时候，我们会想到它特别彰显了我们今天经常说的那种童年的多元性。故事中的孩子的身影叠加在一起后，我们看到的是一个很难用简单的语言描述的中国孩子的形象。

从这个意义上说，我觉得《一百个孩子的中国梦》所采取的独特的叙事形式，其中一个重要的意义就在于它以一种非常醒目的方式让我们看到，让我们意识到，当代童年本身是复杂的、多维的，在同一时刻，各种各样的童年有着各种各样的面貌。对于阅读这些故事的孩子来说，我相信不管他们此刻的童年归属于其中哪一种类型，当他们读到不同童年面貌的时候，他们的视野与精神，都得到了非常重要的拓展。

这样的写作方式也对作家本人的生活积累、知识储备、文学把握力提出了非常高的要求。比如我们看到生活知识部分，其中涉及一些生活术语：有一个故事写在深山里面采铁皮石斛的孩子的生活，他们有一种特别的技能叫"刷枝条"。要写出这样的内容是对作家的生活知识、生活体验、生活积累的巨大的考验。要把与这些生活相关的知识全部把握住，这是一个非常大的挑战。书中还提到现代孩子的生活，比如说摄影，就有摄影术语，下围棋就有围棋术语，跑酷就有跑酷术语，这些都是需要作家去了解和把握的。

比生活知识更深入、更微妙、更难以把握的，是一种语体的区分。因为每一种生活方式的变化，它带来的不只是叙述内容的变化，还对应一种特殊的语体。比如说四岁的孩子和六岁的孩子，八岁的孩子和十五岁的孩子，他们的话语方式，他们看待事物的视角是不一样的。还有不同的民族、不同的家庭背景、不同的生活方式，都对应不同的表达语体。我们会看到，在这本书里面，作家在不同孩子的生活当中发生位移的时候，他的叙事语体其实也在发生变化。

对这样一种类型的写作来说，它最大的难度可能在于下面这一点。一个作家有他熟悉的生活，他可以通过阅读、调研、体验等方式，去了解一些他原来不熟悉的生活。但是，当他面对多达一百种的生活方式和面貌的时候，要把每一种生活都非常充分地摸熟写透，难度是巨大的。我相信作家在整个写作过程中，做了非常充分的创作准备。但是因为上面提到的这些难度——这些难度本身也是这部作品非常大的特点与优点，可能也容易带来一些写作方面的困扰和问题，但我们依然可以读到很大一部分对于儿童心理把握得特别精准和有深度的故事。令我印象很深的是一个描写低龄段孩子的故事，乐乐一直被父母逼着去参加各种培优班，所以他的梦境充满压抑感。梦是破碎的，但是梦底下那种情绪又是非常清晰的，支撑着梦境展开的逻辑。我觉得像这种表达，就特别符合弗洛伊德所说的梦境的感觉。

但同时，我们也看到另外一些故事，可能是过于追求从想象的角度来书写现实的故事。比如书中写到不少与留守儿童有关的故事，其中有一篇就是《爸爸机、妈妈机》。故事里面的孩子是生活在山区的留守儿童，爸爸妈妈去南方打工了，他和爸爸妈妈通上电话以后，跟他们是这样说的：我今天从镜子里看到你们了。后来奶奶告诉孩子这个"镜子"是手机，但是孩子把"机"理解成自己家里面的母鸡公鸡的"鸡"，他就好奇家里的镜子为什么不能反映出父母的形象来？我觉得作为当代的留守儿童来讲，他们的境况可能是比较复杂的。我首先想到的是：第一，对于今天，特别是近几年，新媒介铺展的背景下的山区孩子的生活来说，他们一方面得承受着落后的物质和教育带来的不方便，带来的资讯能力上的限制；另一方面，他们以非常快速的方式接收和获得因为新媒介的普及所带来的全球化的资讯。这其实是当代孩子生存可能存在的一个比较复杂的境况。

我特地查了一些相关的资料，大概是三四年前贵州地区的调查报告，留守儿童的生活状况是什么样的呢？因为家庭结构与临时监管缺失等问题，导致留守孩子看电视的时长比别的孩子多。如果说，他在这种生活状态中，是可以看到电视、可以接收到这样的信息的，那么他对手机的理解，他对手机所呈现的镜像的理解，不应该像贫困年代完全被隔离的时候那样——不能想象那个"机"是哪一个机。今天的留守儿童，包括其他流浪的孩子，还有贫困地区的孩子，身处的境况更加当代化。这种境况跟过去相比，复杂度是有增加的。对于作家来说，如何写出这种复杂的感觉，如何写出当代童年的更真实的生存境况，可能是可以再进一步探讨的话题。

其实这本书的体式本身是铺展性的，对于对象来说，我希望它的覆盖面尽可能广，希望它的代表性尽可能是充分的。当它像水流一样铺展开去的时候，它的浸润度可能会受到一定影响。它到达了那种生活的表面，但关于这种生活本身所特有的那种厚度感可能难以达到。或者说，这是体式本身必然带来的一种写作的限制和难度。

这本书里面，我最喜欢的故事叫《风雪红莲湖》。我觉得在整个《一百个孩子的中国梦》里面，这个故事对童年的感觉与生活的厚度把握得特别好。

《风雪红莲湖》讲的是孩子跟爸爸在寒冷的天气到塘里面去挖藕，其中的一些童年生活的细节特别打动我。有一处讲到少年想起他的爷爷，少年在冰冷的湖水里面坚持着，他爸爸说"你有种，爷爷没有看错你"，他便想起了他的爷爷，这是一个很自然的联想。他想起爷爷的时候提到一个细节，夏天的晚上，他们到湖里面去偷莲藕，但是被人发现了，匆忙逃出来后，他把那个装莲藕的袋子往爷爷看管的窝棚里一塞。后面的人追上来，爷爷起来说怎么了？一个拿手电筒的人说他偷莲蓬。爷爷就问他偷了没有，他低头不语，爷爷就吼道："偷了就偷了，交出来，认个错，不丢脸，磨磨蹭蹭的干什么？不像个男人！"他猛地抬起头大声说："偷了！"他跑进窝棚里，拿出布袋，提起来一抖，莲藕全都倒在了地上。

我觉得像这种生活细节，就是一个孩子在面对一件让他觉得羞愧，乃至他自己知道是一件耻辱的事情的时候，从开始的低头不语、自己心里知道这种耻辱，到被揭穿后用这样一种壮怀激烈的方式来承认，以坚定的态度交出他的赃物。这个孩子的性情得到了非常生动的表现。等他回到窝棚，准备挨揍的时候，他看到爷爷给他切好的甜西瓜，眼泪一下子涌出来，前一刻那种硬气和此刻的柔软之间的对比，对于这个形象心理感觉的把握，对于这个形象立体感觉的塑造，都是非常到位的。里面没有一点多余的话，作家没有解释爷爷怎么说，男孩怎么想。但这样一个也许塑造和影响了少年一生性格的事件，其中所蕴含的力道与温暖得到了非常充分的表现。

作家把握住了这种童年的感觉，写出了一种比较真实的童年的生活状态。不过，我们可能更加期待的是他还可以切入童年生活的深处，写出童年本身更开阔的、属于所有人的生命感受或者个体存在感的感觉。我认为《风雪红莲湖》是一个非常好的代表。里面写到尽管当时已经使用现代化的工具挖藕，让这项以前非常辛劳的工作，变得更加便捷，更加省力，但是他的父亲仍然选择赤脚踩到莲藕塘里面去，他的孩子，就是这个少年也跟着踩进去。在这样一种坚持当中，我看到的不仅仅是一个父亲和一个孩子用他们的固执，在坚持一件他们认为应该这样做的事情，我看到的是在传统被日益遗忘的今天，一种日益被遗忘的传统精神：当我们向自然世界索取一种资源的时候，我们的身体付出的辛劳，感受到的那种痛楚，其实是我们应该向自然世界奉上的一种礼物。但在今天，这个工业化的时代，大家慢慢发现，你对自然的索取变得越来越容易了以后，你会失去对自然的敬畏和感恩。

整个故事没有什么太多的话语来渲染这种情感，但是这对父子站在那个河塘里的那种姿态，就会让你觉得，不仅仅是他们父子俩站在那里，也是我们整个现代人的命运的悲壮感的一个体现。像这样的故事特别感动我，让我觉得他既写出了童年真实的生命感觉，还写出了童年生活可能具有的深度。但当基本题材的方向被展延到一百个的时候，当他的地理被延伸到更多的地方、更远的地方的时候，你会发现作家对于其他各种各样的生活的把握，是没有办法一直保持和这一篇同样的高度和深度的。所以我其实也特别好奇，这篇作品跟您童年的生活经历，或者成年以后的体验，是不是有一些特别的联系？

董宏猷：你说得很对，我自己挖过。我下乡是在一个湖区，初中生、小学生都要去挖藕。

赵霞：我觉得这是从作者的生命体验中生长出来的。我在看到爷爷这部分的时候，觉得一点也不煽情，可是你会有鼻子一酸的感觉。

董宏猷：不好意思，一下子把大伙儿的眼泪给搞出来了。

赵霞：书中少年跟父亲的对峙也是非常让我震动的一个场景。他的父亲试图过来帮忙，少年哆嗦着，还口吃，但他仍然阻止他父亲过来，从"你别过来"一直到最后说"滚，你滚"，这种不应该对父亲说出的话在此刻说出来，充满了震撼的力量。

董宏猷：在学校，我是学生会主席，我是带头去的。后来我们同学一个个被拖上来了，都已经冻得不能动了，我说我非要坚持下去。我性子比较倔一点，最后也是被拖上来。所以那天我印象深刻，但是我下决心，我一定要学会挖藕，包括偷莲藕都是我自己干过的事。

赵霞：可能是把情绪代进去了。

董宏猷：这是一个巨大的变化，从城市一下子到农村，还比较浪漫，你不知道下乡怎么回事，因为别的同学下去，觉得很好玩。结果叫你脱，只剩内裤，下到水里面去，越下越深，你不知道藕在哪里，你只知道去挖，就全部冻僵了。

赵霞：我读这样的故事的时候，对作家未来的写作有一种期待，就是在完成像这样宏大的体式的创作之后，是不是也可以把散开的笔墨收紧起来，聚焦到有更多的深度和厚度、可以特别打动我们的素材上面，也许不那么宏大，但是非常深入，能够完全进入你的内心和灵魂的深处。

三、叙事形式与对"梦"的呈现

钱淑英：刚才赵霞老师说这部作品的时候，尤其是书中的细节，我也注意到了。这种生命体验的融入，对一个创作者来讲真的太重要了。但我还是要来理性地分析一下，我想从梦的角度，对照着《一百个中国孩子的梦》来谈谈这部作品。

当时出现这本书，方老师的一篇文章概括得特别好。在三十年前的中国儿童文学创作的语境当中，那种庞大的、有序的、整体的而且是非常新鲜的创作面貌，突破了叙事的规范与文体的边界，给我们带来一部在今天看来也无疑是中国儿童文学经典的作品，我觉得这个定位是非常准确的。

我特别同意您对自己原先作品的理解：严谨的整体。可能是不同的梦，不同的色调，但形成一种潜在的秩序，是一种美丽的杂乱无章。我觉得作家用这种词汇去概括自己的作品，可以看出他对创作的一种自我的追求。

在阅读的过程中，作家内心的信念、激情，那种时而气势磅礴、时而抒情的笔调，还有背后的责任感和使命感让我感动和敬佩。这样的感动，有时候超越了文本自身的形态。比如说我在读《小小铁骑军》的时候，我们都知道的现实情景，与您的语调和在路上驰骋的场面和声音叠加出现，其实会激起很多联想。在读到汶川大地震中的一位女教师的故事时候，我的眼泪真的下来了。因为她让我们意识到，无论是作家还是教育家，甚至包括我们整个儿童文学的阅读和研究，我们都需要这种责任意识和担当。作家所说的独特的个性化表达，扎根于现实土壤的全方位的宏观展现，跟之前的作品一样，都建立在梦的概念上，以及一种结合梦的叙事形态上，对此我们可以怎么去分析和评价？

这两部作品放在一起，纯粹站在文本阅读的体验出发，我更喜欢《一百个中国孩子的梦》。虽然都是梦，但是这里面有不同的观念和背景。之前那本《一百个中国孩子的梦》，不管作者在里面体现了多少主观意图，作家的成人立场一定是有的。尤其是一开始写四岁孩子的梦的时候，我觉得很多的细节感觉是到位的，因为我做了妈妈以后，我常常很惊讶作家怎么能进入到儿童的视角去表现呢？作家用梦的形式，来表现儿童心灵世界的努力，我觉得是很重要的，而且很多时候是成功的。

虽然部分篇章的内容和形式有一些脱节，但是我觉得它是通过一个个个体儿童的真实梦境，来呈现、构筑一个整体的中国语境下的同梦世界，里面也融入了作家自己的情感。前一部作品较多地展现了在中国的教育当中，孩子对游戏的世界，对童年的自由时光的那种渴望，引发了我们的共鸣。同时，那种对现实带着悲悯情怀的表达也给了我们一些感动。

少儿的梦，通常只是满足欲望，不会出现需要解决的问题。因此，少儿的梦在证明梦的本质是对欲望的满足的时候，有着无法估量的价值。所有的梦几乎都是利己主义的，如果一个梦看上去是利他主义的话，可能是一种表演，披上了掩人耳目的外衣。当然，真实的梦和文学的梦是不能等同的，我们不是说一定要在文学上创作出一个真实的梦，那也不可能实现，因为那种杂乱无章的潜意识是语态没有办法呈现的。但是我想对照来说，"中国梦"的概念虽然沿用了三十年前的框架体系。但其实里面发生了挪移，从个体的梦移向了集体的梦。他表现的虽然是个体，但在背后支撑的是一种群体的梦。

鲁迅先生说过做梦是自由的，说梦就不自由。对于儿童文学的阅读来讲，既要符合梦的形态，显得可信，又要可读，做到这一点是非常困难的。

我记得去年参加深圳读书月评选活动的时候，有一本书叫《吉姆的狮子》，这本书不是用文字表现梦，而是用图片。一个生病的男孩在医院里面，他太害怕做手术，他担心自己做完手术再也不会回来了。在文字部分，表现的是那个护士怎么安慰他、引导他，中间就出现了很棒的插画，你好像真的是看不懂的，那就是潜意识的一种表现，那种迷宫一样的无止境的追寻，护士引导他要找一块护身符、一个守护者。那个画面的表现，可能我们没有跟孩子共读的时候，都没有办法用语言去解释，这些画面在讲什么。但是那种情调、那种情绪，全部在画里。对孩子来说，那种阅读是非常好的一种插入，不需要解释，那就是梦。

我觉得梦怎么去表现，梦怎么样去对现实进行提炼，或者说怎样进行结合，有时候，我们要更多通过梦来表达对现实的理解。在这方面，我觉得可能真的存在难度，但我觉得董先生的这种尝试让我们看到一种可能性。在儿童文学中，有的作品有基本情节框架，像《爱丽丝漫游奇境记》《宝葫芦的秘密》，情节框架中显性贯穿着一种内在的情节线索，里面有幻想的逻辑，所以它带有很强的故事性。有的是情节单元，比如说《埃米尔擒贼记》，一部现实题材的儿童小说。他在火车上做的那种长长的梦，每个片段表现的是那种状态下孩童的内心世界。还有的像《好心眼巨人》里面那种收集各种梦的描写，都是片段化的。但是像您这样的却不多见：从头至尾全部都用梦的形式来呈现，真实的部分只能用前后的注释来体现。这个过程当中，因为跳跃很大，我们要讨论的是从这个语境当中跳到那个语境当中，该怎么去整合？

《一百个中国孩子的梦》中就有很多省略号，梦境的那种跳跃很真实，有时候是破碎的，但感触是很直接的。而《一百个孩子的中国梦》中的梦显得更加理性有序，有时候就会导致缺少梦境应有的模糊性和灵动感。其中有些像现实题材的作品，把头尾拿掉，好像就是一个独立的纪实文学作品。如果以梦为核心，我觉得在编的时候，是不是不要原来那个套子了？譬如说是不是不要简单的全都是梦？是不是也不用按年龄阶段来贯穿？是不是可以把类似的主题放在一起？

我知道在整个创作的过程中，素材的提供是非常重要的。但是真实的经验需要真的扎根生活，才会真正地打动人。首先在四岁这个阶段，我在幼儿语言的表现上，看到了很多"虫虫、睡觉觉、小狗狗……"生活中我们可能会这么运用，但是我觉得我们是不是可以不要借助这样的语言，去表达幼儿的语言习惯和心理呢？

《捡煤渣》《锈铁丝》中尽管讲的是梦境，但说到咬铁丝，情不自禁地咀嚼，像咀嚼一根甜甜的甘蔗。我看到这些细节的时候，我会怀疑它是不是梦。你可以说梦中是无奇不有，但是梦也要跟真实的体验结合在一起。

我最后想举的例子是书中的最后一篇作品《青春的味道》。因为我觉得最后一篇作品太重要了，它是整个结束的部分。在这个作品中出现了关于香水的联想，青草、春天、森林、大海、蓝天，后面写了两句："像男生健美的海魂衫，像女生扎着蝴蝶的麻花辫子。"我就想到，这个海魂衫和麻花辫子的审美，是属于您那个特定的年代的。现在的孩子不是不知道，但他们通常不会用这样的形象来表现自己的美，或者热爱这样的美。所以说不是不可以把自己审美的喜好放进去，但是在特定的语境当中，还是要在细节上有更多的推敲。我想在这样的表现上，更好的方式是把那种时代的痕迹抹掉，就用海水、天空这种东西去表达，我觉得挺好的。

这篇作品里面有两个细节，因为那个男孩浑身汗臭味，女孩就逃走不回来了。晚上，班主任周老师给她发短信，说如果你明天不来上学，我们就要考虑将男孩调到其他班去了。看到这里我很惊讶，然后她给周老师回的短信是谁说我不来上学了？这个校花的高高在上的姿态，可能是真实的。作家可以去表现这个女孩心里是这样想的，但是在这篇作品当中，以及在最后呈现给我们的观念里应该有更高的一种引导，不要让孩子觉得作家也是这样认为的。

蒋风： 我记得1983年末，看到董宏猷《一百个中国孩子的梦》的时候，我非常激动，因为我觉得这在当时是了不起的创作。刚提到对这部长篇小说有质疑，其实我想，文体没有高低之分，而且应该是内容决定形式，不是形式来决定内容。叫什么文体，往往是我们搞研究的、教书的人归纳出来的。作家创作作品的时候，从来不用去考虑用什么文体来表现，用什么文体写出来是很自然的事情。

胡丽娜： 我看到这本书时首先想到的是难度。我觉得这是一部很有难度的创作，对于评论来说，也是相当有难度的。我觉得其实对于有难度的创作，本身有双重的设限。

首先，对于像董宏猷先生这样一位有三十多年丰富创作经历，尝试过很多文体，而且每一种尝试都能在艺术追求上有较好的表现的作家，再来进行一部新作的尝试，我们会格外期待，同时对他来说也是很有难度的。

我说有双重设限，还有一个设限是什么呢？因为三十年前那一部《一百个中国孩子的梦》，它在当代儿童文学史中其实是很厚重的，有其文学史地位。所以这个空间其实很小，关键词都已经设定了，您在有限的空间当中，怎么样来操作？同时，我们会与当下很主旋律的一些声音保持距离。这种距离是我们的一种思考和理性所在，但也会对和主旋律如此契合的作品能呈现成什么样子怀有敬意。因为我们知道，很多儿童文学是有难度的创作，有很多作家会很自信地说，原则上小孩子不关心的主题是不存在的，只要我们用心去叙述那个故事，你叙述的智慧和你用心的程度，那才是关键的。比如米切尔·恩德，他的《毛毛》和《讲不完的故事》就很自信。但对于《一百个孩子的中国梦》，我自己一开始就会有一种焦虑：怎么样来拿捏，怎么样来表现？何况您之前有《一百个中国孩子的梦》这样一部认可度很高的作品。所以这就有双重的期待。

我阅读后会觉得有一种欣慰的感觉。很多时候，像赵霞说的采藕这样的故事化解了我的焦虑。对于一个有成熟创作经验、有自己的个性和艺术表现力，又有丰厚积累和思考的作家，其实可以很智慧地把很多之前的创作进行一些转换。我觉得在您的创作当中，会有很多意象性的东西。比如说您对楚文化、对荆楚大地风物、对神农架的展现。

我们刚刚已经谈到《青春的味道》。校园小说对您来说是不难的，但我的顾虑就在于，这部作品的描写对象的年龄跨度是从四岁到十五岁。在您表述的过程当中，我感受到了赵霞说的一种童年语态。我一开始看到妈妈跟阿莲说："快去小姐的卧室，闻闻是什么气味。"当看到"小姐"这个称谓的时候，我不知道那样一种家庭会不会用这样一种称谓，我觉得有点奇怪。接下来妈妈又说："宝宝，没有臭味呀？"我就觉得对于一个十五岁的女孩子来说，跟母亲之间可以很亲密，但很多时候，十五岁是一个个体意识非常强烈的年龄，甚至很多时候会有一种叛逆，有一种彰显成熟的行为。一个母亲当着家里阿姨的面称呼女儿为宝宝，是不是不太合适？

又比如说身高一米五的李老师走到身高一米八的男生面前仰着头，他们用流利的英语对话。我觉得文字的拿捏上有一点刻意。在整个语境的设定中，他们的家境很好，他们上的学校很有可能是双语教学的。英语的流利程度对他们来说，不应该作为一个特别突出的元素来体现。描写男孩子外貌的时候写了俊俏的脸形、挺拔的鼻子，你可以判断，这是从美国来的男孩，我就想，这样一种审美的评判是不是当下十五岁女孩的审美，和当下女孩的审美标准是否有隔阂？

另外，我觉得有些幽默的东西在文学表现上跟日常用语要有一定的距离。他说她是美丽的校花，仿佛只有她才能一个人坐一张课桌。在孩子成长的过程中，的确可能会对一些优越人群有这样的一种评判，但作家在表现的时候，是不是要有一个站在成人立场的拿捏？在第 792 页中写到爸爸妈妈都喜欢香水，然后就介绍了很多种男士香水。我们的前提是一个梦境的描写，在梦境当中，可能有这样一个意识流，但进行书写的时候，我们是不是还秉持这样一个很理性的逻辑顺序进行铺排呢？

《一百个中国孩子的梦》和《一百个孩子的中国梦》有一个很大的区别。很多时候，我们发现前作在导入后面的梦的部分非常简洁，但是在《一百个孩子的中国梦》中，现实的交代好像比较多。我在想我们是不是可以进行删减，或者不需要这么详细。其中的一篇故事《轩辕》本身就有一个时间跨度。一个小男孩对汉江的源头有一个契合他年龄的想象，汉江是不是像水龙头一样，哗啦啦一拧开就开始流淌了。那我是不是应该帮助它关掉？但在第 778 页，他提到中国历史上曾经有过类似于王宫的建筑，还有第 777 页这里的内容是没有问题的。在《一百个孩子的中国梦》当中，的确要有一些中国气质、中国符号，甚至一些传统的跟我们整个文化底蕴相融合的东西，但是这些东西怎么样很妥帖地糅进一个梦境里，值得我们思考。

我还想提一点，在还没当妈妈，或者还没有一个跟孩子朝夕相处的经历时，你对孩子的想象，或者说我们对儿童文学的研究，更多是和理想中的孩子进行对话。但当你成为一个妈妈，或者有机会每天和孩子朝夕相处，对着孩子的吃喝拉撒，看着他整个精神世界的成长的时候，你会发现原来现实的孩子是这个样子的，就会跟理论产生一种距离感。当我在阅读儿童文学的时候，真的会觉得儿童文学是有难度的写作，它需要有一种责任感。以这样一种观念来看，我们会格外警惕童年观当中的一些问题。比如《青春的味道》里面，这个校花闻到一股臭味，她一直在说我闻到了臭味，但是跟这个臭味相关的很多东西，她是没有参与的。她妈妈说阿莲，快打开窗户透透气。她就打开了窗户，一股清新的空气涌了进来。然后她还是闻到了臭味，说快关上快关上。你可以想见，在这个过程中，她是完全没有介入的。还比如说其中有一篇讲垂直农业，教室里要做绿化，很多爸爸妈妈气喘吁吁地扛着各种各样的绿植进教室，但是孩子作为主体都没有参与其中。我觉得儿童主体的参与度和一种感觉的呈现，在这个作品当中应该是相关联的。

书里面有很多关于竞争的描写。我的孩子四岁半，很多时候我会刻意地弱化竞争。他说我要第一，我说我觉得第二也很好。但是在我们文字呈现出来的世界当中，可以进行一些调和。书中说幼儿园门口停满各种小汽车，包括《青春的味道》里的那个校花，说她每天坐着小轿车来上学等等。我就在想，我们可不可以适当保持距离，去更好地呈现？

梦在儿童文学的叙述中有很长的历史。在二十世纪三四十年代，像巴金这样的作家都选择梦作为童话素材。因为他说，梦话是可以大胆地说一些真话的艺术形式，尽管也会受到一些限制。但是在《一百个孩子的中国梦》当中，这些梦很多时候会有一种逻辑关系问题。比如说《外婆的味道》中说一个外婆去给孩子办理航空托运，在这个过程中，家长肯定会跟他说一些飞机的相关知识，他可以想象飞机是一只大蜻蜓，但我觉得他不至于对飞机是完全陌生的。

读《一百个中国孩子的梦》，当我看到四岁孩子的梦、五岁孩子的梦，我会觉得特别幸福，会觉得作者对童年的感觉拿捏得非常好。因为那些梦境所体现的是对于糖果、滑滑梯的渴望，是写要上小学的孩子真的会紧张，所以就尿床。这些是跟他们的日常生活经验发生关联的，是有个体生命质感的。但在《一百个孩子的中国梦》当中，我觉得这些梦发出的跟个体融合的声音相对弱一点。我觉得这是因为一方面我们把四五岁的孩子的内心复杂化了，另一方面又把十四五岁的青春期的孩子更加丰富的内心简单化了。正是因为如此，我会觉得这是一个很考验作家责任、考验才情和智慧的很有难度的创作。

赵霞：有一个特别有意思的话题，其实之前淑英也有提到，我认为当董宏猷先生拿起《一百个中国孩子的梦》和《一百个孩子的中国梦》这样的写作话题的时候，他其实是拿起了两个非常巨大的、有难度的写作点。

一是一百个。一百个的层次太丰富了。刚才其实大家说到的一些点，也是因为它的层次太丰富了，所带来的可能的陷阱也太多了。

二是梦。梦在文学作品当中一直是非常难写的。因为其特性决定了写作的极大难度。梦是不真实的，我们很难用我们对外在的现实及真实世界的理性来认识和把握。但同时，我们每个人都有自己切身的最真实的经验，知道真实的梦是怎样的。所以当我们觉得一个梦写出来距离我们的认识和经验中的梦有点远的时候，就很容易出现这种破绽。

在这两个难度之下，对于儿童文学的写作来说，可能更加基底性的就是童年观的问题。刚才大家谈到的童年观的问题，其实都是跟童年有关的话题。我关注到，董老师在写到梦境中孩子愿望表达的时候，其实是很清楚的，也是我们对于孩子生活当中的那种愿望的基本判断。我印象深刻的是有好几篇谈到孩子想要得冠军的文章。像上册里面的《金杯》《一跳跳到月亮上》，一个孩子把获得冠军、获得奖杯作为梦想，作为自己的梦的一个镜头。我们可以这样说，它是符合一个孩子的现实生活的愿望的。我相信它是每一个进入社会体制的孩子真实的愿望。

对于儿童文学写作来说，也许我们更多地要想一想，当我们读到这里面的孩子时，他为了那个冠军失去了童年应该有的欢乐，失去了童年应该有的轻快。在承受这种压力的时候，我们应该看到，除了现在的童年本来就是这个样子的，还应该想到童年应该是怎么样的。此时，作家的童年观需要介入进来。对于这样一些孩子来说，尽管他们的梦想、他们的愿望的确是这样，但是在此之外，在我们对童年更好的理解和期望当中，可能还有一些对童年来说也许是更享受的，能带给他们内在的欢乐的内容。比如这个孩子为了夺冠非常刻苦地练体操，他是很懂事的孩子，心里装着他的母亲、装着他的家，说我要为家来夺取奖杯，这让我们心里产生怜惜，会很同情他，真的觉得这个孩子非常可爱，从正面肯定他的懂事和可爱。但是在此之外，我们也许更多地应该看到，对这个孩子来说，他的生活当中是不是也缺失了什么东西。当他在用他的懂事为家里承担一切的时候，我们是不是也可以体现出童年应该是什么样子的。我感觉这是一个可以继续探讨的话题。

特别好的一点是，我发现董老师在写到这一类奖杯梦的时候，也写到了不要奖杯的梦，但这里面有一个有趣的反差。不要奖杯梦的那些孩子都是比较富足的，相对来说家庭条件比较好的，不要奖杯是他们真实的愿望的表达。另外那些来自贫穷人家的孩子，可能要用他们的奖杯换取物质生活上的一些改善，换取家里人的开心等。我的理解是，前者是当孩子不愿意承受这种感觉的时候，你就表现出孩子的这种不愿意的感觉，这是他的真实愿望的表达。后者似乎是自愿承担这种负担的时候，他就变成一个正面的形象立起来。但是我觉得还可以再深入一步，尽管孩子是在自愿的情况下，自发的、真实的表现。

四、创作心路

洪妍娜：我将三十年前的《一百个中国孩子的梦》和现在的《一百个孩子的中国梦》对照着来看，有两点比较深的感受。

第一，幼儿世界呈现出的一种精神气象。因为之前《一百个中国孩子的梦》作为新潮儿童文学丛书系列当中的一种，里面那种气势恢宏的气象的描写，更多的是集中在少年文学这样一个高年龄段的层面上的，这也是新潮儿童文学丛书一种整体上的规划。幼儿世界是比较边缘的。可是在这本新的《一百个孩子的中国梦》里面，就呈现出一种大气的精神格局。比如说在五岁的梦《一走五千年》里面就出现了一种宏大的历史意识，五岁的梦《我和地球一起玩》以及六岁的梦《再把银河引过来》已经拓展到星球意识和宇宙意识，这样的呈现真的非常难能可贵。

第二，文体的创作难度。幼儿的语言应该是最难书写的，虽然内容很短小，看似表达很容易，可是语言的把握是非常难的。首先是语句的反复使用，这在《我陪香蕉吊着睡》当中体现得非常明显。

但是，我在阅读到四岁的梦《太极很特别》的时候，我又会突然从幼儿的梦当中，稍稍有种抽离出来的感觉，因为里面的一些词汇，比如说第32页的"趔趄"，我觉得放在里面会有点不合适。但有一些语句特别有幼儿语言的形象性，比如说第一篇四岁的梦《大山的种子》里面写道："爸爸，溪水也长得很大了，昨天还很瘦的，下了雨就长胖了。"这样形象的比拟，是孩子所熟悉和理解的。

方卫平： 下面请责编小谈发言。

谈炜萍： 因为时间比较紧，我就从编辑的角度回应一下各位刚才提到的问题。刚才提到的这些细节上的问题，语体把握问题，还有篇目编排问题，我们在编辑过程中也有类似的感觉。比如淑英老师谈到的审美经验，我们在阅读过程中也有同感。我和董老师就说过，现在小孩名字都是很诗意、很梦幻、很好听的，但董老师取的名字都是什么憨子、小龙、小凤。我们有一些改动，后来没有经过董老师的允许又改动了一些。其实这部作品有这些问题，很大程度是跟我们这种特殊的创作方式有关系。我们整个创作讨程只有八个月，其中还包含了采风时间。到后期都是边创作边做设计。因为时间特别有限，我们社长要求12月底一定要下厂付印，最终是12月12日截稿的，然后12月24日就付印了。今天谢谢各位老师的意见，也希望修订版能以更好的方式呈现给大家。

方卫平： 谢谢小谈，我们有请宏猷。

董宏猷：《一百个孩子的中国梦》对于我来说是具有难度的，所以当秋林社长提出这个项目以后，我的内心是复杂的。我这个人从小在码头上长大，看起来文质彬彬的，其实是从小打架长大的。我写东西也是，越有难度，内心激发起来的动力就越多。对于我来说，当时主要是两点：第一是已经写了《一百个中国孩子的梦》，已经列入了所谓"经典"的行列，我们的卫平老师称之为一座峰峦。当然，在整个文学史上有很多的峰峦，你是守成还是再去超越？第二是关于"中国梦"。我在后记里面也谈到了，我和秋林社长有过很多次交流。我自己最怕的是大家认为这部作品是一部附和之作。关于这样的一个讨论，我想它潜在的质疑还会继续，但是我这个人有一个优点，也是缺点，就是我行我素。我想咱们就是要奔着难度来。

所以我答应了。但是我一定要写我自己的中国梦，我认为孩子的中国梦不就是中国梦之根吗？中国梦应该是最有人性的，最有国民性的。每一个国家、每一个民族都有自己的梦，所以我感觉应该勇于表达自己的观点。我也做了大量的准备。在写第一部的时候，我女儿还小。所以大家看到那个四岁的梦，就是我孩子真实的感觉，包括她不愿意吃鸡蛋、不愿意喝牛奶。在写这部作品的时候，现在的中国跟过去的中国相比，已经发生了很大的变化。我想用自己的作品，来反映这个变化。

当然，我有自己的儿童观和自己的写作动机。今天，各种各样的文学形态、文学作品都纷纷涌起，我选择写《一百个孩子的中国梦》，是对当下童书市场的回应。儿童文学应该是儿童和文学两边翅膀同时起飞，所以在目前文学品质流失的时候，我愿意用我自己的文学实验做一次回应。

我想《一百个中国孩子的梦》所处的时代是一个文学时代，流行各种文体实验。所以，我基本上没有考虑受众的问题，自己怎么想就怎么写了。今天，我在写的时候首先就考虑到我的作品是给孩子看的，是不是能够更顺一点？是让我的书像梦境一样更加碎片化、更加朦胧化呢？还是让它对孩子来说更通俗易懂呢？其次，在这样一个实践当中，我更多用到人称的变换。在不停地进行转换和变化中，我力图把梦境本身、作家自己的说明以及一些知识性的介绍有机地融合起来。怎么把自己的经验、自己的生命体验和我要写的孩子的特定梦境，以及民族、地区风情和生存环境等因素有机地结合起来，是我在写作当中考虑比较多的。

关于童年观的问题，我考虑更多的是我们的孩子需要什么。当我写作的时候，我有一个宏观的维度。第一，孩子之间的现实处境是有差距的。第二，孩子们的梦也是有差距的。当一个富足地区的孩子梦想着自己有一架飞机的时候，另外一个贫困地区的孩子的梦想可能是吃上一餐饱饭。我想写出这样的差距，想让我们的孩子看到不同地区的孩子的生存状态是不同的。我更喜欢让孩子们在一个更大的时空里找到自己的位置。我的目的就是想让孩子看看这个世界。至于能看到多深，那根据每个人自己的感悟会有所不同。所以，我给大家看的是一幅全景的画面。在这样一个个体化的时代，让我们的孩子看看自己的身边还有这么大的一个世界，有比自己生活水平更好的，也还有比自己生存状态更差的，让孩子们不至于生活在一个真空的世界里面。

所以，我找来两个维度，一个是作为一个作家，我自己在中国当代儿童文学作家里面的位置和维度，我应该写什么。第二个就是我想让我的读者们看到什么？比如说曹文轩可能要让孩子看到苦难、看到悲悯、看到他那个时代的草房子；还有作家通过科幻，让孩子看到另外一种生活状态。我想让孩子们看看自己身边这个世界、自己的同伴、自己的同龄人，他们生活得怎么样。

这些年来，我想提一种情怀教育。尤其是在当今这样一个变得越来越坚硬的世界，我想给孩子提供一些更加柔软的东西。我写了很多人的故乡，我想让他们记住自己的故乡是什么样的。现在很多孩子没有故乡的概念，或者逐渐淡化了。我有意识地写了很多与劳动有关的内容——这是我们的孩子所缺少的体验。我想让孩子们看一看，这些东西还存在。这些是中国的，也是个体的一部分。我觉得这些东西是他们生命中不可少的。为了还原这些中国元素，我下了一番功夫。比如为了写那篇关于齐白石的故事，我看完了厚厚的《齐白石鱼虫虾蟹》。我把虫子一个一个扫描下来，自己再去做选择。我要做到让一个喜欢画画的男孩看齐白石的世界的时候，能听到蛐蛐叫。每一个画面都是真实的、可以考证的。在创作《清明上河图》那个故事的时候，我从右到左整理了《清明上河图》的每一个细节。我就是想把我们中国文化中最精华的东西传递给咱们的孩子。

刚才几位老师提到生命的体验，包括赵霞一下子把我的眼泪给逼出来了，那是我刻骨铭心的东西。一个作家在写这样宏大的作品的时候真的是很难，所以写到一半的时候，我强烈要求到北方去，因为我没有在北方生活过。出版社很支持，派团队包车去最富的地方和最穷的地方。我们的车在西北的山坡上起伏、颠簸，到最穷的村庄去。看了那些地方以后，我们自己都潸然泪下。我们中国存在的差异之大，是我们难以想象的。去之前我遇到一个志愿者，他说那里没有电视，没有手机，令人震惊。我也感觉很震惊，还有这样的地方吗？有啊！就是有这样的地方。所以我第二天就写了《爸爸机、妈妈机》，因为它说明我们中国还有巨大的前进空间。我们还需要努力，需要前进。

这部作品存在的问题是很明显的。关键的问题是这样一部高难度的宏大的作品的创作时间是非常紧张的。出版社规定要在年底出版，我应该承认，为了赶这个进度，有些很好的构思不得不放下来。因为那些东西一写就要很长，如果要展开，起码要几万字才能把它写透。但是如果简单处理这个素材我也不愿意。在我的"篮子"里面，还有很多好东西没有写。所以，大家看到的，还是比较准确的内容。

二十世纪八十年代，少年文学兴起的时候，我是在第一线的。后来我自己的创作逐渐地下移，就是从写少年逐渐移到写中高年级的小学生。近年来，一直下移到写低年级的小学生。当很多人蜂拥去写校园小说，往上写的时候，我是在往下写、往下沉，我沉到了儿童文学之根。所以说在这样一个作品里面，我自己尽量让孩子们看得更清楚一些。但我也能感觉到自己在语境表达上面想尽量去还原的时候，还是会有蹩脚的地方。你不可能穷尽所有的东西，所以，我感觉大家的意见是非常中肯的。另外，我非常感谢诸位老师谈到了自由自在这一点，虽然时间很紧，但是我在创作的时候，心态是自由自在的。

方卫平：董宏猷老师这一番话很温暖、很潇洒，睿智而大气！我想红楼研讨会的意义，第一是让浙师大的学生和儿童文学界一起，向作家致敬，向编辑致敬，向中国儿童文学致敬。第二是分享，我们希望用我们各自怀有的儿童文学艺术的梦想，用我们自己的真诚，把原本可能发生在桌面下的一些议论、一些龃龉摆到桌面上来，做一个真诚的分享和交流。第三，我们当然希望通过这样的方式，对我们的事业有所助益。

第二十二场的研讨是很有意义的。我们再次感谢董老师，祝他身体健康，创作的生命青春常在。

谢谢大家！

整理者：黄晨屿　孙雪苹　周琼华　张婷婷

纯粹、高贵与魅力

董宏猷

我初中毕业下乡插队,学会的第一件事就是挑水。农村没有自来水,饮用水全靠到池塘里去挑。饮水的池塘是天然的,村里人洗菜、洗衣、牵牛饮水,都在这个池塘里。水挑到水缸里后,老队长会告诉我们,丢一块明矾到水里,水自然就清亮干净了。

果然,本来是雨后浑黄的塘水,丢进明矾后,就渐渐地干净清亮了。水里的杂质,都沉淀在缸底了。

不知怎么的,当我走进浙师大的红楼的时候,我突然想起了江汉平原乡村水缸里的明矾。

我早就知道,浙江师范大学是全国最早开创儿童文学专业的高校,是全国儿童文学理论、创作乃至出版人才的重要基地和摇篮。我的许多朋友,许多全国著名的儿童文学理论家、出版家、作家,都毕业于这片沃土。由方卫平教授开创并坚持的红楼学术研讨,不仅展示了浙师大学术研究的传承与发展,更成为全国儿童文学理论研讨标杆式的风景。

红楼研讨秉持的独立、严谨、坦诚、纯粹的学术精神,专业理性的文本分析,如茫茫大海上的灯塔,为中国儿童文学的发展指引着航向。

一句话,对于我来说,红楼学术研讨就是中国儿童文学的一块明矾。

那么今天，我挑着一担水来了。这担水，一桶是现实，一桶是梦幻。

感谢方卫平先生的邀请，让《一百个孩子的中国梦》得以成为红楼学术研讨的对象。我一向认为，红楼选择研讨作品的眼光与标准是严谨而独到的。能够被红楼研讨评论，是一种荣幸。不是每个作家都有这种荣幸，除非你有值得被研讨的作品。

感谢所有参加研讨会的专家学者与朋友们，你们让我领略了什么叫理性的、独立的、学术的研讨。这些年来，我参加或者主持各种各样的作品研讨会应该不少了。但是，像这样针对文本坦诚地、面对面地、各抒己见地研讨，除了指出作品的得，还认真地分析作品的失，同时还倡导一种自由的哪怕是针锋相对的碰撞与交流的学术气氛。刚开始，我是以传统的姿态认真倾听的，逐渐地，我也被感染了。我的内心也情不自禁地融入了这股激流，或赞同，或沉思，或惊醒，或欲商榷。不同的观点，不同的视角，有的是我曾经想到过的，有的是我一直坚持的，也有许多是我未曾想到的、未曾意识到的。在短短的一个上午，我享受了一场精神盛宴，有一种酣畅淋漓的感觉。更多的，是一种意犹未尽，还想更多地、更深入地请教、交流下去。

比如，关于《一百个孩子的中国梦》的体裁问题。三十年前，我曾经创作过体裁相同的《一百个中国孩子的梦》，我自己认为，这是一部长篇小说。三十年前，当我在创作《一百个中国孩子的梦》时，我就阐述过，在我看来，这是一部梦幻体的长篇小说。一百个梦，是一个严谨的整体，自有其内在的宏观构架，而绝不是一百篇短篇小说的简单结集。如同孩子们喜爱的魔方，有许多不同的色块，可以任意组合，但是，魔方只有一个。不同的色块自有其内在的秩序与规律，那是一种潜在的秩序，一种最美丽的"杂乱无章"，一种最美妙、最童趣的"魔方效应"。

但是，对于这部大书是不是长篇小说，一直存在着争议。即使获奖了，其体裁也令喜爱者与赞赏者颇为伤神。即使我举出了诸多辞典体的作品，例如《马桥词典》便被视为词典似的长篇小说。但是，评论界仍然对"长篇小说"这一说法保持沉默。这次，我很想就这个问题请教与会各位专家，但是由于时间的关系，我们未能涉及这个问题。

未能涉及的，还有"梦幻现实主义"的提法。当然，作为实践者，我期待的，仅仅只是涉及，只是关注，而不是非得为作品贴一个标签。我重视的是创作上的创新与突破，而不在于标签的标新立异。但是，这毕竟是儿童文学文体创新的一种存在，我期待这部作品继续得到红楼的关注。

还想说的是，红楼学术研讨结束后，我立即再进山中，再次闭关，认真吸收会议的营养与成果，对文本进行了认真修订。对一部才出版半年不到的作品立即进行修订，在我的创作生涯中，还是第一次。我还想说，在此之后，《一百个孩子的中国梦》所获得的多项大奖，都是以修订后的文本送评的。我知道，在这些荣誉中，凝聚了二十一世纪出版社的同志们的汗水，也汇聚了红楼学术研究者们的智慧与春雨。

当然，被那块晶莹的明矾澄净的，不仅是我的作品，还有我的心灵。红楼展示的不仅仅是学术的纯粹与高度，还有在这个时代最宝贵的——人格与精神的高贵和魅力。

王秀梅长篇童话《魔术师的荣耀》作品研讨会

《魔术师的荣耀》

作者：王秀梅

责任编辑：白汉坤

出版信息：山东教育出版社 2016 年 3 月版

作家简介：

  王秀梅，山东烟台人，中国作协会员，烟台市作协主席。主要作品有《一九三八年的铁》《去槐花洲》《见识冰块的下午》《浮世筑》《请叫我莫大》等。曾获山东省泰山文艺奖等奖项。部分作品被翻译成英文、希腊文等。长篇童话《魔术师的荣耀》《初朵的秋天》《请叫我莫大》等入选国家新闻出版署2016年、2017年、2018年"向全国青少年推荐百种优秀出版物"目录。

《魔术师的荣耀》：成人文学作家转型儿童文学的写作难度

时间：2016 年 5 月 25 日

主持人：方卫平

方卫平：各位老师、同学们晚上好！红楼儿童文学新作系列研讨会第二十三场，青年作家王秀梅的长篇童话《魔术师的荣耀》研讨会现在开始。

王秀梅在成人文学创作中取得过很多成就，是山东 70 后作家的领军人物之一，近年来，在山东省作协主席张炜先生，山东省作协副主席刘海栖先生的鼓励下，转向了儿童文学创作。最近，山东教育出版社同时推出了她的一部长篇童话和一部长篇小说。这一次，我们集中讨论王秀梅女士的长篇童话《魔术师的荣耀》。

一、幻想的叙述视角与阐述基调

胡丽娜：得知王秀梅老师《魔术师的荣耀》研讨会要召开，我非常开心。她在成人文学界已有很大建树，我喜欢她的成人文学作品。近些年来，马原、张炜、赵丽宏等成人文学作家转到儿童文学领域创作，这是我们可以拓展的一个重要的话题。

《魔术师的荣耀》说起来很特别，因为在我有限的阅读中，很少看到童话中展现魔术行业，而且叙述者又是这么特别的身份———枚小钢镚，这些设置都让我很期待。小钢镚之前是一个很伟大的魔术师的道具,具有灵性和超能力,经它的讲述,慢慢地编织了很多故事,这些故事跌宕起伏,情节设计也很精巧。在它的劫难、历险当中,我们可以看到三位魔术师的恩怨,也可以看到女性"小碗儿"的善良和无奈,还有收藏家和摄影师等等,涉及的人物非常广,以及小魔杖(小钢镚的名字)最后的归宿,让我觉得这是一部很有容量,也很有现实关怀的作品。

但是看完这些之后,我也会有一些思考,我将围绕小魔杖的叙述视角的问题来谈。初读《魔术师的荣耀》,让我想起丰子恺1948年创作的一篇童话,也是以钱币为叙述者的《五元的话》。那张五元的纸币是一个工人一个月的工钱,以当时的物价来说,五元可以买一袋米,所以主人拿到它的时候非常爱惜。但是随着时局的变动,五元纸币在不同人当中奔波,不断贬值,最后又回到最开始的主人手里,命运却已经发生了翻天覆地的变化——成了糊窗户的纸,一种用命运交替变化来影射时代的感觉。这个感觉让我觉得《魔术师的荣耀》也有现实关怀在其中,所以一开始我想到了丰子恺的这篇童话。但是在《五元的话》里面,五元的命运变化,虽然也是通过自述来带出故事和人物,却很少对时局,比如物价飞涨,进行直接评判。不进行主观价值判断,只是相对客观地叙述,也不会对读者有一些提醒,我觉得这是儿童文学作品叙述当中的一个很重要的问题——用故事本身来呈现,让读者自己进行价值评判,并且通过文字体悟作家的价值评判。在这方面,王秀梅对小魔杖的设定是有情感倾向的,它会偏向老主人,当它落到杰森拉手里的时候,它会有抵触和抗拒,这就是整个作品的叙述基调。所以,涉及杰森拉形象的时候,我看到比较多的是小魔杖直接跳出来说话,比如它觉得杰森拉是一个令人厌恶的人,他身上还有难闻的气味,他不受欢迎,他有着种种的卑劣行迹。所以读者不能通过行为来看他的性格,而只能通过小魔杖的叙述来体悟到这个人。

第二个问题还是跟小魔杖有关系,在您之前的成人文学作品中有对童年的精准把握。其中我印象最深的是《孤独的葡萄》里面的小女孩,小女孩从小被妈妈抛弃，被舅舅一家抛弃，最后只能寄宿在小姨的宿舍里，可正在这个时候，小姨谈恋爱了，如果小姨结婚，她就要再次面临被抛弃的处境，所以她那种纠结，她那些忧心忡忡，通过很小的细节就能表现。作品里面是这样写的：

> 自己一个人在宿舍里待着的时候，经常做一个打赌的游戏，比方睡一觉醒来如果小姨放工了，她就不会跟小王结婚；如果没下班，就是要跟小王结婚。如果今天有麻雀从房顶飞进来，小姨就不会跟小王结婚；如果没有麻雀，就是要跟小王结婚了。如果胡同里今天来过十个人以上，小姨就不会跟小王结婚；如果不到十个人，就是要跟小王结婚了。

孩子在一个禁闭有限的空间里的想象和推测，很符合孩子的年龄与心理，这样的细节很令人感动。放这样的细节在整个文学大框架中也是有意味的。她一直不希望被抛弃，但事实是她被抛弃，这样的经历对她的性格造成了很深的影响。因为您在之前的作品中有过这样优秀的表现，所以我会拿它跟《魔术师的荣耀》进行比较。我不知道您在创作《魔术师的荣耀》时，有没有对它进行年龄的设定。

王秀梅：对小魔杖进行年龄的设定？

胡丽娜：对。因为小魔杖是一个叙述者，或者就是您的预期的读者，小魔杖要面对什么样的读者来叙述这个故事？

王秀梅：您这样一提《孤独的葡萄》，我特别有感怀。您刚才读的这一段，实际上我都忘记了，您这样一读，我再进行比较，确实那个描写是比较好的。可能当时在成人文学创作的过程中，没有特意地想，我要创作儿童文学，反而表现得很自然，可后来创作儿童文学时，尤其是第一次创作，可能是很重视吧，表现得不太自然。至于您刚才提的问题，我内心有没有对小魔杖设定一个年龄，我的确是没有去认真地想。我写的钢锛是1983年出场的，实际上在叙述时已经过去三十多年了，它已历经沧桑，我真的没有认真去想它从幼年到老去的过程。它一上来就是一枚历经沧桑的钢镚，这可能是一个遗憾吧，我自己没有感觉到。

胡丽娜： 我之所以对这个问题深究，跟您使用第一人称有关联。第一人称是有限视角的展开，一个叙述者的认知程度、对事物的了解程度，其实很多时候是跟作品的情节、人物，甚至和整个美学气质相关的。

常立： 视角问题确实是本书一个比较重要的问题。首先它有一个新颖的构思，以一个钢镚在不同人手中的流转展开，当然这个构思也有其他人做过。您选择了第一人称的视角来写，而这个第一视角的选择，有时候我们挑剔的读者会始终打一个问号：在这个位置，它能不能看到，能不能听到，能不能想到？当然王老师，我觉得您是非常重视这个作品的，所以我即使带着挑剔的眼光去看，也能看到很多地方您都做了交代和处理。当然是不是在所有地方都看到了？我觉得有些地方还是看不到的。比如，第25页"杰森拉这个坏蛋，摸索着解了两下后，发现根本解不开，居然从口袋里掏出一把剪刀"，这个细节硬币应该是看不到的，这个硬币是在香囊里，香囊应该不是透明的。类似的地方还有，我是觉得用第一人称视角取信于读者这一点比较难，我会比较重视这个问题，也可能是过于挑剔了。

第二个其实胡丽娜老师也谈到了，我们一般讲故事可能更倾向于让人物的行为、动作、对话来自动呈现，也就是我们不要讲述，不要评论。但这个故事有些地方是呈现的，有些是评述和讲述的东西会比较多一些。比如说，"那个幽默的人出现"，其实不用加"幽默的人"前缀的，因为标签一套上，读者就会思考是不是真的幽默，一看好像不是很幽默，反而会带来问题。还有那个小哲学家，他只是解释了"人生观"和"世界观"是什么定义，能解释这个定义的八九岁的孩子，是不是就叫"小哲学家"了呢？这些标签的评述我觉得是不用加的，直接把孩子呈现出来，让他自己讲话，让他去展现，就不会让读者带着这样的预期去读。

还有一点胡丽娜老师也讲到了，小钢镚的年龄问题，感觉上是这样，如果不去考察1983年出生的细节的话，我直觉上会觉得小魔杖一开始是个小孩子，经过三年就衰老了，我会觉得这里的时间有点问题。要么是故事的时间更绵长，给它足够的时间衰老，要么它的时间感受和我们的时间感受不一样，最后它衰老、失去灵性那部分有一点仓促了，到了结尾就不得不衰老了，前面也没有足够多的铺垫，到结尾才铺垫这种衰老，会有仓促的感觉。

二、儿童文学作品中的知识呈现和教育观念

常立：我还想讲三个问题。这三个问题是我自己看了作品之后产生的联想，也包括当下的儿童文学写作与儿童教育的问题，我抛砖引玉说出来供大家参考、讨论，欢迎大家提不同的意见。

第一是儿童教育问题，这本书里面也涉及很多儿童教育的内容，有的是直接教育孩子的，有的是通过主人对小钢镚的教育涉及的。我一直在想，这本书里面呈现出的儿童教育理念也许是滞后的。为什么这么说呢？看一下第164页，孔王子提的一些问题：

"我当然知道啦！是美国的莱特兄弟呀！爸爸，你知道他们第一次驾机飞行是哪一年吗？你知道那架飞机的名字吗？飞行者！还有啊，你知道他们飞行了多长时间，飞行距离是多少吗？"

这一系列的提问反映了我们当下儿童受教育的问题，这个不是王老师的问题，这是我们当下教育真实存在的问题，我期待我们当下的儿童文学作品指出这些问题，并提出批评和纠正。这个就是琐碎的知识教育，你看这个孩子提的问题全部是关于时间、地点、人物和事件，它是琐碎的，不是系统性的知识，我们今天的教育如果要让孩子面向未来去成长，那么肯定不能靠琐

碎的知识教育，而是需要有机组织在一起的系统教育。就像网上看到的，比如"丘处机当初如果没有路过牛家村，那么会怎么样？"那么，《射雕英雄传》里的好多故事都不会发生，成吉思汗的大业就不会建成，再往欧洲推，可能最后黑死病就不会那么流行，意大利的文艺复兴就不会出现，就不会影响到工业革命，我觉得这是有机知识的组合。但是如果按照这个孩子所接受的教育，他提的问题将是"丘处机哪一年路过的牛家村，他遇见的是谁，那个人的名字叫什么，他拿的武器是什么？"我是希望我们的儿童文学作品能够对滞后的教育提出作为写作者自己的思考，而故事里面的父亲对这种知识教育的方式还是比较赞赏的。

方卫平：我想这是蛮有意思的一个话题，我想请秀梅针对这个观点回应一下。

王秀梅：我的观点是，孔王子这个孩子的年龄还很小，可能要达到像您刚才说的有机知识的组合能力还是有点吃力。您提的这个问题让我耳目一新，我觉得致力于写儿童文学的我们以后一定要注意，这一点我真的是受益匪浅。可是要讲究叙述的技巧和方法，我觉得也不能像您刚才说的那样，那一套有机的联合，一个成人要想达到这种程度都有难度，所以说我们在写的时候，要思考怎样更好地处理。当然我写的时候，没有像您考虑得这么多，没有对这么深层次的当下教育存在的问题进行深入思考。

方卫平：通过对话我们可以思考一下问题，非常好。

王秀梅：我觉得您刚才说的问题非常有意义，我以后一定会借鉴。

常立：当我们用讲述知识的语气去传达知识的时候，知识的准确性就会非常重要，比如您刚才提到飞机的发明者是莱特兄弟，但是这是不是一个确切的知识呢？至少巴西人不是这么认为的。当你用宣布真理的方式进行表达的时候，不确定的知识是很容易出问题的，所以我自己可能会把它处理成提问式的，因为这个东西真的是很难讲的。这种有争议的东西，我自己会比较注意这个问题，我们以一个答案宣布者的身份，像小学老师经常宣布标准答案那样，可能要特别谨慎。

王秀梅：是要特别谨慎。

方卫平：这个问题我还想请阿宝老师谈谈他的看法，阿宝老师的兴趣广泛，他在教育理论方面也有很多的知识积累，我们请他谈谈儿童文学作品中的知识呈现和教育观念的问题。

林文宝：常老师刚才讲的是你的呈现方式。现在比较注重提问式的教学方法，现在的教育过程中我们要注意的是过程而不是答案，最应该关心的是怎么去问这个问题，而不是给他答案。现在的教育要的是思考和创意，只学知识的时代已经过去了。

常立：我还想说一个问题，出现的地方不多，就是书中第25页讲到杰森拉是一个坏蛋，"他这辈子一直在走捷径。据传说，当年他是趁小碗儿不注意的时候，占了小碗儿的大便宜，生米煮成熟饭，小碗儿怀孕了，只好潦草地嫁给了他……"。这个地方和第95页"他是来抓我的！他跟小碗儿吵了一架，还威胁说要跟她离婚""对！如今他想始乱终弃了！而你的老主人是一个对爱情多么坚贞的人，他为了小碗儿终生未娶啊！这说明，杰森拉的品行是非常差的"，及第98页"我不能埋怨小碗儿最后在离婚的威胁下出卖了我的行踪，我只能埋怨命运"。这里我们看到了中国许多传统女性悲惨的命运——年轻的时候被性侵，走进婚姻的殿堂之后，又那么害怕被威胁离婚，杰森拉这个走捷径的坏蛋都可以这样威胁她。小钢镚好像也对这一行为表示高度理解：因为女的怕离婚，所以（杰森拉）拿离婚来威胁她，所以"我"不能埋怨她的出卖，"我"是完全可以理解的。

我想，儿童文学作品还是给孩子看的，而且不是给过去的孩子看的，不是给我们在座的当年的孩子看的，它是给未来的孩子或者是更久以后的孩子们看的。我想，就是这样的一个东西在书里面，如果我不是想回避现实中这一面的话，要出现这些现实的话，我会有更加明晰的价值判断，我会告诉孩子：女性不能因为这样的事就委曲求全，不能因为这样的事情就去出卖硬币。因为我觉得这才是我们的孩子在未来更加文明的社会所应该具备的品质。

三、童话书写的逻辑与成长的力量

常立：您后记的题目我非常喜欢——《给世间万物以生命》。一开始没有读您后记的时候，我是把这个小硬币的灵性的失去当作死亡来看的。但是读了您的后记以后，发现您不完全是这个意思，您觉得灵性的消失其实还包含着成长，是吗？这跟刚才的情况一样，针对我们当下的现实，确实是这样子，您说的没有错。但是，依然是我刚才提的问题，如果我们的作品是写给孩子的，是写给未来的孩子的，是真的想给世间万物以生命的话，那我觉得不能以灵性的丧失作为成长。如果成长就是灵性的丧失，那我们孩子看了这样的作品以后，对成长还能有什么期待呢？虽然有很多儿童文学作品是这么做的，比如《彼得·潘》，但是《彼得·潘》里并不是只有温迪长大了，它还有一个永远长不大的孩子，它还有一个想回到童年却回不去的胡克船长，所以它会展示人成长、不成长、长不大等多重的并列，它不是一个单一的答案。又比如《夏洛的网》，夏洛是死去了，但是新的蜘蛛诞生了。儿童文学就是这样，它也会讲死亡，永远无法消逝的死亡，但是，新的蜘蛛会出生，会成为小猪威尔伯的朋友。也就是说，它既在讲死亡，但是又在讲死亡和生命的关系。

我个人觉得儿童文学作品中非常非常重要的一点是：虽然我们的这个世界如此残酷，如此冷酷无情，但是我们要给现在的孩子和未来的孩子讲一个重要的东西，是永远不能丢的，那就是希望。我们无话可谈的时候，就会讲孩子。我们谈孩子的时候，我们就渴望从孩子那里得到力量——那种天真的勇气。这是谈论儿童文学的时候经常会让我们成年人觉得耳目一新的东西，为什么我们成人要从孩子那里学习呢？就是这种天真、这种无畏、这种勇气。那我们的作品，我觉得也要呼应孩子的这种天真和勇气。从儿童观来讲，从我们的儿童文学研究角度来讲，这样可能会更给孩子以支撑、以力量。

钱淑英： 关于这一点，我有不同的意见，就是最后这个观点，其实观念上我是非常认同的。在我们那么多经典的、有高度的儿童文学作品当中，尤其是有魔法、有魔力的，包括对童年的自由的、灵性的表达上，就算是以死亡作为终结，也要呈现我们怎么去延续这种力量。但是对这独一个的文本来讲，它很特殊。这个作品叙述的开头和结尾我很喜欢：（开头）"怎么说呢，作为一枚面值一元的钢镚，我长得……"，到了最后，可以说是死亡——"我拼尽全力，完成了最后的一次弹跳"，这在儿童文学的叙述语调当中，我们很少见到，秀梅老师的叙述语调，讲故事的那种方式，蛮特别的。我们看到这个书名《魔术师的荣耀》，作家一直试图不断跳出来表达的是，我们真正要追求的价值在哪里。现代幻想小说里面我们常常会喜欢的是其中对魔法的限制，所以这个作品最后是主角丧失了魔力，而且这个丧失魔力跟它坎坷的经历结合在一起，你觉得，渐渐地它好像丧失了欲望，或者说也丧失了力量。最后"bong"一下，它其实也是拼尽全力完成了最后一次的表演。这个结尾我倒是蛮喜欢的。

刚才老师们提到的那么多问题，我有很多相通的感受。我自己试着梳理，这本书里面涉及的很多无生命的主人公、拟人化的限定视角，我觉得秀梅老师在这本书里给了我们一个讨论的空间。我们不能凭借一种既有的阅读经验来判定可以这样或者不可以那样，可能有的时候她的这种创作给我们创造出一种可能性。我不是说她一定成功，但是我们可以跳脱出既有的阅读经验来谈，现在我们有可能更多的是借助既有经验去判断这个文本：如果出现问题的话，是在哪里？

第一人称的限度是一定存在的，比如说它站在什么位置，它可以看到什么事情。拟人化的一种无生命的人物角色，在童话里面，包括安徒生的童话，确实大都是第三人称的叙事，比如说，安徒生在《织补针》里面经常表现"他挺直腰杆，坐在那里，浮想联翩"，"他"会有很多回忆，心里在想，没有人听得见"他"的话；马车从"他"身上碾过，"他"并没有被折断，而是平躺在那里，一直安安生生地躺在那里。这个第三人称传达没有生命的存在，就是用"躺""站立""看"的方式在他有限度的范围内去表达他看到的那个世界。

《魔术师的荣耀》这部作品常常让我们觉得会有疑惑，因为小钢镚有灵性，而且有魔力，能调动意念，还会读心术，它还能读懂一些东西。可是，什么时候能读懂，什么时候可以听见，什么时候不知道，这部作品里其实没有一个既定的让人觉得一脉相承的逻辑，其实这就是第一人称的设定造成的难度，这个现在已经没有办法去弥补了，但不是说完全做不到。

作为有魔力的宝物，小钢镚可以开口说话，就像我们在《宝葫芦的秘密》里面看到的，宝葫芦一开始就声明自己是有能力的，它表明自己的立场，它可以为王葆带来什么。美国有一部作品叫《半个魔法》，那枚好像硬币一样的护身符，它可以实现半个魔法，为什么是这样？作者不用交代，它就是能让我们相信，不会质疑。这些角色也从来不会自我解释：我是一枚钢镚，我其实是听不懂人话的，可惜我没有泪腺，我多么想怎样怎样……这些叙事没有出现的时候，没有这个不断重申的过程，读者自然地就接受了。它有一种自身的逻辑。

再譬如美国作家凯特·迪卡米洛的《爱德华的奇妙之旅》，主角瓷兔子跟其他动物的角色，像小熊温尼·普，是不一样的，它不会说话，可是这不代表它没有思想和情感。那后来作者怎样让它身体里的东西复苏起来呢？因为这个故事本身就是写这个自命不凡、感觉很优越的角色，它没有爱，一直冷冰冰的，被动地接受着主人的爱。到后来，它经历了很多波折，就像您这本书里面的主人公一样。有一次落入海里，当它掉到大海深处的时候，它始终睁着眼睛，不是因为勇敢，而是别无选择，它目睹着海水从蓝变绿，再由绿变蓝，眼看着海水逐渐变得像黑夜一样漆黑。在海底，它的头埋在泥沼中，它第一次实实在在地体验到了忐忑不安，并且感到了恐惧。当这种情感出现的时候，你就觉得非常非常真实。它其实是冰冷的，没有生命的，而后各种遭遇、各种过程不断地铺垫，到最后它回到了主人的身边。而这个主人其实已经生下了孩子，是她的女儿发现了爱德华。

最后，她不确认是不是它：

"爱德华？"阿比林说。

是的，爱德华说。

"爱德华。"她又说了一遍，这次很肯定。

是的，爱德华说，是的，是的，是的。

是我。

这种对话里面不会强调它是不是听见了，其实可能没有听见，但是在这种对话里，情感的真实性就在逻辑中慢慢推进了，然后实现了这个结果。

赵霞：从翻开《魔术师的荣耀》这本书开始，秀梅老师整个的叙述方式给我的感觉就是流畅，我说的流畅不是指语言上的流畅，而是文学上的流畅。当你翻开它的开头时——"怎么说呢"这个语气一出来的时候，你就觉得童话的感觉出来了，而且是一种很棒的童话的感觉，你对它有期待——接下去会发生什么？包括刚才淑英说的结尾，我也是特别喜欢的——这个钢镚即将失去它所有的魔力，但是它得到了经历过的一切，这一切其实已经给它生命了，相比它以前没有经历过这一切的时候感受到的那种魔力来说，它所体验过的这种生命，一点也不亚于那样的魔力。所以我觉得这个结尾也是给我特别的感动。

但是我也想说的是，就是在它的整个流畅的叙事的进程当中，可能有那么一些问题，是可以进一步去考虑的，就跟刚才两位老师提到的成长的话题是连在一起的。

第一个关于这个钢镚从开头到最后的过程，它的开头非常有童话的日常生活的玄妙感，它的结尾也是给人带来震撼的力量。但是从开头到结尾，像您在后记当中谈到的，它是经历了一定的成长的。事实上在结尾的时候，您也是表现出了它这种成长的感觉和成长对我们心灵情感的冲击力。但是它的成长的过程在哪里？我也想拿它跟淑英老师刚才提到的《爱德华的奇妙之旅》做比较，因为这两部作品可比的地方很多，爱德华是一只瓷兔子，也是一个物性的对象，它在偶然之间离开了主人，经历了一系列冒险，最后也一样，回到主人的身边。但是，在爱德华的整个冒险过程当中，从它遇到第一个事件开始，它的身上已经开始发生变化了，而且这种变化是慢慢推进的。

它是一个完全冰冷的、没有感觉的瓷兔子，它是有思维的，可是它多么自傲，完全意识不到身边人对它的爱，觉得所有给自己的爱都是理所当然的。它从这样一只兔子，到最后重新见到它的主人，主人重新把它认出来并带它回家的时候，它怀有着那份对主人深切的、发自内心的爱。这样的一个变化过程，在爱德华经历的每一件事情当中都有推进。刚开始的时候，它只能感受到那些负面的情绪，慢慢地，它开始感受到有人依恋它的情绪，它以前是感觉不到这样的情绪的。再到最后，它对这种依恋的敏感越来越强烈。每一个意外事件的发生都不仅仅是一个童话场景的转换，都不仅仅是一个新鲜事件的加入，还是这个主角的整个情感和自我认识的质变过程当中必要的一环。这样的话我们就会觉得整个故事读下来，它牵着你往前走。

其实从我个人的阅读体验来说，我并不认为这本书的叙述是非常吸引人的，可它这条成长的、情感的、环环相扣的线索真的是非常拽紧我的。这种成长不仅仅是对孩子来说，不仅仅是对一个物件来说的，其实是对我们所有人来说的。

那么对于《魔术师的荣耀》来说，小钢镚在场景转换的过程当中，它所遭遇的事件变化当中，你会发现它看到的东西在变化，它听到的东西在变化，但是它的基本感觉没有变化，一直要到什么时候会有变化呢？一直要到整个故事的接近结尾处，它碰到了作家一家，而且是它即将跟作家一家分离的时候，它听到了作家本人跟他的儿子说的一段话，说要"走向平凡"。小钢镚突然意识到，好像这个是"我"要追求的，是对"我"有启发的。为了走向平凡，它最后把自己掉在长城那里，这个已经是整个故事接近结尾的地方了，在这里，它的一些意识、观念、情感才开始发生某些似乎是有变化的转折。就是一步一步下来，作品只是移步换景，但是人物底层的底线——真正把人物联系在一起的底线，它的这种变化还不够浓烈，变化的连续性还不够强。这是我的一个关于成长的基本的看法。

如果我们把儿童小说，以及一系列叙事类儿童文学作品当中常见的成长主题分为两类的话，很典型的，一类是顿悟型的，即突然之间某一件事情触发了它的感悟，另一类是渐悟型的。事实上，从《魔术师的荣耀》的结构来看，我们对它的期待应该是渐悟型的，但是它被表现成了——在一个事件当中似乎是顿悟的感觉。那么从顿悟的角度来说，在小钢镚一生中，原本一直在追求魔力，但是在此刻，它突然之间意识到，"走向平凡"是一个重要的生活的哲学、思考或者感悟。但是这个思考是谁提出的呢？提出这个思考的作家本人，他对儿子发表了一通说法：你想要欲望的增长，其实也在失去东西，所以走向平凡才是我们生存的最终方向。但事实上，这一角色在他的写作生涯中试图追寻一种不平凡，他到银行去取第一笔六千多的稿费，兴奋得手都发抖了。这种感觉，你会觉得跟说出如此话语的、一位对生活有着深刻的思考的父亲角色是不符合的。因为这种不符合，以至于他所提出的，对于"走向平凡"的这样一种哲理思考的适度性和深度也是可以怀疑的。那么小钢镚它最后的成长是什么？我的理解更多的是小钢镚最后的成长是它经历这一切，这段经历是它的成长。但是对这部作品来说，更好的是还可以再深入一层，就是在它经历的这一切当中，真正带给了它什么？我觉得不仅仅是简简单单的"走向平凡"的想法。这是我关于这个作品结构方面的一些思考。

另外还有一点，您在里面提到钢镚这个角色，它背面是一个图案，是什么呢？长城的图案，这个图案以及这个钢镚的基本身份伴随了它的整个冒险的旅程，一直到最后它的归宿也跟这个图案有关系。我们作为中国人，大家一听就知道长城象征的意义是什么。那么您在提到长城包括跟它相关的图案的时候，我注意到，用的是这样一些修饰的语辞——"伟大的万里长城"，"我"除了留在这里，还有什么比这更好的命运呢？还有提到硬币上的国徽时，您说的是"美丽的国徽和长城"，这种感觉它是可以写的，但是我认为还有比它更高的感觉。就是当我们在写一个儿童的故事的时候，当它有现实背景的参照的时候，我们能不能望出去，看到比这个现实更远的、更真实的那个现实。

我认为在长城、国徽这样的一些意象当中，特别是当我们用"伟大""美丽"这样的修饰词来修饰这些意象的时候，我们可能是停留在一种什么样的感觉当中呢？一种国家与民族的情感当中。但是在其背后，还有更远的情感。我的阅读印象当中，在哪个时代的儿童文学作品当中会出现这样的一些带有国族情感的意象呢？——早期的儿童文学作品当中。越过国族的界限，走向更远的，属于我们全世界的，全人类的，乃至全宇宙的视野和胸怀，小钢镚也好，任何一个物象的经历也好，所带给我们的那种情感就不仅仅是局限在一个国家之内，一个民族之内的情感。它能够带给我们更高的，把你笼罩起来的深深的精神的力量。

方卫平：刚才几位老师的分析，秀梅有没有愿意再交流一下的？

王秀梅：我觉得收获非常大，真的。特别是第一视角的问题，海栖老师也多次提过，他很担心我在写的时候，第一视角会把握不准。我在这方面也非常注意，但事实证明我在写这部作品的时候还是过多地受到成人文学写作的干扰。的确是这样，尤其是听了各位老师、学者、专家的评价，我更感到了这一点。对于儿童文学写作来说，我现在还是个新兵，我刚开始写的时候，就觉得这个门槛还是很高的，不像有些人说的，儿童文学写作是很容易的。我现在压力更大了，现在我很明白自己的缺点和毛病都在哪里，但是不知道落实在行动上，落实在写作过程中，效果如何。要改变这个，我还要努力吧。

方卫平：大家共同思考。

王秀梅：我真的是考虑得不太周到。刚才常立老师谈到的关于钢镚最后魔力和灵性消失以后，就等于死亡了。

常立：当时读的时候以为是死亡，后来读您的后记的时候，我发现不是这个意思，才理解到您说的是成长。

王秀梅：对，您的意思是说读完后记才发现我想要表达的是以这个钢镚的魔力和灵性的消失作为它成长的标志。然后我记得您还提到一句，就是说我们写儿童文学作品要考虑到给孩子以希望。

常立：对。

王秀梅：但是我感觉呢，我比较赞同赵霞老师谈到的观点。我觉得并不是说最后我写钢镚的魔力和灵性的消失，是表达了我灰暗的或者别的什么心理吧。

常立：不是灰暗，就是回归平凡吧。

王秀梅：我自己还一直认为这是一个比较有意义的表达。我想表达的意思是什么，就是现在我们孩子，基本上每一个孩子，可能从小就有那种幻想，幻想自己有超能力，或者是什么。我想表达的就是，让这些孩子明白，假如真的有这种魔力，这种魔力也不会永远伴随他们，总有一天会消失，更何况不可能有这种魔力。所以我想让孩子明白，孩子不能依靠这些，总是要回归平凡的。怎么表达呢，就是赵霞老师说的我非常赞同，她谈到钢镚的魔力消失以后，其实它达到的是一种什么样的境界……

常立：经历。

王秀梅：对，就是它达到了一种和煦、一种平稳、一种从容的人生状态，这种状态等于它重新获得了一种生命，这样的一种生命的力量也不亚于之前它拥有灵性的时候那种生命的状态，我理解的是这个意思，我比较赞同的是这一点。

常立：噢！

王秀梅：我们从事儿童文学写作，要给孩子带来希望，您的意思我理解的是，好像它灵性消失以后它的生命就不如它之前的那个生命，所以我们不能给孩子带来希望，我不赞同的是这一点。

常立：我是这样理解的。我不是针对王老师您的。我是说我观察到的当下的儿童文学作家写作中普遍存在的一个问题，包括在谢华老师的研讨会上我们也谈到这个问题，就是对我们当下的现实认可的程度有点太高了，就是把现实看作完全不可更易的、不可战胜的、永远高高在上的一种存在和一种力量。我有时候会想，理解到现实不可更易，果真是一种成长吗，还是对现实的一种妥协呢？作为成年人，我们都是在不断妥协中慢慢生活着，我一直想说的是，在儿童作品里，我们这种致力于向现实妥协的作品已经太多太多了。作为一个儿童文学阅读者，我期待看到，世界如此安静，只有"我"在美丽地旋转，我觉得那个刹那，是儿童文学能够召唤出来那个美的刹那。

王秀梅：我大体明白您的意思了。但我总是觉得我这样处理其实也不能说是一种妥协，不能用妥协来说它是成长了，我认为它的确是成长了。我刚才在想对于成人来说，妥协就意味着成长，我马上又想，并不是这样的，我还是不太同意您的这个说法。

常立：第178页，您重复过的一段话："魔力终有耗尽的一天，因为贪心是人们永远无法克服的弱点。拥有魔力的人或事物，无一不想自己的本事再厉害一些，最好能源源不断、无穷无尽才好。然而，世间万事都须讲平衡之道，过犹不及就是这个道理。所以，回归平凡，才是唯一的正途。"回归平凡，那个魔力就没有耗尽吗？如果回归平凡魔力也会耗尽的话，那跟尽情地展现魔力让魔力耗尽，它的区别在哪里呢？我们可以过平凡的一生，也可以过不凡的一生，如果我们把平凡当作唯一的正途的话，那么那些不凡的一生置身于何处呢？我们也不是说每个人都要追求不凡的一生，把平凡的价值给抹杀掉。所以我更赞成的是一种多向和多元的价值，"回归平凡，才是唯一的正途"，当给出标准答案的时候，我的本能就会画一个问号，果真是这样吗？如果小钢镚回归平凡，那么魔力不是也不存在了吗？反正人终有一死，人都避免不了这个结局的，对不对？关键是结局是不可更易的，那我怎样过我的人生，去走向这个结局？这个是每一个人都不一样的。

王秀梅：你对我提出了一个更高、特别高的要求。

钱淑英：我理解常老师说的，人生的姿态是多面的、多样的，刚刚他读的句子让我们看到你太果断的，或者说比较唯一的结论，包括知识的呈现，我非常同意他的观点。以前一些作家来我们也谈到这个问题，其实很多成人文学作家进入到儿童文学创作反而趋于保守的教育意图，不管这种教育意图是不是应该，我们不愿意用"教育"，而是用"引领，带领，导领"孩子们走向更广阔、更丰富的世界，这里面的价值观应该是多元的，而且更应该是现代的。这个过程中，秀梅老师提的一些观点，譬如说"不要低估孩子的阅读能力""用赤诚之心对待儿童文学写作""儿童文学应该不是潦草肤浅的"，我觉得真好，希望我们的作家，不论是儿童文学作家，或者说成人文学作家，都有这样一种创作的姿态。但是我又担心，《魔术师的荣耀》也好，《初朵的秋天》也好，您都设置了非常具体的教育的目标。《魔术师的荣耀》里，你说童话对现实来说总是无力的，那我们为什么不创造……我非常赞同爱尔兰的作家马丁·瓦多尔的说法，就是我们要给孩子提供希望，但又不歪曲我们相信的真理，这种可能性在文学的世界里是要我们努力去创建的。

王秀梅： 谢谢，谢谢。

洪妍娜： 刚才几位老师都说到特别喜欢"怎么说呢"这种特殊的叙述语调，觉得很有童话的意味。其实大家是否遗漏了"怎么说呢"背后所代表的意义，也就是思考这个含义。整个童话贯穿全篇的"怎么说呢"，进行思考的其实正是那枚有魔力的小钢镚自己，我梳理了一下，文章差不多有"怎么说呢"十二处，每一处都是小钢镚在思考，它思考它和老主人之间的关系，或者是它思考自己是否有灵性，它思考杰森拉的同时也在思考自己被偷是不是一种阅历，它思考亲切熟悉气味带来的安全感……我特别喜欢第147页，小钢镚自己打的一个比方，它觉得命运有时候好像是在和你捉迷藏，而小钢镚，就是在经历捉迷藏式的命运体验中学会了思考，因为思考，它的生命变得丰富了。

四、语言与插画问题

韦苇： 我在这样的场合老说一个问题，今天我还愿意再说。就是说一个作家一旦进入创作状态，那么你的思维系统应该离开日常的语言系统和大众媒体的语言系统，要跟这两种语言系统拉开距离，那么作家的本事就在于能够拉开这种距离。所以我觉得王秀梅你的这个作品还存在这个问题，还停留在告诉你故事、告诉你人物，但是怎么告诉这点，作家有作家的要求。总体说来，我感觉到在文学语言层面上说，你的表达缺少一种魅力。文学语言本身要有一种魅力。我的意思就是在相对把语言剥离的层面上说，要有独立的文学语言的鉴赏价值。我觉得你可能在这一方面还欠缺得比较多，还不是一般的欠缺。这个话我愿意跟编辑朋友们说，你们在审稿的时候应该注意这个问题。造成这个问题的原因，我猜测啊，一个是我们古文学的章回小说的修养可能比较欠缺，另外一个是这样一类作家作品你可能注意得不够多或者没有特别地加以注意，比如老舍、沈从文、汪曾祺，你可能没有有心地向他们的语言靠拢，可能意识不够强。

所以我想提两个问题，中国人写小说，应该要充分地文学化，语言本身要有语言魅力；一个是既然是中国的作家，那么就要从中华民族传统语言、老百姓语言、民间语言中吸收养分，你可能没有特别充分利用语言的魅力。所以我想提醒你两点，一是语言上充分地文学化，二是语言上充分地民族化，我就提这两点。

方卫平： 韦苇老师提出当代童话创作语言的文学化和民族化的问题，这其实也蛮重要的。我觉得我们能不能抓住这个问题，做一点点讨论。

林文宝：我从另一个角度来看一下。因为这本书我只看了一半，一般真的要品的话，要看三次。我第一次看的时候，一定先从故事性跟可读性来看，因为我这几年来会比较关心、关注大陆的成人作家创作的儿童文学作品，当下的那些大咖的作品我全都看过，有些真的看不下去，有些很认真看完，但是我还是不喜欢。成人作家写儿童文学，有两个毛病：第一，语言抓不住，因为他们都习惯成人的语言，写得又臭又长；第二是内容，他们以为儿童文学作品就是要教育，所以都是强调教育主题，主题都很正确，其实今天已经无关主题了。

我从阅读兴趣来讲，因为第一个要知道，儿童看的绝对是故事，这一点要先了解，儿童不会去看文学性，文学性是我们大人在看，所以作品吸引人一定要有故事性，假如没有故事性，孩子就不会再看第二部，所以我也是从出版立场来讲。我会比较关注孩子的阅读兴趣，孩子到底喜欢什么东西，好的作品一定要有故事性。第二个是可读性，我看了那么多成人作家的作品，觉得真的是不可读，所谓不可读就是你没有办法看下去，他们的文句都很成人化。可读性基本上是两个原则，一个就是字频，字的频繁出现，也就是说常用字，就是说你写给儿童看的，常用的字应该在多少字以上。第二个是句子的长短。所以我会先从这两个角度来看到底可读性够不够。秀梅这两点基本上是合格的，没有那种又臭又长的句子。我有时很认真算了一下，因为从可读性来讲，标准的句子不要超过十七个字，一个句子不超过十七个字，这是可读性。其实这个大家都不注意，做儿童阅读跟儿童文学，这个是最基本的入门，我看你的句子都短短的，还不错。

王秀梅：您这样一说，我意识到了，还是长。

林文宝：最标准的是八个字上下，那个是最容易的。因为西方的语言，大家已经开始知道整个节奏都在改变了嘛。目前，王秀梅的作品是我看到这么多当代成人文学作家来写儿童文学作品里面，第一个算是第一眼能够看下去的，所以像你这样真的很不错。

另外一点，因为你写的是物件，物件无关年龄，其实你不要界定年龄，无所谓，物件就是物件，你用物件来写，我认为你要朝灵性去发展，因为灵性发展就可以克服第一人称的一些毛病，因为灵性可以看不到，但可以感受到啊。我看到的作品前半部分，情节都还可以，虽然没有高潮迭起，但是我建议要把握住它的整个灵性的特色，因为这才是不一样的地方。

另外我建议出版社在作品后面写个适读年龄，童话的适读年龄正常说来绝对是小学中年级到高年级这个阶段，所以很明显你一定要界定好给谁看的。台湾任何一本读物后面一定会写一个适读年龄。还有就是插图，真的要加强一下。关于插图，我认为太少，像《哈利·波特》已经在做插画本了，对不对？今天是一个读图的时代，所以其实可以多加一些图。甚至你可以把图做精致一点，对年轻人来说真的可以收藏的那一种。

钱淑英：说到插图，刚才阿宝老师已经提到了艺术性方面的问题，其实还有准确性方面的问题。首先是风格的问题，别扭！这个背景里很清楚就是长城，民族化的东西，但是插图的西洋风格我一拿到手就觉得别扭。还有呢，人物年龄的表达，第139页，我当时在想这是谁啊？是那个老余吗？那个环卫工人的妻子？可她年龄好大了。后来仔细看，哦，原来那是她的发髻，开始的时候我以为是棒球帽，就是很潮的那种年轻人的感觉，后来看，原来那是绒线帽。可是你看发髻在这里看起来很像年轻人倒过来戴的棒球帽。它让我很出戏，这种感觉是很糟糕的。一个是画得年轻，年龄没到，还有就是不小心造成的误解。最关键的是，我举一个例子，第156页讲到那个作家孔孟庄，他妈妈调侃："你看你那头顶，都成飞机场了。眼镜片比鞋底子都厚。"你再看看这个插画，他的头顶哪有成飞机场？他的眼镜片哪有那么厚？插图就一定要注意这种细节，这个插图真的很影响作品。

方卫平：刚才我为什么抓住韦苇老师提的当代童话创作的语言问题？

是因为我们今天的童话写作中似乎不加一些洋元素简直就没办法讲故事，简直就没办法呈现文本。不久前我去南京参加一个活动，周翔先生和余丽琼女士跟我聊起来，说他们去年去慕尼黑青少年图书馆，跟那里的专家交流的时候，他们（慕尼黑青少馆的专家）说为什么中国的童话作品的插图全是洋腔洋调的，全是西式的，他们非常不希望看到中国童话的插图呈现方式是这个样子。这个给我蛮大震撼的，因为前些年我们做过一些研究，探讨当代童话的一些洋名和洋调的问题，刚才淑英又讲到这个问题，我看这本书的时候，感觉这个文本是很当下很中国的题材，但是在处理的时候缺乏了我们自己的定力，做成这样其实是挺遗憾的。那么，离开了这样一个风格就不像童话了？我想我们可不可以去探讨，童话的另外一种可能。比如说当我自己看的时候也有个很有趣的过程，我看到作品当中有个杰森拉，我本能反应"这是个老外啊"，但看下去原来是老赖啊，老赖他渴望成为一个像国际大魔术师一样的魔术师。当我看到这个解释时，我觉得这是可以的，我就接受了，这是一个在限度之内的洋名，还是不错的一个设计。但是你看，作为读者，对这种洋腔洋调洋面貌的警惕和反感到了什么程度。我真的觉得我们要警惕这个，我觉得我们还是要考虑的。

韦苇：刚才赵霞说到一个例子，说长城伟大啊，美丽啊。既然你是作家，那就不好意思啦。说到长城伟大、美丽，这不是作家的语言，作家怎么可以这样呢？作家要说长城肯定要有另外一套语言来说它，就比如说我们的国歌《义勇军进行曲》"把我们的血肉筑成我们新的长城"，而不是伟大和美丽。如果我们的国歌用"伟大"和"美丽"这样的语言筑成我们的长城，那是不可取的，那也不会成为国歌的。

王秀梅：我理解，但是我觉得这个"伟大"还不能单独拎出来说，它有前后的语境，我可以理解。

方卫平：供参考，但是我觉得提出这样的问题还是很有意义的。

王秀梅：对，其实我这本书里也存在韦苇老师说的这个问题。语言的民族性这个问题，真的是值得我们警惕的一件事情。

方卫平：我们继续啊，看有没有新的话题。请每一位老师、同学的发言更简洁一些，后面的时间很有限了。

童骁潇：王老师，你好，有一个问题我想问你一下，就是这本书的书名为什么要取"魔术师的荣耀"？

王秀梅：我在后记里面已经说得很清楚了，表面上看写的是硬币的经历，实际上是要通过硬币来表现魔术师对职业的忠诚和对荣耀的理解，实际上并不是想写这个硬币。

童骁潇：其实就是说硬币只是个媒介，是让魔术师来认识道德，认识到平凡是他们的荣耀的一种工具吗？

王秀梅：可以这么理解吧。

童骁潇：因为我直观感觉这个钢镚是这本书的主角，那照您这样说，这个最大的主角却变成了最大的配角，我不知道这样的理解对不对？像刚才老师说的《爱德华的奇妙之旅》就是以一个物件作为主角，它的题目也非常鲜明地点出了这个主角，让大家的视线聚焦在这个主角上。而您这个文本和题目之间的距离让我有一点点出戏。如果我是一个孩子的话，角色代入也会代入到这个钢镚里面，但是你刚才的解释，钢镚并不是主角，这就是让我觉得自己会错意了。

方卫平：骁潇提出的这个问题也是很有意思的，大家可以来讨论一下。

王秀梅：这可能还是我成人写作的一个习惯，成人写作可能经常会用到这样的一种手法和技巧，这是很常见的。可能我就忽略了在儿童文学写作里儿童的接受能力。对，我觉得这一点我可以借鉴，是有问题。

钱淑英：因为第一人称，主人公嘛，我们觉得这就是聚焦点。

王秀梅：我可能在设计的时候想的还是太复杂了，因为在成人写作中，本能地会怎么复杂怎么写。

常立：成人写作有时会故意造成反差。

王秀梅：对对，可能这在儿童文学里面的确是不太适用。

林文宝：它是有学问的。

刘海栖：成人文学确实有这种写法。

王秀梅：它是一个技巧，还是不太适合在儿童文学里使用。

方卫平：这个问题骁潇提得很好，这个钢镚多辛苦啊，最后题目却没它什么事儿，应该是最大主角，最后却变成了最大的一个配角。当然这是一个调侃，仔细分析角色、视角和你的基本意涵之间的关系，还是蛮有意思的，骁潇问题抓得很准，我们看的时候多少都有这种感觉。

王秀梅：可能我潜意识里也有这个想法，所以在后记里才会这么刻意去强调。可能是下意识地在后面做了一下解释和说明。

方卫平：你不说的话可能还没有那么凸显。

江彦懿：我在读的时候，有时候正进入到那个情感里面，很期待接下来写什么，结果突然出现一些句子让我很跳戏。比如第76页，写到黑白跟上来了，这时候我感觉很紧张，想要知道接下来会怎样，可您突然说"亲爱的读者你知道我有多感动吗"，我作为一个读者，一直在代入这个主角，可是您在这里太点明我是一个读者，我是一个旁观者。第67页，讲道："所有的钱币都沉默着。当然，它们都只是普通的钱币，不像我，有思想和感觉，会悲伤和难过。"这里我已经浅浅地进入一种情绪中，文中接着却说："我还会呼吸，我正在遭受酷刑。"而之前在保险箱里，在茶罐里，在种种密闭的空间里，它都没有提到它会呼吸，会很闷。接下去这个地方讲寂寞是可以和上边连起来的，可是中间这一段"我会呼吸，我如何憋闷"插进来，就让我觉得很憋闷，实在是有点跳戏的感觉。

王秀梅：谢谢。

卢科利：第180页，"无所事事的冬天里，我反复地品咂着每一个字"。小钢镚在叙述一个故事，它为什么会讲到"字"，而且我也查了一下，"品咂"一般也不会和"字"来搭配，所以读到这个地方时我会觉得怪怪的。

王秀梅："每一句话"可能会更好一些，是吧？

常立：正在遭受酷刑，正在憋闷，无边的寂寞，这是它的感受。所以，我们从这个故事推导的话，不能合理地推理出回归普通钱币的平凡。因为在前面它对普通钱币是这样的一种看法,这样的有点吓人的感受。这个故事需要回归平凡的支撑、情节、理由、情绪……不管是什么,它得有变化。

胡丽娜:把我带出这个故事的,恰好就是在给小钢镚心理空间时候,还有就是现实感太过于强烈的时候。除了像他们所说的"亲爱的读者"这一类的,还有特别是"海燕医院"——它是一个三甲医院,所以看病的人很多,由此又再联想到《海燕之歌》之类的。

我觉得之所以小魔杖这个角色是模糊的,或者像常老师所讨论的它这个结尾逻辑是不是足够,我就觉得它有一种徘徊。一方面,是它自我身份的确认,它的主体性,它自己也在质疑,到底是魔力呢,还是什么。它也在犹疑,不知道该怎么定位,又怀着对主人的情感,同时作品里面又有太多太多现实的东西。我们希望作品有一种轻松的空灵,就是轻松里面带出一些你悄悄埋在我们思考里的略带一些沉重的东西。但是这个作品我觉得很写实,很多时候我就会质疑:"这是一个童话吗?"我希望看到一些与现实拉开距离的描写,但是我们看到书中有小偷、环卫车……作家这些现实的触角伸得太深。"小魔杖"有一些灵性,它之所以区别于其他钱币,在于它的魔力和灵性,在于它的那些情感与想象的东西,但是在这些一环扣一环的情节的推进中,它的主体慢慢就模糊了,最后您在后记当中也提到。我在一开始的时候把这个题目记成了"小魔杖的荣耀",因为我很少会联想到魔术师,因为那个老赖最后的醒悟和大个子角色激情澎湃的演说词,跟他个人的身份设定是有距离的,会把我拉出来,尽管他们的情感很充沛,但是从理性角度来看是不够的。所以我觉得,通过小魔杖来表现三位魔术师对这个行业荣耀的追求,在我阅读过程中,我觉得我还没有上升到那个地方。反倒是我会纠结于"小魔杖"成长的一些东西,它个体作为一个很独特的童话人物的形象问题。

王秀梅:我觉得这可以和刚才那个老师谈到的"结合"一起去理解。

常立：我觉得《小魔杖的荣耀》会是一个更好的题目，因为它也含有魔术师的荣耀那一层意思。就是魔术师加"小魔杖"最后达成的一种认知。

王秀梅：下一次再出版的时候，我们好好地修改一下。

刘海栖：我很同意胡丽娜老师的看法，因为我也有这个体会。我总觉得成人作家和童话离得更远一些。你写童话，把成人文学作家写作的经验带进来，觉得离现实越近越好，所以总是会把现实带进来，还没有跳到一种空灵的童话写作过程中来，这是更后边的一个层次和阶段，我相信可能经过这次你就会比较明白，再写童话，你就会离现实远一点了。

常立：远了反而是近了。

刘海栖：对对。更像童话了，而现在就是用一个童话的外壳装了一个写现实小说的倾向。

王秀梅：还是成人写作的一种本能。

刘海栖：你还没有跳出来，但是已经很不错了。

王秀梅：至少我已经明白了。

方卫平：不过这个问题我觉得也不能看得太绝对，童话从它的传统写作来说，它是从民间出来的，它最早是一种民间叙事文体，后来慢慢地走向一种幻想的文体，但是其实在二战以后，当代童话的潮流之一就是回归生活，所以后来有人说二十世纪六七十年代的童话是一种幻想小说，所以我觉得重要的不是偏重写实还是偏重于空灵或是幻想的写法，而是你在写实或幻想时，能不能把文学的品质做到极致，我认为这是最重要的。

韦苇：我再说一点，童话有没有诗性这是最重要的，我讲童话，诗性是作为童话的本质来讲的。

钱淑英：贴近现实又跳跃出来的那种故事内核。

常立：其实就是卡尔维诺《未来千年文学备忘录》里面的轻逸，它是讲小说的，其实用来处理童话蛮好的。陈恩黎老师写的那本《儿童文学的轻逸美学》就专门谈了这件事。

王秀梅：卡尔维诺的那本书有两个名字，我还特地打印出来了。

方卫平：今天秀梅老师作为写作者以一个非常好的姿态，跟我们的老师、同学们做了非常好的交流，我觉得这蛮让我感动的。因为时间关系，我们现在进入尾声。尾声的第一个环节呢，还是要请这次研讨会的合作方山东教育出版社刘东杰社长给我们讲几句。

刘东杰：听了以上专家以及同学们的发言我也很有感触，从出版社的角度，我们虚心接受各位专家老师的意见。一部文学作品不光体现作者的文学水平，我觉得很重要的还有出版者的，应该说出版社的编辑工作也是文学创作的组成部分。因为儿童文学也是我们社新的涉猎领域，所以下一步，我们要加强编辑队伍建设，提高编辑水平，来协助、帮助作家写出传世之作。

方卫平：最后请我们的主人公秀梅说几句。

王秀梅：我要非常认真地感谢浙师大儿童文化研究院。在我十五年的文学生涯中，一共开过两次研讨会，第一次是在鲁迅文学院，当时是给四个人集中开一次研讨会，但是我觉得那次我都没有像这次一样，那么激动，那么紧张，那么不安。因为真的是刚进入儿童文学写作还不到一年的时间吧，还真是一个新兵，什么都不会。在海栖老师的引领下，还有他一直不停地催促我写，我也是硬着头皮写，写完之后惴惴不安，不知道到底写得怎么样，所以有这么一个机会我觉得高兴。尤其是当我了解到咱们这个浙师大儿童文化研究院在儿童文学领域是一个圣地，是一个大家都非常尊崇、一个有很高声望的地方，我就觉得对我是一个殊荣：刚刚进入这个领域，就能到这里来听诸位专家学者对我这部不成熟的作品的评价。我最感动的是各位专家学者能够读我的作品读得这么认真，具体到字和词了。在我们成人文学界开的所有的研讨会中都没有遇到过这种情况。所以我真的很感谢大家对我的作品这样认真地研读。

  刚才听了这么多，我也梳理了一下。第一，关于儿童视角的问题。第二，第一人称表现的难度，我可能给自己也设立了一个难度，也是一种冒险，所以说可能有很多的漏洞在里面。第三，作家本人在这里发出了过多的声音，这个我也非常的赞同。第四，关于整部作品在表现钢镚命运变化的时候，周围世界变化太多，而钢镚本身的变化不太多。第五，童话写作中的语言问题，韦苇老师提到的，方老师又着重强调了这一点，我以后会非常注意这一点；还有里面具体的字词句。第六，就是谢幕词这一块，这是一个很大的漏洞，我当时这样设置，还写得那么长，以及人物的语气可能真的跟身份不搭配，可能就是我成人写作中对结构过于追求而造成的，这是一个缺憾。第七，刚才林老师提到的，可读性的两个原则，对我帮助非常大，因为到目前为止，我真的是对可读性，对句子的长短，还不太了解。还有钱老师提到的一些作品，像《爱德华的奇妙之旅》，安徒生一些童话等，我很惭愧有的都没读过，回去要找来好好地读一读。

  总的来说，我觉得我的一个缺憾就是，我从成人文学写作转型儿童文学写作这个过程中的种种不适应，对儿童文学写作的艺术规律还是没有很好的把握，可能还是一个时间的问题，我以后还会和各位专家学者保持密切的联系，当我叨扰你们的时候，你们一定要不吝赐教。还有就是非常感谢山东教育出版社，把我的不成熟的作品给出版出来，尽管大家说到作品、插图存在各种问题，但是我还是对出版的作品非常满意。最后重点感谢我的老师刘海栖先生，如果没有他的引领，我连这样的作品也写不出来。我就说这些。谢谢！

整理者：黄晨屿　孙雪苹　周琼华　张婷婷

那栋楼的名字如此美好

王秀梅

这篇文字充满着回忆的情绪。

事实上,两年多来,这种情绪一直都在。每每当我坐在电脑前写儿童文学作品的时候,两年前的那一天的种种,就会堆叠而至。随着时间的拉长,回忆的情绪有增无减,因此,当我写这篇文字的时候,并没觉得时间消解了什么。相反,那一场红楼研讨经过淘洗和沉淀,留下的营养物质更为醇厚,生机勃勃的感觉更为可贵。

在去浙师大之前,我对著名的红楼研讨已有耳闻。它著名的原因,相信每个作家在去之前都会忐忑——那是真正严肃的学术研讨,主张挑刺,不主张奉承和赞美。作为一名从事文学创作十多年的作家,我跟其他作家一样,参加过许多作品研讨会,见识过各种各样的赞美。可以说,在那些研讨会上,每个参与者都在竭尽所能地寻找独特的赞美角度,鲜有指出作品毛病的"不合时宜"者出现。这些千篇一律的研讨会,已经成为作品推广会的代名词。后来,2010年我去鲁迅文学院读书,经历了鲁院著名的"白刀子进红刀子出"的作品研讨。我以为那就是最真实最严厉的研讨了。然而时隔六年,2016年5月在浙师大的红楼,我终于见识到了比鲁院"白刀子进红刀子出"更厉害的研讨。

我记得，当我在会议室里坐下，看到对面落座的那排年轻人的时候，就隐隐地觉得他们身上有一种年轻无畏的气势。而当他们开口之后，马上就让我领略了这种气势的厉害。我当时有点惊讶，在远离学术中心的浙江金华，一栋古朴的老楼里，竟然藏着那么多学术人才。这促使我尽可能地保持理智和审慎的态度，去倾听他们的"挑刺"。有些观点，我自然也持不同的看法，但那丝毫也没有影响我们对彼此的尊重，相反，我竟然产生了想要辩论的冲动。那一刹我有些恍惚——真正唇枪舌剑的文学辩论，早已经遗失了。只是，遗憾的是，我记得当时我并没有完整地成功地表达出自己的想法。为什么会那样，是被年轻人的凌厉言辞折服了吗？我也说不清楚。

赫赫有名的红楼研讨，在甄选作品的时候，自然也是审慎的。至今我都感到荣幸，那次研讨的是我的第一部童话作品《魔术师的荣耀》。老实说，自恃想象力较强的我，在写完《魔术师的荣耀》之后，对它还是相对满意的。但是，红楼研讨之后，我重新打量它，才发现它的诸多不足。童话并不仅仅是由想象力支撑的，它同样注重艺术规律和写作技巧，而且绝非一日之功。在那之前，我已经从事了十多年成人文学写作，但这并不意味着我可以轻而易举地写好童话。在那以后，我又创作了七部儿童文学作品，红楼研讨中年轻学者们给我挑的"刺"，在后来的写作中，都成为我思考和斟酌的重点。

两年过去了。回忆起来，我越发觉得那栋楼的名字是如此好听——红楼，那些年轻人是那么真实而美好，跟那栋楼一样，相得益彰。

程玮《海龟老师》系列研讨会

《海龟老师》系列

作者：程玮

责任编辑：孙玉虎

出版信息：浙江少年儿童出版社 2017 年 5 月版

作家简介：

程玮，1982年毕业于南京大学中文系，1988年于西柏林国际电视中心培训毕业。1992年定居德国汉堡，从事中德文化交流活动，为德国电视二台制片人。1976年起开始发表儿童文学作品。中篇小说《来自异国的孩子》、长篇小说《少女的红发卡》分别获得第一届、第二届全国优秀儿童文学奖，《周末与爱丽丝聊天》系列小说、《两根弦的小提琴》分别入选2011年、2014年"大众喜爱的50种图书"。《米兰的秘密花园》《龟背上的花纹》分别获得2011年、2014年"冰心儿童图书奖"。

担任编剧的电影《豆蔻年华》获中国电影金鸡奖及政府奖，电视剧《秋白之死》获飞天奖最佳编剧奖。译作有《小王子》《大盗贼》《我和小姐姐克拉拉》（完整版）等，入选2016IBBY（国际儿童读物联盟）荣誉名单。

《海龟老师》:"有底气的天真"下的现实逻辑

时间:2017年5月9日
主持人:方卫平

方卫平:今天的研讨会,我们关注的作品是资深儿童文学作家、目前旅德的程玮女士在浙江少儿社(以下简称"浙少社")出版的新作《海龟老师》系列作品。

二十世纪八十年代我就在许多刊物如《巨人》《儿童文学选刊》,以及浙少社的《当代少年》中不断读到程玮女士的作品:短篇《白色的塔》《老人·孩子·雕塑》,中篇小说《来自异国的孩子》,长篇小说《少女的红发卡》等。她是新时期中国儿童文学起步阶段涌现的最优秀的青年作家之一,且在新时期儿童文学艺术革命中,她的身影是十分独特的。她的作品有着那个时代很深的印记。《白色的塔》当年经孙老师之手发表在《当代少年》上,被《选刊》选载。时隔三十多年,我们聚集在红楼,围绕她近年来的新作进行这样一场研讨,我想是很有意义的。

一、童真现场与现实逻辑

孙建江:程玮的作品除了深刻性,最大的特点是儿童性。1984年我们认识后,我对她的作品几乎从来没有失望过。后来她去了德国,我们就"失联"了一段时间。之后我看的比较多的是她的散文，登载在《读者》《南京日报》《扬子晚报》上，文学的感觉一直非常饱满。

这次的《海龟老师》，玉虎是她的责编，宜清是她的复审，我算是终审。这部作品根本不像脱离母语环境很久的人写出来的，好像她从来没有离开过这片土地。作品对儿童心理的把握非常准确，汉语运用非常到位。比如"海归"其实是从海外留学回来的人，"我"却以为是"海龟"，孩子讲了爸妈就笑，孩子却说："可是我一点也不觉得这件事有什么可笑。"还有"晚上我躺在床上，我都失眠了好久"，我觉得如果普通人来写是"晚上我躺在床上，我失眠了"，但是一个"都"，一个"好久"，儿童的心理马上就表现出来了。

然后讲到考试考得不好，老师很生气。毛毛便举手问："雷老师，我们考不好为什么丢你的脸呢？"孩子思维是直接的，不会转弯的，其实好的儿童文学就是这样。雷老师马上解释："因为人家觉得我教得不好。"最绝的是："那么你教得不好，为什么要对我们发火呢？这真的太不公平了。"毛毛一脸委屈。这些都是真正的儿童的思维方式，很鲜活。

这三本书我是拿起来一口气就读完的，语言干净，儿童的心理和思维方式的体现又非常到位。谢谢大家！

方卫平：感谢孙老师。首先，现在幼童阶段的小说在我们原创儿童文学中不多，写得好的更少。这本书有一个看点：一个留英的海归回来做一年级老师。我在阅读前有一个蛮大的期待，从我们认为很现代的国度回来的老师，对当今很多人沮丧不满的教育文化、教育生活能带来怎样的冲击？

可翻开第一本，我有点惊讶，就像雷老师发火："这次语文测试我们又是全年级垫底！"然后他跟孩子们有了成绩提升的约定。这就与我个人对于现代教育生活、对孩子成长的期待产生了很大的矛盾，我们能否就从这里开始讨论？

钱淑英：我看到后记蛮激动的，因为我很喜欢那样一个现场，还有那样一个父亲的表现，我真想为他鼓掌。但就像方老师提到的，阅读这套书，我自己会有一种期待。但我也理解，雷老师就这样跌跌撞撞，在理想和现实之间切入当下中国的教育现场，一定会有问题。

但我没有听到过低年级就进行成绩排名，这是一个疑惑。同时，海龟老师没有给我们带来我们所期待的教育理念，因为他说"你们真行呀""又是全年级垫底，我的脸都被你们丢完了"，然后不停说"你们是祖国的花朵，未来的希望，家庭的宝贝"。他鼓励孩子："你们都是最聪明的孩子，完全可以考第一名。""你们小小年纪，一点学习的积极性都没有。"然后是情节部分，为了调动孩子的积极性，他采取了奖励的方式。当后面出现海边露营时，我心里有一些欢喜了。可我又想到家长一定不接受，而且他许诺不用带家长，这几乎没办法实现。

书里的孩子是天真的，老师也带有一点天真。这种天真和可爱是我喜欢的，整个故事架构会让我们觉得像在看《小淘气尼古拉的故事》，孩子就是在那个现场最活跃的人。可能你想通过他带出您的教育理念，或从成人视角塑造一个特别的形象。那么这个带着缺点的老师，我觉得他很多时候可能是真实的。在我看来，他那些教育理念的行为表现未必就是一个理想的海归教师的做法。

包括第二本《十字路口的汽车》，他刚刚考出新驾照。那个场景的表现真的很棒，但是你再想，如果我是家长我会担心的。他刚考出驾照就说"孩子上我的车吧"，还振振有词地"教育"那些身边的大人。

第三本有些细节我很喜欢，如老师跟他们讨论女朋友。在重读《少女的红发卡》时，我看到了您在早期写作中的独特魅力，一开始就有儿童本位、文化格局、担当以及精神上的反思，甚至符合塑造民族性格这一点，包括孩子对爱是怎么理解的。在《海龟老师3》里面我也看到了这个我特别喜欢的部分，老师尊重孩子，还有当孩子有异议时，他会站在他们那边。

但是，看完整个故事，尤其是结尾部分，我真的有点惊讶。市里举行小学生歌咏比赛，要求以班级为单位，这好像有点不可思议，但是以小说逻辑来看我觉得也可以。问题是，读到最后毛毛和雷老师对集体荣誉的选择时，我觉得稍稍有些不合我对当下孩子及教育现场的理解。种种细节会有一种违和之感。

总体来说，当几个故事放在一起时，我能感觉到作者好像在有意弱化一种现实逻辑体系。在这过程中，这种不断的跳跃，还有如果把主角定位为海龟老师的话，对他形象确立的丰富性和真实性也会产生影响。我倒不是说，一定要像您过去写少女小说那样，有大的架构、立体的形象和纵深的推进。但我觉得在这个故事里，因为前后逻辑的不统一，一下让我们觉得海龟老师好像受过西方教育，和我们有不一样的理解，但一下又回到现实，他好像和我们这些老师差不多，甚至有时更拙劣。当人物的行为反应贯穿在一起时，似乎没有确立一个深入人心的形象。我说得很直接，谢谢！

王宜清：我对这套作品非常看重。一个特殊的原因是这本书自从发来电子稿，到玉虎开始配插图、制作、设计版式、调整、用纸、进印厂、出书再到最后研讨会现场，我都在关注，我感觉对这部作品的感情更加非同寻常。

我想用三个关键词，来概括我对这部作品的感受。第一个是贯通。我阅读中最大的感受是成人世界和儿童世界其实是错位的，这是有意设置的，但错位的同时又是贯通的。作品的男主角是一年级学生多莱，他在描述他眼中的海龟老师，其实是在用有限的儿童视角来框入他所理解的成人世界。所以它是既错位又贯通的过程。

第二是平衡。我跟玉虎聊过，程老师写的是这个两端的世界，不管儿童还是成人世界，都是很丰满且平衡的。比如说校长、父母等大人，包括多莱、娜苗、贝奇、毛毛、能能等孩子，每一个形象都很丰满，达到了平衡。当然这只是浅层次的平衡，最重要的是程老师在她对现实的批评和对一些她不能克服现实的容忍之间达到了一种平衡，她把成人的无奈和儿童的无畏，这些最深的东西也达到一种平衡。

第三个是充盈。充盈主要集中为两方面。她用简约的语言写出丰富饱满的情态，首先它是非常中国的，也是非常儿童本位的。其次是情节，她笔下自然有社会现实和教育现场，这都是她关照的一些硬东西。读每一句话，你都会觉得是很丰满的。我归纳了一句话，即"童真可以改变世界，天真不忍辜负"。所有的现实也好，无奈也好，教育实质的问题也好，都隐含在其中了，这就回到一个童真的现场，这是非常感动我的地方。在读作品时也不由得向一些经典回顾，某些文字描写让我想到了张天翼、诺索夫，达到了"不著一字，尽得风流"的境界。

常立：周益民老师的推荐语，在我看来是进入这本书的一把钥匙："我恍惚觉得这其实是个童话，道出了我们想要的那种童年生活。"如果是这样，《海龟老师》就像王老师说的一样，它跟现实其实不是很紧密，它只是用写实手法写的，但不是现实中的东西。从这个角度讲，刚才钱老师提出的现实逻辑的问题，我觉得可以解答了，它在一定程度上有弱化现实逻辑的可能性。

在校园故事中，成人通常是完美的，孩子是有各种缺陷的，然后在这过程中，孩子慢慢得到成长。但这个故事恰好相反，在这个理想空间里，孩子都是完美的，他们只要各自表达自己、成为自己就可以了，但老师好像是来自一个现实世界的、充满缺陷的成年人，在跟孩子的交往中，不是解决孩子的问题，而是孩子怎么来帮助他成长。它可能是这样一个开放的系统。

我理解这三本书可能还没写完，那么这一点可能会呈现得更明显，最终会呈现出我们所认为的海龟老师该有的理想的教育形态。应该是在后续故事里，随着老师进一步的成长，他至少保持着开放对话的态度，这是基础。所以故事如果进行下去，我觉得在教育观、意识形态、现实逻辑上可能会有一个整体变化。

然后是一些细节的问题。第一个故事的标题是《校园里的海滩》，我觉得这太剧透了。你只要还记得这个题目，最后的高潮其实已经透露出来了。

钱淑英：第二本的插画也已严重剧透。当大家还不知道是什么考试时，交通规则考试的插画就已经出现了。

常立：第二，在我看来，这些孩子不该是一年级。不管怎么读，我都不太能想象一年级的叙述者是这样一种叙事方式，三年级比较适合。

还有些细节，比如校园海滩中有篝火，情节上它可能是个蛮好的爆点，从剧情上来讲，它可能还燃烧得比较旺，因为外面的人都能看到。但用来当海滩的是塑料布，所以我会考虑安全性的问题。作为父亲，读到这有一点提心吊胆。

王宜清：有"消防队"的介入。我认为海滩狂欢不是创作者需要解决的。

常立：另外，教训那帮忙忙碌碌的人的那番话单独来看很好，但放在这个情节中会觉得有点突兀，因为他明明车开得好像不是很有把握，你会觉得他就是在找借口。我觉得可能有两种处理方式，一是前面铺垫一下，让情节喷发得更有力量，二是对他本身持有一种有点调侃的、嘲讽的态度，因为他本来就是充满缺陷的老师，他冒险开车，找理由、找借口，但对他稍微有一点反讽，有一点诙谐的、喜剧性的东西，不要让他最后那么正气凛然，稍微搞笑一点。

胡丽娜：十字路口是一个重要情节。我觉得这本书我最满意或最惊喜的就是结尾。因为孩子熄灯后跟妈妈说这番话，他对这个事件的呈现可能是表面他所观察到的，但这个事件背后真正需要我们反思的，通过孩子对老师的评判，带点幽默、轻描淡写地说了出来："我赶紧不作声，我可不想雷老师还要去补考。"他其实已经知道这种处理方式不对，已经看透了。

常立：对，这孩子问那什么时候才开车呢？其实也是对老师的一种批判。也不是批判，就稍微带点幽默，但我觉得这里反讽应该更彻底些。

王宜清：作为一个读者和编者，我觉得程老师确实用了儿童视角，它一定是在多莱的视角范围之内的，这是有讲究的。

常立：也不是让多莱直接来反讽，而是通过她对十字路口这些人的描述、后来这些人拍视频、发到网上的情节等等。我觉得这里是可以出现解构、反讽的，因为这是孩子的观察，不会超过多莱的视角。

胡丽娜：我很同意常老师的观点。我一开始看《海龟老师》，会对这个人物有特别多期待。因为他在国外受过教育，跟国内的教育体系必定会有冲突。

但读完我会觉得海龟老师缺少一种自省意识，有一种简单和粗暴。我特别害怕或者不喜欢的是，他经常会用一种训斥的方式跟孩子们说："你给我记住了，记住了吗？"包括多莱和同学打架，他的处理是说："我会给家长打电话。"他没有真正地让儿童发声，他不是孩子声音的倾听者，更多的是掌控者。后面如果继续写，我希望看到现实的困境与理想的冲突推动他自身的成长。或者我们可以有一种艺术上的弥补，他这种粗暴简单的甚至专制的方式背后，也有一些柔和的、内心的东西。

我们真的需要有这样的一个人物来进入、来发现我们教育现场的困惑和问题，或许不需要给出固定答案，但至少可以让我们把一些问题敞开，我对这个海龟老师抱有很大的角色期待，所以会有一点点不满足。

孙玉虎：这样吧，我念书给大家听一下。因为大家刚才一直在说海龟老师会说一些很粗暴的话，包括他说道："你们可真行啊！""你给我回去连抄五遍课文！"我为什么要念书给大家听呢？因为我本身当过一年老师，去甘肃支教过。其实海龟老师说的你们要这么念:"你们可真(重音)行呀。"他不是真的生气,而是佯装生气。因为我知道我要维持一种老师的尊严,包括"谁写的?回去给我连抄五遍课文!"其实他不是真生气,这些话你们不用太害怕。

现在辩论的两个焦点是,第一,大家看到海龟老师的名字,知道他是从海外留学回来的,会对他有期待。其实这种期待包括我自己,作为编辑,作为第一读者,我读这个作品时我也是有期待的,我一直会想,海外留学回来的老师是不是就像神一般的存在,会和现实对抗。但作为一个写作者,如果真这样写其实就落入俗套了。在进入这个文本前,我觉得尽量带着纯净之心,就是你什么都不知道,不要抱有期待。

第二,就是海龟老师作为新手司机,家长就会担心。其实他不是新手司机,他在英国考过驾照,只是规则不一样,然后他又练了练,掌握了规则。

钱淑英:但写他开车的过程很紧张,感觉他就是新手。

孙玉虎:因为规则不同,还带着孩子,所以他紧张嘛。然后我就在想他身上的缺陷,包括他很在意分数,但其实海龟老师是留学后回国的,他身上肯定会有中国的印记。这是我辩解的部分。

第二,海龟老师真的就没有从海外带回好的观念吗?通过刚才大家的辩论我想提出的第二个整体阅读的方式。之前我做了一个PPT,方老师不让我放,其实我有个总结式的话,每本书都有一个关键词。第一本是"承诺",我觉得是海龟老师对孩子的承诺。你要说这是海外的精神、国外的先进的教育理念也未必就是,它可能就是人类共通的美好品质。第二本是"守护",就是海龟老师买了汽车,然后问你们要什么颜色呀?孩子说"白的""黑的""红的""黄的"……投票结果是红的黄的各一半。如果他是一个很现实的老师,那他是不会尊重孩子的,他不会守护孩子的想法,但他真就弄成了一部黄的和红的车。第三本是"选择"。故事一开始就是关于海龟老师交女朋友的事,然后这个秘密被同学们发现了。我看到什么地方,觉得它的内涵又上升了呢?就是当毛毛说可不可以代表他们班去参加比赛,海龟老师当时就说不可以,那些孩子就说谁让他去都不行吗?海龟老师说谁都不行。我觉得那里海龟老师关于对孩子的尊重,关于教育理念的思考就很明显了。他是海外归来学到的也好,还是他自己获得这些认识也好,我觉得他是有一种引领的东西的。还有一个,就是后记里不是写了德国老师嘛,那他不也被家长驱逐了吗,所以海外回来的老师就一定是好的吗?这是我的一些观点。

关于十字路口的情节,刚才常立老师的观点很有趣。刚才我回想了一下,可能他真的就是车开得不好,然后嘴硬。但我真的很喜欢这个结尾:"妈妈,红灯停、黄灯停,那到底什么时候开车呀?"看到这一句时,我就觉得作家又掰回来了一点。我其实想问问常老师,作为一个作家,逻辑在你真正的感性的创作中占了多大部分?

常立:我刚才没说完,我刚才在说细节嘛。毛毛唱歌那么好听,但这个音乐老师是新的。在我的理解中,毛毛唱得好听,同学们应该不会像故事里描述的那么惊讶。这都是一年级下学期了,之前肯定上过多次音乐课,所以我觉得这里细节上稍有问题。

另外,在第一个故事里,孩子那番话特别好:"我们考第一,那原来的第一怎么办?"但孩子们一咬牙一努力还真考了个第一,如果我来处理,我会让他们考第二,这样老师就会有很好的借口。考第一去海滩,第二呢就去操场,这样依然是承诺,只是稍微变化了一下承诺的内容。还有刚才说的毛毛,钱老师质疑这样一个场景,因为比赛是有规则的,这里如果我们稍微考虑一下逻辑性的问题,我可能会写他的歌声确实把大家都震到了,但他们班级并没有得到一等奖,也许会给毛毛颁个特别奖,就是唱得特别好听的奖。它依然是一个童话中的一个结局。这样可能就不存在刚才钱老师提到的问题了。

方卫平：我认为应该告诉孩子一些现代的价值观，就是当你很优秀时，你给世界带来美好时，你已经是成功的了，这样是不是更好呢？所以我现在要接着玉虎的话再说一点。

PPT呢，我看过，谢谢你对这次活动的重视。第一，如果你把结论告诉我们，这三个作品就是三个关键词，那会给我们研讨带来一些尴尬。我们是响应你的"承诺、守护、选择"，还是要另外想出三个词来呢，那你也会尴尬，对不对？我是一直是很欣赏、很喜欢玉虎的，但刚才玉虎的狡辩能力居然这么强。你看，他告诉我们一部以海龟老师命名的作品，我们居然不能去想象，不能去期待它带给我们一些对于校园生活和现代教育的新的理解，他说如果那样写就落入俗套了。而且他也辩解说所有在他身上的中国投影都是出国之前的烙印，都是很符合逻辑的，真是狡辩。

第二，你要求我们放下一切预设，用很纯洁的心去进入作品。我们都是很有经验的读者，我们怎么可能去放下那么多年文学生涯所给予我们的对于文学的理解和期待。当然玉虎作为责编的这种深情我也很感动。

写一个幼童的生活，能写得这么轻巧、流畅、好看，甚至不乏童年身上的那种闪光点。尽管年龄上有点错位，但总体来说这是一部好看的作品。可是我期待的不是这个，我期待的是海龟老师带给我们的文学对于教育的介入。可在这本书中我认为他带来的不多。如果这个老师仅仅给我们一个校园海滩，那就是他从英国带回来的，那么这个"海归"他"白归"了。

我觉得这部小说的智慧应该在哪里？应该在他身上有中国烙印和现代教育理念。他回到我们中国的语境，回到孩子们的生活中时，他怎么用他的智慧教学，不是简单地用现代教育的理念和方法跟传统教育或跟现实的教育对抗，而是怎么在复杂的关系和冲撞中，显示出文学的天分和力量，而这力量的核心是有教育的思考的。

第三，讲到文学故事，我个人觉得程老师应该把这个故事写得更好一点。我们有时候不忍心去举同类型的更好的故事，比如《弗朗兹的故事》，还有淑英讲到的《小淘气尼古拉的故事》，还有《疯狂学校》，写教育，写校长、成人和儿童的冲突，写得真好。可这本书从故事层面讲，我觉得这个老师身上，从他的理念到教育方法到语言，你不能说都不可爱，但是不够。

韦苇： 第三本这个故事有点轻喜剧的味道。我接触外国文学比较多，对于中国的儿童文学轻喜剧的呈现是很有期待的。在程玮这里满足了期待。

但我觉得对于程玮，还是有所失望的地方。比如第三本的第83页："整个会堂安静下来了，我们站在台上，面对着黑压压的观众、领导和评委。"这一年级刚上学的孩子，什么"领导""评委"，这叫什么语言呢？这应该是一个儿童文学作家写不下去的地方，可是程玮还是很没有障碍地写下去了。这种媒体语言也能够写下去，没有障碍，没有难度，我觉得这是中国儿童文学作家的一个通病，就是写作上没有难度。谢谢。

赵霞： 程老师这样处理也有一点反讽意味，如这句"我们是祖国的花朵"，当孩子们重复大人的话时，这个感觉跟大人自己说出来有点不一样。

孙建江： 确实是有点反讽和幽默效果在里面。但是有些地方写得多了，就觉得这个分寸感拿捏得还不是很到位。所以我们讲最优秀的作家，他对分寸感的拿捏是很准很准的，通篇读下来几乎没有任何可以挑剔的地方。虽然这部作品对于儿童的思维方式和心理的把握，整体而言是十分准确的。

方卫平： 不同的读者会有不同的感受嘛。

二、教育观念和关于"天真"问题的探讨

楼倩： 我第一次参加红楼研讨会，是以出版社编辑的身份，但其实我还

有另一个身份，就是一个小粉丝的家长。我大孩子是一个准一年级学生。刚才玉虎说的不带预设的视角，可能讲的是一个读者的视角。我因为休产假没有参与这次编辑过程。我跟孩子是以亲子阅读的方式读完的，因为他的文字量还没有达到可以自主阅读的程度。他能够全神贯注地把这个故事听完，说明他是喜欢的。过程中，一开始他坐在我的对面，读着读着他就过来坐到了我怀里。另外孩子在读的过程中会不断反馈。第二册有一个细节是"海龟老师"载这群孩子去过生日，当时孩子们的鞋比较脏，海龟老师说要把鞋子脱掉再上车。读到这里，孩子就反复问："妈妈，那他们都赤着脚吗？"我在想，要是作者后面没有交代怎么办？但后来"海龟老师"送多莱回家时，毛毛因为没穿鞋，就坐在车上没下来。所以我觉得程老师对孩子的语言和思维把握得非常到位和精准。至少在亲子阅读过程中，孩子给我的反馈都是能够理解的，而且他的关注点也都得到了反馈，这特别有意思。

第二，我也跟玉虎沟通过，这个作品的小主人公设置为一年级好像太早了点。因为一年级还不能自主阅读，如果是二三年级的孩子，他读的时候又会觉得这是一年级的故事，我比他们大了。另外，我们开始读时，我的孩子是坐在我对面的，没有看图。后来他坐到我的怀里时，说："呀，海归老师是男的呀。"这我也觉得特别有意思。因为幼儿园里清一色的都是女老师，包括小学。所以我在想，程老师在写作时，是不是也有意识地做了一些这样的设定？但我觉得"海龟老师"作为男老师的特色，就是男老师和女老师的差别，在这部作品中还没有得到充分体现。另外，如果有描写国内其他老师是什么样子的，然后与"海龟老师"有一个对比和反差的话，是否更能清楚地体现他作为一个海归的背景和特色？

谈凤霞： 一开始我非常同意钱老师、常老师的看法，这些问题是真实存在的。但后面我的观点开始转变。纵览程玮个人儿童文学创作过程，我对其轨迹的整体印象是，从"少女红"系列的绵绵密密，到"周末聊天"系列的浩浩荡荡，再到"海龟老师"系列的轻轻巧巧。这些书系相对应的读者群的年龄，从中学生转为小学高年级儿童再到低年级儿童。贯穿始终的是，她对儿童文学纯粹性的秉持、个性化的追求和多样化的探索。这体现了作者不愿停滞不前，不肯重复自己，不断地尝试新的可能的自觉意识、开放意识和挑战意识。这三个书系代表的阶段都有程玮鲜明的个人特色，有着她的人生阅历和心灵履历的印痕，由此带来属于她的眼光和眼神、气息和气韵。对应这三个阶段，我感受到她文学作品里的音乐性，大致是从如歌的行板到沉稳的慢板到轻快的谐谑曲。所以我们把它放在这样一个框架里面来谈，很多问题就可以融通了。

从小说内容看，《海龟老师》属于校园题材。在类型化、模式化非常严重的情况下，程玮还能做什么样的动作？这是一个非常大的挑战。如何在当今铺天盖地的校园故事中以独特面貌脱颖而出，这是一个作家进入这一领域首先应该考虑的基点。而程玮着意于表现属于她那一派独有的天真，而且这派天真是有她浑厚的底气的。所以我的核心观点就是"有底气的天真"。

第一，她有宽广的国际文化背景。刚才我们都在谈她的教育理念，在她那些跨文化视野的作品中，她的教育理念非常好，非常现代，跟世界接轨。但到《海龟老师》中，似乎出现了一些错位，刚才宜清老师谈到错位与融通的问题，方老师持有一定的质疑态度。的确，我乍一听，也是质疑的。但如果我把它放在文学范畴去谈，在适当程度上不要把教育看作文学的唯一，会发现这是可以解释的。

从我的阅读经验来说，我认为程玮肯定有非常好的教育理念，那为什么会在这部作品中出现这么多让大家质疑的问题？我个人找到了一些在文学处理方面的原因。我也在做一些江苏省年度儿童文学研究综述，我认为程玮的校园小说不同于一般的校园小说，那么她的超脱性到底在哪里？刚才老师们提到一些细节，如果我们用第一感觉去读，的确是错的。第一次读时，我也觉得失望，有落差感。但我读到最后，我会觉得，她在进行这样一种新的文学题材创作时，也许正在摸索中，出现这些问题也无可厚非。比如刚才常老师提到考第一名的问题，他的意见是让他们考第二名。如果那样处理，故事的戏剧性该怎么办？

常立：为什么第二名就没有戏剧性了？

谈凤霞：因为相对来说，这个第一名是承接着后面海滩这个承诺的。我觉得程老师这个作品里面点到了一些很好的理念。海龟老师说："我们不一定要时时都考第一名。"这不就是一个吗？其实她在写作过程中也是不断调整，而只有这种调整才能带来一种生活的真实性和复杂感。我觉得雷老师赋予儿童的发言权和发言空间，对儿童的尊重和理解等，都和程老师在之前文化小说系列中谈到的教育理念是一脉相承的。这是她有底气的第一个原因。

第二个原因是她人生经历的积淀，升华出了丰厚而本真的人生思悟。刚才大家谈到十字路口的情节，尽管看上去有些突兀，但我当时读的感觉是整个世界都静下来了。那是对"快"的批判，这种处理我觉得是可以的。那么像这种本真智慧的偶尔闪现，也能避免一般校园故事的肤浅和轻飘。

第三，我认为她的底气来自她本身所具有的天然童心，程老师是率真而不失顽皮的，同时也是不失幽默的。她的这部作品，如果我要去辩解的话，我就站在这个立场。因为它本来就是一个谐谑曲，本来就是一个轻喜剧。她的搞笑也不是纯粹没有任何质量感的搞笑。刚才老师反复提到的"祖国的花朵"，当时我看时也很反感。但我看多了之后就不反感了，我懂了。我知道这个老师其实是带着谐谑的口吻在讲这个话，并不是一本正经的。刚才玉虎在用他的口吻来读时，我就更懂了。

第四，我认为程老师的底气来自她本身的文学修养和学术操练，尤其是西方儿童文学的浸润。程老师定居德国，近水楼台先得月，她应该会对德语儿童文学比较关注。在她翻译的《我和小姐姐克拉拉》、法语的《小王子》等作品中，她是有她挑剔的眼光的。我在想刚才大家提到的问题，我觉得都是低级错误。那么程玮之前写出那么多好的作品，为什么到第三阶段会发生这么多低级错误？不会让人觉得很可疑吗？这时我会想她为什么这样，还是说这是她有意为之。方老师可能又要认为我在强词夺理了。

方卫平：不会，我们是在讨论，说"辩解"其实也是一种谐谑。

谈凤霞：方老师的理论我特别喜欢，在进入硕士儿童文学研究阶段时，您的《中国儿童文学理论批评史》我是翻来覆去看的，它对我的学术思维的训练影响特别大。我们中国人发言，一般都会说"我认为"，但是西方的论文不用"I think"，而用"I argue"。他们在意的不是你的观点，而是你的"argument"。在方老师的主持下，我们可以看到，他非常强调这种争鸣，这就可以碰撞出很多火花。

第五个原因就是程老师的写作心态。我用了一个比喻：《海龟老师》不是用肥皂水吹出来的肥皂泡，而是从地上冒出的一汪珍珠泉。不像肥皂泡，一吹就没了。我觉得这很重要，这也是我从谐谑曲这个方面来谈的。

阅读这个作品给我带来的刺激非常大，开始的刺激都是问题刺激。我谈一下自己的"argument"。第一个聚焦性问题是海龟老师的真实性，我们的预设、我们的期待到底是什么？我们预设的是理想。一开始我就在想，海龟老师肯定要有很多新颖的、海外的、现代化的甚至是非常完美的教育理念。然而我在阅读时，真的是一个"咯噔"接着一个"咯噔"。我看到的都是一些有缺陷甚至比较落后的东西。玉虎认为这种落后是因为受到了出国之前传统教育的影响，但我觉得不是，我觉得作家本身用的就是一种轻喜剧的方式，海龟老师的很多表达其实都是一种谐谑化的说法。

另外，我们如果把它当小说看，就会强调现实主义，那么它就要塑造典型环境中的典型人物，那这个老师的典型特征到底在哪里？典型意义又是什么？我们接受过这么多年文学训练的人，肯定会去追求这个。读完之后，我也会比较失望。但如果再回到它的文体，我明白了，就像刚才我也被玉虎所说服的一点，就是我们对它的预设就合理吗？所以关于形象塑造问题，我们不要单一理想化。作品的风格决定了它是谐谑化的，还有它的喜剧性。我觉得程老师可能就是把它当作一个轻喜剧来创作的,那么她会在很多地方设置戏剧性,甚至喜剧性。

那么,最关键的问题是文类和文体。我们说故事和小说是有区别的,相对而言非常大的区别在于小说的艺术性一般要比故事来得更为丰富、绵密、复杂。那程老师的这个作品,我读完有点失望的第一个感觉就是这到底属于小说还是故事?如果它是一个故事的话,那它就和其他校园题材的作品没什么大的区别了。刚才常立认可了周益民提的"童话",其实只是一种感觉而已。如果把它当作童话的话,它缺乏幻想。所以我觉得从文类本身来说,如果是小说,那我们虚构的或戏剧化和谐谑化的程度可能要更多一点。

我再回到方老师提的一个非常关键的词上,就是智慧。不管是儿童文学还是成人文学我都很看重作品里的两个东西,一个是智慧,一个就是诗性。智慧包括它涉及的题材的教育智慧,第二就涉及作家本人的人生智慧,还有文学智慧。文学智慧就是怎样艺术表达的智慧。我们发现程老师表层故事中出现了教育智慧的一些错误或错位,我们是否可从文学智慧这方面去看它的艺术表现呢?然后就是诗性的问题,我也认为任何文学、艺术作品最好的境界一定是诗性的。而故事和小说如果从表述方式来看,一个非常本质的区别就是故事会偏向陈述,甚至概述,而小说会偏向描述,而程老师的这部作品她的描述不是很多,那么这部作品的诗性到底在哪里?我觉得可以回到轻喜剧,回到谐谑化风格所诞生的一种诗性。就像刚才赵霞老师和常立老师谈到反讽,它是有反讽在里头的。我们如何去理解表层和里层的反讽,这之间的张力所带来的诗性,程老师在某些环节的处理方面的确容易引起误解,所以才导致一些诟病。

现在我要转变立场,来谈谈程老师的问题。我从一个小细节谈起,其中的教育观念在某一方面的确是有问题的,比如对于聪明学生的不断赞颂,她就不断地提到娜苗是最聪明的人,所有老师都喜欢她。如果让我来排我所读过的有限的校园小说排行榜的话,第一部是班马的《没劲》,方老师写过很好的评论,第二部是王淑芳的《我是白痴》。《我是白痴》中倒不是这个老师形象让我印象深刻，而是那个白痴男孩彭铁男。而在程老师这个作品中，对聪明过于强调，当然我马上又能为您找到解释。毕竟这是从多莱这个孩子的视角来讲的，但我之前也提到一个观点，就是读者接受的问题，尤其对于儿童读者来说，他们很容易认同正面叙事者的态度，所以孩子们也会觉得，只有聪明的孩子，老师们才会喜欢。所以这里是不是能让老师来调和一下呢？有些地方我个人的观点可能有点偏激，不当之处，请各位老师、同学们多多指正。

方卫平：谈老师说得很好，坦诚表达，也对作家有贴心的理解，这是批评者一个很重要的品质。

赵霞：我也想借"天真"这词，谈谈《海龟老师》带给当下面向低龄段儿童读者的小说写作的意义，以及它面临的最大困境。

在儿童文学语境中，"天真"这个词有多层含义。在现代儿童文学发展初期，甚至到十九世纪欧美现代儿童文学的总体艺术面貌中，"天真"一般是说孩子是天真无邪的。到了当代儿童文学艺术发展阶段，"天真"仍然运行在儿童文学的写作深处，但我们对天真的理解在变化。我觉得《海龟老师》带给我们一个对于儿童文学艺术的比较当下的、比较先验的、很重大的认知，就是它纳入了孩子和成人生活中某种现实的复杂性，这在低幼故事写作中挺难得的。

在今天的儿童文学写作中，孩子的形象已经变得立体、丰富起来，特别是那些顽皮的、天性张扬的孩子形象越来越多。可在成人形象中，如果我们去看低幼儿童故事，许多仍是模式化的。因为现实的复杂性很难处理。我觉得《海龟老师》里程老师最初设定时就不是一个完美老师，而是一个毛脚老师，一个有缺陷的正常人；里面的孩子也是普普通通的孩子。他们会面临我们日常生活中所面临的各种困境。我最喜欢最后一册，当几个孩子莽莽撞撞地冲破现实后，你会发现孩子的天真带来了对成人世界沉重规则一个喜剧性的冲破。在这种冲破中，我们看到了规则，可我们仍看到了天真本身反抗的力量，这是最感动我的。

对于把现实的复杂性纳入低龄儿童小说的书写，一个难度就是怎样在书写一种现实的、复杂的生活的同时，仍让这种生活是文学的、有审美的。孩子的天真在这里既不是故意被去掉生活复杂性的那种不存在的概念，但也不是简单凭借他的自我、自私和自大在做他自以为是的事。所以这里非常重要的艺术课题是，在今天复杂的童年生活的书写语境中，怎样去保持童年天真趣味的纯粹性。

我想说一个细节，关于海滩边的周末旅行。当雷老师从帐篷中钻出来说我们仍然去旅行时，那一刻我觉得他像一个英雄。那一刻，他好像把所有压在他身上的重担去掉了，故事的光环出来了。但我的疑惑是他该怎么处理这个问题，他真的会带孩子去野营吗？结果是一个折中的方式——"校园海滩"。我其实被这个创意打动了。生活没有变化，仍然是常规现实中的复杂生活，可生活又发生了那么重大的质的变化，孩子在这一刻走进了"理想"，而且这是被现实所许可的。它和现实生活的冲突在这一刻和解，而且上升到一个比较高的高度。

但一些细节也很大程度上影响了《海龟老师》中童年趣味的纯粹性。在第 90 页中，当雷老师说好几个爸爸一起帮忙把这里布置起来时，有孩子说：

"为了把这些树枝捡起来，花费了我们很多的时间，帮忙布置海滩的爸爸也真是的，直接把树枝们放在一起不就节省了我们很多时间吗？他们以为我们喜欢捡树枝，大人们总是自以为是，其实是给我们添麻烦。"

我对这段话里那种看起来似以率真方式出现的自我、自私的孩子气更多的是批评。如果去读小尼古拉的故事、弗朗兹的故事，还有最经典的林格伦的埃米尔的故事，没有这样的。一个孩子在复杂的生活中是用自己纯善的天性在做各种事情，如果他捣蛋，如果他对大人世界表达不满，仍然是用很善意的方式表现，这是他的天性。我认为童年的天真在率性和自我之间要做一个分界，率性和天真是最高的审美境界，但自我和自私却是非审美的。包括

"我"表达对同桌娜苗的敬佩（我倒认为娜苗是全班最聪明的这点在作品中的叙述是不可靠的，这是一个谐谑性的表达），但"我"在跟娜苗交流时，说：我以后也要好好学习，努力做作业，考试时好让她来"偷看"。当一个孩子用"偷看"这个词时，他已经有价值判断了，他知道这是不对的。这里，孩子的天真已经降格。如果说"我以后让她来抄"也好一点。他不知道这个行为本身的价值是怎样的，如果他知道不对却仍然要做，那这个孩子已经离天真很远了。

我更多关注故事里的大人，因为雷老师是程老师塑造的主角，书里大人的表达也存在一些可再斟酌的点。第86页，孩子们走进了童话，承诺实现了。但雷老师说"你们知足吧，好几个爸爸忙了一个下午了……"看到这里，我就觉得前面老师的形象在这句话前降低了很多，因为这句话太现实。此前，我认为所有一切都是雷老师努力换来的，但是当这些话出现时我们就发现原来老师不需要做什么，他只要一个电话、一个短信，这对老师形象来说是一种损伤。事实上，对孩子们来说也是如此。

还有《十字路口的汽车》，有一个场景在第58页：当妈妈听到孩子相信她不是自己亲妈时，她在马路上猛一刹车停下来，直接掉头，不理会后面的喇叭声。我觉得这个行为在故事里出现一次没问题，因为这是妈妈在孩子抛来"雷人"问题的应激反应，但这个妈妈一生气、一激动就要把车开到人行道上。其实对孩子来说，尤其是低龄的孩子，他们的生活模式仍在塑造中，这样的模式一再出现，而且还表现得很好玩时，对孩子来说好玩的东西是可以模仿的，而且越好玩，他们越会觉得这是一种景观式的东西。我想一个纯粹天真的儿童故事，是否可以把这样的细节打磨得更光滑些。因为它具有戏剧性，不要让它成为生活的常规。包括雷老师在开车时说，让孩子们坐到车里面去，而且告诉他们在英国是不允许这样的，但今天情况特殊，可以坐在前面等等，我认为也是不好的。在孩子们的世界模式中，你的叙述让他们认为世界是这样的，生活是可以如此的。如果小说中必须出现这样的场景，在后面应有一个解释，这样我想作品中天真的趣味会更上层，那种纯粹性会更加透彻。

一些小细节就像叙事当中的小毛刺,如果可以去掉,叙事会更平滑。第二部中,他们吵架时,老师把车停下来跟后面的人理论。这是一个喜剧场景,一个吃瓜群众却说:"有钱人耍脾气,任性。"我认为这样的语言应该尽量避免出现在一个趣味的、天真的、面向低龄孩子的儿童故事中,因为它所代表的观点是有问题的,而这个观念背后的社会问题在当下很普遍,应是一句被纠正的话。对于儿童文学的书写,我们建议当你在呈现现实时,不是呈现一个单纯的复杂的现实,应该呈现在现实当中最文学、最审美的层面。如果"海龟老师"还会出续作,希望这些毛刺的部分可以被剔除掉。当优秀的作家意识到这一点,整个叙事的感觉可能会有一个更深层的净化。我对海龟老师的后续作品还是充满期待的,我觉得程老师的写作也是当今儿童文学写作中特别值得我们期待的。

王宜清: 谈老师和赵老师都谈得比较综合、深入,我想我还是不可避免地以编辑立场再谈一点看法。第一,赵霞老师提到的毛刺感。她还是强调了教育观和现实逻辑两个问题在作家处理中不完整的地方。

赵霞: 可能用"不纯粹"更好。

王宜清: 不纯粹,好。虽然谈老师的立场变来变去,但我想你还是支持这一点的——教育观和现实逻辑在这部作品中一定不是最重点的。

赵霞: 我想说的是,老师形象的塑造和叙述者的态度是有本质区别的。你可以塑造一个有缺点的老师,一点关系也没有,而且我认为这是儿童文学艺术发展的一个非常重要的进步。但作为叙述者,你有没有那种非常高远的眼光?作家要有判断力,对这个老师的所作所为要有把握,而不仅止于这个老师生活的呈现。

王宜清：我觉得你说得非常好。第二，我想说的也承接了你的观点，我觉得程老师绝不拘泥于现实场景，她是直抵了童真现场。正因为儿童视角的运用，限制了她作为叙事者表达很多现实的东西，孩子真的看不到这么多。她只是把成人世界框入这个有限的视角范围内。所以刚刚提到海龟老师的气质没有体现出来，我不认同。三部图书结尾的高潮，海滩狂欢、舌战豪车车主，以及不赞成毛毛"参战"，我觉得都彰显了海龟老师与众不同的海归气质。第三，我觉得谈老师一针见血地指出了关于文体基调界定的问题，就是我一直没总结出来的"轻喜剧"。在这个框架下，我们来谈，它不是一部教育小说，也不是一部现实小说，它是幼童有限视角的成长小说。按照我前面的观点，它的主角并不是海龟老师，它里面的儿童群像其实更丰富。如果真把所有毛刺感去掉，把这些全部纳入现实，这个艺术冲突可能达不到这样的高度。我可能过于珍爱程玮老师的作品，从编辑角度做一点补充。

三、形象塑造和细节推敲

周晓波：听了大家的争论，我想为程玮辩解几句。我对程玮的作品非常熟悉，我写过关于二十世纪八九十年代儿童文学女作家的评论，也涉及程玮作品。我印象中她不是一个墨守成规的作家，每个阶段都有不同的变化，每个阶段写作方法的变化都给我留下深刻印象。我看到，这部作品跟你以前写作风格完全不同。你完全放低姿态来关注低年级儿童的生活，写到非常符合低年级儿童的阅读程度。但作品设置为一年级的对象确实有些不妥，可能到二三年级就没有异议了。

另外，作家对于人物的塑造很有智慧，这部作品没有像以往一样刻意去描述、说明一个形象，而是很自然地表现老师的状态，通过他的言语行动，和孩子零距离的互动来表现老师形象，体现出他的智慧，这一点写得非常到位。孩子的妈妈一生气就会把车开到人行道上，这一行为好像是作为妈妈的标志和特征出现的，我觉得也可存在。第一部我觉得很流畅，也很有逻辑性。程老师能做这种转身，令人佩服。

语言上，她从少年小说转到儿童低年龄段的小说，以及故事人物的设置等都比较符合这个年龄段的孩子的状态，我很赞赏。而我想，我们理想中关于教育理念的问题也是一个难以实现的童话。

谈凤霞： 关于赵老师刚刚提到的孩子的"天真"问题，我"一派有底气天真"的论述不是在说那些孩子们的天真，更多的是文学表达方面追求的天真式表达。但赵老师谈到一个非常好的课题，即儿童文学当中的天真是非常有研究价值的，而且她谈得非常辩证，有些问题也谈得非常深刻，对我很有启发。最后谈一点，既然我们引出了这么多的争论，就证明这是一件好事，说明这个作品是多元的。但可能对于儿童读者来说，它也会带来另外一个弊病，就是会出现像我们一样的两极感受。

赵老师刚才谈论"偷看"的问题，我却在这个点上拍案叫绝，觉得这个地方设置得实在是太好了，她把孩子的心理写出来了，因为他难得能够让别人来偷看一下自己的作业，他多么自豪。所以这些孩子并不是有多么天真，他本身也有一种类似价值混乱的表现。所以刚才你也谈到，孩子的叙事是不可靠叙事，这里又存在另一个问题，对于成人文学批评者来说，儿童不可靠视角呈现的内容是不会被认同的，但孩子往往会认同。该怎么处理才能避免这些争议和矛盾？我们两个人阅读起来感觉都不一样，对吧？孩子阅读是否也会如此？

赵霞： 关于"偷看"的问题，我想到小淘气尼古拉系列里面那些最棒的故事。里面有一个故事：电视台的大人们来采访，校长说你们要安静，要配合。所有孩子都很配合，可是孩子就是孩子，他们是如此天真，他们心里面并没有破坏规则的愿望，所以他们的所作所为就形成了对这个规则最了不起、最智慧的破坏，我觉得这样是最好的。而不是我心里觉得这个事情是坏的，但我还要去做。这当然也是孩子生活中很真实的一面，但我认为这不是最具审美的。最具审美的一面就是孩子真的很善良，他心存善良地面对这个世界，哪怕这个世界是丑的，但是他仍然善良，而这善良改变了这个世界当中的某一个时刻，我觉得这是儿童文学当中最了不起的境界。我特别期待程老师笔下这群形象可以变得更纯粹，那感觉就是它不仅教会我们怎样尊重孩子，也教会我们怎样尊重世界。那是我读所有儿童小说带给我最棒的感动，也是让我觉得儿童文学一点不输成人文学的地方。

蒋风： 我觉得文学的真实不能相等于现实的真实，所以假使是一个文学作品，我们要求作家用现实的标准来一个个挑刺的话，实在不公平，但作为儿童文学作家，我觉得有一个责任感的问题。小孩子对作家是非常信任的。所以儿童文学作家有责任使你表现的东西让读者看后得到的结论是精确的，如何表现是个很重要的问题。那么这一点上我觉得还是有一定的不足。但我非常欣赏程玮，就是她很年轻时，即使还是个孩子就已经鼎鼎有名了。留给我的印象比较深的是1990年中日儿童文学研讨会，那时中国只有三个代表，人数比较少，程玮是其中一个。我和她接触比较多，她那时还是小姑娘的样子。我觉得她作为一个作家的探索精神非常值得我佩服。

孙玉虎： 这几天我一直在想，我为什么要来红楼？拿到这部作品后，我心里隐隐希望到红楼来研讨一下，但不知道为什么。我现在有点确认了，我觉得刚才赵霞老师说《海龟老师》在当下的低年龄段的校园儿童小说里到底处于一种什么样的位置，我觉得可能我自己会想听听看，我隐隐感觉它是个好东西，但到底好到什么程度我说不出来。第二，我希望《海龟老师》还能继续延续下去，那就要提高，包括赵霞老师说的天真的纯粹性，的确很多细节你一不经意就溜过去了，这正是儿童文学写作的难度。

方卫平：其实这种敏感很重要，你看那些大作品真是了不起，驾轻就熟，所有的关于世界的复杂性都表现了，童年的复杂性也表现了，可见所有都在他的掌控当中，尤其是对伦理的掌控非常好。我们期待中国儿童文学怎么样在文学伦理，或者是说在文学的人文性方面更加提升，这一点非常重要。其实程玮老师已经准备好了。老实说到现在为止，我刚才坐在这里想，如果要我来评新时期儿童文学短篇十篇也好，二十篇也好，我一定把《白色的塔》放进去，那么深邃，那么富有哲理和诗意，故事又是从生活当中来的一个片段，文学气息是非常纯真的。

陈赛：我印象最深的是程老师的写作中有一种知识性和思想性的东西，这特别打动我，就像《周末与米兰聊天》，我在读时就有一种很强烈的感觉，我觉得在我小时候，在我面对那些困惑时，如果有这样的声音告诉我应该这样去看待这个世界，虽然这个世界很复杂，但您能用一种非常轻盈的方式来把这种东西讲清楚，又讲得很有意思，我知道这非常难。所以刚才几位老师说您把这个世界的复杂性带到儿童文学中来，尤其是低幼儿童文学里，我很赞同这一点。但同时我觉得我对这个复杂性有更高的期待，我觉得它可以更复杂一点。因为中国小学本来就是一个非常复杂的地方，孩子一下子从幼儿园到小学，孩子那种天真简单会与成年人的世故和复杂形成非常强烈的冲突。所以我想问一下您在写这部作品时是否在小学里待过一段时间，亲身感受过校园生活？

程玮：开过座谈会。

陈赛：我在想如果您能在这方面进行足够调研的话，可能会在复杂性上有更深刻的理解。因为这是一个非常有意思的问题，里面有很多可以碰撞出火花的东西，所以我希望您的这部作品能够一直写下去。

您最擅长的题材是青春期，是人成长到了一个阶段时成人世界的帷幕突然被掀起一角。但现在您从这个领域进入幼童领域，您为什么会有这样一种转型？而您又怎样保持这样一种儿童的声音和语言？关于海龟老师，您是如何进行人物设置的？是否有其他方式，即使以儿童视角，仍然把他塑造得很立体丰满？

方卫平：我建议程老师稍微梳理一下，最后一起回答。

王禹微：我最近在学军小学实习，从教学现场看，作品确实有点小问题。首先，现在一年级是没有班级排名的。第二个小问题是当老师提出校园海滩时，有孩子问不带家长吗？老师的回答非常孩子气：一个也不带，怎么求也不带。孩子们都开心地笑起来。但其实刚入学的孩子是非常有依赖性的，还没有适应家庭生活到校园生活的转换，所以这里我有点怀疑。接着是大家在帐篷里乖乖入眠的场景，没有一个孩子吵闹，我就更疑惑了。孩子是会有不安和惶恐的。第三点是第一次提到篝火时，娜苗说"篝"这字笔画多，毛毛马上接下去说要不要默写，这也是跳脱于现实的。第四点是学生在黑板上利用课间抄写交通规则，其实一年级孩子书写存在困难，虽然小说中的现实逻辑可以打破，但这里让人有非常强烈的违和感。下课时间紧张，孩子握笔力度还没掌握好，在黑板上写字非常生疏，十分钟时间连一道题也来不及抄的。并且读到这里，我心里有点酸酸的，因为海龟老师到了教室后看一眼，鼻子里哼了一声说："这字写得太难看了，谁写的今天回去给我连抄五遍课文。"如果我是这位老师，我心里会感动得咯噔一下，就算他"不咯噔"，作家在写作时是否可以稍稍在细节上带几笔，让他稍微有些表情变化之类的，那会是一个点睛之笔，也是对这个形象的提升，让我们知道他内心是善良柔软的。否则海龟老师在教学语言上或者说与学生相处的语言表达上会让我觉得很难过。谢谢程老师。

宓湛森： 一开始《海龟老师》给我的整体感受是孩子那双非常澄澈的眼睛。用儿童的视角去看待小学课堂生活，是一个比较新的点。但当看到老师《白色的塔》《赛里斯的传说》等作品后，我觉得您是否能让我们看到更多新的教育理念？如果海龟老师能够给教育者带来一个更好的榜样，是否会起到一种正面的作用？跳出教育来说，如果我们单单考虑儿童接受问题，那么其中出现的一系列关于老师形象的瑕疵性表现是否也可有一部分的更正？不仅是成人，孩子也需要一个好老师的形象。

另外，雷老师在十字路口的场景，我想红绿灯至少也有20到25秒的间隔吧，他左看右看上看下看，在周围没有任何车辆的情况下居然还没动。是否可以这样安排，比如两边的车还没走完，因为交通堵塞，他没动，当他要动时，正好黄灯亮了，他只能停下。谢谢程老师。

程玮： 非常感谢，可以肯定，每个人都读了我的作品，所以提了那么多意见，我非常感动。每个意见对我来说都非常有启发、非常有意义。

我第一次听到"红楼"这个名字，是周益民老师跟我讲的。他说红楼研讨会不是说好话的，会有一些很尖锐、很直接的批评。我说这我不怕，文艺批评就该是这样一种方式。一个作家通过听取意见后有自己的判断，然后对今后的写作有一个指向性的引导，这非常重要。

刚才有好多问题，我先简单讲一下我写作的特点。

我很不愿意重复自己，当写得很顺、得了很多奖、大家评价很高时，我会觉得再写这些东西很没劲。比如一开始写少女心理小说，《少女的红发卡》《豆蔻年华》，写得很顺，后面突然就觉得很没劲，所以就不写了。"周末聊天"系列也一样，轻车熟路，有什么意思呢？当然《周末与米兰聊天》我写得非常认真，我想这是写中国文化，所以要写出它特别的地方来。我经常跟朋友说，如果哪天我一天到晚重复自己，你赶紧跟我说一声，我就不写了，没有必要浪费纸、浪费编辑的时间。

所以"海龟老师"系列是基于我厌倦了写"聊天"系列、不愿再重复自己而写的。正好那时，彭学军让我翻译《我和小姐姐克拉拉》，我就很开心，一边翻译，一边笑——呀，这个故事多好玩。我想，如果写一个让孩子读了会开心的东西，是不是也很有意思呢？所以就想给低年级的孩子写一个他们读起来会笑，跟妈妈在一起读时也会笑，让他们觉得很开心的作品。

而教育问题是非常复杂的，它跟每个国家的历史、经济、政治都有密切联系。我们可以批评教育制度，但很难改变它。写"海龟老师"时，其实我心里是有点悲观的。如果他把海外的一套全带回来，那么在学校将待不下去，会被请走。所以他做的事情，我们现在讲起来是蚂蚁撼树、螳臂当车、杯水车薪，他想做一点好事情，他想要改变一些，但他的力度是很有限的，而且会做很多妥协，于是有了海龟老师这样一个形象。

而且我毫无疑问想要写一个男老师。其实我不是很擅长写男老师，因为我驾轻就熟的是写女性，但我想写的这个男老师是有很多小问题的。因为在我们传统观念里，我们对老师的要求很高，希望老师非常完美："春蚕到死丝方尽，蜡炬成灰泪始干。"我看到德国小学老师就很有感触。他们觉得，老师承担的责任是教课，要让学生爱学校、有学习的积极性、愿意到学校来，而学生的道德品质要家长去教，当然老师也要配合。

所以，我就想塑造这样一个老师，他比较负责任，他有他的理念，他知道怎么跟现实妥协，他也知道怎么去蚂蚁撼树，他也有很多毛病。

其实一个好的教育理念是属于全人类的。他在国外学到的可能最多是一些教育史或者教学经验，但他回国后做的事要符合中国国情。所以我想写一个这样的老师，学生看完后会觉得他很好玩、很好笑，但是他们很爱他。如果写一个正经八百的、一点错误都不犯的、道德楷模一样的老师，我想我也不会有兴趣。我想写的故事是小孩读了之后觉得好玩的，但是笑过以后能接受一点东西，感悟到一些东西。

但刚才老师和同学提的一些问题确实存在，因为一二年级的差别是很大的，一年级刚从幼儿园升上来，比如写粉笔字的问题。周益民老师当时也跟我说，小孩子写粉笔字很难。我跟他说，其实我写的是一个理想中的老师和一群理想中的学生，我想让故事不要完全拘泥于细节，我想轻松地写，让孩子轻松地读。

我们不要对老师、家长苛求，大家都是普通人，都会有很多小毛病，我们在跟他们相处时，要理解他们，所以这是一个孩子和老师共同成长的故事。刚才你们提的这些东西非常有价值，要是再写第四五六本时，我会认真地跑到一年级去体验生活，再去跟老师谈一谈，但我还是想坚持，还是想写一个有缺点、有毛病但是孩子很喜爱的老师形象。

关于儿童语言的保持，其实我刚开始写作时，人很懒，碰到一个很难的字，我就想找一个笔画少的字代替它。（众人笑）所以在我的作品中就没几个复杂的字，现在用电脑打字还是这样。所以有些话很深，我就想用简单的话来讲。也可能因为我长期在一个不是母语的环境里生活，所以我说话时会想怎么用简单的词来表达一个复杂的意思。

我到了德国后，他们听说我写儿童文学，说把你的作品翻译给我们看看，于是我翻译了一本《白色的塔》，还有几个短篇，包括《少女的红发卡》。翻译、出版以后，他们跟我说，其实你写的不是儿童文学，而是亚成人文学，难道在中国，一个三年级的孩子会去看《少女的红发卡》吗？我说是的。（众人笑）那么孩子们能看懂多少呢？里面的思想孩子们懂不懂呢？我说我也不知道。他们说《少女的红发卡》完全是亚成人文学，我说但三四年级的小孩也读了，他们说那就是你们中国孩子太聪明了。（众人笑）

我在德国比较低调，不太说我是一个作家。有一次我出去旅行，去了很长时间，回来以后一位中学老师邻居帮我领了一个快件，我去找她拿。她就说在亚马逊上买了我的《白色的塔》，把它复印出来后在班里给初一学生读了。她说他们读了以后都觉得非常好，她当时说了很过誉的话，说觉得像《小王子》那么美好。（众人笑）这个说的是整个短篇小说集，不光是《白色的塔》。然后我说，这在中国其实是儿童文学。

我们写儿童文学时就有一种责任感，要把我们的理念和很多东西灌输给孩子，这是可以理解的，我到现在还是有这种责任感，包括写"聊天"系列。但我也想试着写一写像《我和小姐姐克拉拉》那样一二年级的小孩看了以后笑,妈妈在一边看了以后也笑,一个"亲子共笑"的作品。(众人笑)

今天听了这么多的意见,我非常有启发,非常高兴,很感谢大家,真的不虚此行。哪天你们觉得我重复自己、江郎才尽了——这是一个作家的悲剧,因为一个作家老写一样的题材、一样的东西,技术很娴熟了,但写出来的东西却是没有生命力的——到了那时,我觉得你们给我一个短信或暗示,我会非常愉快地送给你一本我觉得我最好的书(众人笑),然后我会非常愉快地不写东西了,搞搞翻译、读读书,做很多更有意义的好玩的事情,那样也是非常好的。

再次感谢大家,非常幸运今天认识了这么多非常有真知灼见的老师和同学们。

五、结语

方卫平: 您的大度我十分敬佩。今晚是近一年来第一场红楼的研讨会。我觉得今天有一个情景是特别的,是二十几场中没出现过的,就是强大的出版社一方和浙师大老师、同学们一方在某种程度上的对峙。当然也有像我们来自南京亲友团(谈凤霞老师)和北京亲友团(陈赛老师)。我看到了出版社的专业素养:文学素养、编辑素养和文学理论素养,以及他们作为"接生婆"对于职业、对于作家的无限热情,这是我非常赞赏的。如果编辑没有对职业的热爱和支撑其职业的洞见,这个职业就变得非常肤浅了。

另一方面,我们的老师和同学也是经过这么八九年的跋涉,对文学问题的探讨走到了没有太多包袱的阶段,这是我所欣喜的。前提是我们请到红楼的作家、编辑都是我们热爱的敬仰的朋友,还有我们对这份事业的热爱。除了我们一直在倾听的老师和同学以及笑眯眯的程玮老师,还有作为自己人的浙少社的编辑老师和朋友们，所以我个人觉得今天的探讨尽管有些唇枪舌剑、刀光剑影，一些地方大家有些不满，以前是个体对群体，但是今天有 A 队和 B 队 "PK" 的感觉了，说明我们浙江省的儿童文学队伍是很难得的。最后，我们今天要感谢远道而来的颇具大家风范的程玮老师，我也很欣赏年轻作家的率真和绝不妥协的态度。我们也要感谢浙少社和孙老师，以及浙少社年轻编辑朋友们长期的信任。

所有对儿童文学的热爱化作了这样一次对儿童文学的研讨，所有的意见都是启发我们对话者的。我觉得对于作品的讨论不要争个你死我活，"真理就一定在我手里"，我觉得不是这样的。任何一方的观点都是有意义的言说，所以我们感谢所有与会者。

整理者：黄晨屿　林　洁　段艺璇　宓湛森　葛丽辉
王梦青　吴系阳　唐　靓　董　鸣

亲爱的毒舌闺蜜

程玮

有这样的闺蜜，当你穿出一件新衣服的时候，她会告诉你，这衣服其实不适合你，让你显老了。当你换了新发型后，她会告诉你，这发型其实是小女孩的，你这样有点装萌了。你经常考虑，你是否应该踹她一脚，让她永远消失。但是，你不得不承认，她的点评都是有道理的。在她的评头品足之下，你的品位确实在一路攀升。其实，闭上眼睛说好话，是最容易也是最取巧的事情，只有那些真正爱你的人，才愿意、才舍得这样对待你。这样的毒舌闺蜜我有好几个，我们"相爱相杀"，始终不离不弃。

在浙师大红楼里，我第一次遭遇写作的毒舌闺蜜。

两年前，红楼为我举行了"海龟老师"系列的研讨会。我听说那是一个非常学术、非常坦诚甚至非常"面目狰狞"的研讨场所。我是有备而去的，并且心怀期盼。大家都知道文学评论并没有明确标准，即使再平庸的作品，也能发掘出微言大义，关键要看评论家的价值取向。

那次红楼研讨会，也属于一次"面目狰狞"的研讨。所有的学院派人士对海龟老师这个形象表达出各种不满、各种失望，总之，他完全不是他们想象中的那个海龟老师。

可是，对不起，这正是我想写的一个海龟老师呀！他年轻，他没经验，他急眼了要骂人，说错了话还赖账！我们年轻的时候难道没有这样过吗？还是我们从未年轻过？再说，我们为什么要把教师捆绑上神坛呢？他们跟普通人一样，只是从事了这样一份职业。

作为一个写作几十年的作家，我知道我在追求什么。我珍惜红楼研讨的真诚和善意，也能接受这种坦诚、质疑、尖锐甚至尖刻的学术探讨氛围。因为它引发了我对自己作品的重新审视和思考。但我想，它是否能够以另一种顺序开始：首先让作家说一说，他是怎么想的？我们毕竟不是在审判庭上，一一列数罪证，最后问罪犯，你还有什么话想说吗？

我曾旁听过世界顶级大学的博士答辩。在答辩时间里，我发现，教授所提出的问题都刻意针对博士生的强项，以便他有更多的机会补充和发挥论文中没有提及的一些内容。我有些失望，因为我原本准备去看博士生舌战群儒的场面的。事后，教授朋友告诉我，这样的场合，不是展现我们学问的地方，我们希望能更多地了解他，帮助他。如果有谁把博士生问得张口结舌，难堪的倒是那个提问的人。

我想，这也许是另一种情景设置和学术氛围了。

当我开始写作"海龟老师"系列第二季、第三季的时候，我始终没有忘记红楼研讨会上那些中肯的和有建设性的意见。它让我在后来的写作中，从选材到人物到故事结构，都有了明显的改进。因此，我由衷地感谢红楼的毒舌闺蜜们。

也许，方卫平教授觉得"毒舌闺蜜"的提法太妇人之见了，有损学术的严肃性。

那么，我本来也就是一妇人（此处坏笑）。

汤素兰长篇小说《阿莲》研讨会

《阿莲》

作者：汤素兰

策划编辑：吴双英　熊楚

责任编辑：吴浩

出版信息：湖南少年儿童出版社 2017 年 3 月版

作者简介：

汤素兰，湖南宁乡人，儿童文学作家，湖南师范大学文学院教授，博士生导师，中宣部"四个一批"人才，国家"万人计划"哲学社会科学领军人才。已创作出版儿童文学作品六十余部。代表作有童话《笨狼的故事》《阁楼精灵》《红鞋子》《奇迹花园》《南村传奇》和儿童小说《阿莲》等。作品曾获得全国优秀儿童文学奖、宋庆龄儿童文学奖、冰心儿童文学新作奖大奖、张天翼儿童文学奖、陈伯吹国际儿童文学奖、毛泽东文学奖等奖项。

《阿莲》：童年回忆叙事的深刻与隽永

时间：2017年9月9日

主持人：方卫平

方卫平：《阿莲》出版后很引人注目，这不仅是一部重要的新作，也可能是对整个儿童文学创作有启发性或者有可探讨性的话题的一本书。为了更好地感受、欣赏、研读这部作品，今天我们大家坐在这里。希望能像以往一样，用我们最真挚的、最自然的、最美好的心态来一起分享和探讨这部作品。

一、素朴清雅之中的童年情感内涵

吴其南：汤素兰的《阿莲》大致可以归入童年回忆小说一类，这不仅是因为作者在后记中说《阿莲》有她自己的影子，熟悉作者的读者也能在人物的生活道路中发现与作者的某些重合，更在于作者设置了一个近似于现实生活中的作者的叙述者，这个叙述者和故事中的主要人物阿莲是一致的，表现在叙事上，就是视点放在阿莲这儿。但和许多常见的童年回忆小说不同的是，作者没有设计一个具象的、类似现在的作者自己的成人叙述者，用主要人物、第一人称的事后叙事，而是将叙述者放在故事外，像一个局外人一样，讲述一个叫阿莲的小女孩的故事。只有熟悉作者生活经历的人才能发现人物、叙述者、作者三者间的重合点，将他们在某种程度上联系起来。《阿莲》主要是阿莲自己的故事，这样人物当初的经历突显出来，叙述者现在所站的这个点就虚化了、淡化了。这从一个侧面保证了《阿莲》的儿童文学品格。

在这部小说中，阿莲不仅是故事的主角，也是小说的视点人物，即故事不仅讲述阿莲的经历，而且用阿莲的耳朵去听，用阿莲的眼睛去看，用阿莲的心灵去感受。从阿莲四五岁到十四五岁，如此时间跨度，故事不太可能采取单一的事件结构，叙述更多的情节依靠主要人物的行动将其统一贯穿起来。故事当中的阿莲是一个聪慧的乡间女孩，她的活动空间首先是在家里，而后是在学校，日常生活的细节便成了阿莲的主要内容。故事是从妈妈生小弟弟开始的，这对阿莲这样的小女孩来说自然是大事，但是在社会生活中这又是再寻常不过的事情。由此引出阿公怎样踏着荷叶去找接生婆，阿婆对自己的照顾，弟弟生下来之后，阿莲晚上跟着阿公去贴符咒，由此又引出一件与自己父母有关的成人世界的感情纠葛，在这一过程中，还写了妯娌之间、邻居之间、乡亲之间的磕磕绊绊，无大喜大悲，无大奸大恶，犹如山间的泉水，开天辟地以来就这样流着，现在还这样流着。看似周而复始，却充满自我更新，自我净化的能力，有着生生不息的活力，人的成长便是在这种周而复始、普普通通的日常生活中进行的。人们常说日常生活是社会生活的血肉，《阿莲》便是一部偏重写血肉，努力在血肉丰满中寻找生气的作品。

《阿莲》是一部童年回忆小说，隔着一个遥远的时空距离回望故乡和童年，除了亲情、友情、乡情，还有便是那文化气息。文化作为一种精神渗透在社会生活的一切细节里，《阿莲》的故事以乡村为背景，但是没有太多的泥土气，倒是有一种颇纯的书香味。在小说的后半部，作者写到梅伯伯这样一个人物，一个大户人家出身的人，被赶回老家，手不能提，肩不能扛，被派到集体的猪场去养猪，却念了一肚子的书。他把书借给阿莲，还在阿莲和她阿婆的草帽上题字、画画。阿莲就是从这儿最早接触到周敦颐的《爱莲说》，感受了《爱莲说》的意境和莲的人格力量。这些书、这些意境犹如一扇扇窗，在一个封闭的乡村孩子面前打开了一个新的世界，即使是在那样的时代，仍然能感受到悠远的文脉的存在。

作品一面是民间生活的日常性，一面是传统文化的超越性、诗性。前者偏重素朴，后者偏重清雅。《阿莲》的全部努力就是调解这两个面，使其成为一个和谐的艺术整体。这有点像阿公为阿莲这个名字所做的解释，"阿"有些土气，放在名字前面表示亲昵，"莲"则诗情画意，特别是自周敦颐的《爱莲说》以来，就成为文人清雅脱俗、独立不阿的品格的象征。两者放在一起，重点不在"阿"，而在"莲"。将莲的故事连成一体，民间生活的日常性或文化传统的诗性便统一起来了，重点也是偏向诗性的。

除了前面所说的人物、事件，有意识地注重民间日常生活的艺术象征等，更重要的是作者设定了一个像现在的作者一样的叙述者，用这个叙述者的眼睛回目凝望，这一目光才是统一全书最重要的因素。虽然作者没有明说，但从文本中的细节选择、情节设置、人物描写、整体结构安排以及作品的叙述方式及语调，读者都能读出作品中未直接出面的叙述者是一个和现实生活中的作者相类似的角色。如对儿童成长的集体关注，对童年童谣的特别敏感，对古诗词意境的体验，对象征隐喻与生俱来的兴趣等等，这与其说是那个乡间女孩当初的感悟，不如说是现在已成为儿童文学作家的作者回望自己童年时的体会，她把自己现在的体会投射到当初那个小女孩身上。小女孩及小女孩眼中的世界便自然地向诗化的方向偏转，清雅的格调主导着故事，将素朴统一在清雅当中了。因为这一主色调，日常生活常有的机械性、自动性便被压抑了，从素朴的日常性出发，最后走向清雅的诗性，可以说《阿莲》是一个成功的尝试。

韦苇：我感到这部小说读起来很亲切。一是我对作家本人很熟悉，二是我经历过那个年代，对那个年代的背景也非常熟悉。我认为由作家比较零星、琐碎的记忆，串成一个长篇，跟写短篇回忆是不一样的。写短篇回忆会有更多的细节，更文学化。写成长篇的时候，作家还应该抽时间去翻翻那个时期的史料，去重新感受一下那个氛围。我在阅读中间得到许多的满足，汤素兰擅于诗性、抒情性的写作，这个优势在《阿莲》里表现得很充分。但是我总觉得，作家应该更审慎一点、冷一点写当时的故事。当然，《阿莲》的文学基础非常好，经常有神来之笔，我还是很庆幸自己有机会能读到这部小说。

常立：我认为这本书的优点有以下几点：首先，这是一本结构上非常严谨、缜密的书。它的开始是一个孩子的出生，在上部结束时，是"阿莲"这个名字的诞生，这里面有呼应。在结尾时，又以阿婆的死去结束。一生一死，这肯定是精心构思的结果，不是自然形成的。包括书的设计装帧，和小说的气质挺吻合的。

第二，这是一部成长小说，写得也非常符合我对成长小说的理解，因为在我看来成长小说是指向未来的作品，是能够激发或者引导孩子有勇气面向未来的作品，这个作品在这一点上做得很好。我读完以后，有强烈的感觉，特别想走出去。这部作品没有回避过去的苦难，而且从头到尾都有一种强烈的意图——要走出大山去。我觉得写得最好的是莲妹子和亮伢子在山巅，然后亮伢子告诉莲妹子，这个地方东南西北方向各是什么。从文本上来看，都是白描，是很平实素朴的语言，但是里面包含着强大的心理动机，也是支撑着整本书人物的各种行为，驱使他们走来走去的动力。非常质朴的语言里包含着很强的情感驱力。所以这是一本让人更客观地审视过去、更好地珍惜当下、能够走向未来的作品。

第三，这部作品基本上体现了女性在中国的受难史，虽然它用的是很平实、很温润的笔法。"阿婆裹了脚又放"，轻描淡写一句话，就写出了人生的挫折伤害；阿莲这么聪明的妹子也险些失学；她妈妈也一直过着无爱的婚姻；阿公虽是一个读书人，但思想真的好守旧，客观上对女性的成长又起到了强大的摧残作用。所以读下来，就会觉得也许自然风光是美丽的，但是我们每一个当下的人都不愿意回到这样的生活中去，我觉得这样就是一种非常如实的描写。我觉得美化苦难是非常要不得的，苦难就是苦难，苦难不需要去赞美，那么人们面对苦难是什么样的态度，怎么样去重建生活，这才需要去赞美。我觉得这就是文本处理得非常好的地方,它是以波澜不惊的笔法写很悲惨的生活。

当然在阅读过程中我也有一些对文本的疑点。

第一个疑点是它的叙述者在多数情况下都很冷静,几乎是不介入的,但当涉及方言的时候叙述者就会跳出来解释这个在普通话中是什么意思。这样处理我个人觉得会不会对乡音有一定程度上的削弱、降低,甚至其中会包含着一种对普通话的推崇和对方言的矮化。我觉得语言本身也是跟人物个性,甚至跟叙述者态度有关的。所以如果要加的话,有没有别的手段?比如说注释呀,或者附上一个方言的词汇对照表。能够把这个叙述的完整性,还有时间的绵延感能够更好地保留下来,因为我每次读到对方言的解释的时候,都会产生一种跳戏的感觉。

还有一点就是阿莲这个人物,可以看出她是一个倔强、有个性的孩子。最强烈的表现是当她有一个进城的机会,丁老师愿意认她做女儿进城的时候,阿莲选择了拒绝,这里写得非常好。她对妈妈说的"你多么不想让我当你的女儿"的话,这个话题前面是有铺垫的。因为前面妈妈和她的女儿有许多的冲突和纠纷,所以在这个时候流出来其实也是喷薄而出的情感。后来她知道妈妈是爱她的,她知道妈妈没有不让她当女儿。这种母女关系非常微妙,我觉得这个微妙的地方叙述者可以有几种选择,要么把这种微妙的关系展示得更加淋漓尽致,要么表现得更加含蓄。"我"当然想去城里,但是为什么"我"要用这种方式才能去城里?为什么"我"要用当别人女儿的方式才能去城里?我觉得这是她的个性觉醒,由自发到自觉的一个东西。但是我刚刚对这个人物由自发到自觉有一种期待时,接下来她到了梅伯伯那儿,她说"我"愿意做梅伯伯的女儿到城里去。如果这个事情发生在之前,先说想当梅伯伯的女儿,我觉得这个人物是有一个心理发展过程的,但是这里就给我一种感觉,好不容易从自发到自觉了,接下来怎么又回去了。当然我们知道成长是反复的成长,这里我觉得它表现出叙述者的态度,就是到底要塑造什么样的人物。要塑造一个个性倔强的、由自发到自觉理性的孩子,还是塑造一个反反复复的、犹疑的孩子？我觉得这是由作者的创作目的所决定的，是可以商榷的。

第三点，虽然我们知道阿莲最后有一个好的命运，但是你读完之后会感觉到这个好的命运是多么来之不易，她是多么幸运。因为故事里面两次关键的改变，第一次是解决入学的问题，她被冒名顶替了，我读到这里时是很期待的，但结果却没有满足我的期待，因为这个结果其实是找校长来解决入学问题，我知道这是现实中大家最容易想到的，换我的话也很可能会这样做。但是作为一个文学作品，看到这里的时候，我觉得没有满足我的期待。一个孩子，哪怕她学习这么好、这么聪明、这么能干，她要想站起来，做一个行走着的人，太难了。我们的小说可以去反映现实，因为有时候小说比历史还真实，但是叙述者的态度和评价永远都是站在现在的角度，不管你是叙述还是直接跳出来还是消失不见，在我们的字里行间都带有我们叙述者此时此刻的观察和思考，所以我觉得这个地方叙述者不妨跳进去。

汤素兰：非常感谢常立老师。可能因为我们那里的宁乡话很难懂，我的老家是刘少奇的故乡，我自己可能特别在意这一点，我觉得您说的特别对。然后关于主人公她为什么不愿意做丁老师的女儿，愿意去找梅伯伯，是因为她跟丁老师本身是不亲的，我觉得我已经做了充分的铺垫。

赵霞：我认为这是很好的细节描写。阿莲在表达不想去做丁老师的女儿的时候，她的那一番说辞："为什么我一定要跟着去了？"我觉得这是她给自己找借口，她本能地并不亲近这个老师。在这之前有一个非常重要的事件之后，她忘不了丁老师刀子一样的眼睛，尽管每次丁老师把她看作最好的学生，可是那个目光让她忘不了。我认为这是一个孩子对人性、对人的这种复杂性的本能的直觉，所以她对这个老师没有亲近感，就会很自然地找一些理性的理由给她做支撑。可是一到梅伯伯家里之后，她说出了那句话："如果是梅伯伯让我去做她的女儿，我是会愿意去的。"这是一个孩子表达她情感的方式。

常立：这样会带来两个问题，第一个问题是这是一个自发而没有自觉的内在，我个人觉得这是有缺陷的。第二个问题是在找借口的那个地方，你一个评论者和叙述者应该给予更多的提示。如果说叙述者只是写，我不愿意跟丁老师，我愿意跟梅伯伯，我觉得可以。我觉得任选其一，这个文本都会更好。

赵霞：我是想说从自发到自觉是一种观念，但是在这里其实人物的复杂性得到了更多的呈现。她到梅伯伯那里去并不是真的想当他的女儿，而是她当时并没有面临这个困境，这只是一个假想，是一个孩子在真诚地表达，对陪伴着她读书的梅伯伯的感情，其实就是一种孩子情感的表达方式，我倒认为这样会把孩子的内心世界的复杂性，对世界本身的复杂性具有直觉的单纯的洞察力这一面表现出来，所以这其实是我个人比较喜欢的一个细节。

谢华：丁老师对她的爱是居高临下的，而梅伯伯给她的爱是平等的，就显示出人性的这种微妙。

常立：人性足够复杂，但这跟作者的意图有关，作者在创作的时候，是不是要在这个地方去创造这样复杂的人心？因为作者在选择的时候有得必有失，你选择这方面相对应也会失去其他的东西，但其实权利是在汤老师的手里。

汤素兰：您说的第三点，我自己写的时候没有意识到。因为这在我的童年记忆里是真实的。非常感谢常老师，我自己写的时候没有这样的意思，但有一点就是关于这个女孩儿最后的出路，我是有暗示的，我认为让她自主地选择了人生。事实上我在爱桃的身上寄寓了这一种希望。谢谢常老师，也谢谢韦苇老师，您说过，我要做更充分的准备并用一个"冷"的眼光来回望这一段，谢谢您。

韦苇：我同时读完了小河丁丁的《唢呐王》，是写湖南的乡间生活的，比较之下我就感觉到汤素兰脱离民间的时间太长了。两部作品比较起来，小河丁丁的民间化就很彻底，他的整个构思和语言也是湖南的乡村的，所以我感觉到《阿莲》很大的一个问题，就是书生语言和民间语言的不协调。汤素兰因为长期使用书生语言，就免不了把书生语言夹杂在小说的叙事里，这影响到小说的氛围。

汤素兰：我想回应一下韦老师这个问题。我在写作的时候一点都没有想到要这样，民间化不是我的初衷，也不是我想要营造的氛围。

赵霞：常老师说的很多我都很同意。您说成长小说要把孩子们带向未来，这非常好也非常重要，我也在思考走向未来和看待过去之间是不是有联系，一种最好的走向未来的方式是不忘过去，并不是说过去是苦难的我就不要它。

还有一点我想再说一下，就是关于《阿莲》是"女性受难史"的说法。这并不是小说最核心的部分。阿莲出生的时候，她的妈妈对她的嫌弃，是因为重男轻女，在过去的社会中，这是一个很普遍的偏见，甚至我们称之为陋习。但我看到的是作家写的不仅仅是重男轻女，作品中有那么一个小小的细节，是关于囡囡的，她想要一个女儿。"大人的事情，莲妹子实在是闹不明白，为什么囡囡那么想要一个女儿，妈妈却非要生一个儿子"，我觉得那一刻轻轻一笔带过囡囡想要一个女儿的细节，其实想要表现的是情感的密度。在我们的情感当中，一个女性对于一个自己期盼当中的孩子的到来，不管是男是女，那种情感的强度是一样的，于是在这里，重男轻女的偏见稍微下降了一点，另外一种恒久的东西升起来了。在任何时候，在重男轻女之下还有一种更加恒久、温暖、珍贵的人之常情在里面，其实写出这种人之常情，会让你对过去那充满苦难的生活有一种不一样的感觉。一方面你觉得那种生活真是艰难，想要走出来，但另一方面你会知道生活在任何时候都会有温暖和珍贵的东西。今天的孩子和过去的孩子体验自己的生活是一样的，生活永远都有苦难，但在苦难之下，那种温暖永远运行其中。我认为这对儿童小说写作，甚至是所有小说的写作来说都是最重要的。

《阿莲》在写到过去的生活的时候，从童年生活的表象之下穿透下去，写出属于童年的和属于日常生活深厚的、恒久的甚至是永恒的情感内涵。童年回忆性质的小说，写作特别大的优点，是它的写作是建立在作家对生活最真实、最生动的体验之上，因为有了这种体验，所以生活在作家笔下呈现出一种细腻动人的感觉，让你觉得那个时代的体悟是不可能在历史书籍中找到的，只有在文学当中才能够得到。但我同时也想到，就像英国的艺术批评家约翰·伯格所说："我们眼前放的是同一片原野，可是每一个人去看的时候，所看到的东西却是不一样的。"这个不一样的东西最终是什么？取决于你自己的视野，我觉得当阿莲在经历这样一些生活的细节的时候，特别是《阿莲》的上篇，我觉得作家用文学的方式洞穿了生活的表象，进入了生活深层的内核当中。

二、长篇结构的突破与不足

赵霞：《阿莲》给我一个特别深的印象是它上篇的结构，我认为这个结构对当下童年回忆性质的儿童小说写作来说，是一种特别重要的突破。当下大部分童年回忆性质的儿童小说采用的是平铺式结构，以时间的推移或空间的转换为基本的逻辑，整篇结构就像一些短篇的连缀，而离真正的长篇结构是有距离的。在《阿莲》中我看到的是一个真正的长篇结构，它是通过一些真正意义上的长篇性质的情节串联起来的。它的起承转合和波澜起伏，把生活的悬念感发挥得淋漓尽致了。在《阿莲》的上篇，所有的时间都是有因果关联的，而在这个情节的逻辑之下还有一层，那就是属于阿莲的，是一个孩子的情感成长逻辑。在一开始舒缓的笔墨之下，妈妈要生孩子的紧张的氛围之下，阿莲小小的心思一直在活动，那是她心里的一根刺。那根刺伴随着阿莲整个生活过程一直在那儿，到最后，在妈妈拿出书包的那一刻，那根刺消除了。在面上是非常紧凑的情节逻辑，在背后是非常紧实的情感逻辑。我想对于当下童年回忆题材的小说来说，这种结构是特别珍贵的，我也特别期待接下来会有更多这一类型的小说出现。

接下来，我想谈一谈读到《阿莲》下篇的时候一些不满足的感觉。上篇更多地使用了一种浑然一体的长篇构思的考虑，但到了下篇这种感觉散开来了。我找到了文本当中一个非常有趣的证据，那就是在上篇的时候你很难看到直接的时间描述，你看到所有的时间变化都是在生活当中，在人物的行为、举止、对话当中得到自然的呈现。而到了下篇就频繁地看到了这样语言："上学的时候，日子流水似的过去""阿莲转眼间就上三年级了""上五年级的暑假，阿莲的个子一下子蹿了上来""阿莲上初中二年级的时候"……所有的时间变化，都有作家在提点。我觉得在这里小说写作的笔法其实已经偏散了，作家在用散文的方式写上篇的故事所延续下来的内容。这就让人觉得下篇的故事，缺乏情节逻辑的主线，时间的线索太强，情节逻辑的线索却淡化了。

另外一个问题就是刚才韦老师所提到的，作家在使用一些语言来解释，尤其是书面化的语言来解释那个时代发生的事情，你在上篇就很少看到这样的解释。应该在人物的语言里，让人很自然地看到时代的背景，其实不需要做太多的解释，这种解释不是一个孩子的视角。

我特别喜欢爱桃这一形象，爱桃站在井边决定不读书了，她看着阿莲就要转过身子，快要看不见的时候，说："阿莲你要好好读书，你替我把我的书也读了吧。"我觉得这就是成长的淡淡的惆怅的滋味，一个孩子要永远告别她的单纯了，但那一刻，她停留在那个单纯的状态里，在这个细节中一下展现出来了。因为下篇更多采用的是散文体的笔法，所以，我看到爱桃的声音在其中是一晃而过的。我觉得关于爱桃的部分，如果能以一个结构逻辑严密、浑然一体的小说的形式来呈现的话会更动人，她会更具有那种生活的迷人光彩，所以我也真的特别期待，汤老师从《阿莲》开始能写出更多的儿童小说作品，把这种属于生活的、独特的、迷人的滋味更多地带给读者，谢谢。

汤素兰：非常感谢赵霞老师对《阿莲》上篇的肯定，对于如何来结构我的下篇，我在写作中思考了很久，因为它的时间跨度比较大，上篇经历的时间比较短，就写阿莲在上学之前的事情，而下篇则要写她从小学到初中的故事。可能是我自身的文学功底不够，或者还是思考的时间不够，我自己都觉得下篇是有缺陷和不完整的。我一直在想，我如何修改，才能将下篇改得更好，到时候我得再向您请教。谢谢！

周晓波：我觉得之所以下篇结构比较松散，一个是因为时间跨度大，另一个就是因为这部小说总体上还是一种散文式的构思和写法。阿莲这一形象塑造得非常好，其他人都是一种辅助性的形象。我觉得阿婆还有明亮，这两个人物的刻画还是不够充分。长篇小说最主要应该把握两点，一个是人物的塑造，人物要丰富，不能局限于只塑造一个非常成功的人物，其他人物，也是需要多放一些笔墨来刻画的；另一个是故事性，像这样带有强烈时代感的小说，给今天的孩子阅读的话，应如何吸引他们？其实非常关键的就是人物塑造和故事性，当然，小说里面也有很多成功的细节，但是作为结构严谨的长篇小说来说，如何把握最精彩的、带有强烈戏剧冲突的矛盾，也就是故事性，《阿莲》还是偏弱的。最后我觉得不太满足的就是，作为成长小说，把阿莲进入高中作为一个尾声处理，是不足的，如果把这一段充分展开，写出阿莲的成长，写她如何走出贫穷落后的山村的经历会不会更好？

汤素兰：关于《阿莲》的后续，我是要写成长几部曲的。写她的高中生活的，是另一本书。

钱淑英：在最开始，我读完小说之后好像有一些不满足，这种不满足是源于小说的冲击力欠缺。比如阿莲在面临升学时被冒名顶替，这起关键的事件是不是应该有更强烈的戏剧冲突？是不是可以带给人更多的力量震撼，包括价值判断？

看完整个文本，我觉得还有很多点都没有充分地挖掘开来，包括长篇小说里面闪过的那些人物，比如爱桃、丁老师还有阿莲的妈妈淑平。这是小说的一些遗憾，可能因为作品信息容量太大，作家已经在取舍，但确实有些人物在写过之后，就没有再回来写，没有形成一种前后的回应。

关于小说中的悬念冲突，还有很多地方可以展开，书中提到的很多事件，比如说，阿莲把弟弟抱出去喂奶，然后被妈妈打；堂兄建伟从那个罐子里拿鸡蛋的情节的处理；最重要的事件是，阿莲被人冒名顶替，最后居然说，就让它成为一个谜吧。这些情节，我们觉得可以把冲突扩大、让张力呈现的部分，作家却好像在有意地淡化。那么在这个过程当中的选择，真的是作家很认真地去考虑而完成的，还是无意识的写作而形成的？

当儿童视角和成人世界交织的时候，其实背后的逻辑是很难处理的。这本书里面也有很丰富、很复杂的成人世界。生活就像是一团麻，而作家在讲述故事的时候，就是从这一团麻里理出一条线，然后编成一个叫小说的东西，这个小说就是你现在能驾驭的小说。在我看来，不管创作也好，还是做批评也好，都应该把握好儿童本来的样子和应该有的样子之间的那个度。其实就我们现在的创作来讲，对儿童本来的样子的挖掘还是远远不够的，但是当我们去设定这个应该有的样子的时候，可能在观念上又强加得太多。有的时候，这里面的分寸其实是特别难把握的。

汤素兰老师之前写童话，和童话相比，小说，尤其是自传体小说，很容易和作家自己的观念联系在一起，于是情不自禁地跳出来站在自己的立场上叙事。当我读到对妈妈淑平的经历和心理分析的时候，感觉并不是特别好。这是一种介绍性的、冷静的心理分析，比如淑平在物件上不怎么计较的性格，在乡村妇女中倒是难得的，这也跟淑平的家庭出身有关，而且到了后面，她有一个顿悟，就是她带着两个孩子去买凉鞋，作者又开始分析她，因为小时候缺少爱呀，因为自怜等等。我觉得这时候，这些观念如果是在人物的动作、眼神、对话中表现出来，可能会更打动人心。其实也很难绝对地说，这种跳出来的叙事是绝对的好或者是不好，或者说应该怎样去避免。但是我认为在整体的叙事上，作家还是可以更节制、更含蓄一些的。

小说里面有一个让我印象深刻的细节，就是梅婆婆为阿莲画斗笠的场景，她为爱桃画的桃花，为阿婆画的丹桂，都是很明艳、靓丽的色调，就在阿莲期待为她画的莲花有多美的时候，等来的却是一种天青色的颜色，这在描写中是不起眼的一笔，但我觉得它其实是提示了整部作品的审美基调，含蓄的、淡雅的、幽远的、清雅的。

说到清雅，这本书的装帧设计跟整个文本的风格是相吻合的，但我略微觉得这个色彩可以再淡一些，还有边上的这个线条，太密太实了，我觉得可以处理得更清雅、更清淡一些。

作者在后记当中也提到，在以后的写作当中，会将童年生活的很多东西从不同的方面，以不同的方式，把它变成故事写下来。我们看到的《阿莲》这部小说里面的叙事容量，是非常大的，可以看到作家童年世界的信息容量的巨大。所以我想可不可以把这种不满足，变成可以继续挖掘的一种空间？

汤素兰：很多东西我确实是有意识地没去写的，也许我做得不够圆满和成功，但我会进一步去思考。很多你看上去可以发展为很丰富的情节的，或者从结构小说来说，可能是一个很好看的细节，恰恰我可能就没有去写它。

孙建江：当初拿到这本书，我以为是一部童话书，结果是一部有强烈童年记忆的小说，当时我很期待。我最近看了几本类似的书写童年经历的书，一本是张之路的《吉祥时光》，一本是肖复兴的《红脸儿》，一本是黄蓓佳的《童眸》，还有一本是赵丽宏的《童年河》。这几本书，都有一些共同的特点：一都是近几年来出版的；二是有影响力的作家写的；三是明确标明小说的；四都有一个后记，后记的中心是"这是我珍贵童年记忆素材的书写"。肖复兴的《红脸儿》没有后记，但它有一个尾声，也基本上等同于后记，而在他其他的散文里面，我也看到他基本上是在复述自己的童年故事。我比较这几本书后发现了一些有趣的现象。肖复兴以散文和报告文学见长，肖复兴描写的是他在北京四合院里跟小伙伴们玩耍的童年经历，故事性和传奇性非常强；张之路的《吉祥时光》讲述的是新中国成立初期，小男孩吉祥的所思所想所悟。张之路，本以小说见长，这次反而把小说结构基本上舍弃了，以他精准的记忆来还原历史，还原现场，纤毫毕现，并在此中展示他的情感；赵丽宏的《童年河》写的也是童年经历，此书基本上延续了他一直以来的写作风格，是规范的、符合最大公约数的叙述；黄蓓佳的《童眸》是一本很独特的书，书里不是没有生活，不是没有情感，不是没有细节，但我总觉得缺点什么，第一，它是小说，但没有整体框架的大结构；第二，它的视角并不是儿童真正容易接受的；第三，小说写的是特殊年代的江南小镇，但那个年代的背景几乎被抽掉了。所以故事的冲击力和背景带来的强烈对比，几乎没有了。

在看了《阿莲》这部作品后，我大致有一个整体的评价：《红脸儿》是最好的，其次是《吉祥时光》和《阿莲》，接下来是《童眸》和《童年河》。这里的排序仅是我的阅读感受。

在《阿莲》这本书里，我们可以看到作者展示的湖南乡村的风俗、文化，比如巫术、丧葬、重男轻女、外乡人的进入等等。外乡人的进入给乡村带来的观念上的影响，都是在这种真实的背景下还原出来的。这些都是最真实的，是处理得很好的，有一个很真实的情景。这本书的结构，刚才赵霞、常立都有分析，主人公的性格是在一个一个小故事的串联中慢慢展开的。再谈人物形象塑造。阿莲是塑造得非常成功的人物形象,她自尊,倔强,要强,单纯,聪慧,懂得感恩,吃得起苦。在中国的儿童文学作品当中,这样的形象好像还不多。作品中的其他形象,比如阿公、阿婆、妈妈、爱桃、明亮等形象都是塑造得非常成功的。还有作者对情感的掌控与释放。作者写阿莲中考没有考出理想的成绩,那种委屈和难受的心情。写到亲爱的阿婆去世,她号啕大哭。这种分寸感的掌控,是一个成熟作家的表现。其实作品里的很多细节看上去不经意,却有值得深究的部分。阿莲的故事有自己的内在逻辑关系和冲突,它的可看性就在于这里。比如中考结束,阿莲没有考入自己理想的一中,明亮考取了一中。明亮要先走,他给阿莲在桥墩上挂着指示牌,每到一个岔口就会有一个指示牌。这细节背后,两个人之间的同学之情,就会有一种悄悄然的、很自然的展示。

总而言之,《阿莲》这部作品没有什么标新立异,但是它在故事的设置、情节的提炼、细节的打磨以及情感的处理和把控上,做足了功课,处理得非常到位。这是一个成熟的小说家综合实力的展示。我们这位小说家,之前是一个以童话闻名的作家,能创作出这样一部作品就更不容易了。谢谢。

方卫平: 谢谢建江。这次参加会议的嘉宾来自三省两市,最远的是来自北京的客人——文艺报评论部主任、当代评论家刘颋老师。

刘颋: 好的小说得有好的细节才能让人记住。现在的虚构儿童文学,包括童话、小说,常常有一个非常致命也是非常重要的问题:"结构""逻辑""语言"这三个作为虚构类文学创作必须解决的入门的问题,属于基本功的问题,为什么现在基本被大家忽略掉了?

童年回忆的作品,都不约而同地采用了平行结构。我们原来说是"花瓣结构",或者"橘瓣结构",从刘心武的《钟鼓楼》那时候起就是如此。可是后来有的作品,甚至都不给花瓣设置一个托儿,变成平行结构。比如说《童眸》《吉祥时光》《童年河》。《红脸儿》稍微好一点儿,所以被孙老师列为第一。除了童年回忆之外的作品，采用平行结构的作品也很多，比如《将军胡同》。一个作家在他年轻的时候可能没有长篇结构能力，他会采用平行结构，但是为什么现在平行结构在儿童小说中大行其道？我觉得这其实是因为作家的小说结构意识非常缺乏，甚至大家都没有意识到它的重要性。

这本书我看了两遍，我基本上同意孙老师的阅读感受，长篇小说的结构不错。但是，为什么这部小说上、下半部的阅读感受差异会这么大？其实本质上是叙事内在逻辑是否能够自洽、完整的问题。上半部的逻辑线索非常清晰，从弟弟出世、孩子夜哭、喂奶、引出两家矛盾的渊源，这条线非常清晰；但下部的线索忽隐忽现。

长篇小说其实是对于各种关系的结构和表达。我们都知道长篇小说要写人物和故事，但是所有的人物和故事要在什么样的情况下完成呢？它需要对各种关系进行结构，进行表达。为什么大家都觉得上半部分更好？上半部分的关系的建立，比如从自然景物的描写来说，大岘岭、八都镇、县城，以及到最后的怀想地球。这个自然的结构是清晰的，而且是有对照和发展的，也为人物的命运和未来的可能，设置了铺垫和暗含的叙事线索。而在社会关系的结构上，也建立了比较好的关系和表达。比如阿莲家和她的伯父伯母家；她的伯母和妈妈之间不是很融洽的关系；这样两个家庭之间对照关系的建立，还有包括她们的孩子，淑平和明秀这一对的关系，从某种意义上看，这一对关系是这部作品中建立得最好、最自然、最符合文学叙事表达的，这样的社会关系承担了作为一部长篇小说相对复杂的各种叙述职能的表达。但这些在上半部分完成得更为充分，而下半部分就有点写丢了。无论社会关系还是自然关系的建立，作者用力的部分也还是上半部，而下半部分随着阿莲上学，这种相对多元和复杂的关系的建构变得简单和单一了，只剩下一条校园的关系了，就是阿莲、明亮、丁老师还有几个同学，这样的一种相对单一的关系出现了之后，它对于前面一些关系的建立在后半部分没有得到最后的发展和完成，就影响了一部小说在整体结构上的完整性，这就是我个人在阅读中的感受。我们都知道契诃夫的那句话："如果开始墙上有一把枪，那么最后这把枪必须响。"这是结构上的一个完整和呼应的关系。但是在这部作品中,写到公社出现一个大学生阿强,他出现了一次就没了,那这个人物为什么要出现?还有关于阿莲和阿婆之间非常温暖、走心的关系,其中有一个很重要的细节是花书包。花书包涉及妈妈的人品问题,出了风波之后,花书包这条线戛然而止,直到最后阿婆离世,才在箱子里看到缝好的没给她们看过的花书包。但是这条线潜伏太深,包括中间那么长的篇幅,让这条线消隐了。对于承载阿莲的成长,对于为什么阿莲在这样的家庭里能够拥有走出大山、走向文明的梦想的力量,我觉得花书包和阿婆、和他们之间的情感和人生态度是很有关系的。这样一条线,你很果断地把它放掉了这么长时间,一直不拎出来,让花书包所蕴藏的力量在中间一直潜伏下来,我觉得稍稍有点可惜。几组关系,从建立开始,它们就要承担什么样的叙事任务,完成什么样的叙事主题的表达,我觉得作者有些关系的考虑欠妥。

作者说阿莲心中始终有一根刺。我很看重关于刺的意象建立,此外这根刺究竟会给阿莲带来什么样的人生理想?小说人物的心中可以永远带着刺行走,并且这根刺可以成为他们人生的力量。但对于写作者来说,尤其在写童年回忆性的东西,触动你动笔的也肯定有心中的那根刺,但是促使你创作的那根刺要更好地化为叙事的一部分,而不仅是带着刺进行叙事。举例来说,关于丁老师这个形象,多多少少成为小说高年级时期的阿莲心中的一根刺,其实也成了作者心中的一根刺,而这根刺你没有很好地消化到叙事之中,成了对丁老师有点突兀的一段表述。而且丁老师在阿莲的学生生涯中也起到了非常重要的作用,无论是正面还是反面,对阿莲如何更好地认识世界、看清世界,如何更好地认识自我、找到自我的路,是很重要的。但因为这根刺没有被很好地消化掉,就变成了小说中的一根"刺"。在很多童年回忆的作品中都有这样一个问题。作家写童年回忆的作品,心里多多少少都有一根刺,但是那根刺如何内化为叙事的动力,其实真是很考验一个作家,也是一个作家需要警惕的一个非常重要的问题。

另外,刚刚说的三个要点,"结构""逻辑""语言"中,《阿莲》这部作品的语言我是最为推崇的。我们总认为写乡村要用纯粹的乡村语言，可我们恰恰忘了，中国很多乡村恰恰是我们的古汉语留存的最后的所在地，尤其是在湖南、四川、山西、河南、安徽、陕西等省份里，它们的方言土语恰恰是我们古汉语最后的保留地。汤素兰在书里运用了很多的湘方言，对于这样的运用会给大家带来什么样的阅读障碍，她有点担心，所以她在这方面做出了一些自己的解决方式。我们如何通过方言，把古汉语留给我们最后的记忆放到我们的小说中，尤其是儿童小说中，《阿莲》做出了非常好也非常成功的尝试。

三、温暖的现实主义

刘颋：读《阿莲》这部作品，我想到了一个词，叫"温暖的现实主义"。也就是作品会犀利和敏锐地指出社会和生活中的问题，但是在犀利和敏锐之下，作者的创作态度更多是善良、温暖而宽容的。作品犀利、敏锐地看待世界，但也给这个世界一个大大的拥抱。《阿莲》这本书中，也是这样的态度。比如描写她的伯母，阿莲去伯母家，伯母家要吃饭了，突然把门关了，大家都议论纷纷，猜测伯母是不是小气，是不是嫌弃她又来吃饭了，然后却发现伯母只不过是因为好面子，不愿意大家看到自己家里的三个半大小子已经把家里的粮食都吃完了这个狼狈的场面。这一笔恰恰就是汤素兰的"温暖的现实主义"的一个底色。在犀利和敏锐之下，她的温暖、善良和宽容，给了大家认识世界、理解世界的一种新的可能性，也给更多的阅读她作品的人，提供了一种来自生活、来自现实的温暖。我觉得这样的一种写作的姿态在今天来说是非常非常难得的。

我也一直在说，我们现在的作家会自觉或不自觉地运用手中的特权，给儿童读者开辟一块特区。这一块特区让他们免于现实生活的矛盾、压力、苦难、阴暗、丑恶等。这对于儿童读者来说是非常不公平的,要让他们尽可能地以自己能够接受和理解的程度和方式去面对世界、面对生活。我倒是觉得从这样的角度来看,儿童文学作家可以去尝试更多。

最后,还想谈谈关于留白的问题。可能所有调动自己童年资源来写童年小说,尤其是写第一部童年小说的作家,不约而同都有一个问题——留白不够。因为细节太多,生活经验太多,想要说的话太多,或者扎在他心中的刺太多,他都想把它拔出来,表现出来,于是就会留白不够。其实在人物关系的结构上可以适当做减法。就像刚才大家开玩笑,初中也可以单独成为一部,高中再成为一部。细节的营造对汤素兰来说没问题,如何在作品中更好地留白,叙事者更好地、更透彻地表达,是下一部作品中需要注意的问题。

李红叶:《阿莲》这部小说首先是虚构的,但同时也是具有现实主义精神的。这部小说最扎实的地方就是生活的质感,也就是现实主义精神。

我被小说的细节深深打动,我觉得这些细节是具有生命力的,也就是具有"生活的质感"。生活的质感源自内心的感觉、感情和记忆。就是"我太想倾诉我的故乡和童年"的那种感情,我把《阿莲》称作是"倾诉之作",作者个人情感的力量是非常强大的,落笔却需要节制,汤素兰是很有自觉意识的,她的落笔做到了节制。

书里面有很多人物都是鲜活的,没有哪一个人物是假的。作者的处理带有很深的感情,另外她对生活有切实的体察,体现了她作为一个小说家的基本的姿态。刘勰说过"铺采摛文,体物写志",我突然觉得"体物"这个词非常重要。这个"物"不仅是写作的对象,而且是体察物象时的那个对象,是什么呢?从这两个层面来看,一个是人,另一个是人与人之间的关系和结构。

我最初用的一个词就是"温暖之心",刘颋用到了"温暖的现实主义"。我强调过,小说是虚构的,但它同时是体现现实主义精神的。在朴素自然的日常生活状态之中,人性能得到很自然的一种呈现,这个呈现体现了一个作家，特别是一个小说家，对生活本身的一种尊重。这部作品在我看来，如果有一个大的主题，那就是童年和故乡。作品中每一个人，作家都是用一种尊重他们的方式去写的，在某种意义上，这也是一个复调式的小说，不仅仅是阿莲一个人在说话。有一个细节是下雨了阿莲要背着她的小弟弟从山上下来，明亮就给他们打伞，但是下来的时候很容易打滑，明亮就用另外一只脚挡在那儿，用脚设了一个梯子。毫无疑问，明亮自始至终都暗恋着阿莲。那么阿莲似乎没有回应，但她背着弟弟的时候还会时不时回头看看，看他是不是在看自己。作家并没有煽情地去写，但其实写得已经很到位了。

"体物写志"，我还有一个非常想讲的就是"物"。有一个细节，那就是关于阿婆对阿莲的爱。阿莲被妈妈暴打了之后，阿婆会嚼很苦的黄荆叶敷在她的伤口上。在这里作家不仅仅要突出阿婆是怎样爱阿莲，同时她也是在突出那个黄荆叶。那是对从前的时代，对从前的乡土形态的深深眷恋之情。

说到一个儿童文学作家的姿态，我觉得这个作品被定位成儿童文学，我们可能首先看到的是，因为阿莲是一个孩子，小说写的是一个孩子的成长故事，这是一种外在的标签。那么内在的东西是什么呢？我认为是温柔之心。我觉得这些东西底部的那个词其实叫悲悯情怀，就是对待过去、对待人性的态度。阿莲对丁老师之所以是这样一种态度，叙述者的插入其实是理解丁老师的角度；一写到淑平的时候，叙述者不由自主地插入，因为这里面叙述者确实是隔着时空来看，告诉我们，她当时有局限，不是真的对女儿没有感情。这样写非常真实，让我觉得有一种很深切的悲悯情怀。

我喜欢这本书里所呈现的所有细节以及所描绘的每一个人物形象，这些细节和这些形象揭示了某种人生的真相。通过这个作品，作家把最绵长的一种爱——对故土童年的爱放了进去，写出了普通人的人际互动与悲欢离合。当作家遍阅人世后，隔着时空回溯，一切故事都变得越发清晰，也越发呈现出一种意义来。这部小说的魅力是对日常生活的打开，对细节的打开，对个人经验的打开，作品展现出一个比作家经历过的童年更深远的童年。汤素兰的故土情结、悲悯情怀以及对童年生活的深度描写使得《阿莲》散发出一种独特的诗性光辉。对儿童读者来说，《阿莲》是一部平实亲切、充满生活智慧和丰富情感的书，也是一本充满叙事智慧、语感上乘的书！

毛芦芦：汤素兰的童话，常常给我一种惊艳之美。没想到，她写小说，反而清浅柔和起来。不，小说的内容其实根本不淡，一开篇，就是小弟弟来人间报到的情景，妈妈也曾命悬一线，阿公阿婆也曾提心吊胆，主人公阿莲也曾忧心忡忡，但是，读着汤素兰的文字，跟着她的故事慢慢往下走，我心里涌起的感觉却是少有的熨帖和安宁。

我读《阿莲》，最大的感觉，是汤素兰用她的文字，领着我回了一趟乡下老家，回了一趟童年老家。阿莲家乡的那些坳啊，冲啊，湾啊，垇啊，我是熟悉的，因为我的老家也有；阿莲的母亲是个常在外上工的裁缝，与阿莲相依为命的人是她的阿婆、阿公——奶奶、爷爷，我也是；阿莲小小年纪，就学会了照顾弟弟，学会了做种种家务，我也一样；阿莲从小就对课外书格外痴迷，我亦如此……所以，读汤素兰的这本小说，我根本没有读一般小说的新鲜感、新奇感，我只读出了一种深深的怀念之情。而怀念的味道，是最能打动人心的。

我阅读《阿莲》的过程，就是一个心冰化水，水又被点燃的过程，是那个被时光渐渐冰冻了的小时候的我，慢慢被作者的文字之火烤暖，烤化，化作一摊泪水，最后又燃成一堆火焰灼痛着我自己的过程。当我读到阿婆不顾妈妈的反对，那么坚决地去帮阿莲报名读书，并低垂着白发苍苍的脑袋，用几百块碎布一点点地替阿莲缝缀着新书包的时候，我终于忍不住号啕大哭。

汤素兰在她的小说里，写活了阿莲的奶奶，写活了她自己的奶奶，也写活了我的奶奶。多少往事，多少回忆，多少个昨天的我们，就这样被她那质朴清淡的文字唤醒了，变成一把泪水，纵横在我们脸上，又变成一把大火，轰轰烈烈地燃烧在我们心上，炙烤着我们的灵魂，让我们明白，纵使我们离家千里万里，纵使我们成就了再大的功名，纵使我们创下了万贯家业，回头凝望我们的来路，发现最令我们魂牵梦萦的东西，无非也就是阿婆在时空深处颤悠悠、颤悠悠地对着门前的小路，呼唤我们回家吃饭时所吐出的那个小名：莲妹子……

我们每个人都有奶奶，每个人都有童年，每个人都能从《阿莲》里读到深藏于内心的最大的牵挂。这样的故事，越是平静地说，听的人越会竖起心灵的耳朵吧！且让我们大家都一起去静静聆听《阿莲》的故事，一起静静去品尝那成长的真味，那人生最美好的怀念的真味……

萧萍：之前，上海有一个面向全市小学生的广播电台的推荐书目，当时我推荐了《阿莲》，在我们讨论的时候就有人提出异议，《阿莲》对于现在的孩子还有意义吗？那么有的人就说，对那些外来民工子弟的孩子它有意义，难道真是这样的吗？那么《阿莲》这部作品，它的意义在哪里？它是不是从远方走过来的？当年易卜生的《玩偶之家》翻译过来以后，在五四时期引起了很大的反响，而且由此产生了中国女性独立意识的启蒙。但是鲁迅说了一句话，娜拉出走以后，会怎么样呢？我们如果不给她一个强大的童年，不给她一个坚硬的内核，不让她这么吃苦耐劳，娜拉出走活不了的，她还得回来，实际上就是这样的。刚才我记得常立老师说，汤素兰和阿莲的形象是个体的，对，我承认它是个体的，但是这样的一个个体的典型形象能唤醒或者启蒙更多的孩子们，因为对他们来讲美山美水是没有意义的，对他们来讲，明天走出那片山才是更大的意义。我觉得《阿莲》在这个意义上超越了一般的普通的文学作品，它具有教育学的含义和女性学的含义。我在想，作者一直都有这样一个文学准备，就像刘颋说的，一根刺，在作者的生命当中一直有一根对性别认知的刺在那里梗着。我并不觉得汤素兰从过去写童话到现在写小说，是从一种所谓的幻想到写实，是一种回归，相反，我觉得她写这部小说是她对自己的一种巨大的挑战。她有一种东西深深地吸引着我们，就像刚才孙建江老师说的，也许《童眸》里面它缺少的那股力量，《阿莲》里面有。这是一种什么力量？这是一种超越文学本身的力量。我在她身上看到很多闪光点，我要向她致敬。我觉得这个强大的内核，应该是我们文学作品里面亘古不变的，无论它的形式怎么样，它一定是这样的，有一个闪光的内核。

胡丽娜：我觉得一部好的小说，它有很神奇的魅力，可以让一个人唤起她童年的辛酸也好，幸福也好，它饱含泪水，它有一种不断召唤的意识，能够激活我们一种阅读的经验或者说一些生命的体验。我在想《阿莲》给我最大的感动是什么。我觉得这部小说很好，或者说刚才萧萍老师以及前面很多老师都在追问，《阿莲》这部小说它的意义何在？其实在我们这么多的成长小说当中，《阿莲》一定是别具一格的，因为它真的很特别，恰如莲花这个意象，展示了一种平静却充满力量的艺术的境界。

我觉得孙老师的发言很有启发，他把一部作品放在一个更大的框架当中去探讨，这些年，我们的确看到了不少带有童年回忆性质的书写，像《吉祥时光》《童眸》《童年河》。我们也一直在思考一个作家应该以什么样的姿态进行创作，因为我们已经习惯了作家声嘶力竭，或者说作家自己饱含激情地在渲染，在烘托，但是读者异常冷静地旁观的那种状态。但是《阿莲》好像给了另外一种相反的艺术的感觉，作家很克制。我觉得当一个作家很有节制地、非常有意识地进行创作的时候，她就会带给我们一种不同的感觉。书中梅伯伯的母亲用瓶子来养花，让阿莲看到了一种美的力量，这是一种更日常也更加克制的力量。但是在这样一种克制的书写中，我们又会觉得好像沉淀了很多的东西。所以《阿莲》好像一切都是不动声色的，但是同时它在不动声色当中又有一种举重若轻的态度。

我比较喜欢上篇，因为上篇贴着生活去写，非常地平静、舒缓、清浅，里面写到一些民俗，并不是停留在一种猎奇的角度，它本身就是融合在生活中的，所以书中的人物非常鲜活。我非常喜欢爱桃这个人物，我觉得爱桃这个人物有某种象征性。她有她的矜持，有她的主见，甚至她可以用一块非常素朴的布料做出很别致的衣服；她有她的追求，她可以安然于自己的一种状态；她也很明确自己想要成为什么样的人。我想，爱桃的这个形象，是不是其实就是我们所期待的，儿童文学本来应该有的一种面貌？它应该是非常自然地呈现，不刻意迎合流行风格或者大家的期待，安安静静地、很本分地来展现自我最真实的状态。

读《阿莲》，会不断有那种欣喜和期待的感觉。书中描写明亮和阿莲的细节，有汪曾祺的《受戒》的味道。我觉得真的非常美好，一部小说有苦难的书写，但是因为有这样一些非常明丽的细节或者美好的情愫存在，这部小说其实始终是温暖的。

所以我觉得相对于上部的紧密交织来说，下部我会有一些困惑。上部贴着生活来写，作家的状态感觉是很纯粹，也比较放松的，看似漫不经心的一些叙事，但是其实细细地推敲都有很紧密的编织和用意在其中。然而下部，让我有心里咯噔一下的地方，比如像韦苈老师刚才说的那种书生化的语言，我不喜欢"丹轲的心"这个标题，包括尾声的《爱莲说》，因为前面都是一些非常生活化的词语，但是突然"丹轲的心"让人有一种陌生感。我觉得下半部分在整个架构的过程当中，好像人和人之间情感那部分的力量有点弱了。就整个叙事的紧密性和紧凑性来说，下半部分是相对会散一点。

最后，我在想，当我们在进行童年回忆小说书写的时候，有一个很重要的问题，我们的儿童文学能够给我们的时代呈现一种怎么样的童年图景？我们能够建构什么样的童年生活？我们这一代童年的背景非常特殊，跟整个时代的剧变是密切相关的。在这样的童年书写当中注定是有苦难的，这是不是一种类似的现象？我想起尤里·奥莱夫的作品，因为在"大屠杀儿童文学"当中，有一个很常见的叙事模式，无论是第一人称还是第三人称叙事，在后期当中一定会强调"当时的我是一个幸存者，这是我的真实经历"，他也强调真实性。所以我觉得这两类文本的创作，是不是有沟通和对话的一种可能性？

刘海栖：我想简单地从出版者的角度说说。最近这些年，进入儿童文学领域的成人作家非常多。有两个原因，一是市场比较好，二是出版社在其中起了很大的助力作用。出版社会去找有名的作家约稿，有名的作家来了，就会认为儿童文学就是童年回忆，他更多地走写童年回忆这条路。于是就出现了问题——作家的童年回忆越写越浅，它实际上是一种散文化的写作。他们现在有一个误区，认为把小说写得越幼稚就越是儿童文学。

但从另外一个角度，实际上这些成人作家有很好的文学水准，只不过现在没有人很好地告诉他应该怎么写。如果他们走对路了，就能够写出很棒的东西，所以我觉得在这一点上，我们儿童文学作家是需要向他们学习的，尤其在小说的理解、小说的构建上面，他们有很成熟的经验。

在座有出版社的朋友，大家需要关注这个问题。有些稿子不是拿来就能用的，要打磨和引导。现在有一个很大的问题就是编辑太被动，编辑自我提升的意识不足，尤其是现在商业化、市场化的环境里，出版节奏太快，挽到篮子里就是菜。很多时候一些作家的稿子，你不能动，或者是你来不及动，或者是你没有认真地考虑该怎么动。所以我觉得，编辑们应该让作品更精致一些，更完善一些，更完美一些。

汤汤：读《阿莲》的时候为了不影响第一感觉，我先跳过了曹老师的序，最后才对照着我自己的感受来读他的序，我和曹老师的某些感觉一样，但有些感觉是不一样的。

先说感觉一样的，曹老师说书中写生活、写场景、写风俗写得实实在在，乡土气息非常浓。没错，汤老师的这本小说，底子结结实实，有着很真实的生活质地，无论是场景描写、生活人情还是时代风俗，汤老师都叙述得从从容容，娓娓道来，淡而有味，叙述得很耐心。这耐心很可贵，一方面可以看出，汤老师在写这本书时，内心无比沉静，没有半点浮躁；另一方面可以看出，她在小说叙述上的自信，还有对文学品质的高要求，绝对没有半点迎合的意思。汤老师写这本书一定动用了大量的童年经验，阿莲生活的环境、风俗的描写，阿莲身边的阿公、阿婆、爸爸、妈妈、弟弟、伯母一家、明秀、明亮、丁老师、梅伯伯等人物的描写，阿莲遇到的一桩桩事情的描写，都是写实度极高的，里面有很多很好的细节，比如像阿公所说的"寒凉时节",请施公子为弟弟收筋、封禁、贴符咒,还有阿婆唱童谣的时候,无论怎么唱都会唱到最后一句"铁砣是阿婆的心肝宝"。总之,我觉得汤老师把她的童年、故乡,细细摩挲了一个遍,把童年里、记忆里的星星点点都用心打磨出光,再呈现出来,让我们读文字的同时,仿佛看到、仿佛经历、仿佛走进了千丘田村。我被汤老师的这种写作的耐心和沉静感动。

但是对《阿莲》我也有不满足的地方。曹老师在序言里说,汤素兰既在叙述中保持了一个女性作家让男性作家望尘莫及的品质,在编织故事方面也显出了高强的本领。我偏偏觉得在故事编织上,尤其是在下篇是有缺憾的。《阿莲》没有一个中心的故事,它是由许多小故事推动而成的,这种写法在小说写作中当然没有问题,问题是这么许多小故事没有共同酝酿出一个比较大的、推及心灵深处的那种感动和震撼,没有一股酣畅流畅的气韵从开始贯穿到最后。上篇非常好,对一部长篇小说而言,其中有很多很多感人之处,但这样子推进的方式在下篇的综合之后还是有点松散、细碎和单薄了。在读到下篇的时候,我的脑袋里经常冒出来三个字"素材感",我感觉到一些段落、一些讲述有待提升和升华,比如阿莲这个人物,在上篇形象很饱满,但是在下篇的时候,她在不停地长大,可是她长大后,我却感觉作者对阿莲内心世界成长的抵达是不够的,挖掘得还是不透的。因为小说不仅仅是为了事无巨细地记录那个时代,不仅仅是作家个人的回忆录,不仅仅是个人对故乡、对童年的追怀。所以下篇还可以更智慧些、精炼些,素材的取舍上还可以琢磨,把更多的笔墨给阿莲,让她更鲜活灵动、停驻在读者的心坎里。谢谢!

谢乐军:像阿莲一样,我们曾经哭过,曾经笑过,也曾经挨过打,曾经为了读书竭尽全力,在阿莲的心上,我仿佛看见了自己的影子,上下的那座山也是我童年抹不掉的记忆。

邓湘子:我感觉小说上部是一条小溪流,弯弯曲曲地流过来了,有着大自然的那种完全没有被破坏的、原始的美，到了后面小溪就流到了更大的湖里。我想汤素兰有着强烈的愿望，想在她这部小说里面表达自己的成长。

五、尾声与回应

方卫平：接下来，我们请湖南少年儿童出版社（以下简称：湖南少儿社）的吴双英副社长代表出版社说几句。湖南少儿社这些年来在儿童文学出版方面也做了许多工作。

吴双英：感谢方老师。我想跟大家简单说三点吧。第一，我很惊讶，因为我们都是因"莲"而聚，但是我没有想到研讨会可以开成这样的一种风格，这么犀利的、理性批判的声音和这么饱满而充沛的感情，可以完美地融合在一起。第二，这也是我们等待得最久的一本书稿，每一次向汤老师催稿，汤老师都说"我还没有想好，那个结局我要怎么写"，她对这部作品慎之又慎，所以我们也可见这部作品在她心中的分量之重。后来我看完她的作品马上给她发了几句话，我说"我在这部作品中看到的是'沉溺'"。我不知道，怎么就这个词跳了出来，我最想跟她说的就是"沉溺"这个词，沉于她的过去，她的童年，还有她的自我的内心。第三，对这部作品的评价，大家有很多不同的观点，我个人对于这部作品的看法和大家都是相似的，作品略有不足的地方就是戏剧冲突还可以更强一点，作品可以展现的东西还可以更多、更深。让我们一起期待汤素兰更好的作品。

方卫平：谢谢。我们请今天的主角汤素兰老师最后做一个回应。

汤素兰：我特别激动，往后我会用更多的故事来讲我的成长。我是满怀期待又特别忐忑地来到红楼的，我知道很多人在红楼开完研讨会是哭着离开的，我今天也会哭着离开，其实我一直期待来这里开一场研讨会，但是我也一直在想我应该有一个怎样的作品值得在红楼开研讨会。所以我一直都是盼望着的，我并不是说我的《阿莲》就值得这个研讨会，但是我觉得我从事写作，老师们也看到了我的努力，我一直在想怎么能够写得更好，所以我到这里来开这个研讨会。我想要重新得到确认，我对于儿童文学是一个什么样的东西有一个重新的确认和一个重新的出发。我是怀着这样的心来的，所以我非常感谢大家真诚的批评、善意的提醒和充分的肯定。写作真的是非常非常难的，就大家说的那个问题，上篇和下篇，其实我很努力地在做。我回过头来看，我应该没有写丢人和事，哪怕那个罐子里面的鸡蛋和那个花圃我都是做了呼应的，但是是否做得够好？今天大家给我提了很多很多的意见，让我思考怎么去更好地结构故事，我觉得这很难，也因为是难的，所以我觉得它是值得用一辈子去追求的。

我非常感谢大家对我真诚的批评、善意的提醒和充分的肯定。非常感谢大家让我可以重新确认我自己，期待我自己下一次写得更好。非常感谢大家！

方卫平：今天非常感谢大家，这么多的老师、同学们的用心，共同地在一件事情上奉献我们相通的爱和智慧，今天上午的研讨会可以说是相当圆满的。刚才阿汤（汤素兰）讲的话不多，但无论是情感的表达还是作家创作心情的袒露，还有这次研讨会对她创作意义的高度的认知，都挺让我感动的，最后谢谢大家，谢谢我们的老师和同学们，期待下次再聚！

整理者：董 鸣 吴系阳 唐 靓 宓湛森
　　　　段艺璇 林 洁 王梦青 葛丽辉

重要的事情说三遍

——红楼《阿莲》研讨会

汤素兰

我的《阿莲》研讨会是浙师大红楼系列研讨会的第二十五场，那天是2017年9月9日上午。

那天我的微信是这样记录的：

"浙师大。红楼。《阿莲》研讨会。母校。姐妹淘。真诚的批评。善意的提醒。泪和笑，回家，确认和出发。信息量那么大。感动那么多。写好那么难，又那么迷人。感谢所有的朋友，感谢儿童文学。"

9月11日，我的微信里依然是关于这个研讨会的，我是这样记录的：

"好热烈好难忘的研讨会。感谢各路亲朋好友。长忆红楼。"

9月13日，我转发了湘少社关于红楼《阿莲》研讨会的微信，并且写道：

"《阿莲》研讨会在浙师大红楼举办，重要的事情说三遍。"

事实上，这么重要的事情，我不止说了三遍，而且会一直珍藏在我的记忆里。

对于红楼，我并不陌生，我曾经在这里学习过三年，后来，又有好几次回到红楼。我也老早就听说过红楼的系列研讨会——听说老师们对作品挑起刺来不留情面，好多人开完研讨会是哭着离开的——我理解这种哭，是被感动，被感染，被点拨……

作为一个写作者，我既希望能在红楼开个研讨会，又害怕到红楼开研讨会。直到2017年3月《阿莲》出版以后，我才下了决心。第一，因为《阿莲》的写作调动了我许多童年经验，它与我以往的童话写作不同；第二，作为一个有三十年"写龄"的老作者，我迫切希望得到师长们、朋友们的批评与帮助。

于是，就有了2017年9月9日的红楼第二十五场研讨会。

我知道以往的红楼研讨会是以浙师大的老师们为主的。但是，因为这是我的第一个研讨会，我邀请了一个庞大的亲友团——湖南省儿童文学学会的作家、评论家朋友，出版社的编辑，还有我的研究生；我还邀请了吴其南、孙建江、刘海栖、刘颋、谢华、汤汤等各位老师和朋友，还有我的姐妹芦芦和萧萍，萧萍还带来了她的研究生。

非常感谢方卫平老师的精心安排和儿童文化研究院各位老师、同学们的充分准备，《阿莲》的研讨会在方卫平老师的主持下，以吴其南老师"在素朴和清雅之中"为题柔和开场，但很快就唇枪舌剑、针锋相对了。除了我邀请的外地朋友之外，韦苇、周晓波、钱淑英、赵霞、胡丽娜、常立、徐静静等浙师大的专家学者以及九十多岁高龄的蒋风老师都来参加了研讨会。每个老师的发言都真诚而极富见解，有些批评很尖锐，但极其珍贵，成为我后来对《阿莲》修改时的指引。

感谢红楼。感谢红楼研讨会。

2018年11月17日

刘绪源《中国儿童文学史略》研讨会

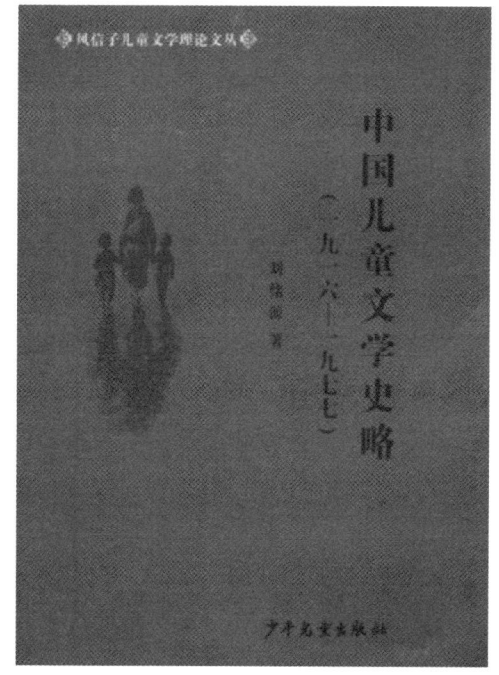

《中国儿童文学史略》

作者：刘绪源

责任编辑：梁燕

出版信息：少年儿童出版社 2013 年 1 月版

作者简介：

刘绪源，当代作家、批评家、学者。1951年3月出生，2018年1月逝世。曾任《文汇月刊》编辑、《文汇读书周报》常务副主编、《文汇报》副刊"笔会"栏目主编。主要研究领域在儿童文学理论、中国现代文学和中国思想史。

著有现代文学专著《解读周作人》，儿童文学理论专著《中国儿童文学史略（1916—1977）》《儿童文学的三大母题》《文心雕虎》等，并有论文集《文学中的爱情问题》《当代散文选析》等；著有中长篇小说《"阿憨"出海》《无标题音乐》；著有随笔《逃出"怪圈"》《人生的滋味》《体面的人生》《你和你的青苹果》《苦茶与红烛》；已出版书话集《隐秘的快乐》《冬夜小札——刘绪源书话》《桥畔杂记》《见山是山见水是水》《翻书偶记》；现代散文史论《今文渊源》；与李厚泽对话《该中国哲学登场了？》及续编《中国哲学如何登场？》；编选笺注的《周作人论儿童文学》、著作《美与幼童》等。

《中国儿童文学史略》：一种视野，一种精神

时间：2017年10月21日
主持人：方卫平

方卫平：今天的研讨会是红楼系列儿童文学新作研讨会的第二十六场，却是第一场为儿童文学研究者的学术著作组织的研讨会。

红楼研讨会从2008年启动之后，一直没有给儿童文学研究者开研讨会，最近一两年我才开始规划。《中国儿童文学史略》是2013年1月份出版的，但这本书作为学者论著的第一场研讨会的主题是非常合适的，因为这本书提供给我们丰富的学术研讨话题，并给予我们当代儿童文学研究者许多启示，尤其给师生们学习儿童文学研究提供了借鉴。

这本书的话题性无疑非常强。首先，从文学史的角度来讲，1988年，陈思和教授和王晓明教授就提出了重写文学史的话题，这在当时整个学术界是很有新意的提法，但儿童文学界没有响应这个话题。之后的几十年间，我们实际上在做相应的实践，很多学者在对中国儿童文学史的重新打量和思考中，都有一些不同于传统儿童文学研究的新成果。这些成果提供了儿童文学史研究的不同范式。

其次，本书不仅提供了范式，还是一本让人读了长见识的书。它提供的文学史掌故、文学史个案，解读的趣味……还有在这本书的字里行间不时闪烁的一个学者对中国儿童文学的体察和洞见，都给我很深的触动。

这本书值得我们多次阅读。今天来自全国各地的同行们坐在一起，我们就可以秉持红楼研讨会开诚布公、率真务实的精神，像朋友一样畅谈我们读

这本书的感受、收获和启发。

一、研究视野与批评精神

周晴：2012年这本书由我终审，2013年在我们社出版。作为一个非专业学者和一个专业的出版人，我想先说说我的感受。

第一点感受是：我在阅读这本书时，思想有沉浸，也有游离。为什么会沉浸其中？是因为绪源的文字非常好懂，理论表述清晰明白。为什么会游离呢？因为书里提到的很多作品，一次次带我回到少年时代，很容易让我想起最初阅读这些作品、认识这些作家的时刻。我会想到童年时代的暑假，在弄堂里读书的场景；想到和好朋友去图书馆读到一本好书的情景……我常常在阅读过程中跳出去，回想自己童年时代阅读带来的幸福感。

第二点感受是：感觉到了作者的真生命和真性情。历史的"史"是可以帮助人们从已经走过的脉络中找出头绪，从众多的作品中领悟出一些"所以然"来的。这部作品中关于"五四"时期、二十世纪五十年代的历史；关于台湾儿童文学的表达和评价，都给我非常大的启发。我联系自己的职业，不断地思考：我内心对优秀儿童文学作品是怎样界定的？作为一个编辑我可以做什么以发掘和出版更好的作品？在绪源梳理的儿童文学发展脉络中，我似乎找到了答案。我当时就写下了我对"我们可以怎么做？"的答案，就是"安静"。真正优秀的作品需要真情流露，需要真生命，需要站得高一点，需要安静的、不太热闹的叙述，甚至需要安静的读者和评论者的参与，安静地梳理一些优秀的东西，安静地面对繁华世界，安静地寻找和发现，鼓励和培养安静的心态。

再者，我想谈一谈绪源的为文之道。年轻时，我的床头柜上一直有一本《隐秘的快乐》，这书话集的文风很有哲学的意味，可以让我有共鸣。还有一本书是《儿童文学的三大母题》。绪源的文风跟他的现当代文学和思想史背景有关，才会那么开阔。我非常佩服他的学问和文采，同时他的作品又非常好读。这两天我在读《前辈们的秘密》这本书，这本书依然承袭他的文风，就是在严谨和系统之余，文字清朗好懂，却又一针见血和直指要害。他的风格没有随着时代和社会的变化而变化。我发自内心地对他感到敬佩，一是对他学问的敬佩，二是对他诚恳治学态度的敬佩。

那么，绪源所做的批评的意义何在？

我在编辑领域二十余年，也曾担任出版社的老总，我虽然知道优秀的儿童文学可遇不可求，但是我每出版一本新书，就希望这本书既有获奖的可能，即社会效益；又有市场的可能，即经济效益。我们开研讨会、新书发布会时，往往希望专家为作品说好话。这几年，我们听到的好话非常多，所以有时候会困惑，这些作品真有那么好吗？这是一个矛盾。作为专业的编辑，我其实知道大家都说好，并不是好事，我的内心反而不安。记得刚做编辑时，发现一个好作家和一部好作品是让我非常兴奋和自豪的事。编辑《大头儿子和小头爸爸》的时候，我常常感到非常兴奋，这兴奋中包含了对自我判断的一种自信。这种自信是因为做了多年编辑后，自己开始知道什么样的作品是好作品，这个成长过程其实有批评者的声音给我的启发。我们在互相探讨中碰撞，给作品一个专业的评判；编辑、评论者和作家之间的惺惺相惜、心有灵犀多么可贵！一场有质量的研讨会、评审会，应该有让人耳目一新的见解，针锋相对的见解也未尝不可，这是可以让编辑成长的。

刘绪源在儿童文学理论界树立了风骨和独立的姿态。

本次研讨会不单可以给作家们一些启示，也可以给编辑们一些提携和抬升。谢谢绪源，祝愿你的身体越来越好，能够为中国儿童文学的繁荣做更多的事情。

李学斌：我带着对绪源老师的感激和感恩之情来参加这次研讨会。我有三本书都是绪源老师写的序，序言中有批评、有鼓励，也有褒奖，谢谢绪源老师的指导和帮助。

我非常喜欢绪源老师为文治学的方式、态度，还有文风。绪源老师的文风独树一帜，明明是一清如水的闲谈，其间却如似如缕，寄寓深广；看似随意率性的时评，内里却涵容宽阔，思维缜密。这样的文风是刘绪源对周作人、丰子恺这批"五四"大家的继承，非常独特，值得后辈学人学习。

文学史研究与写作大体有"史料型""史识型""统合型"之分。窃以为刘绪源的《中国儿童文学史略》既不是以史料耙梳见长的"史料型"文学史，也不属于侧重专题研究的"史识型"史著，而是以"书话"形式写就的简易版"统合型"文学史著。《中国儿童文学史略》中，著者在分析诸多中国现代儿童文学作家、作品和现象之前，开宗明义，就以"纯粹性、真生命、先锋性"为标识，树立了"纯文学"的审美原则与基于"文学鉴赏与批评实践"的儿童文学史观，并据此采取定点透视的方式，选择若干代表性作家的作品深入分析，提出诸多不同于前人研究的文学洞见。而他所秉持的"纯文学"审美原则，也因此成为贯穿全书的价值坐标、观念基调。这一思维立场、著述方式客观上奠定了整部《中国儿童文学史略》创作史实与文学史论相统一、外部研究与内部研究相结合、宏观勾勒与微观探析相表里、"以文学书话写史，用清浅口语立论"等几方面的鲜明特色。

首先，《中国儿童文学史略》中，刘绪源牢牢把定"纯文学"审美原则来审视、品评儿童文学作品、现象，体现了基本史实与文学史论相统一的史家眼光和学术立场。

譬如，在《白话文与〈尝试集〉》一节，著者通过对胡适白话文语言风格和内容表达的分析，以及对其所写儿童诗歌的阐释，不仅彰显了胡适在"白话文运动"中，开风气之先的独特作用，而且还大胆提出，正是胡适《尝试集》中的一系列童诗，代表了"五四"时期中国现代儿童文学的创作实绩，同时催生了中国现代儿童文学的艺术萌蘖。这些论断虽有推测成分，但仍不失为文学创见。

其次，《中国儿童文学史略》中，刘绪源先生将作家、作品还原到社会生活与文学现场中予以考量、分析，充分体现了内部研究与外部研究相结合的研究理路。

具体说，就是论述中，著者讲求"以点带面""点面结合"，在论及作家作品时，注重从文本出发，既深入文本内容层面，对其题旨内涵、艺术表达洞察幽微、条分缕析，同时又不忘知人论世、"入内出外"，对作品诞生的时代背景、社会文化渊源细加评析，从而使得出的研究结论逻辑严谨，环环相扣，令人信服。比如，在论及郭风二十世纪六十年代出版的《英雄与花朵》时，在指出这类作品艺术上"不忍卒读"的同时，也明确剖析了作家"雅淡、小巧"文风的丧失，与当时"标语口号式"的创作风气和"愈演愈烈"的理论斗争不无关系。这样的文学判断持论客观、公允，令人信服。

再次，《中国儿童文学史略》中，著者秉持"纯文学"高标，立足"文本细读"和"文本分析"，以文学作品为依托，以创作实践为准绳，充分体现了"文学理论与文学批评相融通"的文学史观和学术倾向。

比如，在论述张天翼童话《大林和小林》的"童趣"风格时，作者在大量引述分析的基础上，将这种"以坏孩子、坏动物写坏人"的审美方式与布莱希特"间离效果"相比较，指出这样的审美同样是"将人提高，同样是'以文学推进社会'"。

最后，除了上述内容层面的特色外，《中国儿童文学史略》在表达方式上别出心裁，以文学书话与自由随笔写"文学史"，开创了国内儿童文学史写作的新范式。

通常，在一般读者的印象中，文学史可谓动态发展的作家、作品和文学现象的变迁史。决定文学史脉络和特征的是作品，因此，从这个意义上说，文学史其实也就是作品史。作品审美的精度、纯度、力度，决定了文学史的高度、广度、深度。《中国儿童文学史略》中，绪源先生精心选择从"五四"时期到"文革"结束六十多年十多位儿童文学作家的二十几部儿童文学作品进行文本分析，不仅清晰地勾勒出了中国现代儿童文学发生、发展的基本轮廓，而且对其间的艺术流程、观念嬗变、思潮交锋都做了精要而深入的阐述。其中，诸多作品分析，既是有深度的作家作品论、文学思潮论，也是一篇篇沉潜思索、识见新颖的书话，而那种清浅率直、明白如话、言近旨远的文体风格，更是师承周作人、丰子恺、沈从文、汪曾祺等现当代作家，显示了作者丰厚、广博的理论学养与冲淡、平和的学术气质。

综上，笔者以为，刘绪源先生的《中国儿童文学史略》就当下国内的儿童文学史研究而言，有如下四方面的贡献：

一、文学史观层面：突破以往儿童文学史研究"政治本位论""国家本位论"立场，通过"儿童本位论""文学本体论"超越"政治话语模式"，使儿童文学回归"文学现场"，成为现代文学的有机组成部分。

二、叙述方式层面：打破以往儿童文学史叙事方式的静态与孤立，注重梳理各个阶段儿童文学发生、发展场景、事件与特定时代背景、文化语境的关联，使儿童文学史真正成为作家作品、文学现象动态发展的历史。

三、文学史实层面：发现二十世纪四十年代之后，在中国儿童文学发展中存在的"国家性""民族性"叙事与"生活化""私人性"叙事并存不悖的创作景观，揭示了近现代中国儿童文学的复合性、开放性。

四、文学史识层面：在深入剖析《大林和小林》《宝葫芦的秘密》《小猪奴尼》《没头脑与不高兴》《长长的流水》等作品基础上，对其中的"童趣表达""心理成长""教育意识""游戏精神""战争记忆"做出了富有新意的审美解读，对上述儿童文学作品的文学价值做出了全面而准确的评价。

五、语言表达层面：打破了文学史书写中权威化、经典性学术话语体系，以清浅平和、直白流畅的口语化、生活化语言复述作品，品评分析，极大地增强了理论图书的可读性和感染力，为理论图书的写作树立了可资借鉴的良好语言模型。

综上，刘绪源先生的《中国儿童文学史略（1916—1977）》植根于中国现代文学语境，不仅清晰地勾勒出中国现代儿童文学发生、发展的基本脉络，而且以其点面结合、史实融合史论的撰述风格，以及独到的研究发现、思维创见拓展了儿童文学研究的学术疆域，为中国现代儿童文学提供了新的史著范例。

徐妍：《中国儿童文学史略》对于我来说，既是一本常翻常新的书，也是一本我从事儿童文学研究工作的案头必备之书，随时阅读，随时都有新的话语想对它说。今天，我有幸和儿童文学界的朋友们聚在一起，聚在儿童文学界心仪的精神之地——浙师大的红楼，一同重读《中国儿童文学史略》，对刘绪源老师其人其文进行一种如亲友团一般的温暖、自然、真实的小型研讨。

《中国儿童文学史略》的学术价值究竟如何优质呢？重读《中国儿童文学史略》，我依然坚持四年前在书评中表达的主要观点。其一，《中国儿童文学史略》在叙史方式上显然接受了鲁迅的《中国小说史略》的举重若轻的叙史方式启发："虽专史，亦粗略也。"即，《中国儿童文学史略》置身于复杂、多变的中国儿童文学现代性的历程中，选取最具有审美价值的中国儿童文学作家的作品进行梳理、辨析和评价，在看似"随意散漫"的书话体中，包含了颇具规模的"文学史"体例。所以，《中国儿童文学史略》与《中国小说史略》一样，皆属于高难度的文学史写作。其二，在研究方法上，刘绪源首先依靠素朴、基础的审美研究，而不是依赖于各种引进的时尚的研究方法。但他同时清醒地意识到审美研究的危险所在——审美性与个人性之间暧昧不清的边界使得人们很容易将审美研究视为一种个人化的趣味表征，因此《中国儿童文学史略》从来都不固守在文本的审美世界内部，而是延展至文本之外的文学史和思想史的多重世界中。其三，坚持审美本质论的儿童文学史观。在《中国儿童文学史略》中，将一切儿童文学作品放置在审美标准之下，遴选并重评了中国儿童文学史中的儿童文学作家作品。

但除了上述观点，重读《中国儿童文学史略》，我还获得了如下两点新的心得。

《中国儿童文学史略》是以"汇入"现当代文学史的方式实现了儿童

文学史的独立品格。由于现存学科制度的壁垒森严,儿童文学界不免质疑现当代文学界对儿童文学的冷淡态度,一个被集中质疑的事实就是现当代文学史几乎不将儿童文学纳入其历史叙述对象。事实上,儿童文学与现当代文学史是不可剥离的一体关系。例如:被现当代文学史评价为中国现代文学史上第一篇现代白话小说——鲁迅的《狂人日记》中的"救救孩子"的主题与狂人的反叛主题原本就是一体关系。如果鲁迅续写《中国小说史略》,会不会祛除"救救孩子"的儿童文学作品呢?但学术的历史无法假设。儿童文学与现当代文学分治写史的历史与现状或许还会持续下去,尽管已经有现当代文学史著作吸纳了儿童文学史,但并未根本上改变二者分治的写史观念。儿童文学界固然可以继续质疑,但真正有所作为的不是质疑,而是主动地、自觉地将儿童文学还原到现当代文学史的场域中去,在坚持儿童文学自身品格的前提下,返观儿童文学的儿童性与文学性,进而写出令人信服的儿童文学史著。这意味着儿童文学史不必与现当代文学史贴得太近,也不能与现当代文学隔得太远。《中国小说史略》就确证了儿童文学"在而不属于"现当代文学史的独有位置和独立品格。

刘绪源是一位具有多重身份的思想者型的自然之子。比较成人文学史的理想写作者,儿童文学史的理想写作者不光需要史家功力,而且需要思想者型的自然之子的目光和心灵。如果说《中国儿童文学史略》的作者的多栖身份是为美而写作,那么思想者型的自然之子身份则是为求真而写作。美与真的探求,是儿童文学史与成人文学史的重心所在的一个差异。

《中国儿童文学史略》在批评标准上始终秉持了鲁迅所说的批评标准——"好处说好,坏处说坏"。儿童文学界的学人,凡是对刘绪源老师有所了解的,大概都会达成一个共识:他是一位少有的特别坚持批评原则的学者、评论家。这一点,在这个左右摇摆、无论怎样都可以的时代,实在珍贵和稀缺。基于以上的"旧感""新知",我以为,一本《中国儿童文学史略》代表了中国儿童文学学科的尊严和高度。由此,如果说那本并不以厚重见长的书话体《今文渊源》是一部中国当代学人的经典的文学研究著作,那么《中国儿童文学史略》则很可能是一部中国儿童文学学者的经典的文学史研究著作。

赵霞：我想谈谈我读《中国儿童文学史略》的感想，并论述刘绪源先生的儿童文学研究对中国儿童文学来说意味着什么。

我认为，刘老师的研究意味着一种视野，一种精神。

熟悉绪源先生和他的研究的学者们都清楚，绪源老师是带着他的广博的、深厚的、并非单纯地局限于儿童文学领域的学术积累、学养和实践进入到儿童文学研究领域当中来的。所以他的学养、积累和实践，为他的儿童文学研究提供了重要的支撑和托举的力量。

我更想说的是，其实对于《中国儿童文学史略》来说，这些非儿童文学领域的内容，看似和儿童文学并不直接相关的学术积累和涵养，不仅仅提供了一种背景性的、奠基性的功能和作用，《中国儿童文学史略》就是这种视野、这种胸怀的直接结果。

我想以开篇第一节《白话文与〈尝试集〉》为例论证我的观点。这是整部《中国儿童文学史略》的题头，我以为这题头其实是把中国儿童文学史的发生放到了一个非常高远的背景之上。

在绪源老师早期的学术代表作《解读周作人》和《今文渊源》里面，"谈话风"非常鲜明。在我读来，就特别注意到谈话风之下，绪源老师一再提到的小儿声口，谈话风和儿童的语体有一个直接对应的关系。某种程度上而言，谈话风可以作为中国现代白话文章语体的源头，其实就是我们现在儿童文学语体的源头。所以从这一个对接关系上来看，我会觉得，现代中国儿童文学的发生跟整个中国现代文学和现代文化的发生是同源和同步的。但是我们过去的许多研究，更多关注的是精神上的同步性。因为儿童很重要，所以儿童文学很重要，我觉得这是精神层面上的关注，但还不是文学本体层面的。但是绪源先生指出，白话文起源当中的"谈话风"的语体，这种小儿声口的语体是中国现代文学和现代儿童文学的共同起源，其实是把现代儿童文学的语体放到了中国现代文学语体起源的一端。儿童文学之所以重要，不仅仅是因为儿童非常重要，更是因为它作为一种语言艺术，本身就非常重要。它的起点与高度和整个现代文学是一样的，还扮演了一个主体性的角色。

对于儿童文学研究者来说，研究视野对于我们看待儿童文学、进入儿童文学都有深远的影响。不论是对于历史观察，还是具体作品的分析，它可以帮助我们真正穿透到文体的表层和发展历史的表象之下，去把握住本质。这是我想谈的第一点。

第二点，我想说的是批评的精神。

在《中国儿童文学史略》当中，我们会关注它在文献层面上为我们提供了关于中国儿童文学史的特别完整的描述。要做出真正有价值的研究，科学、细致、全面完备的文献搜集和整理必不可少，但我认为这是第一步。绪源先生以批评者的身份进入历史研究当中，他的历史研究是有目的、有价值标杆的。我认为整部《中国儿童文学史略》的历史梳理，一方面为我们提供了和我们原来所看到的历史不同的，特别丰富而又别开生面的一种描述。另一方面，在绪源老师历史梳理的过程中，与其说他最大的关注点是在对历史的重新叙述上，不如说是在通过对历史的重新叙说来提出文学批评的标杆。这个标杆就是贯穿整部《中国儿童文学史略》的一个关键词——"纯文学性"。

整部《中国儿童文学史略》对历史细致地解读，认真地梳理，不仅不去遵循过去我们习以为常的历史成见，有时还会提出颠覆性的论断。这一切其实是在为绪源先生的整个"纯文学的儿童文学观"提供一个论证的支撑。因为，比之当下的论说，历史的支撑本身是有重量的。"纯文学"一整条线索是埋伏在儿童文学的历史脉络当中的，有的时候它被凸显出来，有的时候它被压抑下去。但是，在压抑下去的时候，它也有它的抵抗。从那个时候到现在，"纯文学"的线索从来没有间断过。

刚才，周晴老师也提到《中国儿童文学史略》中对当下儿童文学的批评的部分，会使你觉得这不是历史，这就是我们今天正在经历的文学史。我也觉得绪源先生讲史的部分有一个特点就是"放不下当下"。一方面他看着历史，另一方面他随时在关注当下。或者说他要谈历史，其实就是要告诉我们应该怎样面向未来。通过"纯文学"脉络的梳理，我们可以特别鲜明地感受到《中国儿童文学史略》里面的每一论，虽然是在论历史，但最后，都是在说现在。《中国儿童文学史略》的开篇谈叶圣陶的《稻草人》，作为一部在中国现代童话史上，尤其是在儿童文学史上评价如此之高的作品，一直受到大家的推崇。但是，绪源先生从他"纯文学"的批评立场进入，来看它对中国儿童文学的历史发展所造成的一种干扰，甚至是困扰。这样的现象在我们今天的写作当中，依然是存在的。当我们把儿童文学的现实责任放到它的审美责任之上，当我们看它的现实责任远远高于它的审美责任，问题就会出现。我们今天经常要求儿童文学要写现在所有孩子的各种各样的生活，包括底层孩子的生活。所以，会有作家迫不及待地去写底层孩子的生活。但是，在这样的迫不及待当中，如果现实的关切盖过了审美的关切，就会导致作品本身出现问题。

另外，在谈论凌叔华作品的时候，我特别被绪源老师所使用的一个词所吸引——"斯文"，"斯文"的儿童文学写作。"斯文"仿佛天生就亲近"纯文学"的概念，那么这二者是否就排斥儿童文学的那种"热闹"了呢？我想答案是否定的。"纯文学"是一种属于儿童文学的纯正趣味。当它以"纯文学"的名字命名的时候，可能会给我们造成一种误解。我希望我们作为读者，不要有这样的误解：觉得这个"纯文学"就是和通俗文学相对的。尽管，《中国儿童文学史略》当中也不停地谈到当下通俗儿童文学的很多问题。但我以为这个"纯文学"有很大的包容性，它并不排斥文学的教育功能。甚至，在时代要求的时候，不排斥文学去承担文学的政治性功能。但是，始终要强调一点，"纯文学"所指向的内涵，是我们应该去理解和接纳的儿童文学艺术内涵的基底。它是不可少的。所以，我认为绪源老师所说的"纯文学"并不是完全排斥通俗文学。

《中国儿童文学史略》当中分析《大林和小林》，分析老舍先生的作品的时候，我们可能会觉得多么"热闹"啊！但是，"热闹"也有雅俗，也有高下。绪源先生以"纯文学"的标准所批评的那种通俗的"热闹",在我看来并非审美上的"热闹",它只是声音上很"热闹",动作上很"热闹",缺乏审美的美感。真正有审美美感的"热闹",应该包含童趣。"纯文学"不是那种静如止水一般的文学,它包含了儿童身上和儿童文学中最热闹的童趣,与"斯文"并不矛盾。

在我看来,读《中国儿童文学史略》,每读一论,每再读一遍,都会觉得有很多的感触,很多的启迪。特别感谢绪源老师,也要祝福亲爱的刘老师身体健康,一切都好!希望可以读到刘老师更多的著作,现在我专心在读的就是《美与幼童》。谢谢!

二、极清浅而极深刻,真生命的文学史写作

钱淑英:刚才几位老师的发言都是高屋建瓴的,我从感性的角度来讲自己重读作品后的一些想法。

真正好的文学史写作是有真生命的,是可以写得清浅如水,但又丰富耐读的。初次读《中国儿童文学史略》的时候,我老是去抓内容、观点、材料,没有读出滋味,没有做一个认真的读者。这一次认真地读,我觉得收获真的很多。刘老师文脉里那些不时跳出的灵感对我观察、思考儿童文学产生了很多启迪。我主要有三个方面的感受。

第一点,让人兴奋的谈话风。刘老师书上的文字读来就好像在对你说话。我觉得这种日常的、唠家常式的,但是又能把问题讲清楚的谈话风是值得我们琢磨的。《今文渊源》里也特别梳理了这样一个脉络。它在谈到谈话风的时候,提到我们写论文的时候的那种"从容随性,丰饶有余,味耐咀嚼,至清浅,至深刻"的风格。重读《中国儿童文学史略》的过程当中,最让我喜悦的恰恰就是刚刚赵霞也提到的很多即兴偶得的感觉。怎么他就能想

到？而我们怎么好像就那么拙？当然这种即兴偶得，它是要视野的，需要时代的、思想的背景作为支撑。刘老师关注当下的那些"宕开一笔"，对我启迪最多。章回体小说式的"按下不表"反而激发了我继续阅读的兴趣。刘老师的学养和阅读视野的"杂"恰恰让他的"谈话风"更具风情。所以，这些"宕开一笔"的闲谈，恰恰是对认真的研究者很重要的提醒。在《中国儿童文学史略》当中谈到文学史："它不应该只是系列评论的汇拢，它的最重要的或者说首要的目的是要发现不写史，不从史的角度研究就无从看到的秘密。"我觉得这句话应该成为我的至理名言。以后如果是触碰历史的问题，写文学史的时候，要思考它如何从一个独特的、用其他办法无法得到的角度或者思路去写。

第二点，在提到凌叔华在儿童文学这个视域上的评价时，他说了这样一句话："这是需要调动你的人生经验和文学想象才有可能完成的阅读，这才是真正有趣味的阅读。"在我看来，刘老师的文学批评其实也是在充分调动他的人生经历和文学想象，所以才可以写得那么从容自如。因为他有很多的文学视野和掌故可以从容地应对和调度。但更多的是，他从来都是忠实于自己内心的感受。我又注意到，刘老师的很多心得并不是研究的产物，而跟他的编辑经历有很大的关系。我觉得无论是所从事的职业、生活的经历还是对文学的判断，只有当所有一切都融汇为个人内在自发的一些感觉和文字的表达的时候，才能真正地打动人，让人信服。

上周三的《中华读书报》上，陈平原先生追忆王富仁先生的文章中提到他们在二十世纪九十年代初去山东讲演的时候。有一天晚上，大家在一起自由地讨论。钱理群老师是一个善于自我反省的人。他说他们这一代人，谈到自家学问的局限和下一代的无限可能性。王富仁当场就反驳："老钱，不要再说这样泄气的话了，我们这一代人历经苦难，不断挣扎与探索，才走到今天这一步。我们对中国学问的理解，是将生命和学问结合在一起，后世学者不一定做得到，这是我们的强项。不改初衷，不求时尚，坚持到底，一定会走出一条属于我们自己的金光大道！"我读到很有感触。我做十七年儿童文学研究的时候，当时还特意到复旦大学，跟着陈思和先生去访学。他在课堂上讲，"现在有很多年轻人做这样的研究，比如说十七年的文学研究，其实不仅仅是难度的问题。你没有办法在那个现场，你没有经历过那些日常生活，包括斗争。你只能靠随意的想象。所以，你做出的判断是不准确的，是危险的。"所以我说我不自量力，但是通过整个研究过程，我觉得自己还是有很多的收获和心得。对于刘老师来讲，我觉得他的研究，他的这种生命经验的调动，流淌在他所有的文字当中。这是我特别要学习的，也是特别让我心动的。

再说第三点，谈话风的自由和生命经验的调动，势必有的时候就会有联想，有穿插跳跃。有时候这些部分是具有创造性的，但是这种创造性可能有时候靠的是猜测。我注意到刘老师在《今文渊源》里也提到了郭宏安评价杨绛先生的论文《读〈杨绛文集·翻译的技巧〉》，这篇文章中提到日内瓦学派的斯塔罗宾斯基的话："批评之美来源于布置、勾画清楚的道路、次第展开的远景、论据的丰富与可靠，有时也来源于猜测的大胆，这一切都不排斥手法的轻盈，也不排斥某种个人的口吻，这种个人的口吻越是不寻求独特就越是动人。"我觉得刘老师的批评恰恰就是这样。我在读到猜测的时候会略有犹疑，有时候甚至还会有一丝怀疑、不确定，比如《中国儿童文学史略》在刚开始说到胡适的文风受到儿童文学影响的这一点。刚才徐妍老师用到了"尊严"和"高度"，因为儿童文学的在场对于整个文学史的研究来说特别重要。但是，我也在想，现当代文学的研究者会怎样看待这样的推测？对于我个人来说，我当然希望求证，并且愿意相信这些推测是准确的。但是，可能也会留下一些需要我们去考证的问题。有时候，他也会用这样的口吻："他无法再往下写了吧，主要原因恐怕还是写不下去了吧。"其实也是很好玩的。这种具有创造性联想的推测对于铁板钉钉的一块的文学史，对于我们曾经的定论来说就是凿开的一道光。让你觉得心里猛然有一种豁然开朗的感觉。我们就可以继续去研究，或者去探测。

这些猜测的价值就在于哪怕有困惑，哪怕有一些不确定性，但是对于后来的研究者来说,这种"缝隙里凿开的光"带给我们的启悟是极有价值的。如果不进行这样一种大胆的猜测,永远都是靠史料去求证,我觉得很多问题就可能触不到深层,或者说无法去挖掘这种可能性。所以我觉得再读刘老师的一些著作,我是真是读出味道来了。也使我感叹刘老师的在场让整个中国儿童文学界有不一样的光芒。特别感谢刘老师!在此,借这个机会,真的要表达我的敬意,也祝您身体健康,谢谢!

李燕:从一位编辑到重新进入高校成为一名教师,我在基本的课程之外主动开了一门面向文学院学生的儿童文学选修课。下面要给大家讲我是怎么样在用这本书,给学生上课的时候发现的问题和我的感触,在教的过程我怎样引导学生们去看这本书。

我个人觉得《中国儿童文学史略》已经把中国儿童文学的研究提到一个新的高度。首先,本书给我们建立起一种纯粹、鲜明、清晰的"史观",这就是序二中所说的"纯文学",这是全书的理论基点和一以贯之的准绳。从这一独特的标准出发,全书拓宽了儿童文学史的疆域,补充和打捞出一些被忽视的儿童文学作品,带给我们一些崭新的视野。比如,将胡适的《尝试集》和凌叔华的《小哥俩》揽入五四儿童文学创作之中,从而较为完整地勾画出现代儿童文学发生的基本面貌,这比将《稻草人》视为现代儿童文学的起点更符合历史事实,也更准确。再比如,将汪曾祺的《羊舍一夕》也视为儿童文学,为荒芜的十七年儿童文学找到了一篇佳作。

从"纯文学"的审美评价出发,作者重新审视了一些经典作品的艺术价值及其历史意义,让我们清晰地看到,从《稻草人》开始,中国童话中就出现了现实压抑幻想的端倪,而《大林和小林》也为童话投下了政治和教育的一道长长的阴影。在"纯文学"这一美学尺度面前,很多作品的得失、优缺、高下就可以看得更为清晰。绪源先生在执行他的美学标准时是严格的也是细腻的,他敢于判断善于判断,他的表扬和批评都不是武断的任性的,而是基于条分缕析的解读,目光独特而精准。他不仅借给了我们"一双慧眼"，使我们开始"心明眼亮"，他对作品的解读也教会了我们如何分析、评价一部具体作品。

其次，本书有着广阔的现代思想史和现代文学史背景，展示出一种开阔大气、融会贯通的气象和格局，在此基础上描绘出具有鲜明个人色彩的中国儿童文学史。

儿童文学研究确有自身的独立性，但当这种独立变成故步自封的自我隔离时，必然陷入狭隘，也造成其他学科对儿童文学及其研究的轻视与冷漠。但绪源先生为《中国儿童文学史略》带入了丰厚的现代思想史和文学史的背景，使得儿童文学史研究变得开阔。正是基于这种深厚的理论功底和宽广背景，本书抛开了文学史的固定化套路化写法（作家生平简介、创作分期、作品特色等），大胆选择了散点式的写作体例，浓墨重彩点出重要作家作品、文学现象或某一年份。写作时候自由挥洒，灵活自如，绘制出了一幅独特的儿童文学史"地图"。读者不仅可以从中理出一条现代儿童文学发生发展的清晰线索，而且还可以有选择地跳跃看，从中连缀出童话、诗歌等不同文体在不同时期的发展简史。

在进入本书时，我们明显感受到史略与作者其他著作之间密切的"互文性"，他的许多理论观点看法都是相互勾连、相互支撑的，构建起自成一家的学术体系。因此，全书在细说历史、品评作品时见微知著，轻轻一提便发掘出特定历史阶段的文学问题和一些带有共性和规律性的问题，从《城南旧事》的争议提出"儿童文学是给孩子看完整的世界还是看成人想给他们看到世界"，从沈虎根作品中的"土气"推出浙江儿童文学作家共有的一种高雅的乡气，如此等等。这些问题的发现和提出，让这本史略充满了开放性和思辨色彩，每每读到这样的文字，都让人获得一种被启迪的愉快和兴奋。

第三，《中国儿童文学史略》提升了我们对中国儿童文学及其研究的自信。从儿童文学的阅读和读者接受来看，西方（包括日本）儿童文学作品更受读者的喜爱和推崇，而中国儿童文学的阅读推广略受冷落。但是在共读这本书时，很多学生开始对中国儿童文学兴致勃勃起来，因为书中真诚和热情地描绘了中国儿童文学一路走来历经其辉煌、挫折、误区、争执等的整个过程，让我们清楚地看到中国儿童文学发生发展和成长的每一个脚印。明白了历史，也就明白了儿童文学今天的模样，而绪源先生对郭风散文诗、任溶溶诗作等多部优秀作品的美学分析，也让我们看到中国儿童文学独特的优秀之处，从而心中自然生出许多亲近。《中国儿童文学史略》虽薄薄一册，却给整个中国儿童文学研究带来了应有的尊严和分量，正在和即将进入儿童文学研究的人从中得到了极大的学术自信。

比较而言，我喜欢看卷一，但对卷二更充满敬佩。在很多社会科学的研究中，十七年和"文革"期间的文学内容都是比较难以展开的，因为种种牵绊，可以凭借和分析的对象相对较少，故而常常无话可说或者干脆绕开，但本书对这一历史区间儿童文学作品及其发展的书写充满理性，格外透彻。如：从任大星的小说发现新中国成立后"私人生活图景"在文学中的渐渐消失及小说创作中的"两种范式"，具有很强的理论深度。

最后，还想提出我个人的两个疑问和一个"不满"。两个疑问是：一、"时代精神"的基本内涵在全书的前后都阐释得比较明确，但是不是可以换一个名词？二、为什么不提丰子恺或者给他独立的一个章节？一个"不满"是，台湾儿童文学写少了。从时间截点上看，这是一本"未完待续"的中国儿童文学史，非常非常期待这本书能够继续展开，让我们看到作者对1977年以后中国儿童文学充满智慧的检视。

用今天灿烂的秋日暖阳为礼，衷心祝愿绪源先生健康！

三、"纯文学"之争

常立：刘绪源老师是我非常敬重的一位儿童文学批评家。他和其他批评家最大的区别就是，刘老师在批评作品或者作者时通常都是指名道姓的，他会把具体的作品列出来，不论这个作者多么有名气。在大家都在吹捧的时候，刘老师也从不避讳自己要批评的作者。而且刘老师在做批评的时候，通常不会针对一个作品点到此为止，他在点名道姓的批评中会以小见大，然后会辐射到一种文学现象。他的观点很犀利、很尖锐，但批评的态度又非常平和。在当下中国，这是批评家非常难能可贵的品格，这也是刘老师的批评能够成为"金字招牌"的原因。

下面我来讲1916年和1977年。

1916年的重要性就是儿童文学和现当代文学的同源，我觉得这是一个非常有价值的观点。对胡适《尝试集》的分析也很有意思。前不久，北大姜涛受邀到师大做过关于新诗的讲座。他花了很长的时间讲胡适的《蝴蝶》。姜涛老师说第一遍读和别人读是一样的感受，觉得是很一般的。他又讲了废名对这首诗的评价，之后让大家再读一遍《蝴蝶》，问："你们觉得《蝴蝶》是不是更好了一点？"然后又讲了林庚的一些诗论，再去念一遍《蝴蝶》："是不是又好了一点？"最后把青年批评家颜炼军的博士论文里讲《蝴蝶》的部分分析一下，再读一遍《蝴蝶》。我看完刘老师的评论之后再回去看《蝴蝶》，也觉得《蝴蝶》变得更好了。因为他又提供了一个儿童的视角、童年的角度。它的确是一首非常亲切的诗。废名是从真情实感的角度，从新诗之新，而不是陈词滥调的角度来谈胡适在写这首《蝴蝶》。从这个角度去看《蝴蝶》，它是一首新诗。我们再从刘老师分析的角度去观照，《蝴蝶》就是一首儿童诗。

我在阅读的时候，在想为什么这本书写到1977年就不再写了？我期待刘老师对后面的作品做一些批评，做一些价值判断。但我看到结尾时似乎明白了，《中国儿童文学史略》写到1977年是有道理的。因为，刘老师讲到的"时代精神"是当时的人有当时的时代精神。真正的时代精神，只有后面时代的人才能确认前面时代的时代精神。这就意味着时间间隔是必要的，相隔几十年之后，我们可能更能清晰地把握那个年代的时代精神。

时代精神不是一个简单的概念，刘老师在书中确立了一个非常重要的

"纯文学"标准。一个作品是不是"纯文学",要看有没有时代精神。在有没有时代精神的判断上是否需要一段时间的沉淀?所以,从这个角度反观过去,能够更好地把握时代精神,也能够更好地去判断凌叔华的作品、萧平的作品、任溶溶的作品,去判断林焕彰的两类诗歌的价值。很希望看到刘老师对之后文学作品的评价,很希望刘老师健康长寿,再写自己对新时期儿童文学的评价和判断。

我个人关于"纯文学"概念有一个疑问。"纯文学"具体是什么?《中国儿童文学史略》中有解释,概括出了三点。这三点,我理解它是一个并存的关系,就是缺一不可的关系,在三点都满足的情况下,它就是一部"纯文学"的作品。这样就引发了两个方面的问题。一个问题是,一个儿童文学的创作者如果要达到"纯文学"的创作的话,要有先锋性。在成人文学里面,当谈到先锋性的时候,往往指的是形式或者是内容的先锋性,而不是思想的先锋性。所以,一个成人文学的作家,他可以宣称自己是"纯文学"的作家。因为只要他的内容或者是形式有一定的实验性、探索性,他就可以称自己的作品是"纯文学"了。但是,如果按照刘老师给出的标准,那是不是一个儿童文学的写作者,他就没办法确认自己进行的是"纯文学"的创作了呢?

如果一个儿童文学的写作者是凭自己内心的驱动让自己写作的话,它是不是一种"纯文学"的写作?还是说我们只能等时间流逝,让后人来评定它?对于一个写作者来说,他可以尝试摸索时代精神,但是,能不能摸索得到就是不可知的。这就是我个人的一个疑惑。

第二个方面,因为时代精神是时代的精神,随着时间的流逝,时代精神是不是会发生一些变化?当我们去检视历史上的一些儿童文学,我们觉得它把握住了那个时代精神,它是"纯文学"。但是,有没有可能再过十年或者是二十年,新的时代精神就已经产生了,这个时代精神不具备原来的先锋性了。比如说笛福的《鲁滨孙漂流记》,它刚刚问世的时候肯定是有时代精神的。因为,它基本上是首次将写作的重心从英雄帝王转移到个体的日常生活上。但是,到我们现今的社会,人们随时都在微博、微信上展示自己的日常生活的时候，对于日常生活的书写，它的时代精神的特质，它的先锋性，是不是也会发生变化？比如说凌叔华的写作，在我们当年去看的时候，真情实感和文学技巧都没有问题。在表达时代精神上，她写出了大家所忽视的孩子的心性特征和日常生活，在当时来看，是极具价值的。在对儿童性的书写依旧不够的当下，凌叔华毫无疑问依然具备时代精神。那如果我们展望未来，假使这样的书写能够幸而变成普遍现象的话，我们再重新去评价凌叔华的时候，她的"纯文学"性，她的时代精神性是不是也会有一种变化？那"纯文学"到未来还是"纯文学"吗？

徐妍：所以，"纯文学"的概念是变动的。但是，读《中国儿童文学史略》的时候，刘老师更多的讲的有两点：第一，文学性的最基本的东西，并非我们二十世纪八十年代所说的那种形式的先锋性。我们一说"纯文学"，就很容易把二十世纪八十年代的那个先锋性作为一个很牢靠的概念。审美性和时代性、社会性、意识形态性其实是兼容的。并非去除时代精神的文学探索才叫"纯文学"性。所以，关于"纯文学"性，我的概括就是以文学或者说儿童文学基本的文学表达、文学形式来呈现出一个时代儿童的特质。因为它呈现了儿童的特质，坚持了儿童文学最基本的审美属性——儿童性。所以它可能在未来时代的流动中，还会有它的经典性。我是这样理解的。

常立：这就涉及"纯文学"的一个非常复杂的概念问题。刘老师"纯文学"的概念跟周作人"纯文学"的概念有点相似。周作人在《自己的园地》里讲到他个人的情性，有一条标准是投入真生命，真情实感。有时候我们直接讲"纯文学"很难讲清楚。我们可以去看"纯文学"的反义，可能会更清楚"纯文学"本身的概念。比如"纯文学"是跟杂文学相对立？还是跟通俗文学相对立？刘老师并没有点明，我个人觉得很有可能是跟通俗文学相对立，这是我们国内的"纯文学"观。残雪也持这样的观点。

另外，我们从世界文学理论这个角度来讲，"纯文学"的概念可能更多地跟文学体制和文学制度有关。也就是说,"纯文学"不是在文学的脉络里面一直存在的。如果"纯文学"指的是投入真情实感的话,我想"纯文学"会一直存在于文学史。如果仅仅是指真情实感的话,那它就不是一直都有的。其实,它是跟资产阶级民主革命、工业革命、资产阶级制度的广泛确立,跟人们把民权和自由提高以及现代个体在艺术中的诞生是密切相关的。从神到人的过程极大地推动了个人主义的发展,然后就有更多有个性的作者来张扬自己的内心情感。他们从形式上、从内容上去创新,接着才把作者的概念捧到非常高的位置。其实,中国古代作者的概念没有如此高。所以,在这个过程里面,同时也会把"纯文学"提到一个很高的位置,所以当我们讲到"纯文学"代表整个文学最高水平的时候,我觉得这方面可能又有世界范围内的"纯文学"的诞生的影响。所以,我觉得这可能是一个比较复杂的、比较纠结的一个概念。

赵霞:我觉得常老师说的"纯文学"观和绪源先生在《中国儿童文学史略》中说的"纯文学"可能在概念上有点出入。常老师是在整个世界的现代文学发生的意义上谈的,"纯文学"被分离出来,跟通俗文学相对,从而凸显了它的先锋性,这在一些文学实验上可以看到。其实,当这样的"纯文学"被特别地凸显出来的同时,有一个标签也贴在了它的身上,就是认为它是跟通俗文学作对的,它寻求的是文学表达自身的无穷的可能性,像您说的残雪这样的作家,会被认为是在书斋里的、高傲的以及"雅"的,至于读者,他们是不会去俯就的。它凸显了文学的高雅性,但同时,它也显示了文学的某种太过于"自矜"的品格,因为它不顾及现在生活当中正在发生的那些生动的东西。但我认为绪源先生在《中国儿童文学史略》中使用的这个"纯文学",其实更多地指向一种文学性,或者说是"纯文学性"。在文学的历史演进当中,我们可以把握住一条专门的、只属于文学自己的脉络,虽然文学不可能跟别的要素完全区分开来,但是文学的确有属于它自己的有关审美的内涵、特质的线索,绪源先生就在尝试把它梳理出来。

常立： 对，这个"纯文学"概念的内涵和外延，以及你刚才讲的那条独属于文学本身的线索，我觉得是个很难讲的话题。本书里有所涉及，但是我觉得还没有讲得特别多。但在序言和后记里，刘老师其实都在不断地解答我们对此的疑惑。这的确是一个很复杂的话题。

赵霞： 我的阅读感受是，整部《中国儿童文学史略》都在为审美这条线索提供一个举证。谈历史当中的作品也好，谈政治也好，其实都是在说我们现实中那种迫切的需求对文学所造成的直接或间接的影响。当这样的一切最终呈现在刘老师的叙述当中，我们看到他试图把或隐或显的那条审美的脉络给梳理出来。包括您刚才提到的"鲁滨孙"，今天我们读这部作品，可能一读就会觉得这是一部历史的作品，但是从审美的角度来看，书中那种英雄的美学，那种个人挺立于这个世界的勇气是有美感的。当你面对世界的时候，你是淡然处之的，你是可以以人的渺小而发挥出强大的力量，与这个世界相周旋，乃至去掌握这个世界的秩序的。尽管我们今天很多的写作常常去关注私人生活，去关注最琐屑的东西，但这种英雄的感觉、英雄的情结、英雄的美学仍然是永恒的。在今天的这个时代，在通俗文学一般的风气之下，这种美感对我们的创作来说，同样具有很大的启发，或者可以说，在当下，我们有时候更需要这样的东西。

李学斌： 刚才常立讲到的这一点，我也关注到了。我比较赞同赵霞老师所讲的，不同的人对于"纯文学"会有不同的理解，刘老师在书里讲的纯文学，我把它概括为三点，一个是纯粹性，一个是审美，还有一个是先锋性。尤其是审美，在刘老师一系列的理论作品当中，都在强调这个审美问题。对于审美，我想刘老师指向的就是一种形式感。从表面上看，对写实的作品来说，这些形式似乎很好理解，但是对于虚拟的作品、幻想的作品，这个形式感可能就是另外一个形态了。所以，我把刘老师所提到的"纯文学"理解为一种表达方式，即文学的一种表达形态，文学是有不同形态的。刘老师强调的这个纯文学，我把它理解为把审美放在第一位的一种文学形态，至于写什么，那是另外一回事。

再者，还提到时代精神的问题，不同的时代有不同时代的表达，比如说王杨卢骆写的古体诗，在当时，他们的诗是有先锋性的，它就代表着当时的时代精神。再比如说汉赋，它也有它那个时候的时代精神，汉赋出现的年代，是汉代那样的具有恢宏的、大一统的气势的时代。唐诗从王杨卢骆开始，到李白，到杜甫，它也有大唐的时代精神，因为唐朝的气象在里面。至于说，像刚才常立讲到的，时代精神在凌叔华的小说中是怎么体现的呢？我觉得那就是体现在像刘老师所说的那样一种非主流的、生活化的、平民式的生活当中，包括用一种平民式的语体来对童年场景进行表达，这可能也是时代精神的一个层面，是吧？

方卫平：这个问题的提出很有意义，大家也从不同的角度来谈了各自的看法，对于"纯文学"这个概念，绪源也有他自己的用法，我们大家都已经基本明白。我觉得这个问题提得还是很好的。

四、儿童文学史略构建的一种智慧

胡丽娜：从我2005年开始做儿童文学的硕士生，一直到现在十多年的与儿童文学相关历程当中，有很多这样的老师，我可以一直从他们那里获取源源不断的智慧和前行的力量，刘老师就是这当中的一个。现阶段，我有时会质疑，儿童文学理论批评的生命力到底在哪里？我在刘老师的书中就得到了回答。

《中国儿童文学史略》这部书，展示了儿童文学的尊严和高度，以及儿童文学史略构建的一种智慧，它看似很清淡平和，但是能够深深地击中我的心，这也是刘老师能力的体现。我很喜欢一些形容它的行文的词语，"优美沉静"，它亲切、平和的叙述方式，比起那种声嘶力竭以求振聋发聩的著述更有力量，对我们的影响更深远。

所以，当我看了这本书之后，我去考察这本书对于中国儿童文学史这段历史的编著的启示。中国儿童文学的历史编纂，相对于现当代史的写作来说，是比较短暂的，甚至是仓促的、单薄的。方卫平老师在1986年曾对当时的儿童文学现状有过考察，那时他就有种期待，即中国儿童文学史能够得到系统的研究。方老师认为，当时我们没有一部自己的儿童文学史，这就导致一些基本的课题一直都是悬案。比如，中国古代有没有儿童文学？如果有，有哪些遗产？并且，他认为这种系统研究缺乏的现状，会影响我们对儿童文学历史及其发展规律的科学认识。

我这些年的学术兴趣，恰好就在文学史。研究儿童文学史，需要深厚的积淀，我现在的状态只是在那些史料堆当中摸爬滚打，极有可能会被淹没，因为没有足够的力量可以挣脱出来。然而，我还是愿意去做一些史料的梳理，比如王哲甫的《中国新文学运动史》这部书被认为是第一部新文学史著，在这本书当中，他专门列了一章来谈论儿童文学——第八章"整理国故与儿童文学"，而且他还特别关注了当时很多出版机构，比如商务、北新、儿童书局等，以儿童出版物为例证，来评点当时儿童文学的发展成绩。这证明，在整个现代儿童文学史，包括阿英他们后来所开启的写作的序列当中，从一开始，就有了对儿童文学的关注。但是此后，在现代文学史当中，儿童文学被有意地排除掉了，所以，对儿童文学史的编撰，就只能依赖作为独立学科的儿童文学，这就显得比较被动。

陈伯吹为《儿童文学概论》写的序中提到，发生期的儿童文学理论是发生在中小学的教育园地里面的，而不是发生在文学界美丽的文坛上，他觉得文学界当时的那些努力，对于儿童文学来说，可能只是客串。这话其实具有某种道理。因为我们能看到，早年发生期的儿童文学理论，有非常鲜明的教育性，甚至后来将这样一个传统延续到了二十世纪五六十年代。再对照现在的整个现当代文学史的编撰，无论是它的类别还是数量、倾注的智慧，都非常之庞大，相对而言，儿童文学史显得比较弱。在二十世纪八十年代之后，其实有重写文学史的呼声，包括有对要书写"二十世纪中国文学史"的一个提法。这些呼声在儿童文学中，也有相应的回应，但是声音都比较微弱。

所以，我考察了我所能看到的一些儿童文学史，单从研究格局而言，我们有通史、阶段史、地域史、文体史、理论批评史等，但是相对来说，我们的类别还是不足的。再一个，就是文学研究观念滞后的问题。当我读到《中国儿童文学史略》这部书，最让我兴奋的是，刘老师在里面提到他要通过对一些作品的鉴赏和批评，努力寻找它们之间的一些关系，从中能够看到中国现代儿童文学中"纯文学"艰难发展的线索。我认为，中国的儿童文学，尤其是纯文学，真的是在艰难地发展。当然其中也会有一些问题。很多时候，我们在文学史的书写中，是偏"现实主义"的，甚至于对童话这样的一个文类的评判，都是依据现实主义小说的标准，认为作品的优劣在于对现实的反映深度，这就是我们文学观滞后的表现。再比如说，还存在研究视野狭隘的问题，但刘老师的视野就很开阔。方老师刚才提到《中国儿童文学史略》中那些不经意间抖落的掌故，从中我发现，儿童文学工作者并不是一个个孤立的个体，他们在日常生活当中会有很多的交往，说不定他们是在随意的一次吃饭过程中聊到了某个话题，然后大家都欣欣然地一起来做一件事，这种文学史的书写，很亲切。

当把刘老师的这本书放在整个现有的文学史的书写历史当中进行考察的时候，我会格外地珍惜，它很谦逊地自称为"一个人的文学小史"。的确，它很小，它的部头不大，它展开的方式也很亲切，但是，它保留了很多审美体验的"真"和研究视角的独特，更让我们高兴的是，它让我们看到了文学史的一种相对个性化的写法。以前的文学史，无论是群体编写的，还是个人的，都给我这样一种感觉，那就是在悠远的历史中，我们渺小的个人往往是被淹没的，我们试图客观地去呈现，但这几乎是做不到的。在刘老师的书中，我们就看到了很多个性化的书写，他没有套用某种现在很流行的理论，而是能让你看得很明白，并且还激发出你的很多思考，因为他的书写，是由很多个人的生命体验和思考所铸成的，其中不乏率真的表达和闪现的灵光，有时候会点到即止，让我们非常想看到他更加深入、详尽的分析，所以，我们也都在期待着，刘老师会在什么时候重新开启这些的话题。比如，他提到陈衡哲的《孟哥哥》是"完美的篇章"，它与林徽因的《窘》、萧平的《玉姑山下的故事》有着某种类似性，于是我就会循着这种线索去看看《窘》《玉姑山下的故事》。这样一种轻巧的"点到"，其实背后都需要非常深厚的积累，需要有自己独到的眼光和评判，看似不经意，但耐人寻味。

这些年，我一直都试图在文学史方面做一些自己的思考，也看到很多书在不同的维度上打开了文学史，有很多问题值得进一步去探讨。比如，一开始的白话文和《尝试集》，就是整个语言的变革。其实我自己一直也在追溯。在我刚刚完成的那个国家课题当中，我甚至追溯到清末以来那些白话报刊的创刊。但是，我觉得我的力量是不够的，我只能看到一些现象，无法勾勒出这些现象背后的清晰脉络，没有一种点到为止的力量令它的那些意义让人认同。我是把《阿丽思小姐》《阿丽思中国游记》放在西方儿童文学对中国儿童文学的影响这个话题当中来进行探讨，但是很遗憾，这两部作品，包括里面提到的成人文学作品中为儿童阅读的那些书籍本质上真的违背了刘易斯那种 nonsense 的精神。我对徐妍老师说到的"融入"深有感触。很多时候，儿童文学割裂了太多跟自己有密切关联的文学现象和话题，然后导致了自己的某种孤立和单薄。

刘老师把自己的文学史思考又放回到了整个文学视野当中。这样，儿童文学的独特价值和审美追求才显得那么有力和突出。当然，有一些问题我私下会打个咯噔。比如，第 31 页说到废名的《竹林的故事》，刘老师非常个性化地或者说很自信地认为，这是最优美沉静的，是现代文学史上的奇葩，可惜不是儿童文学史上的奇葩。然后讲到，把俞平伯的《忆》囊括在文学史中是欠妥的。但是，当我在读俞平伯的《忆》，尤其是里面的第十一则和十二则，比如说爸爸有一个很大的斗篷和躲猫猫躲在门的背后，我觉得这样的童诗是非常有童趣的，或者说和您所提到的纯文学的评判标准很是契合的。这样的一本诗集，其实它有一部分可能跟儿童文学是贴合的，有一部分则不贴合。所以，刘老师的表述是不是有一点欠妥呢？

另外，叶圣陶的《稻草人》在文学史上有很高的赞誉，您觉得它被抬得过高了。我自己早年也研究过叶圣陶的那篇文章，当时认为叶圣陶是整个中国现实主义儿童文学发展的启示者。把他整个的创作打通来看，从早期的欧美童话到后面注入很多现实悲剧的作品，包括他同期很多小说和诗歌的创作，我觉得《稻草人》只是作家在中国现实语境下秉承着责任心的一种选择。但是从文学的角度来说则有些无奈。所以当读到刘老师对叶圣陶的评价时，我就觉得，我们还是有一些现实的关怀和顾虑的。但是真正的文学有时候要冷漠一些。我们还是要坚持文学的评判标准，对一些文学作品和作家给予真正相对公允的评价。

我要表达我对刘老师的感激。很多时候，您是一个不在场的老师，这些年给我很多的启示。大家都一再地祝福，我也就跟着大家的声音祝刘老师健康。我想套用我儿子的话，一句过年时他认为最美好的祝福——长生不老。祝您长生不老，年年益寿，吉祥如意！

汤汤：我谈谈我的几点读后感。

我特别佩服刘老师——不管写多么深奥严谨的东西，他都有能力把它写得好读，而且还注意到行文的节奏和韵律美，所以读起来非常愉悦。我发现这几年好些小学语文老师也在读刘老师的书。很多小学语文老师都特别佩服刘老师把枯燥晦涩的理论和文采相结合，好读和干货兼备，在读的时候会受到启发和感动。

对于我这种读书又少又慢的人来说，阅读《中国儿童文学史略》可以花最少的时间了解到中国现当代儿童文学的作家和作品的状况，我在此的空白就被补上了很重要的一课。我看到了儿童文学前辈作家们的努力，他们凭着自己的才华和智慧，在中国儿童文学的道路上留下深深浅浅的、多多少少的脚印。我也深切地感受到社会环境和时代氛围对作家和作品的直接影响。然后，还顺便会联想一下刘老师在写卷三、卷四的时候会不会写到我？写到我的时候会怎么写？为了能够留下痕迹，我得再好好写童话。

阅读《中国儿童文学史略》，我还很深地感受到刘老师对文学作品那种非常敏锐细腻和独特的艺术感觉。这极好的艺术感觉使他能阅读大量的文字，并从这庞杂的文字里，迅速地发现金子，筛掉沙子。对一个作家的创作风格和脉络分析条理清晰，对一部作品的优点和缺点目光犀利，精准瞅出门道，绝不人云亦云，绝不言之无物或言之无力。"好处说好，坏处说坏"，这听起来很简单，但我觉得大部分人会存在这样两个问题：根本看不出好处来，或者是看不出坏处来。我是属于这种类型——我知道这儿好，可是我说不出它为什么好，或者我知道这儿坏，但说不出它为什么坏。所以我在看这本书的时候，也想尝试着学刘老师这样来分析分析作品，这样对自己肯定会有长进的。

我还特别喜欢刘老师的序，我从中摘录了几句来勉励自己。"我们需要有这样的作家，他们全身心地投入创作，只是为着给今天和未来的儿童们提供最好的精品。他们奋力地写，精益求精地写。他们向茫茫书海投入真生命。因燃烧了自己而获得巨大的愉悦，因自己创作的长进而无比快慰。孩子会从他们的作品里得到深深的愉悦，也会悄悄吸收其中的能量，在他们长大以后，他们会感念儿时读过的那些最难忘的书。他们也许记不得这些书的作者，然而，这又有什么关系呢？"我用这几句话来勉励自己。谢谢刘老师，祝您健康！谢谢！

梁燕：时间已经很晚了，不过我还是非常顽固地想表达几句。刚才大家对于《中国儿童文学史略》的文风，它所抵达的高度，它所呈现的气质，它独立的品格，包括刘老师个人学养和风骨都有充分的论述。我觉得各位老师的论述也都有自己的真情实感，都有自己的高度和角度，所以非常感谢！我觉得这是一个学习的过程，向刘老师学习的过程，也向各位老师学习的过程。

我想表达的其实大部分大家都谈论到了，但我还是想说两点。第一点就是大家都强调了刘老师的著作所呈现出来的对于作品和文学现象的犀利和精准的把握。而我非常感动的是犀利和精准之下刘老师的脉脉温情。《中国儿童文学史略》里可能没有很多的篇幅说到作家怎么样，但是字里行间可以看到一个文学史家在对文学现象和整体时代的把握之余，对作家他的个体、个性、品格、处境等的细微体察和理解。我觉得这是除了学养之外，文学史写作中对作家个体把握的很重要的一点，也是让我非常感动的一点。我们看到，刘老师提携帮助了小河丁丁、陈诗哥、汤汤、舒辉波、顾抒等当代年轻作家，在充分尊重他们个体的特点上把握他们的文体和作品。我觉得这是刘老师非常特别和不容忽视的一个地方。

第二点就是刘老师对我这个文学编辑的帮助。从 2010 年秋天在周庄刘老师给我说起这本书时，一直到刘老师陆陆续续有文章过来，我觉得这对我来说就是一堂堂细致生动的文学课。这些年来，其实我每遇到当下儿童文学中的一些疑惑的时候，总是想到可以在这本《中国儿童文学史略》里得到启发或解答。"儿童小说的两种范式""战争中的孩子"和"孩子中的战争"等章节都可以拿来判断当下战争题材的写作。刘老师论述沈虎根等也可以观照我们当下一窝蜂的童年题材的写作。我特别欣赏刘老师论述林海音、林焕彰的时候说到的"相对完整的世界和相对完整的儿童"。我觉得这个标准对当下的创作可以说是一种追求。在我做编辑的过程中，这个标准也给我非常多的帮助和启发。大家可能不知道，刘老师对我的编辑工作有非常多的直接细致的指导和帮助。

李燕：我可以证明。我在编辑《美与幼童》的时候，无数次接到刘老师从机场里，从高铁上，从各个角落发来的微信。给我讲这本书该怎么怎么做，哪里有一点点小小的修改。我和梁燕作为刘老师的编辑，有幸能受到这种严谨精神的感染。

梁燕： 不仅是李燕说到的学术精神上的帮助，实际上我做汤汤、舒辉波等作家作品的具体过程中刘老师有更多直接的帮助。

还有一点我非常想说给在座的我的学弟学妹们听，也算是我的"忏悔"。做这本书的过程中，我有一个非常大的收获。我曾经找桂文亚老师要第98页林海音的封面。桂老师非常热情，给我回了好多封邮件。她没有书，但是她帮我向林焕彰老师要，并告诉我一个电话让我去联系。我们打台湾的电话特别麻烦，但我还是去打了。打了对方说这是要钱的，而且要寄到私人账户去。我觉得很麻烦，就想算了吧。在这之前，刘老师也帮我联系过中国现代文学馆，很不巧，他们在装修，找不到。我想我已经尽力了，算了。然而桂老师写了一封很认真的批评邮件告诉我："做事情怎么可以这样有始无终呢！"她一再地强调，不要将就。这个过程里，还有很多刘老师对我的严谨教导。今天想起来都会觉得很脸红，我可能还是没有做到"不将就"的状态。

最后，我非常希望这本书有机会出一个修订版，可以改正第一版中一些编辑上的错误，也非常希望能有机会见到刘老师《中国儿童文学史略》1977年以后的部分。谢谢！

五、结语

方卫平： 本来这场研讨会我预设的时间是两个半小时，现在已经整整三个小时了。

《中国儿童文学史略》无疑是一本重要的、有个性、有价值的著作。我们大家都能感受到，刘绪源先生在我们中国儿童文学学术领域的存在有很多特殊的意义。2009年《儿童文学的三大母题》准备出第二版的时候，绪源给我打电话说让我写一篇序。我当时说:"不写了吧。"他说:"你写一篇批评的序。"这一下子打动了我,后来我在那篇序当中就说到这个事。其实对《儿童文学的三大母题》这本书我的确也有一些想法,当然这些想法都是可以讨论的。我在序中提了这么一句,我说,许多年来,刘绪源在儿童文学领域的存在,就像是在角落里不时发出尖叫的孩子。当我们大家都按照体制或者都按照我们的批评伦理,或者我们的文学生活的常态在生活的时候,他真的是很有个性。但今天我想补充一句,他在学理上也给儿童文学提供了很独特的、值得我们今天深思和研究的一些财富。

刚才我们大家都谈到了,这本书无疑是十分独特的,提供了新的研究个性和新的研究范式。那他为什么可以写出这样一本书来?今天我们当然还是需要一些史料收集更完善、文学史的面貌呈现勾勒得更加全面的著作。但是我们也非常欣慰、非常高兴我们今天有这样的非常个性化的著作的出现。这种个性化的写作一方面很难,一个人怎么能面对那么浩瀚的史料,那么广阔的时空,那么丰富的文学现象和文学作家作品?可是从另外一个角度来看它又很容易,因为我可以任性、可以率性、可以随意,可以说我的喜好就在这里。关键是这种个性化的写作是真正显示功力的,怎么去打捞历史,怎么去勾勒你眼中的文学史的地图,这才是功力和水准、学养的真正体现。

绪源的这本书无疑是独特的。我认为在这一点上,作为一个人的写作,他给我们提供了一张无比惊艳而且自成一体的文学史地图。这样一个学者,这样一部著作是怎么炼成的?刘老师还有好戏,他要向我们奉献他治学的秘籍。读这个秘籍之前,我先说说我的感想。

第一,刘老师做学问的胸怀无比辽阔和大气。说起来容易,这也是我很多年来跟同学或者同事们经常谈论的一个话题。有些本科同学问我:"方老师,我很喜欢儿童文学,我应该读哪几本书?"我常常和他们说:"如果你要真正进入儿童文学这个领域,你可以把儿童文学先放在一边,或者做一个简单的打量。你先把你广阔的文史哲的功夫先做好。如果你真的要走得远,你必须这样去做。"绪源从某个角度来讲,他是一个幸运的学者。因为,在我看来，他虽然有一份正式的拿报酬的工作，是体制中的人，但是从学术思想的形成、学术个性的养成，我认为他从来没有进入过体制。他一直在跟体制周旋，在这体制之外，来创造他自己的学术个性和故事。所以你看，他通文史哲，这在当代儿童文学界可以说无出其右，在当今的整个学界也不算多见。当然，有的学者，比如说像杨义，他以研究中国现代小说史闻名，但他成名以后，得到夏志清等人的评价以后，他开始转向中国古代文学史的研究和探讨。他也是想让自己对文学史的认识能够更通透，让自己作为学者的气象更磅礴。绪源的辽阔和大气也许跟他没有上过全日制大学有关。如果他上了大学，可能今天还不是这样的学者，可能就是某某人的第二。没读大学看起来是他的不幸，可是从做学问方面来讲，这可能是他的幸运。在多年的文史哲涵养中，多年的阅读当中，多年的积累当中慢慢、慢慢地形成他今天作为一个学者的个性。这些我们今天也都谈到了。

第二，他的研究、他的所有的文字和思考都有他独到的生命体验。这个跟刚才的第一点也是相通的。他不是从体制的模子里面浇筑出来的一个学人，而是在广阔的阅读当中逐渐丰富、培养自己独特的眼光和体验能力。文学研究很多是通过理论的准备、理论概念的搬运去套作品。可是作品的温度、文学语言的血肉在这样的理论解剖台上、解剖当中都失去了。所以他的作品当中的独特体验让我无论第一次读还是再读都感受强烈。

第三，就是他的批评姿态和思想姿态。我觉得他是一个自信的、睿智的、犀利的批评家和学者，这点我们大家都已经谈了很多了，特别珍贵，这也跟他始终在体制里外穿梭，保持他个人的自由的学术心性有关。

最后，因为这些东西，他的文字始终是有趣味的，既有思想的理趣，也有文字当中的情趣。我这次读这部作品对那种情趣感受更强烈。

大家今天不仅表达了对刘老师的热爱、敬意，对这本书的喜爱，也表达了祝福，特别是也表达了对这本书本身的期待。不过，我一边听我们这些70后80后90后们这样说的时候，一边也在想，咱们也要撸起袖子来，有些工作也不要让绪源老师太辛苦了。可以说最近三五年在儿童文学评论界他写的数量是最多的，而且体验和判断、把玩和拿捏也是最独特的，获得的响应、获得的关注、获得的学术尊敬几乎也是最多的。刘老师今年身体有点不好，大家特别关注、特别心痛。他对我们来说太重要了，对我们这个领域来说太重要了，对我们这些朋友们来说太重要了。所以，我想我们就让他的心情更轻松一点。1977年以后的文学史论述，以后咱们跟他一起干！特别是在座的同学们，我们一起。刘老师给我们做了很好的示范，也是我们的榜样。《中国儿童文学史略》是一本很好的教科书，李燕老师就当教科书在使用。所以很多工作我们大家也要更加努力。

今天这个会议的气氛是很少有的，大家都是满怀敬意的。今天我们涉及了很多细节，但是研讨会结束并不意味着我们的学习和思考结束，我们可以继续。按照惯例，我要请今天的主角说几句。刘老师事先也知道了我们这个程序，因为他多次来参加我们的红楼研讨会，所以特地准备了发言稿《三点治学的"独家秘籍"》。刘老师今天嗓子不太好，接下来就由我代表刘老师来念。

刘绪源： 非常感动，今天非常非常感动！谈得很好。我衷心感谢卫平和浙师大儿童文化研究院，衷心感谢每一位发言者和到会者，尤其是外地赶来的到会者。谢谢大家！下面谈几句心得。

（以下由方卫平代念，详见下页内容。）

方卫平： 今天的研讨就到这里。再次谢谢大家。谢谢绪源老师，谢谢少年儿童出版社，谢谢远道而来的各位朋友，也谢谢我们的老师和同学。时间虽然超出，但是我们都不觉得长。期待下次再在这里聚会。也谢谢为这次活动做了很多工作的老师和同学们。

整理者：应　楠　刘逸烁　李　回　孙天娇　李铭源　朱文霞

三点治学的"独家秘籍"

刘绪源

衷心感谢卫平和浙师大儿童文化研究院,衷心感谢每一位发言者和到会者(尤其是外地赶来的几位)。谢谢大家!

我谈几句心得。

我曾和朋友开玩笑说,我到时要说三点治学的独家秘籍。这是吹牛,逗笑而已。其实都是老生常谈,都是常识,大家听过就明白了。

第一点:进入文学史的路径。葛兆光先生的夫人戴燕最近在中华书局出了一本书,都是和著名学者的对话。其中王水照先生在对话中说:前辈研究者,像钱锺书,他们进入文学史,不是单靠读文学史,而是靠读文学,他们完全浸润在文学之中,熟悉一切,什么都亲身体验过,所以写起文学史类的论文来,得心应手;到王水照这一辈,他觉得已经是靠读文学史进入文学史了,读作品只是补充,只是寻找例证,只是找一些在文学史框架下面的局部的体验,这差距就很明显了。王水照先生说的老前辈,应包括鲁迅、钱基博,也包括俞平伯、林庚,当然更包括闻一多、朱自清。那代人,确实都是从自己的审美感受出发,从自己所亲历亲见的大量作品出发,来整理文学史或表述文学史问题的。当然有的(如钱基博)主观性过强,也会出现问题,但决不会陈陈相因,不会那么雷同、单一、难看。现在有没有办法弥补呢?

当然是有的，如王水照，就是一个榜样，他后来编写那么大型的"历代文话"，研究宋代文学，研究苏东坡、王安石，就如鱼得水，这说明他已经把历代作品读熟了，读透了。勤奋、长期地补读，还是可以达到前辈们的境界的。对于当下的文学，如自己能参与进去，投入进去，甚至自己不只是评论的一员，也成为创作的一员，那就更好了。

第二点：自学，是可以有所作为的。不要以为今天进了大学，读了硕士、博士，就与自学没什么关系了。其实，所有的学习，尤其是研究生阶段的学习，主要还是靠自学。导师只是指点而已，怎么学，还是靠自己。没有高学历，自己读书，最怕的就是学了一点皮毛，夸夸其谈，到处炫耀，自以为什么都懂，天下第一，其实一点根基也没有。要学，就要学到最好，学到最拔尖，敢于和这一行内第一流的学人交流，探讨，当然你首先要真正读懂他们的书，深入理解他们的观点。只有这样，自学才是有价值的。也就是，自学和读博，道理是一样的，既然要进入，就必须一步步往最高处走，是奋不顾身地去攀爬高峰，而不只是抬高自己。自学的艰难在这里，真正的乐趣也在这里。我曾说，我国文化中非常重要的一个方面，是有"专家之上的文人"，这构成了中国文化独到的深度和滋味。为什么要"专家之上的文人"呢？因为你至少要达到专家的程度（这是最低标准），在这个基础上再无限地丰富和发展。专家都达不到，只会自以为是，那是没有多大价值的，那样的文人太多了，靠他们推动不了中国文化。自学所应达到的，就是这样的境界。

第三点：有许多学问，是可以相通的。我不敢说所有的学问都可相通，但很多远端的学问，在研究中相互推动的例子，很给人以启示。如台湾学者黄一农，学的是物理学，后来研究科技史，二者还算相干，再后来转到研究中国历史；他精通计算机，通过计算机技术考证晚清史和《红楼梦》，取得了很大成就。皮亚杰是学生物学的，后来改行搞儿童研究，生物学的作用常常体现在他的理论中。至于文史哲本身，我想应该基本上是可以相通的，只是我们自己常常来不及把它们"读通"罢了。所以方老师规定院内老师读博士不能再读儿童文学专业，这是很高明的。写《中国儿童文学史略》的时候，我的现代文学、当代文学和哲学的积累时时在帮我的忙，如谈任大星创造的"范式"时就引了哲学家李泽厚的话，书前书后又引了黑格尔《法哲学批判》中的话，这都是写作时自动涌上来的东西。真正体现这种相通的，还不是这本书，而是后来写的那本《美与幼童》（这一点由赵霞来说可能比我更好，她做过专门研究）。因为找到了从小孙女成长做观察这一独特视角，我的儿童文学史和理论，我所熟悉的那么多中外儿童文学作品，加上学前教育理论、儿童心理学、周作人研究、皮亚杰研究、弗洛伊德研究、哲学、人类学、人类史……全都涌上来帮忙了，一时有左右逢源之感，理论观点像潮水一样一浪浪涌上来，我只要认真整理就是了，那种幸福感是难以形容的。到此书增订版完稿后，我真正体会到，古人说的"朝闻道，夕死可矣"肯定不是虚言，而是一句真诚的、发自内心的话。因为要达到这种幸福，我自己知道，并不是容易的事。

今天就说这些，再次谢谢大家！

2017 年 10 月 21 日，于浙师大儿童文化研究院

刘海栖长篇小说《有鸽子的夏天》（讨论稿）研讨会

《有鸽了的夏天》

作者：刘海栖

责任编辑：王慧　苏文静

出版信息：山东教育出版社 2019 年 1 月版

作者简介：

　　刘海栖，山东海阳人，1954年10月20日生于武汉。长期从事童书出版工作，编审，后调入山东省作家协会。曾获首届中国出版政府奖优秀人物奖、全国百佳出版工作者、山东省劳动模范等称号和奖励，享受国务院政府特殊津贴。中国作家协会会员，中国作协儿童文学委员会委员。从事儿童文学创作，作品曾获第九届全国优秀儿童文学奖、中华优秀出版物奖、陈伯吹国际儿童文学奖，并有作品入选"大众喜爱的50本书""新闻出版总署向全国青少年推荐百种优秀图书"目录。

《有鸽子的夏天》：有力度的中国式童年书写

时间：2018 年 4 月 14 日
主持人：方卫平

方卫平：刘海栖先生的新作《有鸽子的夏天》（讨论稿）研讨会现在正式开始。今天的主角是海栖先生，他是儿童文学出版界的传奇人物，他对儿童文学出版事业贡献良多。他同时也是一位作家，早期的主要作品有《这群嘎子哥》《灰颜色白影子》《男孩游戏》，稍后一点还有《扁镇的秘密》《驯龙记》《无尾小鼠历险记》《爸爸树》《戴红袖标的大象》《豆子地里的童话》等。

海栖虚怀若谷，充满了倾听的欲望，他说"好话对我没什么用，我希望听到一些批评的意见"，他希望自己的作品能更好。我们今天也一样，我们喜欢这部作品，在探讨时也希望大家能把话讲充分。

一、精彩的细节成就生动的人物群像

赵霞：我想，这部作品可以说的地方非常多，我今天想谈谈这本书中让我印象最深刻、最打动我的地方。

第一个细节是在第 8 页第三段，关于这部小说中非常重要的一个人物赵理践的一段很简单的叙说——"赵理践长得瘦瘦小小，但力气很大，据说以前当过和尚,练得不吃肉光吃素,拉起车来像老鼠拖木锨。"我初读到这一段文字时,觉得非常有生活感。我还查了一下木锨是什么,查到以后我就觉得"老鼠拖木锨"这个比喻真是太形象了。总之,当初它留给我的印象就是很深刻、很形象的。但当我读到最后时,发现这是一个非常重要的伏笔,对于整部小说悬念的设置和解开来说,这是在小说开头就埋下的一个不容易被在意但也不容忽视的细节。关于这样的细节的伏笔,在小说中有很多处。比如在"我"得到鸽子后,伙伴们都高高兴兴地跑到"我"家来看鸽子。就是因为小伙伴们都来看,鸽子会去吃生人喂的食物,才有了后面的情节发展。包括郭一刀被推举为武斗司令的一个小细节,这个小细节当初看似一笔带过,后来我们知道围绕司令展开的叙述也是小说中非常重要的一部分。我想借这样的细节谈的是,从这部小说的整个结构来看,像一棵枝繁叶茂又主干清晰的大树,但它的主干又埋藏在丰富的生活的枝叶当中。

要谈故事的核心构架,我们可以从其中的四个角色看出它最主干的部分——"我"、孩子们、鸽子、赵理践和郭一刀。赵理践给了"我"鸽子,郭一刀抢走了"我"的鸽子,赵理践又要回了"我"的鸽子。从这里看到的故事的整个结构都很清楚。我认为长篇故事的魅力在于,第一它有一个贯穿始终的、埋伏在丰密枝叶下的主题;第二它又有延展开的、围绕着主干有序生长的枝叶的形态。整部小说开篇有种散漫的、流水一般伸展开的生活的感觉,出场的人物给我们一种悠然自在的感觉。但当鸽子和"我"建立关系后,我们发现之前那些零散的枝叶都向着这里靠拢过来。二米的鸽子群为"我"的鸽子的出场做了重要的铺垫。包括那群孩子,都是这场事件的见证者。哪怕是王木根,他之前拉得那么远,又都和鸽子建立了联系,他不仅做鸽子笼,他自己独立的身份也很突出。在这一瞬间,所有的小说细节都向着主干聚拢,推动着我们对于小说的期待慢慢向前。所有人都和鸽子有关系,都是这场事件的重要参与人。在这些次要人物的身上,生活的感觉也很浓郁。我印象最深刻的是胡卫华,他可以说是这个故事中一笔带过的一个边角角色,可我忘不了他在把鸽子交给赵理践时流下泪的感觉。

在读长篇小说时，我有时比较相信庄子的"每下愈况"说，有时候我会不自觉地用它去衡量我看过的小说。你从这部小说最细枝末节的地方看到的文学品质是怎样的，有时更能代表这部作品所能到达的文学和艺术的层级。所以我读到的《有鸽子的夏天》，不只是整个故事严密地围绕着故事的核心构架展开，也有次要的，围绕它铺展开的人物的枝叶、叙事的枝叶、情感和氛围的枝叶都在打动我，让我情不自禁地、全身心地投入到对人物命运的关切当中去。之所以产生这种阅读感受与故事的结构方式有关，它既是统一的又是生活化的，既是完整的又无法简单地概括，因为它就是生活本身，这让我对这个故事产生一种迷恋的感觉。

另一个打动我的细节是在全书快结束的时候，在第158页倒数第二段，军棋大王徐小杰就军棋说了这么一段话"司令管军长，军长管师长，师长管旅长，可司令再厉害，还有炸弹炸呢！"这个是对前面谈到郭一刀当过司令的伏笔的回应，也是对于后半部分，核心悬念部分，关于"我"的鸽子的核心命运的这个悬念的展开，当孩子在生活中遭遇郭一刀这样的霸权人物时怎么"炸"？这是孩子面临的一个危机。我们可以看到，当故事开始时孩子们玩得很自在，玩军棋，玩杏核，他们在自己的世界里非常快活地存在着。但是随后他们发现这个世界不是由你自由莽撞闯荡的，有了郭一刀这样的人物，好像不管用什么方式都永远也无法把鸽子要回来。到底最后我能否把鸽子要回来？怎么样要回来？我想这不仅仅关乎故事的结局、故事角色命运的问题，还关系到孩子对于世界的理解和认识。其中，解决这个悬念时有各种伏笔，孩子有各种主意，但都是不着边际的。接下来，重要的来了，是德惠姨和曲叔，在城市语境下他们是有一定的身份和权力的，他们是不是可以压制郭一刀了？但这没有成。我认为这很重要，如果这样就能解决问题的话，那这个故事是以利制利、以功利制功利的。接下来很重要，"我"出场了，这是一种带有高潮性和戏剧性的对峙，这让"我"真正介入到了这场斗争中。作品讲童年，一定要有孩子自己的力量和感受。

可是我也认为，如果这个场景，如果这个孩子的行动就此成功了，那么我会觉得作家在这里更多的是表现一种理念，一个孩子他能够做成他想做的事情。而事实上，从真实的生活来说，从故事的逻辑来说，这个瘦瘦弱弱的小孩子在跟一个拿砍刀的、人高马大的、身强体壮的武夫对峙的时候，他居然能这么容易地打败对方吗？我想这样是不可信的。我们看到最后小说这个环节的处理是遵从生活逻辑的——孩子败下来了。

可是他的努力不是没有结果的，最后一刻，他放声大哭的时候，赵理践出现了。赵理践是一个最底层的、平平凡凡、普普通通的送煤工。但他努力做到童叟无欺，他很善良、有温情、有正义心。最后他向郭一刀要回鸽子的方式一点也不张扬。他看到了这场不公，站在了郭一刀的面前。而就在他站上去的时候，我们才发现了一种力量，由他代表的、很特别的、在我们生活中有时候不容易被我们关注的力量。当他最后用这样的方式解决这个悬念的时候，我们看到的是，在日常生活中纷繁的、不无狰狞的表象之下，真正控制着、掌握着、影响着真理运行方向的，可能是一种朴实无华的、良善的、敦厚的力量。赵理践代表的就是这种力量。

《有鸽子的夏天》把生动的童年生活经验进一步升华到了朴素的、深刻的童年生活体悟和童年世界精神的理解当中。里面的细节，我也有一点小的建议。作品中有一些狂欢的语体。比如说里面用到一些字，这些字跟"我"拿刀砍郭一刀这个情节的设置是有关系的。如"捅""枪毙""有话快说，有屁快放""杀人犯再厉害，逮着也得枪毙"……这些字很口语化、很生动。但我想这个放在儿童小说中的儿童形象上面是不是合适？更重要的是，我一直在考虑"我"向郭一刀动刀子这个情节，这个时候手里有任何东西"我"都会扔过去。它是"我"的力量、情绪、感受的表达。用刀这个设置，我觉得可以，是水到渠成的。但后面像"捅""砍""你居然敢杀他"这样的字眼，应该淡化掉，淡化成不是一个孩子要杀郭一刀，而是当时"我"在情感和理智的双重压迫之下导致的一个冲动的行为。最后不要凸显这个行为本身伤害的性质，像"捅"字就可以换成"用刀子对着他"，不然就有点街头痞气。是不是把这种气息淡化一点，那么儿童生活的感觉就更纯粹了?

刘海栖老师一直说自己写作的冲动是"我喜欢,写着玩",特别的自由自在。您这些年的童话写作一直是在这种"我喜欢,写着玩"的状态中不断地自我超越。您是用全部的身心、全部的热爱在写作。我认为这种"玩"是儿童文学最高级的游戏精神。所以我要向海栖老师表达由衷的敬意,同时,我也期待您带给我们更多的了不起的惊喜。谢谢。

汤素兰:非常高兴读到海栖老师的新作,方老师一直问一个问题——什么是好的童年书写?我觉得海栖的这部作品在某种程度上回答了这个问题。我们不能说这书已经特别理想了,但它确实是达到了一个理想的状态。

这个故事发生在他自己的童年时代,我正好也写过《阿莲》,我就在想,我们作家应该如何处理自己的童年经验?我觉得他的写作给我们提供了一个很好的借鉴。他写出了普遍的童年生活和生命,这些东西可能不会因为时代、环境、种族和意识形态的不同而不同。他这里表达的是一种童年的生机与活力。我觉得这种写作是能够超越时空的。

尤其是男孩子形象,我觉得当代儿童小说中,总是表现阴柔的一面。哪怕是男孩子,也会被丰富的物质世界宠得一身"奶油味",如男生贾里到马小跳,其实都是物质丰富的都市男孩。当代儿童文学历史上也曾有过很多经典的男孩形象,比如说小兵张嘎、潘冬子,但又因为它过于政治化、意识形态化,在他们的血性和刚性里面,太过于强调本土化,不太具有能够跨越国界的、普世的价值。

在我们的小说里,像汤姆·索亚、哈克·贝利费恩这样的男孩形象少之又少,所以我很高兴看到《有鸽子的夏天》这样一部作品,它告诉我们童年是可以诗意地栖居在这样的状态里面,不因为时代环境的贫穷和封闭而改变,孩子本身的生机与活力在这部作品里有着非常生动的呈现。

我非常佩服的是,这部小说丝毫没有距离感,这种现场感比我们现在所有的抒写童年回忆的作品都要强烈得多。这是最了不起的地方。而且我觉得小说文字非常干净、不拖泥带水。虽然这样的作品很难找出"好词好句",但它确实是鲜活的。

在人物塑造方面,我特别认同赵霞说的,人物塑造太成功了。不仅是孩子,我觉得那些大人也塑造得非常成功。王木根的存在,其实不仅是做鸽子笼,那块案板非常的重要,一定要被他偷走,故事才进入高潮。所以我觉得这部小说的安排是非常严密的。

但是我觉得情节的安排方面,前面过于松散,希望那两只鸽子可以早一点出现。然后以两只鸽子为主要线索带着大家,这样,后面的内容就更扣人心弦了。这是我自己阅读的感觉。

刘海栖:我也有这种感觉。

汤素兰:它们要是早一点来,也不影响后面的情节发展,你可以做些调整。

然后我还觉得,刀子的细节,能不能用别的方法改一下?这毕竟是给孩子看的作品。这件事情是个关键,能不能用其他东西替换一下?比如小孩喜欢玩的某种东西?我为什么要接着赵霞说呢,因为赵霞反复强调赵理践是淳朴的。虽然赵理践是底层人物,他也有制约郭一刀最好的办法——给他的煤球掺黄土。如果我们要强调善良、淳朴的价值的话,这些内容是不是可以不要?

方卫平:有点以恶制恶的感觉了。

汤素兰:对对,就是以恶制恶,以强权制强权。

方卫平:它似乎会降低小说的人文品位,这个海栖可以考虑一下。

赵霞： 我觉得小说最后赵理践对"我"的解释可以去掉，但是说明还是要的。赵理践说："他怕我给他送不好烧的煤球呗！"这句话一定要保留，这句话其实包含了很多意思……

汤素兰： 我觉得还是不要好。

赵霞： 可是不要的话，原因在哪里呢？

刘海栖： 其实这就是善良人的狡黠。

汤素兰： 说实在的，我看完就在想，其实最终是强权制服了强权。

赵霞： 我倒不认为。

周晓波： 这是平民的智慧。

常立： 但是这种平民的智慧也很糟糕，我觉得这种描写是非常现实的，没准这是真事。

汤素兰： 它一定是真的!

常立： 我相信底层世界就是这么干的。但是我认为在儿童文学中可以不这么干，不然儿童文学就没有意义、没有价值了。这是我个人比较在意的一点。我觉得它其实体现的是一个"权力的游戏"，不管你是用什么样的方式，不管你是草根也好，还是什么人也好，最后是钱打败钱、权打败权、狡黠打败狡黠。

汤素兰：我恰恰是希望它能够达到你刚才说的，最终不是强权制服了强权。

方卫平：这部作品是海栖对自己真实童年生活大规模地调集、运用和创作。它描写的生活环境中所有的人、鸽子的知识、木匠活的知识……老实说，如果我去做功课来创作的话，是写不到那么鲜活的。后来我问海栖，他说这全部是他的童年经历。没有那种经历，是写不出来的。但我也一直跟海栖讲，我是一个日趋保守的儿童文学思考者。二十世纪八十年代时，也许我是儿童文学前卫艺术的鼓吹手之一。但现在，我觉得儿童文学真的要立足于对儿童的意义。我相信你是从保持生活的逻辑、鲜活感出发，但儿童文学怎么上升到艺术逻辑？我觉得这点值得海栖思考。

刘海栖：我当时生活的氛围就是这样的，一种北方的江湖气。都是些搬运工人的子弟，崇尚男子气。我也想过用茶缸子扔过去，但是爆发力不足。如果我把它虚起来写，比如他自己已经蒙了，那个时候眼前一黑，他已经失去理智，拿到什么是什么，他不知道自己做了什么，被人拉出去以后，是听别人说了之后，他才知道他拿了刀子去捅郭一刀。大家看，可不可以这样写？

蒋风：用不好烧的煤换鸽子，我觉得低估了郭一刀。郭一刀那么厉害的人，难道好煤拿不到？我觉得最不真实的是这一点。

汤素兰：我觉得在写郭一刀的时候，还是遵循了儿童文学表达爱与善意这一点。他不是送了两块猪肝给"我"吗？他还是有良善的一面的。

蒋风：送猪肝的情节我是赞成的，但用煤来打败他是低估了郭一刀。

周晓波：我觉得还是可以的，因为没有其他的办法制服郭一刀。

刘海栖： 我小时候在北方用的是蜂窝煤，蜂窝煤加黄土很讲究，加多了就不好烧。我母亲就老嘟囔一件事，有一次因为得罪送煤工人，他就给我们送一些干的、一搬就碎的蜂窝煤。

蒋风： 那根据郭一刀的势力，他可以从别人的手上拿到好煤。

赵霞： 前面一直强调这个地区只有他一个送煤工人。

刘海栖： 这不是一个简单的送煤工，他是有头脑的。

韦苇： 这个跟打扑克牌是一样的，我压住你，你压住我。最后的问题是这张牌究竟压得住压不住。

汤素兰： 海栖，这个问题我们已经抛给你了，你自己去思考吧。

刘海栖： 这个不光是对我的小说，对整个儿童文学的创作来说都是个普遍问题。

汤素兰： 最后，我说说它的意义和价值。中国儿童文学深受苏联儿童文学的影响，但自从我们进入新世纪后，新的写作者基本抛弃了那个传统。很高兴看到海栖这部作品有苏联的非常优秀的儿童小说传统的影响，非常高兴看到传统在你这部作品中回归，那些充满生机活力的孩子，那种对于自然的探究精神，对于家乡特别热爱的抒写，是和当代其他儿童文学作品特别不一样的地方。祝贺刘海栖！

韦苇： 我说说里面的细节，细节很大程度决定小说是否成功。我先举个例子，有一个俄罗斯作家在书中写道："书匠家的老鼠特别多，并不是老鼠喜欢读书，是老鼠喜欢啃糨糊，啃着啃着就把上帝啃掉了。"这就是很好的细节。像这样的好的细节在海栖书中也能找到不少。钻到床底的那个细节简直写绝了。不过我顺便要指出来，他顶着臭袜子，这个"臭"写得不好。"臭"是中产阶级、贵族阶级才有的概念。对于一个温饱都没解决的孩子，臭不臭已经很不重要啦。所以说"破袜子"还好，"臭袜子"一下子就把海栖今天的身份状态不小心带进小说里去了。"饿""饱"是一个界限，"暖""寒"又是一个界限，"臭""香"对于穷苦孩子，肯定不是一个界限。

二、鲜活的语言与节制的书写

钱淑英： 读这本书给我带来很不一样的阅读体验。刚才老师们说的观点，我非常同意。一开始读的时候，觉得进入有点慢。因为说实话，那个时代背景，包括男孩的世界，我都不太了解。但是，我是越读越带劲的。关于我们强调的中国式童年书写，《有鸽子的夏天》确实在整个中国原创儿童文学中做了一个很好的示范，尤其是对男孩世界的描写非常到位。而且，作品的文字简约干净，有节奏感。

读这本书，我最先关注的是语感，它构成了这部小说与众不同的地方，这种与众不同可能就是贴近了孩子本身的语体。这里可能就存在一些我们要讨论的问题——语法使用的规范性和孩子语体的鲜活性、真实性之间，如何形成一种平衡？海栖老师在整体语感的表现上可以说是天然的、自在的，在语言中可以感受到那种扑面而来的生活气息。比如，当我读到二老扁、三老扁兄弟俩在大水中抢菜的情景；二米看"我"得到鸽子以后，踩过房顶，家里那种鸡飞狗跳的那一幕；鸽子丢了以后，孩子们在一起找窟窿眼、掏窟窿眼的场景。好像你都能看到孩子们在奔跑，甚至可以听到他们在喘气。我们可以感受到夏天的那种热气腾腾、热火朝天的感觉。我觉得这其实是一种非常重要的表达方式，如果说我们一味地按照规范的、传统的、我们所认为符合文学性的表达来写，它反而可能有所减损。有些地方我个人特别喜欢，像第32页的"鸭子的爸爸是开卡车的司机，过去给铁路货场运货"这一段，到"啪、啪、啪"结束。那个声音好像还在你的耳边回荡，我真的喜欢这样一种结束的感觉。在整个文本当中，像这样的语言亮点还是很多的。在读原创儿童文学作品的时候，我常常会觉得铺陈太多，笔墨太多，所谓好词好句，真的太多了。海栖老师这样写，反倒让我觉得很好。

关于好词好句，我还有一些想说的，比如像刚开始写木匠画出来的线像逃跑的蛇，我马上就心动了。还有描写洪水的部分大家一定印象深刻。"像一只长了许多脚的大蜈蚣，一路走下来顺手带走很多东西。""在菜场里，它来的时候就会从菜场里顺手捞一把。"这些描写中就有一种非常独特的对生活的感受力和语言的表现力。还有"郭一刀这么一个大汉，手里拿着大刀，站在那个细长条的案子前面咣咣地卖肉，让人想起二老扁他那个胖妈在搓衣板上嘎吱嘎吱地洗衣服，看上去减了不少威风。"这种表达特别让我心动。这就是很好的描写，它很形象，而且又是生活的。更重要的是因为它并不是字面本身的美好和独特，它里面带出的那种情绪和节奏，就是我刚才说的那个童年生活场景的重现。《有鸽子的夏天》的视角都是我跟鸽子之间的命运交集，人物虽然不多，但是一个个人物串在一起，不经意之间，人物就活了。通过这个事件，把所有人物连接在一起，把夏天的生活场景，在那个年代的生活气息都展现出来了。

另外，在语言的表达上，我觉得可能有一些可以商榷的地方。我举两个例子，第一个是第24页"我们街上的小孩，只要遇到鸭子徐善明，没有一个不输得精光的，就像刚刚从娘胎里来到世界上。"我觉得这个比喻不好，感觉跳得有点奇怪，而且没有必要。它跟前面的语言相比，我觉得就有落差。

当语言的感觉带着我读下去之后，我慢慢地觉得这部作品是越读越带劲的。这个劲儿就是由这种语感带来的，最后慢慢地进入到人物上。有很多迷人的地方就在于每个人物都活了。海栖老师抓住了每个人令人着迷的地方，用非常生动的语言，亲历性的感受，把它表达出来。包括"我"在养鸽子的整个过程中的那种进入又慢慢爆发的感觉也把握得非常好。从各个人物彼此相通的地方，可以感受到作者对生活的观察力和文学的表现力。他把每个人的亮点呈现出来，最后串联成一系列的场景，让整个小说变得非常有魅力。这是我在人物上的一种阅读感受。

　　刚才大家也谈到了一些细节，我在读到郭一刀的形象的时候，也觉得一些用词在情感价值取向上可能稍微有点过了。刚才说到的宰啊，捅啊，第175页的"我摇摇头，现在我对什么东西都没有胃口，除非把肥猪郭一刀宰了，叫我吃掉"。我们怎么去处理郭一刀这个人物，还有其中的价值判断，站在今天的情感和精神取向上，是不是可以在情节上、人物关系上，包括在最后的结尾的处理上，对这个形象进行一点点的延伸呢？后面可不可以把郭一刀的形象，正面地展现一下呢？跟"我"有交集的时候，郭一刀可以表达，笔墨也不用很多。当这个孩子敢拿刀对着他的时候（要不要拿刀，我们另当别论），他心里才真正咯噔一下：哦，原来这个孩子心里对鸽子的着迷是到了要了命的程度，就好像我郭一刀要吃红烧肉却舍不得的感觉。他懂了，他通了，然后就开始有点理解和心疼这个孩子了。一个人在那个时刻，在那个时代，就算他是一个肥头大耳的反面角色，也会透露出一点人性的微光。通过这样一种理解，通过这样一种正面交集、一个眼神或者一句话，就可以把这个形象的那种一边倒的情况做一点点补充。

　　还有，在结尾的这种处理上，我读完的时候就觉得这是您的风格，就像那个"啪啪啪"，不用说太多，简单干净。但是，这里我觉得好像有一点点仓促了。通过这个形象我们也可以看到，您所呈现的整个生活非常真实，非常符合当时的场景、时代和生活，但是作为一个文学作品，应该具有超越性，它可以在很多部分做一点补充。

　　整个作品读完以后，我觉得它是一出精彩的戏。人物鲜活，台词精彩，让人看了印象深刻。但是，似乎在舞台布景上，在背景音上（可以是写在前面的话，或者说是尾声，用一种怎样的方式把背景搭起来），在那种情感的延宕上，可以稍做补充。这是我个人的期待，或许会让整个作品更完整、更丰富。

汤素兰：我不太同意前面要有一个背景的铺垫。我觉得现在的开头就很好，第一句的"是那年夏天的事情"就和书名很切合。

方卫平：关于书名，我收到最早的电子稿，名字叫作《两头乌的故事》。我们在讨论的时候就说这个题目不好，把整个作品的层级降低了。我就同海栖说，题目一定要改。一说"两头乌"，我们就想到那个猪，做火腿的"两头乌"了。过了几天，海栖说题目改成了《有鸽子的夏天》。我一看说，这题目及格了。这个题目好，但是不是再改，有没有更好的题目可以再讨论。好的，淑英继续。

钱淑英：那我继续。包括结尾的家庭生活的那部分，我觉得他需要再荡开一点笔墨，可以加入对家里的关心，对爸爸的牵挂，对弟弟的牵挂，对鸽子的不舍。这部分现在的呈现好像太节制。这里涉及了个人成长和时代生活的两个维度，要把两者结合在一起，我觉得丰富性还可以加强。怎么去处理就是作家的问题了，那我就说这些。

汤素兰：我同意淑英说的。为什么赵理践对"我"的态度很特别？其实，这个孩子是一个缺失了父爱的孩子。

刘海栖：对，应该交代得更具体，更清楚。

赵霞：我特别喜欢这种节制。其实，孩子的阅读是长时间的，不是一部作品读完了，就放到一边了。这些感觉是在所有节制的语言中慢慢体会的。"我"对赵理践的感情，并没有过多的笔墨来渲染。从来不说"我"把赵理践当作"我"的代父式的角色，可是"我"对他的感情是多么温暖动人。越是这样，越打动人。我反而认为这种节制的书写是对孩子阅读的一种丰富，让人们知道故事其实还可以这么写。

韦苇： 儿童小说可以从世俗性的黑暗中剥离出来，可以用一种只有儿童可以去做，或者是只有儿童做得到的方式来解决这个问题。

刘海栖： 我记得方老师一直跟我说这个事情，我也同意，孩子在任何时候都有自己的判断。

萧萍： 读了这本书之后，我和阿汤有交流。我告诉她我特别喜欢这本书，她微信回道"我可高兴呢！"我觉得这个句式好熟悉。把书一翻，发现第123页："王木根可高兴呢，他想，我可会挑肉啦，一眼就能看出哪块是好肉！"我想说，作家和他的生活真的是水乳相融的。

海栖老师的书送来后一打开，开笔就让我大吃一惊。作家进入童年叙事真的需要足够的智慧和历练。他的这种进入——"是那年夏天的事情，那时我们不怎么上学，有的是时间玩，有段时间我特别喜欢鸽子。"简简单单的两句，让我想起《百年孤独》的开头——"多年以后，奥雷连诺上校站在行刑队面前，准会想起父亲带他去参观冰块的那个遥远的下午。"他的叙事原则是"有时间、有回忆感、有沉浸感"，这种沉浸感特别重要。情绪的、氛围的、时间的、主角的就全有了。而且这样的一个叙事里面，"是那年夏天的事情"，就这一起笔，散漫、悠然、趣味十足的叙述扑面而来。我觉得在我们讲创作的时候，特别要说的就是这种气息对一个作家创作的牵引，一起笔就可以定基调。

在整个叙述中，我特别喜欢也特别沉浸的地方就是他的自传体小说有点像法国作家约瑟夫·若福的《弹子袋》。他写二战中两个十岁的小男孩，但是写得特别诙谐，连逃亡之路都变得令人向往。这有可能也就是阿汤说的童年的普遍性。我们作为成年人回望童年，特别难的就是写出那个时间段的光彩。

如何把一些东西用现在孩子们认可的方式叙述呢？二米用乒乓球做鸽哨这个情节就特别有意思。我看到时就觉得，居然还有这样一种感觉。我们现在的孩子是不是不需要鸽哨？是不是不需要这样的贫穷的简单的游戏？我觉得并不是这样。也许这本书里还可以延伸出来一种创意——让小朋友们用乒乓球做一下鸽哨。当然这是另外的，并不是书本身的。我想到的是，这样的一本书给现在的孩子们创设了一种更贴近他们的情境。

我也要说一点我自己的不满足。我觉得作品前面全是铺垫，这就是阿汤说的为什么进入得慢，到第十二章才出事。书肯定是围绕鸽子来进行的，前面几乎一半在写铺垫，到第十二章，后面的一半在写鸽子的事件。我也觉得结尾稍微有点草率。郭一刀是一个很邪的人，但是对邪的人来说也是一物降一物，就是小赵也可以降他。但是我想，是否拼命的场景一定要用刀子？郭一刀这个人是不是有可能再丰富一点？实际上，这个在贫穷年代掌握了大家口福之快的人是不是也有他的无奈？是不是不仅仅是煤球烧得不好会使得他低头，可能还有更大的会让他转弯和低头的因素？我把这个交给作者，我不知道是什么。这样的一种低头就不再是常立老师前面说到的那种单纯的权力和权力之间表面上的、生活上的制约，而是我们生活的无奈和无助之间的制约，是彼此之间的一种制约。这种制约不是以一种武力的方式来显现的。我觉得可能是这样比较温润的、彼此之间渗透的一种关系制约了他，使得结尾有了一种倾向。我觉得，如果后面半部再充实一点，或者前面再进入得快一点的话，舒缓有致会特别好看。

方卫平：萧萍老师是学者，更是一位优秀的作家。她刚才对作品的分析，特别是开头的分析就是我当时阅读的感受。我为什么有那样的反应，就是因为这么多年我了解海栖的创作。据我判断，这篇小说所体现的基本素养是当今一流的儿童小说作家的水准。我跟海栖有过很多交流，我也提到一些问题，整个密度作为一篇小说来讲还是太大。包括那个刀的问题，我知道这个情节在这部作品中有多么重要，但我认为还是不好。今天看来大家还是有共识的。

胡丽娜：大家都谈到了刀子的问题，阅读时我也挺纠结的，我觉得看海栖老师的这部作品有很多的纠结和操心，这可能也是一部好作品的魅力所在。有的作品你看完之后就会放边上了，有的作品却意犹未尽，而且会不自觉地把它放入一些我们自己想象中的，或者说已然成为共识的经典性的作品的序列当中来替它考虑。

讲到最后这个刀子或者说怎么得到鸽子化解矛盾的时候，我会想到一部作品——《男孩彭罗德的烦恼》。我昨天又把这本书拿出来翻阅，今天也带过来了。主人公一个偶然而非有意为之的行为令父母在生日宴会上很为他感到自豪。但是到了最后他又闯祸了。爸爸在玻璃后面剃胡子的时候，他用弹弓"啪"地把玻璃打碎了。爸爸咆哮着沿着楼梯下来，火气冲天，肥皂沫上是他气得通红的脸，这个感觉渲染得很好。爸爸问："你怎么又拿弹弓来射？"他把弹弓拿出来，这是一个独特的弹弓，是他爸爸在他这么小的时候闯祸的证据。姑妈把它收走了，而现在姑妈把这个弹弓还给了彭罗德，让他转交给爸爸。彭罗德把弹弓拿出来的时候道："她说你打死了她的母鸡，她还说了一些话叫我告诉你。"对爸爸来说，这个弹弓的出现，使他们童年的感觉融合在一起。

这两本书似乎有一些共通的地方。我们都讨论到最后拿刀子体现了"我"的童年力量，但是最后整个矛盾的化解，鸽子得以拿回来，其实还是靠赵理践的力量，即成人的力量。童年本身的张力以及和成人世界的磨合还是不够充分的。郭一刀这样一个跋扈的、有点邪气的霸权人物是否可以用赵理践这样一种物质性、利益相关的方式来化解冲突？还是我们可以寻找源自童年的、能够沟通童年感觉的东西来化解冲突？我觉得这个东西的出现在故事高潮中是非常重要的。

我觉得这本书能够改写我们对儿童文学的很多刻板印象。我们反顾童年去写作时，很多时候会有一种"隔"的感觉。我们知道作家都很努力地想召唤我们回到那个时代，但是他无论怎么吆喝怎么卖力，我们都只是一个旁观者。作家一个人进去了，读者没有进去。但《有鸽子的夏天》真的让我们觉得进去了，进入到那个童年时代。我在想您小时候是不是听了很多评书，可以把儿童文学的童年气质和力量吸收进来的同时，又有说书人超脱的感觉，整个场面的调度、语言、分寸感拿捏得特别好。

有些时候读者觉得作品好像有些过了，作者却还在洋洋自得地继续发挥。就这一点来说，这本书处理得特别好。叙事视角基本上还是贴合着童年的眼光。当然，也有很多让我觉得纠结的地方。看完之后我就在想，可不可以回到作品最初的时间、地点、人物，再来把这个作品，把我自己所能想到的一些东西捆绑在一起思考。刚才老师们也谈到时间的问题。"那年夏天"——这个夏天是实写还是虚写？关于时间和地点，我会有点瞎操心。像之前看过的《吉祥时光》，它的时间是明确的——1948年到1957年。特定的时间、年代的选择会赋予这部作品不一样的厚重感和历史感。但是《有鸽子的夏天》这部作品的时间虚化掉了。我们可以看到美国经济大危机之后的萧条阶段在很多作品中都出现过。当然，盘点了一些作品之后，我还是可以接受时间虚写的。如第2页上"二米很威风"就写得很有时代感，或者说这是一种透露出海栖老师年龄的写作。"二米很威风，他的样子就像电影里那些攻克敌人碉堡的我军旗手。"——现在的孩子如果要形容一个人威风、帅气肯定不是用这样的语言。

书里有些地方阅读起来其实是有点障碍的。一些生活用品，比如说第3页中"一些塑料布、油毛毡"，对现在孩子来说都已经比较陌生了。再比如说第11页中"二老扁的爸爸就在水里捞起过一顶三块瓦的棉帽"，其实我都不理解"三块瓦的棉帽"是什么东西。

刘海栖：就是雷锋帽，一个帽顶，两个耳朵。我们那会都叫"三块瓦的棉帽"。

胡丽娜：这就相当于一个老物件，这些物件本身是有年代感的。通过这些物件我们可以捕捉到这是一部有历史气息、有地域性的作品。

再说人物，我觉得次要人物更加令人印象深刻。反倒是主人公"我"的形象相对来说比较单薄，形成这种单薄的原因或许是这个人物参与的事件比较单一。

之前很多问题其他老师都已经谈过了，我就再谈一点细节性的。我很喜欢这部作品里的童年感觉，但是在这部作品中很少能找到直接的大段的心理描写。我很喜欢书中一些细节，比如说第131页中对主人公丢失鸽子之后内心的懊悔痛苦的描写。我们可以花大段大段去写，但是您就写了一个细节"我一点都没心思看画书，拼命地啃自己的手指头，啃得手指头都出血了，也没觉得疼。"从心理学上来说，一个孩子咬他手指头就是内心极度焦虑的外在显现。对这种细节的捕捉很自然地融入了童年的感觉。第91页还有一个神奇的比喻：鸽子的羽毛"油光水滑，黢黑黢黑，简直像鞋油，瞧这白的，跟医院里的纱布似的"。这个比喻来自孩子的日常生活。这样一种直白质朴的比喻当中是有力量的，但不是那种很大的力气。就像余华的《活着》中，福贵最后把自己亲人埋葬掉的时候，写到回望月光下的路像撒了盐似的。盐的比喻有伤口上撒盐的喻义，但又是日常生活的。《有鸽子的夏天》这部作品中有很多日常生活的、童年经验升华基础上的文学表现。对于这样的表现，我们有些时候又会有更高的期待。谢谢！

方卫平：细节问题谈得非常好，谢谢！

三、不同叙述视角的力量

常立： 海栖老师这本书，我想到一个说法，冰山一角。这是本非常简洁明朗的书，在这之下的巨大的冰山从我个人角度来看，其实是一个社会性的悲剧，这是一个具有三重悲剧的作品。

首先就是刚才大家都提到的关于结局部分的处理，其实就是大牌打小牌，不同的人对最基本的物质生存资料的控制和约束，然后反制对方。其实这是一个丛林法则，一个完全不是文明社会的法则，这是海栖老师描写那个时代的人们的真实生存状态。我个人认为这是一个很大的社会性的悲哀，其实孩子在这个环境下是没有出路的，几乎很难战胜这种强大的力量。我觉得这是悲剧之一。

第二，我们看到这些孩子的童年几乎都没有父亲或母亲的在场，也就是说基本上都是一群野孩子，这自然有好处，自由、欢快，但是在这个文本之中，这种亲子的联系，甚至连尖锐的对抗都没有，基本上这种家庭亲子关系对孩子来说是一种悲剧。

第三，孩子之间的关系，包括和王木根等人的关系，他们确实有联系，但是我觉得这种联系依然是一种浅层次的联系，大家玩在一起，但是就有点像孔乙己的看法，孔乙己来了我们就要欢乐着，孔乙己走了日子也便这么过，王木根就是这样的人。我看不出来王木根的离去会给其他人的生活或者心灵带来多少冲击，至少这个故事里面没有表现。当然，每一个人都有一个很实际、很直接的需求，大家在底层的马洛斯需求之上不断地要好、争吵，这也许很贴合孩子们的实际，但是我认为这对于童年来说应该也是一个悲哀的地方。

所以能在这样的一个巨大的社会性的悲哀之下，海栖老师能够呈现出一个欢快的、明朗的叙述,我个人认为已经非常棒了。

接下来我想讲讲叙述视角的问题,开头的第一节和第二节,第一节的开头是"是那年夏天的事情",第二节的开头是"现在是夏天",这里其实是有两种视角存在的,都是第一人称,但是一种视角是过来人回望童年的视角,另外一种视角是贴近刚刚过去的事情,甚至就是此时此刻。这两种视角各有各的好处,但是两种视角并置也会带来矛盾的地方,因为从后面叙述来看,比如说他对每一个人,包括医生、五金交电公司,对这些社会性世俗的事情已经了如指掌了,那这一定是一个过来人的视角。但是再贴近去讲"现在是夏天"的时候,这又是一个孩子的视角。这两种视角在这个文本中有时候会冲突、会交集在一起。所以我在想,有没有可能这个视角更明确一些。如果视角更明确这样一定会有得有失。为什么呢?首先来看第一个视角:"是那年夏天的事情",这非常好,刚才方卫平老师、萧萍老师都讲过了,这是一个一下子让人觉得小说文本格调很高的东西。但如果把这个东西给舍弃掉的话,这种东西会有损失,如果要保留这个视角的话,这个视角最大的优势是什么呢?因为这是一个回望的状态,在这个状态里面其实可以提供一种反思性的力量,如果"我"的童年就是这么悲剧性的,但是"我"在这么一个悲剧性的童年里,自己并不悲惨,"我"依然有鸽哨、有鸽子,这样用一种反思性的态度去回望的话,依然可以保留这种大体的结构,即这种权力之间的相互争执。并且"我"的这种反思性的叙述可以超越马洛斯需求最低层次的水平。因为作为过来人去回望童年的时候,"我"知道那个童年真正最有价值的东西是什么,没有价值的是什么,悲哀的是什么,可喜的是什么,这是非常好的一个视角。如果这一部分加上了大量的这种东西,我觉得是可以解决这个问题的。这是其一。但如果选择放弃这个视角,放弃这个视角是有理由的,为什么呢?因为整个文本大多数还是"现在是夏天"这个视角。

刘海栖:我原来是选择放弃这个视角的。我这个地方是没处理好。

常立：那如果是放弃了这个视角，就完全贴近的话，我觉得还是要寻求一种超越性的力量的。比如说，马克·吐温的《哈克·贝利费恩历险记》，这本书讲述了美国许许多多的事情，而且人也是来了去了，也没有亲子关系，当时还是一个种族歧视非常严重的时期。马克·吐温写作的年代也是一个政治不正确的年代，他的作品当时受到了大量的抨击，当时的图书馆是把《哈克·贝利费恩历险记》当作禁书的。但是他也没有在文本里面直接去反种族歧视，他只是用哈克·贝利费恩这样一个人物，反讽性地让人们看到了价值和立场。比如说哈克·贝利费恩和黑奴吉姆之间的联系，当时社会要求他出卖这个黑奴，社会要求他做一个体面的白人，所以在他内心挣扎之后，他选择的是：那么就让我下地狱吧。当一个孩子做出一个选择之后，他背负着下地狱的未来，抱着下地狱的决心保留了友谊。这可能就是我说的童年的深层的联系。这个作品里面如果能发展出这样一种深层联系，在集体性的黑暗之中，有一个个体性的灵魂存在，这个个体性的灵魂与这个集体性的黑暗如果能形成一种碰撞或对抗的话，我觉得童年的超越性力量就会产生。所以用现在的视角也没有问题。但是最终这个问题的解决可能需要一种方法，需要一种类似于哈克的方法。《有鸽子的夏天》中大家都为最基本的生存资料而你死我活地挣扎着，但是不是能有一颗心灵保留着童年、儿童该有的东西呢？如果这个东西有，不需要太多，我觉得这样的碰撞完全可以把"是那年夏天的事情"这个叙述带来的格调舍弃掉，如果再有这样的碰撞的话，是可以将它提升上来的。所以我觉得是有这样两种解决办法的。如果确定了是一种回忆的视角，那么可以通过反思来呈现这种超越性的力量。如果确定了不是回忆的视角，那么我觉得可从儿童式的，即个体心灵的角度出发，来解决前面说的那个巨大的问题。我觉得如果能够解决这个问题就好了。

还有一些细节的东西。刚才大家都提到了小说前面的节奏有点慢，其实我刚才又专门读了下，我觉得第一、第二节还不错。问题就出在第三节，就是讲鸭子徐善明这部分，我觉得这部分可以往后走，应该把第四节调到前面来。还有第二节写洪水的时候，鸭子徐善明好像没有出现，我个人觉得整本书中所有重要的人物，最好在洪水部分都出现，这样可能会比较好一点。

海栖老师这本书给我们塑造了大量有力量的儿童形象，我觉得这是特别好的一点。为什么说是非常有力量呢，不管这个力量是不是刚才大家讨论的用不用刀，我觉得能有力量发挥出来就好得多。那么没有力量呢就比如说，我看过曹文轩的一部作品叫《麦子的嚎叫》，非常相似，爸爸要杀牛，但是这个牛也是被村民冤枉了，说牛吃了钱。然后麦子所做的唯一的事情就是跟牛告个别，然后跑到别的地方抹眼泪去了。杀牛的整个过程，麦子什么都没有干，那我觉得这就是没有力量的童年书写，这部作品我觉得最好的地方就是这些孩子有所发泄，不管上不上档次，我觉得有力量的就比没力量的好，这是我的基本观点，好了我就说这么多。

冷林蔚：我看到过很多关于童年的叙述书写，大多数作品还是用一种成人的视角在回溯童年。虽然刚才常立老师讲到了，他认为这样的视角反思也许更有力量，这是一个角度。但如果处理不好的话，这种视角，我个人觉得，还是很难让现代的孩子进入的。因为有的时候上来就说这是1958年的一个夏天他怎么怎么样，现在的孩子首先就会有阻碍，再加上里面很多用词他不太理解的话，会让他不好进入。我认为刘老师在作品中处理得比较好的，因为时间的模糊虚化不代表年代感的虚化，它的年代感是隐藏在里面的，但他同时做得特别好的是整个故事框架并不依赖于年代感而存在。因为童年经验很多是相似的，比如说孩子们之间的故事，孩子和成人世界的一些冲突，他受到的外界的压迫，他去反抗，他怎样去解决问题，甚至是那种有点点悲剧性的不能解决的这样一些东西，我觉得这些是一种共通的童年经验，所以我个人还是非常认可这个感觉的。作为作家，我们是在用我们的童年经验去展示给更多的孩子，让不同时代的人去读都能感受到童年的精神。

关于塑造人物方面。作品里的每个人物，都是寄托了许多人文的理想的。作品中讲到木匠，我就记住了两个细节。一个细节就是说，他是一个光棍，他家里简直是家徒四壁。家里挂一根铁丝，家里所有的物件都搭在铁丝上，锅碗瓢盆、衣服、被子都搭在那个地方，但是这样的一个人，他这么的糙，过得惨兮兮的，但是他在做那个鸽子笼的时候，他极尽地精致，极尽工匠精神去追求，他说这个不行，他还要弄一个五角星，就拿了一块木板，刻出了一个五角星，然后找来红油漆给它用毛笔涂上颜色，然后他又到邻居家里去熬一些骨胶，然后用骨胶把那个星星粘上，周围再画上光线。我看到这个地方，我就会觉得刘老师在这里寄托了很多的人文的东西，它会感动孩子。在那样一个那么破败的环境里，他对美是真正呈现出那样一种严格的追求，在一个物质很贫乏的年代，那一刻，我们超越了，我们极尽完美去追求那个我们所心爱的东西、所喜欢的东西。

最后提点建议，就是双重视角带来的叙述比喻，很多比喻特别好、特别贴切，但是有些比喻它会不自觉地用现在刘老师的角度去想象当时的孩子，就像"郭一刀头上顶着一泡鸽子屎，像非洲形状的鸽子屎"。我在想那个时候可能很多孩子并不了解世界地图，不知道非洲是什么形状的。谢谢刘老师。

徐静静：清明节假期，我在回老家的火车上把这本书读给我女儿听，她现在六岁半，还不认字。虽然小说描写的历史年代与她现在的生活很不相同，但她能体会到小说中的幽默，能够感受到刘老师童年的快乐，这个故事确实是超越时代的。我们可以从这个故事里品味到贫穷年代人们的乐观和豁达，家长们对孩子的默默无声的教育就在一点一滴的细节中。比如，二米家很穷，他们家的煤饼被二老扁偷走了几块，他发现了鸽子脚印后理直气壮地把煤饼拿回家来。二米的妈妈却说："你干吗拿回来？你快给他们送回去。"这个细节，将二米妈妈的良善表达得淋漓尽致，他们家如此贫苦，但二米妈妈仍然体恤比他们更苦的人，且教育孩子要善待他人。每当发洪水的时候，人们都会从洪水中捞一些东西补贴家用，大家就会让家庭最困难的孩子站在最前面——这也是一种友善。

赵理践，我觉得他也是主角。为什么赵理践会送"我"鸽子？伏笔是赵理践每次去"我"家送煤饼,妈妈都会给他水喝,妈妈从没有嫌弃过搬煤工人。赵理践正是体会到了这种良善,才会送"我"一对鸽子。

刘老师还把儿童的心理写活了。比如第69页"我"得到了那对鸽子,非常得意、非常自豪,不停地说"咱们""咱们的房子","咱们"在北方话里是特友好、特哥们的一个词儿,可见"我"把鸽子看作跟"我"一样的人。再比如,"我"看两只鸽子学飞时,不停说"你千万别掉下来",这种对话就像是一个人对好朋友的叮嘱。这些细节和语言都体现了刘老师对儿童心理的把握。

但是我不太满足的地方是,结尾有些太仓促了。虽然有一个很现实的理由,但仍然感觉很匆忙。小说名为"有鸽子的夏天","鸽子"是非常关键的。孩子养鸽子是把鸽子当成宠物?是把鸽子当成朋友?还是把鸽子当成自己?这是不一样的。把鸽子当成宠物,是现在很多小孩子的心理,开心时我抱抱它,不开心时就不管它;把鸽子当朋友,就跟您的故事里描写的一样,是最珍贵的朋友;但鸽子能不能就是"我"自己呢?"我"所处的年代,人的命运就如同这对鸽子一样飘零,它从主人家里辗转送到"我"家里,最后被送走,鸽子是身不由己的,而孩子的命运也是身不由己的,更多的人的命运也是如此。其次,鸽子可以飞翔。"我"拥有了鸽子的这个夏天,是成长的夏天吧?"我"的成长是从与郭一刀的抗争中获得的,"我"获得了自己成长的力量。这样的获得,是不是也是一种练习?让孩子拥有了可以飞翔的力量,可以抗争命运的力量。

真正的好书是可以跨越年龄的,蒋老师、韦老师他们八九十岁高龄,从这本书中读到了童年,我也从中读到了童年,而我的孩子也享受这部小说,所以我觉得它特别棒。真正的好书想要表达的全都在故事里,"此中有真意,欲辨已忘言",每个读者都能从其中得到最感动自己的那一点。

蒋风: 因为视力的影响,我这两年很少读小说。这本小说之所以能够吸引我克服一切困难读了,就是因为它语言上的魅力。一开始拿起来一翻,我就觉得语言非常流畅。当然，"流畅"还不稀奇，因为所有儿童小说都应该做到流畅，难得的是，它用了带有山东腔的儿童语言来讲述故事、塑造人物，小说的语言魅力就在这里。更难得的一点，是海栖对小说语言本身的掌握。出色的小说语言确实也有它自己的特色，这是比较难以掌握的，它得把叙事、叙情等等很多的东西在叙说的过程中反映出来。海栖的小说，在语言上做得很到位。我特别欣赏第十五章，里面写那些小孩子商量怎样去拿回那对鸽子的这一段非常精彩。比如，写到"滑肠"：

"不过郭一刀真要是滑了肠也怪好，"打乒乓球的孔和平阴阳怪气地说，"叫他一天跑五十次茅房……"

"最好掉茅坑里！"二老扁说。

"可是掉不进去啊，他那么胖！"三扁很担心。

"拉拉就拉瘦了！"孔和平安慰三扁。

"最好瘦成干巴鸡！"三扁想来想去。

"最好瘦成丝瓜瓢子！"二老扁更有想象力。

"最好直接拉稀拉死！"二米没有想象力，但特别狠。

"最好叫他挤公交车的时候，"徐小杰说，"突然就拉裤里了，跑茅房都来不及，熏得大家哭爹叫娘，司机把他送派出所去，挂个牌子游街，牌子上写着……"徐小杰用手指头抵着腮帮子想了想，"公共场合拉稀罪……"

"哈哈哈哈……"

所有人都笑了，我也忍不住笑了。

我觉得这一段写得精彩极了，这里就显示出作家掌握小说语言的功力。

最后，留下的问题就是怎么修改的问题。这其实给海栖提出了一个难题，为什么呢？今天的孩子很难理解那段历史，海栖写的时候一笔带过，比方写胡卫华，写他没办法再养鸽子了，但孩子不一定能明白，为什么一定要胡卫华回到农村？又不可能做过多的交代，又要让孩子能接受，真是给作家出了一个难题。对于现在的孩子来说，有些东西真的很难理解，比如穿"的确良"表示很阔气，但现在的确良几乎是最不好的纺织品。还有，那时大家那么喜欢吃肥肉，现在孩子很怕吃肥肉。所以，这些都关系到作家怎么反映的问题。

周晓波：我觉得没必要一定要按照今天小孩子的经历写，它有一种现场感。

方卫平：小说要按照小说的方式，随着他们的成长，孩子其实能够吸收的。而且我越来越觉得孩子的接受能力超出我们的想象，我们自己少年时代读作品的时候，不也是"不求甚解"的吗？这个我觉得没问题。

刘海栖：这些东西也不能忘记。

周晓波：就是这个结尾要再加一个尾声，把鸽子的问题更好地处理一下。

赵霞：我想简单地补充一点，也许可以供刘老师在修改这部作品的时候参考。刚才大家提到的建议里面，有一个非常重要的关于视角的问题，以及如何让这个孩子的形象表现出他自己的力量的问题。常立老师提到了《哈克·贝利费恩历险记》，我想补充一点，在马克·吐温的作品当中，《哈克·贝利费恩历险记》是一部成功的小说，但如果从儿童小说的视角来研究，可以说它是一部失败的儿童小说，因为它试图在这个孩子的身上加注更多的东西。如果小说的视角要修改的话，可能会给这个孩子的形象加过多的东西，这一定要非常小心，不能把他的童年视角给淹没了。另外还有一点是我特别看重的，即当我们在凸显一个孩子的童年力量的时候，不要把他给虚假化，这很容易走偏。我们今天读到的很多儿童小说写一个孩子简单地解决了一个成人世界的问题，这个一定要警惕。我认为《有鸽子的夏天》非常珍贵的一点就在于它把孩子的生活的真实情态呈现了出来，接下去的修改应该是在保留这种珍贵的、真实的情态的基础之上，再往上思考童年的力量怎么样在真实的状态下得到展现。在修改当中，如果往虚假化的方向偏了，就很可惜了。

汤素兰：既然说到这个，我再补充一句，因为我很看重这部作品。修改必须极为小心，大家在谈人物形象，确实里面的成人形象都特别成功，然后再看孩子的形象，这个"我"看上去可能就没那么突出了。但我觉得海栖这个作品难能可贵的地方就在于塑造了男孩们的群像。所以，如果往一个人物身上加太多的力量，反而会削弱这种感觉。

常立：在人物的塑造上，儿童文学相较于成人文学，有个非常重要的东西——儿童经常被作为一个反思的东西去看、作为一个成人世界的镜像去看。也就是说，儿童文学初始的时候，其实都有与成人世界相对抗的一种基础的东西。《哈克·贝利费恩历险记》最珍贵的就是以一个儿童之心去看周遭的成人世界，而这个儿童之心和周遭世界形成一种激烈的对抗，这种对抗性恰恰是儿童文学中一种特别特别珍贵的品质。我们可以去看《哈克·贝利费恩历险记》里面汤姆·索亚和哈克·贝利费恩对黑奴吉姆的不同处理方式：哈克·贝利费恩愿意下地狱去拯救一个个体，他把吉姆当作一个个体看待，为了平等和自由去救他；汤姆·索亚不是，他作为一个体面人出现，汤姆·索亚在知道黑奴吉姆已经得到释放的情况下，才会参与到拯救吉姆的计划中来，而且他还设计了一个超级复杂的计划，里面充满了繁文缛节、陈规陋俗，这就是汤姆从教科书里面看来的东西。至少在我看来，这完全不是一个孩子的形象，顶多是一个被规训了的人，他只是有孩子身上的淘气。他的出发点全部都是教条的，全部都是按照规矩的，而且他是一个主流社会的体面人，永远站在一个体面人的立场上做着一些体面的事情。如果汤姆·索亚没有得到吉姆被释放的通知，他绝对会举报他、出卖他。在马克·吐温塑造的所有人物里面，汤姆·索亚是一个我特别不喜欢的孩子形象。《汤姆·索亚历险记》中还没有体现出汤姆的这一面，但是到了《哈克·贝利费恩历险记》当中，就再明显不过了：汤姆·索亚这个人物整体上是一个种族歧视的、白人社会的、中产阶级的、上流社会的、高高在上的一个形象，这完全不是我心目中的儿童形象。

赵霞：常老师对《哈克·贝利费恩历险记》里面汤姆·索亚的分析，我有一部分认同，因为这是诞生在那个特定时代的小说，而且事实上马克·吐温在写汤姆·索亚的时候，也并不是把他作为一个完全认同的对象，汤姆似乎在规训之中，又在规训之外，但是叙述者的声音还在他之外，还有一个判断加诸他身上，也就是你刚才分析的这些。另外一个，哈克·贝利费恩在面对黑人问题的时候，他的态度是"那我就下地狱吧"，我认为这已经不仅仅是童年视角了。当我们在读小说的时候，哈克以这样的方式出现，对成人来说很震撼，但是对孩子来说……

常立：我觉得是（童年视角）的，因为它是有铺垫的。哈克想到的是什么？在他的纠结当中，他想到的不是作为黑奴的吉姆，他想到的吉姆是一个个体，他想到的是吉姆是怎样在木排上等待他，他想到了当他回来的时候吉姆是多么高兴。当哈克把吉姆当作一个人去看待的时候，我觉得他是可以做出自己的选择的。而对于地狱的恐怖的描述，是当时的宗教或者说是有教养的人对孩子的灌输。后者是灌输的抽象的东西，前者是具体的感知。哈克体会到的是生活中真正关爱他的人，真正给他以扶助、一起躺在木筏上漂流看星星的人，这就是我说的人与人之间的深层次的联系，我觉得这种联系能给予的力量其实还是足够大的。

赵霞：《哈克·贝利费恩历险记》里面最最动人的就是哈克和吉姆漂流的那一段时间，但是在漂流的过程当中，作者试图加入很多的内容，包括当时整个的社会运动。我觉得作品在呈现这些带有政治性的场景、带有社会批判性的事件的时候，一个孩子的视角更多地被一个社会观察者的视角所取代了。不是说里面没有童年生活，但我觉得更多的是马克·吐温想要在哈克·贝利费恩身上寄寓一些思想的内容，影响了他对这个孩子非常自在的童年状态的呈现。汤姆·索亚的特点，今天看去这个孩子是可以批判的，他身上有油滑的一面，当然我认为马克·吐温写他的油滑也寄予了对当时社会某种伪诚实的批判，但是从这个孩子的形象本身来说，他把孩子的、童年的、游戏的视角，保持得特别单纯，特别纯粹。这是我的想法，我们还可以再交流。

方卫平：这个问题的讨论就到这里，这也是这么多场研讨中难得把作品延伸到名著做一个探讨，这也是非常难得的一个话题，也非常有意思。时间关系，我们再给安少社的编辑一两分钟时间。

阮征：在刘老师这部作品中我感到成人世界对孩子的一种忽视。我读的时候就很疑惑：孩子要鸽子，为什么他不让父母去找郭一刀要呢？大家都是一个城市里的居民，平常也很容易接触到，父母去要一下又怎么样呢？从我自身而言，成人角色的缺席显示出成人世界对孩子的一种忽视，好像孩子们的事就没有进入到成人的视野里去，孩子的妈妈很自然地觉得鸽子的有与没有不是一件很重要的事情，包括赵理践送鸽子，郭一刀抢鸽子，在他们眼里可能都只是逗孩子的一种行为。

总之我认为，这里的年代感不会影响现在的孩子进入这个故事，权力的解读对孩子来说也不是关键，这个是中国人情社会都会有的东西，大人很重视这个，但孩子看的时候注意不到。我主要关注的是成人对孩子的忽视这个问题，如果刘老师把这个提炼升华出来，可能当代的孩子更能够接受：哎，怎么成人世界老是不关心"我"的事，最后"我"没办法了，"我"自己冲出去解救鸽子，"我"要为自己说话，"我"要为自己代言。

里面非常小的一个点，就是孩子们恶作剧般的行为——他们想去偷。包括王木匠，他也想去偷东西。但他们偷的是不同的东西，一个想偷鸽子，一个想偷案板，结果就偷到一起去了，这里倒是我们觉得有必要修改的地方。可以搞恶作剧，可以去偷，但是偷完之后要把这个事情给圆回来，"我"可以恶作剧，但是"我"的度在什么地方。就像是常立老师刚刚说的，童心世界与成人世界有一个激烈的对抗，这种现象是超越年代背景、超越恶霸欺凌的东西。

四、尾声与回应

方卫平：这次会议得到了山东教育出版社的大力支持，我们请王慧再来讲一讲。

王慧：大家真的讲得非常好了，我唯有表示感谢。我稍微补充一点，刚才常立老师说到的时代悲剧、社会悲剧之类的问题，我觉得每一个时代放到今天来看都有它的局限性和悲剧性，今天的时代也有它自身的局限性，就像月亮有阴晴圆缺一样，或许我们就是以这样悲观主义的视角来看待的。没有必要要求一个作品承载太多，它不是社会批判小说，它也不是历史小说，它也不是大河剧，这只是一部小说，只是一个非常好的故事。

方卫平：但是我觉得小说在现有的基础上，怎么做一个符合儿童小说美学的提升，这是一个需要考虑的问题。

王慧：对、对，这是最关键的一个地方。这个小说的画面感、现场感这么强，我一看，就像进入一部电影中一样，从开始到结束，可能还要考虑怎么样给作品一个非常有力的或者回味悠长的结尾。可能可以这样：所有的东西都在前面铺陈好了，最后结尾处，给出一个东西，那就"蹦"，两个小鸽子的脑袋一露，结束！我们的工作就是帮助作家把这个故事写出来，然后把它改好，然后我们再用非常好的形式，比如配图、装帧、设计，把它整体做好，如果最终让每个人都能从中看到自己的童年，看到自己的生活，让读者觉得这里面所有的孩子都跟自己发生了联系，那这就是一部很好的作品。大家提出的问题，海栖老师也都接收到了，接下来我们非常期待这个打磨的过程。不用着急，书总要有一个出版的时间，这是一个开始，我们期待后面的工作，也谢谢方老师的支持。

方卫平：下面请海栖老师做一个简短的回应吧。

刘海栖：红楼是我看作圣地的地方，我起码来了六次，可能还更多。为什么？因为搞文学你自己闷在屋里是不行的，你得找到一个场，一个气场，在里面你会接收到很多东西，它是冥冥之中的，它很玄妙，但是它是真实存在的。我来实际上是为了感受这个气场。

这是我第一次写小说，我觉得一个人要学习，活到老学到老。我今年已经六十四岁了，时间对我来说挺宝贵的。我也算过，我可能还有五六年的精力来写作，我想抓紧这个时间，因为以后想再写一些东西。我要一边努力去学习，一边努力去写作。所以这本小说是我在写作上的一个里程碑，或者说是对我影响非常大的一个东西，它敲励了我，教给了我一些东西。特别是今天听了这些，让我学到很多：如何提升人文的东西，究竟什么叫好的小说，细节究竟有多么重要……细节的重要性，我之前没意识到。对我来说，故事是有很多很多的，我随手就可以拿出一大堆来，所以可能就没那么珍惜它，以后我会注意这个问题。

下一步我想做一个比较认真的修改。究竟怎么修改？我还在思考。有些东西我已经思考了，比如关于刀子的问题，关于里头一些情节修改的问题，包括最后对赵理践的处理。我还想再沉一沉，当然不能耽误太多时间。我是打心眼儿里感激大家，感激各位朋友，感激红楼的各位老师、前辈和各位同学，感谢山东教育出版社！

方卫平：谢谢海栖老师的回应，这也是一个显示出他的境界和格局的回应。如果我们的研讨会继续进行，我相信还会有很多很精彩的发言。今天，大家既充分表达了对这部作品的喜爱，也谈到了很多对这部作品的建议和困惑；谈到了对这部作品整体的把握和看法，也一再谈到对其中一些细节的看法和建议；谈到了对这部作品和海栖老师整个创作的感受，也结合了当今儿童文学创作一些整体性的、童年的、美学的问题，所以容量是蛮大的。我相信所有的这些讨论，对于一个作家来说，都是珍贵的。

今天大家讲了那么多，我觉得非常好，大家都渴望这部作品能够变得更好。海栖可以综合考虑，怎么修改。你看我们大家对作品的意见也不一致，对一些细节方面的处理意见也不同，这就是文学跟科学的区别。

感谢大家。

整理者：董　鸣　吴系阳　唐　靓　宓湛森
段艺璇　林　洁　王梦青　葛丽辉

我心目中的浙师大"红楼"

刘海栖

浙师大儿童文化研究院的红楼是我心目中的圣地。我做童书出版的几十年间从来没有去过，倒是离开了出版界之后连续去了好几次，因为这时反而与儿童文学的关系更单纯、更紧密了。其中有几次就是参加在这里举办的著名的作品研讨会。我想我什么时候也能到这里开一次研讨会，但总觉得是奢望。

我就努力写作，其中有一个小小的驱动力，就是要到红楼来。

我写了几年童话，忽然想写个小说，于是就写了一个小说。对于这件事情我是不自信的，我觉得我还没有准备好写小说，我不知道自己是不是写小说的料。二十世纪八十年代后期，我曾经写了几个小说，但现在看着自己都脸红，有朋友叫我拿出来再版，我坚决予以拒绝。这部小说写好后，"小十月"（《十月少年文学》）的吴洲星正好来约稿，我就把稿子给她了，她和林蔚都给予肯定。洲星问我找谁写个评论，我有个念头一闪就过去了。我说，洲星你随便吧。过了几天，忽然方卫平老师给我打电话，他说看到我的小说了，非常高兴！原来洲星把稿子给了赵霞老师请她写评论。我心里想，洲星真是初生牛犊！我当时那个念头，就是想请方老师！但我知道，我的能力还不足以惊动方老师，我就把这个念头打消了。所以我特别感谢洲星，她的无畏成就了我的梦想！方老师肯定了小说，也给了我很多赞扬和鼓励。我也把心里话说了，我说卫平啊，我其实是憋着一口气呢！卫平也给我提了些意见，包括书名问题。我记得有一天，我正走在路上，接到卫平的电话。我站在十字路口，和卫平谈了一个多小时这个小说。卫平告诉我，赵霞对这个稿子已经非常熟悉了，对许多细节清清楚楚，她读了许多遍。所以赵霞也给了我特别多的帮助，我就恳请赵霞给我写序言，她最后同意了。

后来我想出了现在的书名。卫平说，基本及格啦！

然后就确定了在红楼开一次研讨会。卫平觉得，在出书之前开研讨会比较好，大家提了意见还可以修改。我也觉得特别好，因为我已经尝到了改稿子的甜头，特别热衷于修改，听意见。山东教育出版社的朋友也特别帮助我，专门制作了假样书，供专家们审阅。

研讨会在红楼开起来了。那天来了许多朋友，真的让我感动。卫平和赵霞自不必说，这个会就是他们张罗的。九十多岁高龄的蒋风先生也来了，还手写了十几页的发言稿。韦苇先生也用他特有的直率和大嗓门，给了我真诚的指教。其他的老师都对我进行了认真的指导和教诲，我觉得太好了！两位朋友汤素兰教授和萧萍教授连学生都带来了，不但给予了指教，萧萍还专门排演了节目，叫我无比感动！

这次会议我终生难忘。老师们提的意见我大都采纳了，对我的小说做了进一步的修改。"小十月"不久就发了，自己再看，果然又有了些新的收获。

红楼给了我许多，我是一个基础很差的写作者，所以我在那里得到的似乎比别人更多。我觉得，红楼给我们最深刻的感觉就是，这是一个长着一些刺的大树，你只要勇敢地往上爬，最后总能摘到那个最香甜的果子！

我觉得我摘到了，而且真的尝到了甜头！

谢谢浙师大的红楼！

谢谢那些无私地帮助我的朋友们！

2018 年 11 月 27 日

黄蓓佳新作《野蜂飞舞》（讨论稿）研讨会

《野蜂飞舞》

作者：黄蓓佳

责任编辑：钟小羽

出版信息：江苏凤凰少年儿童出版社 2018 年 8 月版

作者简介：

  黄蓓佳，出生于江苏如皋。1973年开始发表文学作品。1982年毕业于北京大学中文系。1984年成为江苏省作家协会专业作家。

  主要作品有长篇小说《夜夜狂欢》《新乱世佳人》《婚姻流程》等；中短篇作品集《在水边》《这一瞬间如此辉煌》《请和我同行》等；散文随笔集《窗口风景》《生命激荡的印痕》《玻璃后面的花朵》等。

  主要儿童文学作品包括《我要做好孩子》《今天我是升旗手》《我飞了》《漂来的狗儿》《亲亲我的妈妈》《你是我的宝贝》《遥远的风铃》《艾晚的水仙球》《余宝的世界》《童眸》《野蜂飞舞》等。作品曾多次获全国优秀儿童文学奖、中国政府出版奖、中宣部"五个一工程"奖等国家级奖项。多部作品被翻译成英、法、德、俄、日、韩、越等多种文字出版。

《野蜂飞舞》：给沉重的历史插上轻盈的翅膀

时间：2018 年 5 月 13 日
主持人：方卫平

小引

方卫平：各位老师，各位同学，我们的红楼儿童文学新作系列研讨会的第28场——黄蓓佳新作《野蜂飞舞》的研讨会现在开始。这次研讨会是由我们儿童文化研究院和江苏凤凰少年儿童出版社（以下简称"苏少社"）联合主办的。今天社里的副总编辑郁敬湘带着她的团队来到了我们的现场。

在黄蓓佳老师多年的写作当中，我个人印象很深的几点是：第一，她是一个真正的写作者。我们大家都知道，在儿童文学的写作者中，有很多天真的写作者、可爱的写作者，也有很多顽强的、坚定的写作者，他们可能不一定有充分的文学准备，但因为太喜欢这个文类而投身进来。在这样一个状态下写作，有时候会让人觉得他们的部分作品，从写作本身的角度来讲，离真正的文学还有一定的距离。但是读蓓佳老师的作品，让我强烈地感觉到这是一种具有真正的文学性的写作。第二，在她的写作中，对童年的关注和呈现方面，有她自己的视角。她关注当下童年的生活，包括其中一些最独特的生活面貌，比如《我要做好孩子》里对当代儿童家庭和校园生活的一种让人灼痛的生活的描绘，再比如《你是我的宝贝》里对特殊儿童的关注。她不仅写当下的儿童，还写长长的童年的历史。前些年我写过一篇文章，谈她的"五个8岁"系列,给我留下了非常深刻的印象。这部《野蜂飞舞》是她试图重返历史,反映抗战年代的童年生活的创作尝试。我作为主持人,首先有一点小疑问——黄老师,您写这段生活,跟您个人的生活和家族记忆有关系吗?

黄蓓佳:没有关系……

方卫平:因为主人公姓黄,我还以为会有些关系。

黄蓓佳:我在取这个名字的时候,是先有一个"橙子",然后觉得在"橙子"前面加一个"黄"字显得更有色彩。

方卫平:这是我一个好奇的地方。没有的话我会觉得更加有意思,因为这就引出了第二个问题——既然没有家族记忆的联系,写这部作品您应该做了很多的功课吧?能不能先把这一点给大家介绍一下?

一、创作缘起与历史呈现

黄蓓佳:凤凰集团每年都会评选十大好书。大概五年前,有一个负责评奖的人请我去当评委,当时满屋子铺满了各种各样门类的书,其中有一本是凤凰文艺出版社的一本纪实文学作品,叫《风过华西坝》。我觉得这个题材可能真的跟我有缘,这么多书里我一眼就看中了这本,翻了一下就放不下来了。我把这本书带回家,看了两遍。书很厚,是讲中国抗战时期西南联大的故事。大家都很熟悉西南联大的历史,可是这样的地方其实当时有好几个,华西坝就是其中之一。五个教会大学在华西坝联合办学,包括当时江苏最重要的两所大学。看完那本书以后,我受到了触动,觉得应该把这段历史写下来。为了写好它，我做了大量的案头工作。放在十年前的话，我不知道要去新华书店买多少资料，要查阅多少资料，好在现在用手机查阅资料特别方便，所以我几乎是一边写一边查找各种资料，去了解当时各种各样的生活细节，包括柴米油盐的价格，那时候的照相机有没有胶卷，有的话又是什么材料做成的，以及中国什么时候开始有了治疗疟疾的药。每个细节都经过认真的考证。我是一个比较现实的人，我觉得这些不能够瞎编，尤其是在关于历史的书写当中，应该说里面的每一个细节都是经得起推敲的。

方卫平：读这本书，我感到里面对生活和历史的细节描写没有一点违和，这给我的印象特别深。谢谢黄蓓佳老师的介绍，那我们今天的研讨开始。大家可以围绕这部作品，围绕黄蓓佳老师的创作，围绕当代儿童文学的创作，发表自己的看法。

黄江苏：那我抛砖引玉吧。我是研究成人文学的，这是我第一次参加红楼的研讨会。我拿到书以后，充满期待，充满好奇。在我读到一大半的时候，对这本书有了一个大致的判断，直到把整部书读完，我觉得这个判断应该没有变化。总的来说，这本书90%带给我的是精神愉悦，10%的地方属于白璧微瑕。我的这个判断可能也不太恰当，所以还请各位老师批评指正。

首先，我先讲那90%的阅读愉悦。我读过的儿童小说不多，大概只读了十来部，还有一些中短篇的选本。我觉得相对而言，《野蜂飞舞》是我读过最好的一本。当然不是因为我喜新厌旧，而是我觉得这本小说带给我美好的感受。这个美好首先来自里面每一个青少年人物的形象。我读完以后，合上书，闭眼一想，黄橙子、沈天路的形象，以及他们俩之间从不太友好到逐渐相熟、感情加深、彼此真挚相待的发展过程就都浮现在我眼前。《野蜂飞舞》是黄橙子为沈天路练的曲子，后来虽然他去世了，但橙子一辈子都记得这一段美好的感情。她退休以后还在不断地弹《野蜂飞舞》，一次一次地回想起这个可爱的大哥哥。这种真挚的感情，在我看来非常珍贵，让我想起马尔克斯的《霍乱时期的爱情》。虽然两种感情不能相提并论,但这种刻骨铭心的情感是相通的。除此之外,里面的美好还有很多。比如我一闭上眼睛就会想到沈天路为了赎回妈妈的袍子,去工地上搬砖,累得背上都是伤痕,然后回来偷偷擦药的场景。

美好的不仅仅是青少年形象,还有里面的成人形象,他们也都让我觉得可敬可爱。书中写到了邻里之间互相帮助,比如各家各户轮流喂羊,还写到知识分子的救国热忱。那样一个善良、淳朴的环境非常打动我。

不过,我也在想这种美好是不是对现实的一种虚化?我发现书里面虽然也写了一些"不美好",比如黄橙子在刚认识沈天路的时候,因为嫉妒他得到了自己梦寐以求的文具盒,她的心好像被魔鬼抓住了,于是她把那个文具盒偷偷藏了起来,还比如写那个泼妇的地方,包括战争这个巨大的"不美好"。但是这些不美好似乎被更美好的事情给淹没了,因为美好的事情太多,所以淹没了不美好的那一面。阅读的时候我在想,如果现实生活也是这样该多好。我认为,现实中达不到的,我们需要在文学当中帮助自己找到。文学让我沉醉其中,让我增加对美好和善良的信念。有的时候成人文学做不到这些,儿童文学的价值就体现出来了。我想如果我在自己的成长阶段里读到这本书的话,它一定会给我的成长烙下非常深刻的影响。作为一个成人读者,我在这本书里找到了沉重生活当中的一个出口,这种美好让我非常难忘。

这是一个发生在战争时代的故事,有几个章节让我感受到战争的残酷,比如《警报!警报!》这一章,写到躲警报的人能清楚地看到飞机,看到炮弹从飞机里"屙"出来,包括小说后面写到这些年轻人——我的哥哥、姐姐、沈天路——这些花一样的年轻生命在战争中相继牺牲,这些让我深深体会到战争的阴影。但在大多数时候,我跟着这些青少年一起欢喜,在这些时刻好像会暂时忘记战争。我想以后会不会有人给这部小说贴上一个"战争小说"的标签,会不会有人指责这个小说没有反映出战争的真实?如果发生这种情况,我会为这部小说做一个辩护。反映战争的血腥、残酷当然是必要的,但这部小说写的是,哪怕在战争的环境中,同样会有美好的人性。

在我读过的很多儿童小说中，也有很多表现了"美好"，我相信儿童文学作家都致力于为儿童打造美好的人性基础，但其中某些作品在我看来反映得比较虚假、刻意，或者说比较平淡，而这部小说非常真实。刚才黄老师也说，她做了大量的案头工作，几乎每个细节都经得起推敲。我想这就是这部小说真实的艺术魅力的基础。我所感受到的对儿童的理解、体贴大概都来源于这种真实的力量。作品自然、真实、流畅，让我收获了特别好的阅读感受。

除此之外，我也感受到小说的文化心态非常开放、包容、多元，这带来了一种丰富、博大的气度。比如说写到基督徒家庭的部分，非常好的一点是信仰上帝的人和不信仰上帝者之间没有任何冲突，不信者有其不信的权利，信者没有散发居高临下的同情、惋惜，也没有把不信者的真诚表达视为冒犯。黄橙子在范舒文面前表达她对神的不敬的时候，范舒文也没有生气，橙子也没有觉得范舒文怪里怪气，不能跟她做朋友，她们之间相处得非常融洽。这就体现出小说文化心态上的一种包容和博大。

接下来，我要讲讲这部作品白璧微瑕的地方，当然这也是我的个人之见，不一定能够成立。这10%我想分为两个部分，第一个是关于语言的问题。这部小说的主体部分是用生活在二十世纪三四十年代的黄橙子的语气来叙述的，但是我发现里面出现了好几处我觉得是属于二十一世纪，而且是最近这几年才有的一种语言表达，有的甚至是新近的网络语言的表达，好像是一个穿着民国服装的小朋友说出了今天的话，这让我有些出戏。

黄蓓佳：因为它是一个八九十岁的老人的叙述，她是生活在这个年代的。

黄江苏：叙述当中有跳跃。

黄蓓佳：我有时候是故意的，我把它拉回到现在的叙述语境当中去。

黄江苏：对对对，可能是这样。

赵霞： 我注意到黄老师是用两种视角来写的。

黄蓓佳： 我不知道读者是什么感受，我真的是故意这样写的。如果你们大家觉得不好的话，我可以修正。

韦苇： 不一定是故意的。即使你不是故意的，也很难做到完全用过去的语言。黄橙子比我大三四岁，完全避免用现在的语言是不可能做到的。

黄江苏： 是的，我也注意到叙述是跳过当下回顾过去的。有时是在当时发生状态中叙述的。这样的插入语有六七处，比如第 34 页，第 64 页。第 64 页的"分分钟小命完蛋"的"分分钟"是最近才有的表达。我在复旦大学听德国汉学家顾彬的讲座时，他说："如果一个作家不用心折磨他笔下的每一个词，那他笔下的每一个词就会折磨读者。"我想有的时候不可能追求完美，就像《堂吉诃德》也有情节前后矛盾的地方，细微的矛盾不影响它成为巨著。但在细节上极度的讲究才能带来进步。

第二个部分我就更加犹豫了，可能是我自己杞人忧天。读到第 163 页时，我就在这里停留了一下。我不否认在那个年代有很多理想主义者，抱着一腔热血，奉献了一切，这是历史真实。但今天回过头看，当我们掌握了更多的资料，就会发现理想也会遇到幻灭的时刻。我在上现当代文学史课时，会推荐学生看王实味的《野百合花》、瞿秋白绝笔诗等作品。如果我们少进入这样的循环，避免以后艰难地去打破过度理想的虚幻的话会不会更好。

方卫平： 黄老师听了江苏的分析，您是怎么看的呢？

黄蓓佳： 这是出于多种考虑的。尤其是儿童文学，它和成人文学还真的不一样。有些复杂的东西是写不进去的。我觉得我的儿童文学在这些方面走得比较远了，再走一步就不行了。

赵霞： 黄老师是有两种笔法的。您在《新乱世佳人》中写得就不一样了。

黄蓓佳： 对，成人小说就不一样了。

方卫平： 为什么会变成这个样子？我觉得是这个时代的悲哀，巨大的悲哀。黄老师是个自觉的、有思想的作家，不过在这一点上也不可避免的媚俗了。

黄蓓佳： 其实我写《野蜂飞舞》时，每一步都写得战战兢兢。我写的那个情节是以抗战为背景，要尊重史实。

二、历史书写的价值判断

钱淑英： 这个问题我想接着说。文本开始的语调我特别喜欢。黄老师每本书的开头都特别吸引人，包括《童眸》也是。那种细节、场景感、生活气息一下把你抓进去了。读"楔子"的时候我很期待，当它进入那个时代的时候会给我们带来什么。但是读到一句话，我心里咯噔一下："他们都死得其所，像烟花绽放在天空，优美而绚烂。我只有自豪……他们却永远年轻，年轻到笑声里都带着露水。"我特别能理解儿童文学表现时代的难处，可是在选择这样一段岁月表达的时候，作家的思考肯定是多元的，不可能那么绝对。文本对死亡有很多诗意浪漫的处理。"死得其所"的价值判断出现的时候，我就有点警觉。它提醒我，作家接下来写这段岁月将会是怎样的，儿童文学是哪怕在灰暗的岁月里都能让你知道生存的力量，哪怕非常困难也会进发出人性的闪光之处。但这种价值判断提醒我，面对今天的孩子，我们应该告诉他们什么。相比之下，《童眸》更自主一些，表现了自己内在的情感。《童眸》让我特别喜欢的是对人性判断的复杂、真实。它是比较开放的，比如对人物马小五的处理，有时候价值判断是需要引导的。黄老师作品中具有突破性的、难能可贵的就是那种开放性。

但在这部作品中，这句话带出了我的敏感和警觉，在整个阅读过程中，我就标注了类似的句子和段落。我发现，书中的价值判断过于绝对。在准备研讨内容的时候，我特别去看了方老师的文章《当代原创儿童文学中的童年美学思考——以三部获奖长篇儿童小说为例》。通过对文本的分析，对价值观念、童年美学呈现的探讨，依据文本的脉络，它提到了当代原创儿童文学的很多问题，包括提到了黄老师的《你是我的宝贝》。一种简单化、理想化的美好在童年写作里是需要的。但像黄老师这样成熟的写作者，是不是可以在话语的表达当中，稍微有这样的意识？里面有一句话——"稀里糊涂地活，稀里糊涂地死"，我觉得这句话很好。在那样的年代，孩子每一天能为自己做些什么？黄橙子可能知道这样的命运，但她依然每天快活地生活。沈天路选择做飞行员："身为中国人，我们的使命是为国牺牲。"我觉得可以接受。但后来马克为国牺牲，沈天路就说"我能不能有马克这样的幸运呢？"在我看来，"幸运"这个词就有点戳中我内心。这是不是一种幸运？好像没有这么简单。接着，"两地书"当中写到"我们都已经写好遗书，迫不及待地盼望投入战斗，誓死报国。"是不是过于简单化了？"我们这些孩子，我们学会了在空袭中，从容不迫地生活和学习"。这些词汇我都做了标注。我们可以对那场战争做出基本判断，但是不是可以避免把它简单化呢？

方老师在那篇文章中谈到曹文轩的《青铜葵花》，它对死亡的浪漫处理，彼此的牺牲，不食人间烟火的情感，对于内在情感相对成熟的阅读者而言，我觉得它打动人心的力量是不是弱了一点。因为我们有自己的基本判断，再看这种描写，我心里是不满足的。那种最真实朴素的生活细节支撑的价值观念可以与大方向保持一致，但我们是不是可以加入更丰富的东西？我就特别喜欢第197页，当哥哥姐姐做出选择的时候，爸爸说的那段话"你们几个，有的已经长大了，有的快要长大，将来每个人都要走自己的路……但是有一条，无论去哪，做什么，必须先让我们知道。你们首先是父母的孩子，其次才是国家的人。"这段特别让我心动。他说完，又回到日常生活中，端起饭碗说："行了，吃饭。"父亲说出这段话是掷地有声的。他有价值判断，在尊重的同时强调你们是我的孩子，我们是舍不得你们走向不归路的。我觉得这样的细节，可以弥补单一的走向，会更温暖、真切、让人心动。

整部作品读完我是很喜欢的，但是就是"楔子"里的这句话让我警觉。除了对生命、死亡、战争等价值观的表达上，分寸可以拿捏得更好，另外还有一些细节同样包含价值观的问题，我提出来仅供大家讨论。

橙子是充满活力的，沈天路总说她长不大，妈妈总说你这样嫁不出去。橙子这种性格我很喜欢，她是野性的，所以她的话语或者说作者借助她这个叙述者来发声的时候，都是符合她的个性的。但作为一个成熟的创作者，在面对读者时，有些价值观倾向是需要把握的。比如写到范舒文，"可惜她有点胖，笨手笨脚"，又说"她穿得太漂亮了，那么软，那么白，那么蓬松，还绣着花的连衣裙，谁舍得弄脏啊"。在我的印象中，西方孩子即使穿得再漂亮，在玩耍的时候也会全情投入。后面又说"可是我一点也不歧视她"。多元化、尊重、平等等现代意识需要在描写人物时，在他们对话、表达的过程中得到更好的处理。比如沈天路的秃头老师，"我"笑得滚在床上，想象秃头老师给沈天路卜课还津津有味地讲述茶馆里的情景，更是把口水都笑喷出来了。它是符合人物的个性和说话方式的，但这种语言出现多次以后，我略略有点不安。在现代观念中，人与人的认知与接纳该怎样表现？

情节上，我非常喜欢"桑林奇遇"那一章，人物细节扑面而来。但情节设置上有一些不是特别能让人信服。范舒文故意摔跤，被包扎成木偶人，用皮肉之苦换来与沈天路的再次相遇，这在女孩的情谊上是可以理解和接受的。但在程度的设置上，是不是可以更真实一点？我个人觉得，有点刻意。另外，大家在空军营地帮忙洗床单时，沈天路的遗物被送回，橙子还希望是沈天路故意逗她玩乐，博她一笑。我觉得这些都可以处理得更巧妙和妥当。

这样的儿童形象，那个年代的生活气息，它不一定是我们过去期待的、习惯的悲苦、沉痛、抒情、感伤。它有的时候可以跳出那个范围，来呈现另一种生活和价值。我觉得有一些描写会产生一些不和谐感。方老师在那篇文章中也提到了黄老师另一部作品《星星索》，在那种特殊的政治环境下被压抑的普通生活的温情。这样的风格把握该怎么去处理？

我觉得那首钢琴曲的线索很好，这是一首诙谐幽默的音乐小品，很符合黄橙子的性格。但是你又会觉得这种幽默和谐谑好像会带来一点破坏感。就像黄老师设置的今天的人物和过去的人物的对话，我们是不是可以把今天的价值观与过去的价值观结合在一起，更好地去呈现一段更真实和美好的情谊。

韦苇：在分寸的把握上，我和钱老师的感觉是一样的。一些描写学生和家属、和周围人的关系的情节很好，比如写鸡的那段。我想到了鲁迅所说的国民的劣根性。关于李庄和乐山的描写，乐山我不了解，关于李庄的学生的描写我是看得很多了，李庄那些学生对于乡绅的扶持是很感激的。因此，在表现国民的劣根性的同时也要表现乡绅对于李庄学生的理解。当然，乡绅们开始也是不理解的，里面有个细节，一开始人们也不理解李庄的学生在做什么，他们看见学生解剖尸体，就有传言说学生吃人。关系一开始是不和谐的，但是慢慢也就和谐了。

我觉得黄蓓佳写的这本书正当其时。我们的儿童文学太需要这样的作品，我们的孩子太需要读这样的作品。不仅要了解那个时代的学生们做了些什么、他们是怎么想的，更要从正面影响我们孩子的品质。我们今天的孩子们的发展需要这样的品质和正能量。希望黄蓓佳能够继承前辈们留下的精神遗产，写出更多能带来积极影响的作品。

我还想补充一下，橙子和天路在坟场走的时候，不拉手，中间拿着一根棍子。我觉得在抗战的时候已经不是这样了，这是老观念了。我觉得这两个时代差了很远了。

钱淑英：这是天路的性格问题。

方卫平：这不是文化问题,这是一个个性问题,大家可以讨论。

韦苇：我觉得这是回到了男女授受不亲的时候。抗战的时候,年轻人经历了五四精神的洗礼,已经不是这样了。希望黄蓓佳和出版社的朋友能相信我对于这段历史的了解和激情。我对于那段历史很有了解的欲望,所以这部作品我读了两遍。

黄蓓佳：刚才钱老师说的关于这本书的价值观问题,也是出于种种考虑,跟书的题材有关。《童眸》写了人性的复杂,它有这个空间让我发挥,因为我写的是个人成长史。但这本书是家国的成长史,就不适合加入过于复杂的东西。《童眸》就像艺术片,这部小说就像大片。

方卫平：我刚才也说到了,黄老师是自觉地写作的,所以她对于这些问题都有自己的思考。

黄蓓佳：对于那时候的年轻人的献身,我不能去做其他处理。在那个战争环境中,热血青年们已经完全被那个环境感染了。而且讲述者是经历了战争的,她的爱人们都是因此牺牲的,所以她绝对不会说这种牺牲是没有价值的。

赵霞：但我觉得,在心里面把那种牺牲当成礼赞和在心中痛惜他们的牺牲是不矛盾的。

黄蓓佳：我想如果是这样一个人是不会说出来的。这个我们大家可以探讨，人在什么时候会做什么事情。

方卫平： 我觉得基本面可以是这样的基本面，但还是有些平面化。就像当年，我在深圳碰到徐光耀先生，就试着分析他对于儿童文学中战争书写的写作变化：从二十世纪五十年代的《小兵张嘎》到二十世纪八十年代在刊物上发表的《冷暖灾心》，他很赞同。在经历了这些以后，在今天的儿童文学写作中，对于价值观的思考、对人性的把握，是否可以再拿捏。

三、双重叙述声音的矛盾

赵霞： 黄老师，就刚才您讲的大片的问题，也有像《拯救大兵瑞恩》这样的战争片。里面有对国家精神的高度宣扬，可最后还是落到了个体性，落到了个人生命的珍贵上。每个人的生命都是珍贵的，不仅仅是在国族或者国家的层面上来阐释。我也想接着前面几位老师们的话题，我觉得太有意思了。

我觉得这就是这一类题材的儿童小说写作的最大难度。当前儿童小说最难写的两个题材都在您的笔下了。历史题材要处理过去声音与现在声音、过去视角与现在视角之间不可避免的矛盾。站在现在看过去时那种难以把握的地方，再加上抗战题材，这就更难了，已经超出了纯文学圈的一些规则了。但我还想，是否能从更加具体的语体和文本的层面来谈谈对于个人生命价值的认识问题，还有个人命运和国族命运之间不可避免的矛盾问题。

我永远也忘不了黄橙子为天路演奏《野蜂飞舞》的场景，这样的场景即便背景是抗战，是为了表现国族精神，它仍然打动我。我在想为什么这样的场景会打动我，我想谈论的是小说中的视角问题，也是它的叙述声音的问题，就是个人声音和集体声音。对这两个声音的处理是一个很大的问题，写这样的题材的艰难性超出我们的想象。

我们当代的战争题材儿童小说一直试图做一件事情——对过去的那些有问题的、概念化的、观念式的呈现进行反思。过去完全是一种集体视角，个人的东西是完全没有的。近几年儿童小说领域的一个重要方面就是用个人性的东西来反驳它。但问题是到底应该怎么处理个人和集体之间的矛盾。《童眸》的历史是完全可以从个人角度写的，那种私人体验使作品非常动人。但是到了《野蜂飞舞》，抗战题材使我们不能回避集体视角。怎样处理两者之间的矛盾呢？我想谈谈我读到的小说中的若干句子。比如在开头部分第4页，倒数第三段："不说了，这样的话一说就多。总之我的爸爸他是个了不起的人。"我非常喜欢开头这种讲述的语言，这样一个老者的叙说给后文带来了便利，当我们无法以一个孩子的视角讲述那些复杂的事情时，这个老人出现了，而且当这两种声音混在一起时，就有了一种历史感。但是接下来的这半句："为中华民族的生存和繁衍做出了大贡献的人。"我认为这句话的语体是完全的集体语体，褪去了个人的独立存在的生动的感觉。

还有第173页的第三段："可我们心里都知道，日本人不是中国人，他们是杀红了眼睛要拿下中国的，我们的抗战事业还在艰苦卓绝中，胜利的曙光还没有出现。"我想有了前半句，后半句要表达的意思在个体上已经出来了。前半句的"我们"都是个体上的"我们"，后半句的"我们"缺乏个人性。包括小说最后一段："可是想听《野蜂飞舞》的那个人不在了，永远都不会回来。"这是多么让人悲伤又多么动人的感觉。最后"这就是我和沈天路的故事，也是战争年代千千万万为国牺牲的年轻人的故事。"在这里，语体变成了纯粹集体式的语体。这个让我想到抗战题材的电视剧容易在结尾加这样的语言，似乎是表明题旨的。但是我想，您在上面一段写的关于石榴花开的季节，野蜂都会来我家里飞舞和盘旋，可是想听的那个人永远都不在了。在这里面，所有个人的悲痛，都是有升华的。我们读到这里，会感觉到她的悲痛，我们自然知道这种悲痛是从何而来的。我想可以把小说中类似最后一段这样的语体，做一个小小的清理，把像这样完全是从集体性出发的叙说尽可能地放下。其实它表现的也是在危难的时候所有人的心都在一起的感觉，但是它是用一种个人性的方式，像一根针刺中你的心一样。

黄蓓佳：这些都是为了让它尽量光明一些……

赵霞：我不知道这是不是一种策略。纪录片需要出现这样的旁白。但是在小说当中，特别是黄老师的小说当中，我觉得，可以不要出现。它对所要表达的感情没有损害，对内在的国族感情的表达也是没有损害的，甚至对于我这样略微有一点阅读经验的读者来说，会更动人，更纯粹，那份感情对我来说更真挚。我也喜欢天路的个性，我喜欢里面的黄橙子和天路。刚才韦老师说的那个细节恰恰是我很喜欢的，我觉得它的迷人之处就在这里。一个羞涩的男孩又很倔强，他内心里面怀着对这个姑娘朦胧的感情。可是在这一刻，在这个让他惊慌的时刻，那个姑娘粗粗落落地伸出手来。看起来让人觉得在一般青年男女的交往中略带惊慌的怪异的举动，恰恰让天路那种沉默蕴含的丰沛内涵体现了出来。

但是里面也有几个角色，像马克，还有邓力祥将军。我知道马克是您放不下的情结，您在以前的作品《白棉花》中也写到过飞虎队。但是马克这个形象本身在故事当中的出现，还有邓力祥的出现，在我个人看来符号性强于个人性。马克是作为一个指引人出现的，天路虽然出现在"我"的生活中，"我"也说他是"我"的指引人，但是我们知道，他是陪伴，他是一个有血有肉的非常丰满的形象。但是马克和邓力祥这两个形象的出现，前者是跟作者的情结有关，后者是跟当时的抗战环境有关，表现的是一种集体性的关系。邓力祥出现的时候使用万众瞩目的场面，他似乎是一个符号——一个将领出现的时候所激起的瞬间的激情，在一部儿童小说里出现，特别是您已经有一个后来者的叙说了，用这样完全单面的方式来呈现，到底合适不合适。

我觉得这两个角色的符号性过强会影响整个日常生活的气息和纹理。但我不是说在儿童小说的抗战题材的写作中，个人性升起来以后，群体性的东西就下去了。我觉得群体性的东西永远是在那里的，而且对于一部真正优秀的小说来说，不管是儿童小说还是成人小说，个人性的背后永远都有普遍性，但关键是那个普遍性的点在哪里？我从这部作品里面读到了非常打动我的对个人背后的普遍性的书写。

第176页写到陶伯伯患病之后要到外面去，为了自己的科研事业去世了。在饭桌上的时候，妈妈说了一段话，说他这么去了一趟人没了很不值。但是爸爸突然之间放下筷子说，不要再说什么值不值的话了，他发自内心觉得陶伯伯是一个科学研究者，他哽咽着说不下去了。这种感觉后面是有"我们"的，这个"我们"是紧紧地拥抱着"我"的。爸爸在说这句话的时候的感觉是失去了最亲密的挚友，但是在此刻，他对陶伯伯所为之献身的精神的认同——这种精神不是局限于某一个民族，某个当下或者说某个时间段里面的精神，不是因为是抗战时期它才可贵，放在任何一个时候它都是珍贵的。正因为这样，在抗战的背景上，陶伯伯还坚持做这件事情。这个人身上所蕴含的关于"我们"的那种精神，是用个人的方式，用贴着我们体验的方式打动我们的。

还有一处，第198页写到他们关于参军的讨论的时候。大家都说十万青年十万军，可是其中一位教授非常痛心疾首地说十万青年十万军，十万枯骨十万魂啊，就这样让这些青年上战场了吗？他们是民族的未来，他们学习知识不是为了把肉体送到炮弹之下去的。在他的叙说当中，我们看到了有点像古诗中的"一将功成万骨枯"。我认为这种对战争的思考已经达到了更深层的地方。那一个对我们所有人的生活，对所有的历史，对所有的时代都有效力的精神仍然在背后运作。所以读到这里的时候，我是特别感动的，包括淑英说父亲的那句话，父亲很认同抗战时候我们应当采取的这种立场，可是在认同的时候，他说出那样一种话来，这种话语出现的时候，生命本身的价值跟我们在日常生活当中回避死亡的时候是不一样的。这一刻体现出来的对于生命本身价值的珍惜其实就是对战争最好的控诉和谴责。这是我对这部作品中个人性和集体性的一点想法。另外，关于里面写到的历史视角，我觉得有一个有趣的声音的对位，从叙述者的声音角度来说，黄老师一开始就设置了一个讲故事的老者的声音，但是这对历史的写作来说，不可避免地会出现过去和现在之间的碰撞……

黄蓓佳：这是一个有点童心的老者。

赵霞：是的，我看出来了。比如里面说的"最奇葩的解释"，我就想这个"奇葩"是她长大甚至变成老人以后，仍然跟当下的年轻语言保持着密切的联系。当引入这样的历史视角的时候，很多历史题材的小说写作会产生漏洞，但在这里反倒变成了一种俏皮的、有趣的、可以回味的细节。特别是解决了一个对于儿童小说的战争和历史书写的特别难的话题，即我们怎样在儿童视角下告诉孩子我们背后正在发生的这种大事件。

比如在第 24 页的时候先介绍了历史，拉到现在这个老者的视角，告诉读者"我"经历的一切的背后是有这个视角的，这跟前面的儿童语言之间是同一个人，是前后连接的，但借助这样的跳跃又把那些对一个孩童或者儿童叙述者来说太过复杂和艰深的历史知识从这里引进来。用这样的方式来处理过去与现在的声音之间可能存在的矛盾，和它们可能造成的叙述困难，我觉得是一个非常有创意的写作方式。两个声音交叠在一起的时候，它会造成一种特殊的生活质感。我有时候会想到，《百年孤独》的那个著名的开头，过去、现在、未来在那一瞬间全都集结于一处。过去正是因为跟现在有了碰撞，那种气息、那种味道、那种内涵才向我们进一步显示出来了。

在现在和过去、历史和当下的碰撞当中，有些地方是特别打动我的。一个是第 132 页，他们去摘棉花的时候，有一大段景物描写。这段景物描写打动我的地方在于背后有一个老人的视角。只有当你经历了艰难和巨大的悲伤之后，回过头去想象那个场景的时候，才会有这样的感觉。这样的视角是不能缺少的。后面还有一句"时空可以永远地停留在这一刻该多好。"这是我认为对于所有的战争思考来说最上层的精神。怎么样来看待、思考战争，战争和生命是怎么一回事，全都在这样的场景描写里面了。关于范舒文跌了一跤，我也很喜欢这一段，但我有不同意见。范舒文摔了一跤，她看着"我"说，你不会想放弃跟沈天路相聚的这次机会吧，后来"我"知道了，她是用摔了一跤的代价换来"我"跟沈天路相聚的一次机会。下面有一段"我和她已经七十年没见了，也许她现在在异国他乡，成为一个老人，也许她已经灰飞烟灭，化为尘土了，可是我心里，永远记得那个最美丽的小姑娘。"在一个关于过去的童年历史的叙说当中出现了一个对她来说是未来的声音和视角。这个声音和视角的存在让我们看到了这一刻的生活所能够迸发出来的巨大光彩。如果范舒文对"我"做出的这个牺牲只是放在当下，就没有了有老者声音衬托后带来的那种时空的苍茫感，和生命之间互相扶持、互相温暖的动人感受。

当然，刚才也谈到了里面有一些当下语言的问题，黄老师说是故意用的，我想是不是可以再斟酌一下。我读到里面的比如"奇葩的解释""喝嗨了之后""帅哥"，比如在小马家出现的"求爱抚"。我们见到小马的时候，它很高兴，它在那里嘶鸣。我觉得这个语体当然很可爱、很俏皮。但是在这里面，它毕竟是跟当时的孩子视角完全融为一体的，没有我刚才说的像您介绍历史的时候那样一笔带开，我们知道视角已经转变了。您使用这些词的时候，视角转换是不明晰的，容易造成误解。如果说您是有意为之的，我想，很多读者会认为您在这里是错笔或者漏笔了，这个是否可以再考虑一下。在非常清楚地知道当下的视角是小女孩的视角的时候，用更加符合这个女孩所处时代的、自然的、生动的语言来表现当下的这个场景，是不是更有益于整个小说的历史呈现？

总的来说，我非常喜欢黄蓓佳老师的作品。虽然题材不一，风格也会有变化，但是哪怕您是在写军民共同抗战的这个题旨的时候，那种少年生活的感觉与趣味仍然深深地打动着我们。翻开这些作品的时候，你就能感受到这是一些充满了精致的、高远的文学气息的故事。

黄蓓佳：我很感动，你们都看得非常细。

赵霞：我会想，现在托尔斯泰先生带着《战争与和平》坐在这里，圣·埃克苏佩里带着《小王子》坐在这里，如果是一部还没有出版的著作，哪怕出版了，我们也肯定有很多想法。

黄蓓佳：有讨论、有冲撞才是有帮助的。

赵霞：其实这也是批评的魅力和价值所在，也是我们红楼的魅力所在。

韦苇：一部儿童小说让我看到落泪，这几乎是唯一的一部。我们不能说西南联大的那些青年对死亡没有惧怕，读这样的小说，我们应该回到当时的氛围中去。西南联大确实有相当比例的学生去参加了远征军，所以这部小说里写到的有些情节与叙述是很难得、很到位的。

四、人物形象与文本细节

王晶：我是读着黄老师的小说进入儿童文学的研究领域的，我谈一点我对这个小说的观感。小说给我们提供的很多现象在今天看来可以称之为"奇观"。奇观的价值主要分为两部分。第一是小说里所呈现的小学、中学、大学的生活，从我们今天非常功利主义的教育来看，已经非常贴近素质教育了。我看的时候在思索，它所呈现出来的奇观是否能对应历史的真实。黄老师刚才也说这里有很多纪实方面的考虑，比如在一个小学生的运动会上可以做平衡木的比赛和跳马的比赛。这段历史给我们提供了一种观察当时的基础教育乃至高等教育的窗口，尽管物质贫乏，处于落后就要挨打的境况，但他们在实际的校园文化生活方面、体育生活方面非常丰富多彩。

还有一重奇观是由里面的教授父亲提供的。尽管他一天到晚像个农民一样在田地里赤脚干活、做研究，但是他在家里有两个功能。一个是绝对威严者的存在，孩子们都怕他、崇敬他。他说话不多但句句都到点子上。把他说的话摘抄出来，是可以进入育儿手册里的。比如他说，"小孩子长大了，总要有自己的一些秘密。""儿女自有儿女该做的事情。"这些话放在今天来看好像不怎么样，但是在当时那个年代，虽然他是留过洋的，但他说的那些话仍提供给我们一种奇观效应，让我们看到一个特殊的父亲形象。小说不仅给我们提供了不一样的儿童生活场景、战争背景，还给我们提供了这样一位父亲形象，刷新了我们的认知。

小说中有很多主题，如战争主题、历史主题、朦胧的情感主题，但都没有打动我。真正打动我的是黄橙子那些猫狗都嫌的事情，还有她跟范舒文的姐妹情谊。虽然黄老师觉得这个战争题材是大片的感觉，但我看完以后觉得这应该是清华大学校庆片《无问西东》的儿童版。出于种种考虑，黄老师做了一个类似于平面化的处理。它所呈现的儿童故事相对来说是儿童能够理解的，或者说，它是比较简单的。但是，研究者或者是成人读者应该可以从中解码出文本背后丰富的、具体的，乃至复杂的故事或者历史信息线索。这个文本有一个前置的儿童故事，背后有一个复杂的、历史的，或是生活的场景。《无问西东》就有对青年参加飞虎队壮烈牺牲的展现。当然，里面也出现了淑英之前说的似乎对生命没有过多的留恋、没有什么畏惧的情况。但是，那种青春热血还是能够打动我们的。我觉得《野蜂飞舞》似乎也是走这样的道路。我反过来想，这个故事里的姐妹情谊的部分为什么最打动人？因为它无关历史，也无关家国，它是纯粹的儿童小说的趣味。所以作家处理起来可能也更游刃有余。

最后，我特别喜欢这部小说的语言，跟大家分享一下："还有，他脱了外衣，只穿一件无领军用汗衫时，胳膊上的肌肉一疙瘩、一疙瘩地鼓出来，每当他抬起胳膊发球时，那些疙瘩就仿佛吱吱乱叫的小老鼠，在他皮肤下面窜来窜去。"我觉得比喻写得好，作家也就成功了一半。记得有一年衢州的谢华老师参加一个会议的时候，说他想到了一段描写阳光洒在山坡上，山坡上的光影在移动的文字，他在琢磨怎样表现比较好。他把光影的移动比喻成像茅草一样在卷起来打包，一点点地消失，我印象特别深刻。这部小说中，我最喜欢的一句就是："警报声一波又一波在背后追逐，像张着血盆大口的怪兽追着一大群兔子。"我一下子就记住了那种感觉，在童年记忆里害怕被怪兽吞噬的那种恐惧扑面而来。还有很久没下雨，操场上都是灰尘，我们变成了一大群被追逐的兔子。这个隐喻也特别棒。

黄蓓佳：画面感很强。

王晶：这是我最喜欢的一段。我们对于最喜欢的作者都会提出很高的要求。我觉得儿童小说最佳状态无非就是我们看到的是小说，但是我们能还原出现实生活的种种真相。希望儿童小说既面向儿童读者，也能够埋一些东西进去。

周晓波：在二十世纪八九十年代研究女性儿童文学时，黄老师就是我非常关注的作家之一，也是我一直以来比较喜欢的一位儿童文学作家。《野蜂飞舞》是能让我一口气把它读完的作品，说明这部作品是能够深深打动我的。我觉得它作为一部儿童小说，成功之处主要在于把一个知识分子的家庭放到战争的大背景下来展示，这个做法是非常有智慧的。一开始我觉得挺奇怪，取这个书名跟所要展示的抗战时期的儿童生活有多大的关系？看完之后，我觉得作家这个处理就非常智慧，通过一首钢琴曲串联了整个故事，非常生活化。小说的成功，我觉得重要的就是人物、情节和结构。这部作品在这些方面做得非常到位。它树立起了几个主要的人物形象。男女主人公，还有父亲、母亲的形象都给我留下了很深刻的印象。父亲是一个非常民主和宽容的人，对于子女选择不同的人生道路是很开明的。实际上任凭子女们自己去选择人生道路是非常不容易的，每到关键时刻，他讲的几句话就非常有力，所以父亲的形象给我留下很深的印象。女孩橙子也是非常有个性的。两个年轻人之间懵懂的青梅竹马的关系，非常符合他们的个性特点。另外，我觉得作者对人物的轻重把握得也非常到位，比如马克只是起到一个引领的作用，没有花大力气去描绘。

作为长篇小说，它的结构是非常讲究的。有一些儿童小说往往处理得比较简单，比如像曹文轩的很多作品都是一种串珠式的结构，一个人物一个章节这样串成一部长篇小说。但是，黄老师这部长篇小说的处理是从整体来考虑的。比如抗战时期，围绕着一家人的生活来展开。所以它是一种真正的长篇小说的结构，而拿来串联的关键恰恰是这一首钢琴曲。这些都能看出作家非常老到的创作功底，各方面都考虑得很周到。

徐静静：我来谈一个关于价值观的问题。我特别关注的是第二十二章"两地书"，我觉得这一章设计得特别好，把我们对战争的思考和战时生活完全通过信件来表达。这个章节的设计让我想到了前段时间特别火的一个综艺节目《见字如面》，通过解读一个人的书信，来看当时的背景和写信人所持的观点。我不知道我的解读对不对。您在设置"两地书"的时候，橙子和天路都是用他们生活中最细节的东西来写信的。在信中，他们都尽量写自己比较欢喜的、比较好玩的生活趣事来冲淡战争比较残酷的方面。我觉得这也是淡化战争的一些处理，但其中有几个地方，让我觉得是不是稍稍可以商讨。

比如说我一直在思考天路和橙子他们两人之间的关系，刚开始写橙子对天路有点敌视，到后来慢慢觉得自己喜欢上了天路，我觉得她可能把天路当成了一个有点精神导引意味的角色。天路的细致、耐心、贴心，还有钻研的精神是不是也在一定程度上扭转了橙子的调皮、不认真以及她的人生态度。在"两地书"里面有一个段落，第206页，天路对橙子说："对不起，我不应该这么写，这样会让你担惊受怕，我承认我有时候喜欢胡思乱想，可是橙子，你是这个世界上最可爱的女孩，答应我要像阳光一样明亮地活着，永生永世都不要接触世界上的恐惧。"我觉得他可能是出于对橙子的爱护才会写这样一段话，如果说天路是一个坚强的战士，是一位捍卫家国的勇士，他对于自己喜爱的精神伴侣可能提出的就不是这样的要求。他在呵护橙子的同时其实是不是也会希望橙子跟他一样有对祖国的报效之心。因为他知道在同一个家庭成长的橙子肯定也是这样的一个孩子。我觉得在战争时代里，从他们这种懵懂的感情、男性对于女性的期待、他们的爱情和革命事业之间的关系来看，天路有点过于想要保护这个妹妹或者说爱人了。另外一点是他们是写信交流，所以在写信的过程中就有一些语言我觉得是特别需要避免的。像"郁闷""好笑"这样的词，在那个年代可能不太会在那样的书信体里面出现。我在《见字如面》里面读过一封信，是陈难写给与哥哥同归于尽的敌军飞行员的妻子高桥美惠子女士的。这是一封两个死难者的家属之间的通信，是用一种"我们都是战争的受害者"的角度去写的。当时我读了这封信，觉得当时的人们对战争其实也有自己的反思。我们怎样来阻止战争？以战止战当然是正确的，但是，我们是不是能站在亲人的角度上来反思战争？所以，我觉得这个地方也是比较有趣的，正好跟这个书信体的书写有相关。

另外我关注到了本文中孩子们对待动物的态度。我特别喜欢第三章对于大公鸡的描写，说橙子特别调皮，拔了大公鸡的三根尾羽，她的邻居就上来声讨她。写出了当时科学家为了育良种，或者说是保护动物所做的努力。但是后来出现了小熊宝宝的事件，我们可以发现孩子们对待熊宝宝，是以非常猎奇的态度去围观它，想尽办法去喂养它。出于对动物的爱，他们也会去保护这只熊。但是，在第69页里写"小熊逐渐地长大，显示出它的蠢相来"。后来"我们"不喜欢这头小熊是因为小熊酿成了一个错事，天路在逗弄这头小熊的时候，被小熊抓了一爪子。当然，天路拿着馒头去逗弄小熊，被抓可能是他个性比较调皮的原因。同时，我也觉得逗弄动物是不是现在我们所认同的对待动物的一种方式？小读者在读到"我们把熊窝整个一锅端了"等等这样的方式，会不会认同这样的价值观？那只大公鸡为什么受到这样的珍视。就是因为它对民族、对育种来说是有用的。但小熊最后被人给放走了，或者说被人给吃了，两者结局的不同是因为它们对民族大义的意义是不同的。作为当代人，我们在看儿童小说的时候，里面体现的价值观不光是对我们的敌人的，也包括对我们动物的态度。

段艺璇：刚才老师们说到老人的声音和视角是非常必要的，所以我想提一个小小的建议，如果把老人的声音和形象更加强化，会不会更加有说服力一点？她说出来的一些话会不会更加有分量？

我很欣喜黄老师在描写南京那段历史的时候，把一些教会大学和基督徒的事情写出来。但我有一个小建议，金陵大学是基督教美以美会创办的一个教会大学，它属于基督教的新教，讲道的时候是不画十字的。还有这个教派提倡穿着朴素，所以小女孩穿白色的裙子，还有蓝色的绣花的话，可能是不太相符的。

黄蓓佳：小女孩不是金陵大学过来的，她的爸爸是美国的，是华西医学院的。

段艺璇：但她的爸爸肯定是一个基督徒。那个时候来中国的传教士一般都提倡朴素。我还有一个很深的疑问，金陵大学十月份开始迁，迁了三个月，非常辛苦才到了重庆，年底南京就发生了南京大屠杀。我在读的时候就有一个预期：后面会不会写到有消息传来？传来之后主人公会有一个什么样的反应？但是我后来发现好像没有。老师您是出于一个什么样的考虑呢？因为这是一个真实度很高的事件，如果用这种真实的思路去想的话我会想到这里。

黄蓓佳：当时内地和西南的联系基本上是中断的，寄一封信都非常困难，所以信息可能没有这么完整地传达出来。谢谢你，说得很好，阅读很仔细。

王禹微：我拿到书稿的时间较晚，但是阅读的印象非常深刻。《野蜂飞舞》中的人物形象很立体，让我觉得每个人都有故事。像黄橙子，因为一个笔盒就心生妒忌，孩子鲜活的心理就表达得淋漓尽致；沈天路跟橙子初次见面的时候给橙子敷药，一把背起橙子，画面感十足；范舒文把自己包裹严实，遮住高鼻梁上街义卖吆喝的这个画面也让人印象深刻；还有耿直的哥哥，桀骜不驯的姐姐。每个人的故事既从八十八岁的老人的视角回望，又从青少年时代的儿童视角去打量，双重视角的交融让整个小说带着老人俯瞰全场的那种淡定从容和黄橙子的那种活泼洒脱，让我有种读《碧婆婆 贝婆婆》时的那种时空穿越的奇异感。

文中采用同一人物两种视角的倒叙，黄老师深厚的写作功底把双重视角拿捏得游刃有余。在这种奇异感，即同一人物两种视角的叙述过程中，黄老师的语言非常干练，场景切换很自然。比如说我喜欢第110页这里，有一个讲年后日子特别冷的情况的描写："太阳白惨惨的，像个没发开的面饼。屋顶上的茅草哆嗦着趴在瓦楞里。路面总是夜里收冻，白天化冻，坑坑洼洼泥泞不堪。""收冻""化冻"显得非常言简意赅。这个比喻既有孩子对食物的想象，又有对生活的观察，非常贴切。

洪妍娜：我在阅读这部作品的时候是和"5个8岁"系列中的《白棉花》对照着看的。我发现有一处相似的情节，但是您却提供了两个截然相反的叙述模式。在《白棉花》中，男孩克俭在和美国飞行员杰克意外相遇之后并没有投身到少年英雄的队伍当中去，但是《野蜂飞舞》中天路哥哥和飞行员马克相遇之后改了志向投身战场，最后光荣牺牲。我不知道您是如何看待历史题材儿童小说当中英雄式和非英雄式儿童小说的书写？不知道您更倾向于哪一种？

黄蓓佳：人物是置身于两种环境当中的。一个是乡村的小孩，而且只有8岁；一个那时候已经十几岁了，而且住在华西坝这样一个抗战中心，周围都是那些热血青年，都是高层次的人，这是完全不一样的。环境不一样对人的影响也不一样。

黄双燕： 我提一个小细节。故事里面讲到母亲和死亡之间的联系。天路的哥哥和姐姐远离了主人公生活的现场之后，天路的哥哥远在印度那边牺牲了。姐姐从小和橙子之间的关系是来回征战的过程，但是当他们死亡的讯息相继从外面传过来之后，我观察到一个细节，母亲对天路死亡的态度以及多年之后对女儿死亡消息的态度不同。我有一个疑问，一个母亲养育儿女的过程中，对自己的女儿也好，对天路也好，不同的死亡处理方式背后的情感是什么样的？我很好奇，非常想问您在处理母亲对待自己的孩子死亡时是怎么样看待和揣摩的？

黄蓓佳： 你是觉得她对女儿的死亡态度有点淡？

黄双燕： 是的。

黄蓓佳： 一方面，一个人年龄越大情感会越淡漠，这是人的生理决定的，她那时候已经老了。再一个就是她的女儿已经失联很多年了，其实她已经潜意识里认为女儿应该是不存在了。这么多年都毫无音信，所以她得到这个消息的时候也不会那么痛彻心扉，也不会太惊讶。我想这是一个人比较正常的感情。

黄双燕： 我试图去揣摩一个母亲的感觉，还是有些不太理解这个处理。

黄蓓佳： 如果她忽然得知女儿还活着的话可能会更加激动，但是知道她死了，一颗心早就有准备了，就默认了。

周晓波： 我觉得她对天路的感情更深，书里面有好多天路和母亲的故事,他特别孝顺。

黄蓓佳:天路特别孝顺,特别贴心,是一个暖男。

周晓波:我觉得这个恰恰是非常感人的。母亲对一个非自己所生的孩子感情这么深,反而更增加人物的可信度。

黄双燕:我是以死亡的视角来切入这个母亲的,之后又注意到母亲处理小弟闯祸的方式。小弟拿一块石头砸了母鸡,母鸡死掉了。那个恶劣的邻居跑过来问应该怎么处理,那个时候我就发现母亲的形象其实也是很立体的。虽然她在家里是牺牲式的一个家庭女性形象,但是她在帮孩子处理一些问题的时候给我的感觉是很丰盈的。

方卫平:我们请苏少社的副总编郁敬湘老师代表社里说几句。

郁敬湘:之前我们社长带着我们这个四人团队为今天这个会先后部署过很多次。这部作品我们四个人全部都精读过,不过我本人恰恰只敢读一遍,那一遍就已经把我深深地裹挟进去了。我在向黄老师打电话汇报我的读后感时,我几乎都是在大喘气的心潮里头讲完我的观感的。我觉得这部作品有一种特别的情感力量,把我拉到那个旋涡的深处,让我一下子回到几十年之前。在这个作品当中我最喜欢的人物就是天路哥哥,我希望他是我能够遇到的一个孩子,我也希望这个孩子能够多陪伴黄橙子一会儿,所以后来黄老师在二稿的时候又增加了一点点情节。我第二次读的时候也只敢挑着增加的部分看一下,因为这种情感对一个人的冲击太严重了。

五、成人与儿童的跨界书写

方卫平： 最后我们请黄老师说一说。

黄蓓佳： 我四十五年前就开始写作了。二十世纪七十年代末，我写过不少儿童文学中短篇，后来很长一段时间写成人文学。然后一直到1996年写了一本《我要做好孩子》，才又开始回归到儿童文学中来。这么多年从《我要做好孩子》到现在，一直是两条腿走路，今年写成人的，明年写儿童的，这样倒换着写。所以我经常觉得自己在儿童文学界是一个边缘的人物，因为很多文艺界活动会议也是不带我的。我今天到红楼是带着很强烈的认同感来的。

方卫平： 欢迎你的到来，我们没有把黄老师当外人。

黄蓓佳： 我很难认定自己到底是一个什么样的作家。

王晶： 黄老师您不是一年写儿童文学一年写成人文学吗？那您在写这两种文学的时候，您一年一年的状态会有什么不一样吗？能不能和我们分享一下？

黄蓓佳： 我觉得很多人不能理解这两种文本的交叉。一般的作家是不太可能跨这种文体写作的，因为写了成人的就很难再写到儿童的，写了儿童的就再难写到成人的。像王安忆以前也是写儿童文学起家的，但她后来就再也没有写儿童文学了。

我怎么会两种文体交叉着写？我觉得这对我其实也很有帮助。因为我带着一种成人作家、成人文学的眼光来写儿童文学，我的儿童文学作品可能比一般的儿童文学作品带有更多的社会性。你们可以看到我在对社会的表达、对人性的认知这些方面可能比一般的儿童文学作家更深了一步，带有成人文学的痕迹。

儿童文学描写具有鲜活性、故事性。它重视对人物的塑造，几句话就把人物写出来，因为小孩子没有耐心慢慢去看，人物的形象要很快地跳出来。因此反过来，如果要把成人小说的细节、人物写得有趣，儿童文学对我也是有帮助的。这种交叉是互相激励着我往前走的。

我写了四十多年的作品，应该说每一个人物的设置、每一个故事的设置、每一个章节的设置都是有自己的考虑的，都不是随意的。但是我也想知道读者认不认可我的考虑，对我的考虑会有什么样的反应，所以我拿来的是一个未定稿。我希望能有这种碰撞，了解一下有很多东西是不是我的一厢情愿，能不能得到大家的认可？尤其是这里面有一个八十多岁的老者回望童年，这两种语境交叉我也不能把握，我也不能确认大家能不能理解或读明白我这里面想要表达的东西，某种程度上也是我自己想得到一种认证。所以，特别感谢大家！

这部作品从我开始起意要写到现在已经五年过去了。五年当中其实我写了很多的成人文学，也写了好几部儿童文学。但是，华西坝的题材一直在我脑中盘旋。为了写华西坝，动笔之前我特地到华西坝去了一趟。因为虽然很多的故事、很多的人物在了，但是我就是觉得差一口气。华西坝的气息到底是什么样子的？我必须去一趟，笔才能落到实处，不然的话，我真的是没有办法去写。

正好借一次苏少社到重庆做活动的机会，我就特地坐高铁到成都去看了华西坝。郁敬湘当天还专门买了一张飞机票，飞到华西坝陪我去看。坐在那个校园里面，历史感扑面而来。我一栋栋建筑挨个走过去看，全部都是木质的那种建筑，走在里面会有脚步声，会有古木的气息。所以回来以后我马上就觉得能写出来了。

这部作品的倒数第二章是我在郁敬湘的建议之下加进来的。一开始它是一个缓慢的叙述，但是到最后它就是奔跑的姿态了。作品带着我在奔跑。所以结尾处每一个人物的死亡都是比较匆忙的，最后的进程也是比较匆忙的，没有办法详细，因为到了那个时候它就是一个奔跑的姿态，我不能停下来，停下来那个气息就打乱了。但是郁敬湘告诉我，她实在舍不得让沈天路就这么死了，这两个人物的朦胧情愫还没有展开，还没有看到那种美好就结束了，她不能接受。她死活让我再加一章。所以我就听从了她的建议加了倒数第二章，在"两地书"之后又一次见面。我不知道这个情节加上去会不会多余？

郁敬湘：我想让他再多活一会儿，再能有一点甜。

王晶：原本太不圆满了，应该让他们稍微靠近一点，满足一下读者。

黄蓓佳：到了这个情节，我要再把它加上去也很难加了。

郁敬湘：但是没有一个老师提出来就说明没有添加的痕迹。

方卫平：对，今天没有人提出来。

黄蓓佳：加了好是吗？

郁敬湘、王晶：必须加！

黄蓓佳：必须加是吗？那太好了！谢谢你们！因为"两地书"已经是生死离别了，再加上会不会多余呢？会不会画蛇添足呢？我一直蛮忐忑的。

赵霞：我觉得它比"两地书"更有现场感、生活感，更打动我们。"两地书"的书信体对读者来说难免会有一点距离。它是信件的交流，不是活生生在眼前的现场。

黄蓓佳：如果你们觉得加了很好，我就要谢谢小郁了，这是编辑的成功。好编辑在作家的写作介入当中是非常重要的。

赵霞：这个场景对我来说是印象最深的。

郁敬湘：你举了这个例子我感到特别踏实。

黄江苏：黄老师，我其实还有一个疑问，您为什么选《野蜂飞舞》这首曲子？关于这部作品有一个解释说是儿子死后化身蜜蜂去保护他的父亲，选了这首曲子是不是也是有某种用意的？

黄蓓佳：其实说句真话，这首曲子跟这部作品完全没有什么关系。

赵霞：黄老师，我要说有关系，很有关系。

黄蓓佳：我写的时候完全是没有关系的。我只是喜欢这个题目——"野蜂飞舞"，我觉得非常活泼。小说本身选了一个非常沉重的题材，但是在沉重的题材当中我要尽量写出那种活泼，因为是给孩子看的。

赵霞：这个题目真好。野蜂飞舞的那种狂野的生命力体现在黄橙子身上，但是这种狂野本身是有一点躁动感的，而在躁动的时候沈天路出现了。为什么我原来不大喜欢《野蜂飞舞》这首乐曲？因为我觉得它炫技的成分比较大，可是读到这里会觉得它有生命的重量了。

黄蓓佳：选定《野蜂飞舞》之后，我就尽量地把情节、人物往上面拉，让它不会有疏离感，显得更贴切一些。

赵霞：我觉得《野蜂飞舞》这个书名很好。小说最后的感觉就像飞翔的彼得·潘落下来了，带着甜蜜的生命的沉重感，感觉很好。

黄蓓佳：其实我写的时候一直告诫自己，这样的沉重题材要节制地写，不能感情泛滥。包括那个同学讲到的听到女儿死了，母亲的那种表现，在写作当中这其实是种技巧。前面我已经写过了母亲失去孩子的那种伤痛，我不能再写第二遍了。第二遍的时候我没有办法再超过第一个，而且第二次再感情泛滥的话会让读者厌恶。所以第二次的处理一定要归于平淡，这是写作当中的一个技巧问题，有高潮有低潮。我不喜欢滥情的东西。

赵霞：这也是您的笔法的迷人之处，所有的情感都能用最文学的方式来表达。

黄蓓佳：对，写的时候我一直告诫自己要节制，但写到最后我自己也是泪流满面。

赵霞：艺璇说到南京大屠杀的问题，我刚才查了一下，您的起笔好像是在南京大屠杀之后。南京大屠杀是在1937年12月底，迁校时已经是1938年了。所以，起笔是在南京大屠杀之后。

黄蓓佳：是的。

方卫平：今天特别好的是老师们、同学们对作品的研读都非常深入。我在想，红楼研讨追求的方向之一就是我们要围绕着文本来做。黄蓓佳老师是我一直关注但是以前感觉很遥远的作家，她的作品给人的印象特别深。我们长期读儿童文学作品会觉得一部分作家的笔下有磕磕绊绊的文学感觉，我一开始就讲，读黄老师的东西感受到的文学气息是非常好的，这是一个作家的修养。

我觉得今天黄老师对老师们、同学们提到的一些疑问、一些建议、一些充分的肯定和一些商讨的话题都听得特别认真。我总是在讲，评论者提意见总是容易的，但是让我们自己来写一部，我们写不出来。但是，就像赵霞说的，作为读者我们很自然地会提出想法。我们要说，今天托尔斯泰坐在这里，或是陀思妥耶夫斯基坐在这里，或是鲁迅先生坐在这里，我们都可能会有一些疑虑和建议。这很正常。我觉得最重要的是，我们共同热爱这项事业。

再一次感谢黄老师莅临我们红楼！感谢苏少社的几位编辑！再次谢谢今天所有的尊贵的客人，也谢谢所有的老师们和同学们。

整理者：李　回　刘逸烁　李铭源　朱文霞　应　楠　孙天娇

走进红楼，我也是有福的人

黄蓓佳

多次听同行和编辑们传递过浙师大红楼研讨会的近乎童话般的美名，于是一直一直心向往之。等我终于写出了一本自觉还值得研讨一番的小说《野蜂飞舞》后，就早早地报名，殷殷地预约，好歹在今年的夏初季节排进"红楼"日程。

走进浙师大校园，树木森森，花草葳蕤，一切都如想象中那样清幽美好，并且比想象中更多了开阔和疏朗。听方卫平老师唠家常一样讲述师大的历史，感觉方教授的仪态、语气跟校园气氛无比熨帖，想必多年之中人和情境几乎是生长在了一起，互相影响，互为参照，磊落光明而舒服自在。

金华地处山洼，初夏时分已然暑热蒸腾，跨进红楼却凛然收汗，大约是被小楼深处氤氲而起的那种幽深气息所震慑吧。参观各间办公室，参观图书陈列馆、阅览室、研究中心的一些纪念图展，心里好生欢喜。有幸在这座红楼里工作的人、读书的人、做研究的人，说起来都是有福的人啊。

红楼研讨会在儿童文学作家中以"不留情面"著称。据说被研讨的作家无论职位大小，成就高低，进入红楼，一律被师生们就作品论作品，条分缕析剥葱皮，没有丝毫情面可讲。我的编辑妹妹们带着我从南京出发时就忐忑不安，生怕红楼师生火力过猛，生怕我脸面太薄，承受力太弱，届时被弄到狼狈不堪，因而一再给我打预防针，殷殷嘱我无论是怎样的结果都要镇静，镇静！我心里尽管笑话她们思虑太过，但对这一片善意也还是致谢再三，而且保证了自己不会急赤白脸也不会中途退场。

是不是人老了也会被当成小孩子呢？有趣。

无论如何，编辑们维护作者的良诚之意我还是领了。

但是她们不了解的是，我从事写作四十多年，创作研讨会、新闻发布会、作品推介会、读者见面会等等与职业有关的活动不知道参加了多少，总是浮皮潦草、浅尝辄止的多，真正就一篇作品推心置腹做文本讨论的少。所以多少年中我一直盼望有这么一场火力全开的研讨会，将我的作品开膛破肚一番，乱箭齐发一番，让我惊出一身汗水，就此重整山河抖擞精神，再次向自己憧憬的境界出发。

《野蜂飞舞》的具体研讨过程，因为有红楼自家人的记述，我就不再啰唆重复了。总之是，虽然会场上老中青三代学者济济一堂，老先生们对我的作品知无不言，年轻人的意见也算直白犀利，可我还是没有看到会场上你来我往、争辩起兴的局面。不知道是不是学者们看在我多年辛苦写作的份上，对我过于客气，不忍心拿我的作品当靶子慷慨陈词呢？

我倒是很希望看到有人为一篇作品或者一个观念、几段描写吵得沸反盈天、面红耳赤的样子呢，那才真的过瘾和开心！

也因此，我希望自己还能写出一部值得大家为之争吵的作品，希望此生还有第二次机会去红楼接受专家们的批评和检视。

最后还要说一句，对方卫平老师和赵霞老师的谢意，尽在不言之中。燠热的暑天，他们夫妇俩开着私家车来回接送我们，吃住行无一不予关照，这一片拳拳之心，非一个"谢"字可表达一二。唯有更努力写作，才对得起红楼师生！

冯与蓝《挂龙灯的男孩》新作研讨会

《挂龙灯的男孩》

作者：冯与蓝

责任编辑：肖晶　徐立莎

出版信息：明天出版社 2018 年 6 月版

作者简介：

  冯与蓝，本名冯迎春。中国作家协会会员，中学高级教师。曾从事实验小说的创作，作品发表于《大家》《山花》等文学刊物。2009年获第十七届黑蓝小说奖。2010年开始创作儿童文学。出版《一只猫的工夫》、《挂龙灯的男孩》、《犄角镇奇幻事件录》系列等多部儿童小说。短篇儿童小说《一条杠也是杠》获"周庄杯"全国儿童文学短篇小说大赛特等奖、陈伯吹儿童文学奖优秀作品奖；作品分别入选中宣部"优秀儿童文学出版工程"、年度桂冠童书榜等奖项。

《挂龙灯的男孩》：成长小说中的儿童主体性塑造

时间：2018年11月3日
主持人：方卫平

引言

方卫平：今天研讨会的主角是来自上海的优秀青年儿童文学作家，也是我们即将研讨的作品《挂龙灯的男孩》的作者冯与蓝。与蓝老师应该是第三次来红楼了。《挂龙灯的男孩》是冯与蓝的一部新作，她酝酿了很久。我们还是按照红楼的研讨习惯，请来我们喜欢的、热爱的作家。还有一位来自明天出版社的朋友，也是这本书的责任编辑肖晶女士。今天我们像朋友一样坐在一起，怀着对儿童文学写作事业的共同热爱，结合这部作品来讨论写作上的一些问题。

一、成长书写：逻辑动机与叙事细节

钱淑英：我对与蓝的作品算是比较熟悉。当时《一只猫的工夫》让我觉得非常惊喜，甚至有惊艳的感觉，尤其是那种童话的灵动感、跳跃感。与蓝可以非常自如地在童话和小说等文体之间转换。她的小说紧贴着现实的脉络，通往孩童心灵的深处，而成长背景的书写又能将个体和群体以及背后的文化交融在一起。她的童话呢，是带着灵感跳跃的，虽然有时候感觉是自说自话，却让人愿意听。我觉得这种迷人的写作方式在我们整个儿童文学界比较少见，所以我一直关注着她，对她充满期待。

看到《挂龙灯的男孩》这本书，还是能感觉到冯与蓝的小镇情结和创作野心。这部小说穿插了很多线索，有民俗、民间故事，成人世界里的家庭矛盾，还有个体成长、校园里孩子之间的关系……它所贯穿的是对个人主体性的一个探索过程，线索的交集使作品显得很厚重。从篇幅方面来说，它也是比较厚重的。

我接下来的讨论有两种角度，一是我读，二是孩子读，我觉得这种大读者和小读者的参照是有意思的。

我读与蓝之前的一些童话，比如《一只猫的工夫》，还有《犄角镇奇幻事件录》等，总觉得有点担忧，我不知道这种担忧从哪里来？好像主要是来自逻辑上的。在阅读《挂龙灯的男孩》时，也会有这种感觉，我能找到一些证据化解担忧，可担忧被化解后总是不断重新出现。

一开始读的时候，我就产生了担忧：为什么快上四年级的弘真会相信地龙变飞龙的传说？为什么弘真要到宝塔上挂龙灯？因为这个动机是故事最重要的逻辑起点。后来，故事情节展开，出现了一个有信服力的动机——爷爷生病了。因为爷爷是他最亲的人，所以他想给爷爷祈福。当这个情节呈现的时候，我虽然觉得弘真作为一个四年级的孩子，他的主体愿望与现实有一点点距离，但好像有点能够接受了。

后来爷爷去世了，爷爷的去世令人非常难过，读到这一段我落泪了。但从小说逻辑上来讲，这个情节抛出了另外一个问题：一开始推动弘真的强烈契机是爷爷，爷爷去世后，弘真挂龙灯的意义是什么？弘真需要有新的动机，这个动机与自我的寻找和主体性的表达有关。但是小说里的情节转换以及主人公心理的变化，是让读者感到被动的。从整个作品来说，小说起承转合之间的一些铺垫还不够，变化的处理还不够丰富。

我特别体恤弘真，我希望摸摸他的头、抱抱他，因为他的童年里父母是缺席的。他的一些经历跟我的童年经历有些相似,所以我特别能理解这个孩子。最后,当弘真到塔顶上的时候,他说出的愿望是什么呢?在第233页,他说:"亲爱的天龙,请你保佑这里的人都能过上快乐美好的生活,每个人都有自己的家,每个小孩都有关心他们的人,每个人回家都有一盏照夜路的灯。"这段话是温暖的,小说让主人公从个体的困顿和挣扎中走出来,在塔顶看到更广阔的世界,此时他迈向了一个新的境界。但我觉得,一开始为爷爷祈福的动机(我们有时候会质疑祈福是否有用),到这里似乎突然上升到了一个非常高的层次,但好像在这之中还缺了一架稳稳的梯子,去让主人公从自我走向广阔的世界。

有个细节也是让我疑惑的:龙灯最后轻松做成,用的是灯泡而不是蜡烛。这让我有些意外。因为民间是有龙灯的,比如金华有"板凳龙",我的孩子就很喜欢。小时候他经常见到龙灯,龙头都点着蜡烛。书里解释说,用灯泡是因为新时代有新做法。我可以接受,但是会想:用蜡烛是不是更好?用蜡烛可能会让艰辛的感觉更强烈,让他从自我到广阔世界的那种跳跃更加坚实。

可我后来接受了,因为这可以理解为,弘真重要的是跨越自我预设的障碍。温福生(他姑父)的态度以及家庭父母的缺席等等,让他的成长环境是很困难的,但实际上,生活没有他想象得那么难,很多困难只是他自己预设的,他身边有很多陪伴和支持他的人。所以龙灯一夜之间就做成了,即便不是蜡烛而是灯泡。我想作者要表达的可能不在于挂龙灯的路如何艰辛,而是主人公如何下定决心并充满希望地去行动。

过去我很容易得出一些结论,或者说批评。但在不断参与红楼研讨会的过程中,我也在不断调整。我觉得批评要有对作家的理解和体恤,应在这个基础上去设想更好的解决办法。

小说的背景明确是1988年,但从今天所处的时代来讲,我们还是希望能在其中看到现代儿童的成长主体性。我们可以试想一下:现代儿童的成长主体性和民间文化的祈愿、祈福的信念之间,是否可以更好地吻合?孩子喜欢民间故事，也喜欢民俗文化。我的孩子就很喜欢龙灯，他渴望见到龙灯的造型过程，因为他从来都没有见过，只是听爷爷讲，这种喜欢龙灯的理由可能更符合现代孩子的心理，也更容易理解。假设从想看到龙灯造型过程的愿望出发，是不是就可以把古老的民俗文化与传说隐含其中？作品是不是可以由此生出一些童趣来？小说也有讲怎么扎龙灯，但更多的是急切的行动和愿望的表达，而不是孩童的好奇和童趣的期待。

小说里有一点我不是特别能理解。当方脸和尚给弘真讲地龙的十次劫难时，弘真明显是不知道的。但爷爷之前就给弘真讲过地龙的故事，十次劫难是爷爷来不及讲呢，还是为了留着引出方脸和尚以及他的道理？其实方脸和尚讲道理的部分和有禅意的表达有些长，尤其是那个盗贼的隐喻，对于孩子的心性和整个故事的基调来讲不是非常好。

还有一个疑点是关于爸爸的，为什么在爷爷生病之前，爸爸似乎对孩子睡觉的房间、学习环境，以及姑父对孩子的态度一无所知？小说留下了一点逻辑线索：爸爸和妈妈之间发生的事情；"我"和他们疏远的原因；也有可能是爷爷不想给爸爸增加负担；弘真被温福生打了，心里非常委屈，可他在信里写"一切都好"，因为不想让爸爸担心……这些文本可以用来解释关于爸爸的疑点，但如果这些细节能得到更多推敲的话，会让读者少一些疑团。

还有个细节，如果说弘真对姑父的妥协是出于寄人篱下的无奈，是可以理解的，但是他和同学之间的冲突有点超出主人公本性的限度，就弘真的本性而言，他应该不会这样。这在实际的逻辑推动时没那么有信服力。

在阅读的过程中，真正让我心动的、产生情感共鸣的，是小说关于成长的书写。弘真内心发展的时间跨度，应该是从四年级前的暑假开始，到五年级的秋季学期结束，总共一年半左右。许多作家写到童年和成长的时候，常常从六岁一下子写到十三岁、十四岁，一段一段的。在这样的情况下，读者的阅读感受往往会因为作品的时间点跳跃太快而受影响。但是，与蓝的小说和《城南旧事》一样，满足了我对成长书写的期待，它从成长的横截面去呈现，就像看一棵树不是从底下望到树顶，而是从树的纹理、年轮去看，有纵横、丰富的内在线索让你去想象这棵树经历的岁月，想象它是怎样慢慢长成的。书里有一些语言的表达，总是落到我心里，像第43页，"时间淡淡地流过，悄无声息，像天井里丝瓜藤落在地上的影子，不用说，它就在那儿，默默地、轻巧地生长，不依不傍，不为谁而变化。"这有点像长大以后回望的一种感叹，但这些文字和场景非常贴合弘真当时的心理和语境。还有第176页，和爸爸说了心里话以后，弘真心里那种似乎明白了又说不清楚的感觉，是很真实的成长描写。这些片段和文字都是我非常喜欢的。

在弘真的成长经历和心理变化中，有许多线索交集。有些人物是推动他成长的，有些与他是对抗的关系。秋良、爷爷、爸爸和妈妈，还有对立面的姑父、王涛、顾大海，甚至和尚……这些人物都牵引着重要的线索。当多条线索交集和推进时，其中有些情感的联系不够充分，或者是冲突的处理不够顺畅，让人物没有发挥应有的角色功能，比如秋良和爷爷没有征兆地先后退场。

爸爸这个形象的有些细节没有拿捏好：上海人回家好像喜欢说上海话，他为什么说普通话？爸爸想把孩子带走时说："你舍不得爷爷，我理解。对我来说，再过几天就要告别自己年老病弱的爸爸，回到工作岗位上去，我也很难过。"这里的用词不是很真实的日常语言，有点概念化。爸爸带弘真吃饭时，我最喜欢的细节是桌布上的洞。弘真看到一个洞，因为他跟爸爸之间有些不自在，所以把手塞进去。后来"桌布上的洞已经可以塞进拳头了"，这映射了孩子的心理过程。

在所有的人物关系塑造中，他和妈妈之间的笔墨给我的印象最深刻，比如每一次他走到"为民点心店"时的紧张心情，给妈妈送钱时心里的怨愤，妈妈来看病倒的爷爷时送还保温杯的那声"哎……"。作家的叙事节奏不是去刻意强调的，而是慢慢推进的。结尾处妈妈用大围巾裹着装着面条的钢精锅站在那里的形象，让人心动。种种描写再加上爷爷和爸爸的不断解释，使得他和妈妈之间的整个情感变化的过程令人信服。这里作家对人物心理线索的呈现和力道的把握还是比较成功的。

可惜的是小说存在着主题的杂糅，它有民间故事、民俗、成长、历史和战争等多个角度。但要作品条条线索都清晰，能够交融在一起，并且得到深入挖掘，是有很大难度的。与蓝似乎更善于把握日常化的、轻松幽默的叙事表达方式。这部作品承载了她对家乡风物的爱恋、她的童年记忆和对生命成长的理解，但这本书很难承载某些立意，尤其是历史和战争的主题，这是很重大的题材。如果作者无法放弃，那可以用新的作品去书写它。

总之，阅读这本书就是一个又一个担忧出现又为它们——找到解释的过程。在童话的世界里，与蓝天马行空、自说自话，逻辑的跳跃可以自圆其说。但在严丝合缝的现实小说里，我们会希望看到具有说服力的表达过程。小说能否让人放下怀疑、担忧，跟着文字进入到文本呢？这就涉及逻辑的合理性。所以，我们是否可以换一种思路，譬如说弘真和龙是不期而遇的，是这个时代的大人的选择。因为他们希望恢复和传承民俗，选择优秀的少年去挂龙灯。秋良一开始被选中，但是他因为家庭原因离开了，然后"我"去接续，因为各种原因，"我"在过程中找到生命的热情、成长的力量。这样叙事会不会更自由灵动一些？当然，这只是我的一个假设。

这是我作为一个大读者的体会，最后我简单讲讲我孩子的阅读反应。兜兜正好上四年级。他的阅读积累还过得去，在同龄人中大概是中间稍微偏上的水平，所以我觉得他可以代表大多数孩子的反馈。我分享我们之间的一段对话：

"故事好读吗？"

"好读。"

"你觉得最好玩的是什么？"

"做龙灯挺好玩的。"

"你会相信地龙的传说吗？你现在也上四年级了。"

"那要看谁跟我说了。如果是爱开玩笑的大伯跟我说，我就不会相信。如果是我的爷爷，因为老人都比较智慧，他来跟我说我就会相信。"

我想从他身上印证我的一些疑点，我问："为了寻找地龙的秘密，弘真被王涛、顾大海唆使去干坏事,你怎么看?"他马上说三个字:"不真实。""为什么?"我说,"换位思考一下,如果你很相信地龙,你也想找到这些线索,有人叫你去干这样一些事情……"他说:"我不会。"因为他最迷恋乐高玩具,我又进一步问:"如果有人用一个很大的乐高玩具奖励你,让你去……"他说:"我不会,我觉得那样不好。"这是兜兜的心性和判断。我觉得弘真也是这样的孩子。

让我有点奇怪的是,兜兜最喜欢的人物是秋良,他甚至以为秋良是主人公,但我想可能是因为秋良处事不惊,会用沉默去抵抗,不怒自威,孩子渴望自己也能够做到这样,才喜欢他。所以秋良这个角色太重要了,中断了描写有点可惜。但兜兜对温福生的身份感到很疑惑,他不太明白姑父"倒插门"的意思,从孩子的接受能力来说他不太能理解。所以作家在设计时需要稍微考虑下。还有,汪汪这只狗后来没找到让兜兜很遗憾,因为孩子身上总是会保留着对生灵的情感,他觉得汪汪太可怜了。

我可能讲得有点长,总之从大读者的角度和小读者的角度,提供一些意见。

方卫平:淑英的分析是典型的文学研究,紧贴着文本,结合作品的主题、逻辑、人物塑造、语言、细节处理等角度谈自己的看法,有对作家真诚的赞赏和对作品的肯定,也讨论了一些疑问。她还利用了这世界上最忙的人——小学生,给我们提供了非常精彩的亲子共读的个案。

淑英提供了他们的对话过程,给我们很多启发。对学院派的研究者和同学们来说,了解孩子的心灵和反应是非常重要的。我曾在一位研究学前教育的教授的建议下,现场听了一节幼儿园的图画故事阅读课,我发现幼儿园的孩子对作品的反应、发现和思考,是我完全想象不到的。

冯与蓝:来之前我比较紧张,怕到时候哪位老师说了,我却接不上话。所以,来之前我又仔细看了一遍作品。

在看的过程中，我发现了两个问题，和钱老师的看法其实是呼应的。

一个问题是和尚太啰唆了，说得太多。但是创作时我要说服自己，使逻辑合理，让故事里面的人物往前推动情节。我写这段的时候，正好是暑假，我在家里创作，为了能够解释这个情节的逻辑，每天晚上会看一些关于禅宗的书。但现在回头去看，我觉得和尚讲得太清楚了，其实并不需要这样，显得有点刻意。

还有汪汪，我把这只狗给"丢"了！其实呢，弘真用石头砸狗的事是我小时候做的，这是我心里面的一个伤口。小时候，我家弄堂门口就有两只流浪狗，有一只是卷毛狮子狗，非常漂亮。它对我很友好，我每天上学都会摸摸它。有一天，我在摸的时候，有一个同学经过，他说狗很脏，会咬人！当时不知道为什么，被他一说，我也觉得狗会咬人。后来我看到它，就想用石头砸它，没有砸到。但从此以后，那只狗再也没有理我。我一直很内疚：为什么我会听从人类这么不友好的言论而去伤害一只小动物？所以我就把这个情节写进去，但是我忘了把它圆回来。其实最后那只小狗应该出现，这的确是一个遗憾。

钱老师还讲了是内在逻辑的问题。在以后的创作里，我会先解决这一点，然后再想如何把故事讲得更加可信，等我回去好好整理和消化。钱老师的建议给我带来很多启发，谢谢！

二、故事的驱动力：慢的写作与向内的写作

赵霞：可以跟淑英商榷一下刚才关于故事结构的建议，就是让成人把这个任务直接交给小孩。我听到这个的时候，反倒觉得更喜欢原来的故事开头。

但兜兜后面的说法很有意思，比如说，为什么秋良之前会那么引人注目，让人以为他是主角？我个人认为，可能是秋良的角色定位不知不觉地变

化了。刚开始的秋良是生活角色，非常生动，但到小说后半段，秋良变成了一个功能性角色。什么叫功能性角色呢？就是这时候你该走了。你走了，弘真就可以自己成长了。之前弘真面对霸凌时，有大队长在精神上支撑他，但现在没有了，所以他有了自我成长的时光。但是对功能性角色的处理，让那些角色本来在读者心里激发的光亮，突然看不到了，很可惜。

兜兜还有一个说法，他觉得霸凌的场景太假了。这里其实可以有一个逻辑的处理。顾大海和王涛欺负弘真，只是因为他想要知道地龙的秘密，这个驱动力对弘真来说好像天真过头了。所以，如果还有爷爷的病痛驱动着他必须知道这个秘密，他就不会那么理智，这样他的行为就有点道理了，逻辑就能接上。

刚才淑英提到的故事逻辑，特别是开篇——一个孩子对龙的传说感兴趣——这种感觉挺好的。我们在写孩子的成长故事的时候，有时驱动的目的性会太强。比如说，爷爷生病了，他想要为爷爷去挂龙灯，目的性就很强。目的性强的好处是情节的缘由很容易理解，但也有不好，这样会把生活本身细腻的肌理给冲淡。我们可以设定弘真对龙的传说感兴趣，这背后是有原因的，但此刻他自己不知道，读者的感觉也是朦朦胧胧的。但后来会揭示弘真这个孩子的生命状态：他的生活有如意的地方，因为爷爷陪着他；可也有很残酷的地方，比如他寄人篱下，温福生对他的态度恶劣。他的生命是既张扬却又被紧紧压着的，在这样的情况下，他自然而然地产生一个对传说的执念——有没有龙？我觉得挺好的。执念让孩子的灵魂没有被束缚，他要飞起来，这就是童年的天性嘛。

我一直在思考，在今天的儿童阅读中，《挂龙灯的男孩》的独特意义在哪里？或者说这个故事呈现出来的面貌有哪些特别之处？

我想到两点。第一，《挂龙灯的男孩》的写作是一种慢的写作。它的叙事节奏是慢的，不像快节奏的故事那样——一开始，巨大的显而易见的驱动力就出现了，驱动着孩子，驱动着整个故事向前滚动。与蓝的叙事是缓缓推进的：明明要写情节了，转头写了个丝瓜藤；明明要写接下去的场景了，却写了一片月光。这种拉开的感觉让叙事节奏显得更缓了。这种缓慢推进的节奏需要读者有一定的阅读积累和阅读耐心，而这些对今天的孩子来说恰恰是非常重要的。

第二，《挂龙灯的男孩》的写作是一种向内的写作，它关注人的内心怎样变化。这个故事的时间跨度很短，时间短了，内心的表现就会被拉大。作家写作的时候是向内写的——为什么弘真的内心会出现对龙的执着？其实这个答案，我认为到最后还是没有明确揭晓。小说妙就妙在这里。如果有一部小说最后说要表达一个中心思想，我就觉得它完蛋了。你捉摸不透为什么这个孩子心里会怀有对"龙"的热望，但又觉得好像每个人心里都有类似的欲望，让人不能安生。孩子是在这种情况下去追寻传说的。

在这个过程里，如果舍弃和尚的对话，也怪可惜的，因为这段对话让人读到了书写转向的可能性。他们在对话中，刚开始重点关注的是"到底有没有龙？"，后来说到人物内心关注的"龙到底是什么？"弘真的心里本来只是想知道传说的真假，可后来，他想："何必要关心龙是什么样子呢？"孩子对于自我内心的认知是在这样的对话里推进的，他不会马上意识到。但在未来的某一天，他回头琢磨，会有新的感悟和发现。所以和尚的角色还是蛮重要的。

对自己内心的探索和爷爷的病痛是弘真去挂龙灯的驱动力。爷爷去世后，弘真的动力得到了淬炼和纯化，他开始思考，驱动自己挂龙灯的是什么？就这样，小说慢慢地表现出一个人的心理变化，慢慢地表现出一个人的灵魂的某种扩张。对孩子来说，这种阅读过程是很难得、很珍贵的，因为读者会进入一个内宇宙，自己跟自己去对话。

叙事节奏的"慢"和叙事内容的"向内"，是向着人的灵魂和精神的内部行走，它有属于自己的高级境界。它很难跟快节奏的故事直接对比，两者不存在可比性。"慢"的叙事对叙事密度的要求很高，它的叙事时空是延宕开来的，有许多秘密和细节。《挂龙灯的男孩》开场的时候，弘真走过奶奶家的酱缸。作者这时对气味的描述完全是宕开一笔，但写出了生活的感觉。

同时，故事相关的核心要素也出现了。弘真、爷爷、温福生、秋良，还有四眼、李志斌，以及关键的地龙传说都出现了。乍一看，你觉得这是孩子日常生活里的场景，但仔细一琢磨，其实所有的叙事因子都蓄势待发。与蓝基本保持着这种写作力度，用生活的生动细节来支撑缓慢的节奏推进，小说就有了回味。但是，越到后面，场景的叙事节奏越快，原本"密"的感觉却没了。

　　节奏加快不是不好，但和小说本身的特征和倾向不太符合。我个人比较期待小说最后能结束在"密"而"实"的生活感觉中。结尾让我有一点不满足，本来最后的场景是提气的，是具有结束性的一个休止符。我觉得与蓝在驾驭一个非常危险的叙事难题，因为弘真要许一个并非属于他自己的愿望，这会让人感觉有意识形态在作祟，刻意让孩子思想高尚。但这个愿望是他发自内心的，这一点很好。其实他没有想好要许什么愿望，他只是望着下面，突然间地龙的所有传说在他的脑海里点亮，他就说："希望每个人都有一个家，希望每个孩子都有关心他的人……"这几句话无须想就可以说出来，是很动人的。

　　弘真走出宝塔的时候，来了一位电视台的记者，让最后场景的回味空间少了。电视台的记者问弘真，听说你们学校打算推选你担任龙灯小使者，专门推广引牛镇的彩灯文化。虽然书里安排弘真扭头就走开，但我还是从生动、浓郁的生活气息里被带入某种新闻语体的感觉中，有点可惜。

　　弘真认为最重要的是他可以跟妈妈在一起，这作为结尾还是有点可惜。因为弘真从宝塔走出来以后，他的自我认识已经提升到了某种混沌而丰盈的状态：他还不完全明了生活是怎么一回事，可是他又知道有一种说不清楚的力量在他身体里。这种力量不但可以帮助他处理他跟父母之间的问题，而且可以指引他接下去的生活。如果这种认识仅仅落实在想要照顾妈妈上，我认为这是一种窄化。

　　作品对人物"向内"挖掘的深度，就是孩子最后的精神成长的深度表现。这倒不是说要让孩子突然成为一个拔高的、超出他年龄段的形象，而是孩子内心对生活、对世界的理解的变化应达到一个比较深的阶段。弘真的内心之前是被热闹和紧张的感觉所占据的,爷爷去世后,他所有的依傍都没有了,可他仍然去挂龙灯。挂完龙灯后,应该怎样更加深入地表现他此刻内心状态的变化?我知道这会很困难,但这也是同类的原创儿童小说所追求的最高级的表现了。

我来说个细节,在第66页,老师重新安排了座次。这个细节本来可以没有,也不影响小说,却是校园小说里常常出现的,所以值得警惕。弘真原来的同桌是柳娟娟,是个女孩,一点也不娇气,还是班干部。柳娟娟颠覆了我们对班干部角色的负面刻板印象,她会管同学,可充满人情味。后来弘真的同桌换成了戴淑雅。戴淑雅,名字又"淑"又"雅",但功课不好,数学尤其糟糕,老师们给她讲解题目的时候,她就会哭鼻子!同桌换成了会流鼻涕的戴淑雅,这是弘真进入四年级唯一不太满意的事。

我觉得这种感情是人之常情,可以理解。弘真这个角色有外向的一面,他外向的一面让我很喜欢,比如温福生打他的时候,他会逃,他甚至用很幽默的方式跟秋良说"我现在有办法对付温福生了"。这些细节让人感动,因为儿童用他自己想要欢乐、想要自由、想要冲破生活的枷锁的本能,把生活的压抑给默默消解掉了。温福生的迫害和欺辱对弘真来说没有造成那么大的伤害,因为他的内心是强大的。所以当弘真跟一个因为流鼻涕和功课不好而不受欢迎的女生坐在一起的时候,他的心里产生的情绪让人对这个角色的审美感觉有下降。很多校园小说都喜欢写优秀的男孩和优秀的女孩坐在一起,但现实世界中总有成绩不是很优秀或者不是很爱干净的孩子,他们不应该因为这样就让人觉得"不太满意"。戴淑雅既没有仗势欺人,也没有到老师那儿打小报告,都没有。她只是不太爱干净,这只是她的特征而已。所以弘真不太满意的心理细节,我觉得可以不出现。

总的来说,我喜欢读与蓝的文字。你把古院里的老张写成了生动的生活性角色,老张和弘真之间的对话是我特别喜欢的一个细节。

冯与蓝:谢谢赵老师!

方卫平：赵霞也是紧贴文本。如果与蓝昨天不把这本书再翻一翻，我会相信她们目前对文本的熟悉，可能已经超过你了。

冯与蓝：是的，我听时有种"再发现"的感觉。我在创作时的很多想法是潜藏着的，评论者把它点了出来，印证了我心里面模糊的感受，真的太感谢了。

三、创作转向：儿童主体性的艺术表现

常立：我跟冯与蓝认识最早是因为黑蓝文学奖，当时我也为她撰写过颁奖词。因此，我了解冯与蓝在创作儿童文学之前的一些写作，在此提出一个对比，也许可以让大家更全面地了解一下。当时的颁奖词是这样的：

获奖的作品《总得要从树上下来》和《如同穿越无人之境》……具体到这两篇小说的特点呈现上，她通过纤微、精确而取自日常生活的细节的"凝视"，揭示了女性主人公幽微曲折的欲望的秘密；通过对"无事之事"云淡风轻的叙述，呈现了溢出"象征界"符号秩序殖民的生命物质的残余物——"薄片"（lamel la）；以"无言之言"作为表征，进而也剥除了现实中含有的种种幻想，暗示出现实之下的"实在界"的令人恐惧和惶惑的真相：无人之境。事实上不只是没有人，而是什么都没有的虚空。也许现代艺术的秘密不是去表现在现实之上构筑的幻想之境，而恰恰是去表现现实中的幻想框架的崩溃，剥除现实中的显而易见或者不易觉察的幻想，摈弃现实中习以为常的"美"，而从丑陋、残酷的"实在界"去捕捉"薄片"，去探究意义的虚妄，去追寻"别样的美"。作为中国当下的女性作者，这种"穿越幻想"的写作是尤为难能可贵的。

我用了"无事之事""无言之言""无人之境"三个词来描绘与蓝早期的短篇小说。因为她善于用一种若无其事的方式，把加在现实之上的种种幻想和温情的面纱给一一剥除，把读者抛入虚无的境地。到了儿童小说里，这种生命的虚无感基本消失了，只在秋良的离别、爷爷的去世这些事上，稍微保留了过去幽微的影子。

除了前面的变化，更大的变化在哪里呢？"无事之事"没有了。为什么呢？因为我们要给孩子讲故事。所以不但不是"无事之事"，有时候还让人觉得作者在有意"找事儿"。孩子身上附加了很多东西，比如说一定要有父母离异的家庭，有特别糟糕的姑父，有校园里的霸凌，还比如说，送龙灯时小孩摔伤出事，秋良出现……这些都不是"无事之事"了，能让人感觉到作者的戏剧性手法。

同时，"无人之境"也没了。小说里充满了各种人，最后还上升到了守护人间的大爱，这在冯与蓝过去的小说中是不可能有的。为了烘托出"侠之大者""为国为民"的情怀，叙述中有层层铺垫。刚才赵霞老师和钱淑英老师都提到了铺垫，我可能更赞同淑英的观点。就我而言，我觉得最后的愿望许得太大。对孩子来说，妈妈会是他最直接的推动力，让他会许愿去守护。但弘真在最后一下子就上升到"为国为民"这种状态，还是应该有一个更强有力的动机能够把弘真对人类的关怀真正地托起来。当然，如果我来处理的话，可能会让他百感交集，一时间什么愿望都想不起来了。

冯与蓝：无论如何要许一个吧，不然太可惜了。

常立：不同的写作者有不同的思路，如果我来处理的话可能会就许一个很日常、很生活的或者毫不相干的愿望。第三个呢，就是"无言之言"的变化。与蓝以前的故事中会留下大量的空白，是需要读者去填补的，但这个小说写得太"满"了。刚才老师们提到的好的细节，恰恰就好在它们不"满"，因为它们留有空间。而那些冗余或者啰唆的，恰恰就是想得太多，填得太满了。

冯与蓝：很想解释，想给孩子讲清楚。

常立：对，但是要看怎么处理了。如果要在作品中添加议论的话，我会对自己提出一个要求：这个议论必须是别出心裁的、古怪的或者是别人想不到的，我才敢放上议论，否则会显得说太多。

这篇小说要用写实主义的手法来写，所以有重重限制。但有限制才会有挑战，有时限制反而能激发更好的想法。就这部作品来说，创作者好像没有在严苛的限制下爆发出让人眼前一亮的东西。

刚才淑英说的经历很有意思，我觉得完全可以写成一个心理小说——在读一部作品的时候，信？不信？信？不信？很好玩。如果我们把一部作品做得透了，是会让读者起犹疑的，但这个犹疑通常不是指向作品逻辑的，而是指向现实世界的——我生存的世界怎么了？这是我生存的世界吗？或者说是对自我的犹疑——我怎么了？这是我吗？我为什么会这样？按照卡夫卡的说法，一部好的作品应该能劈开人内心的冰冻之河，按照张大春的说法，则是让读者觉得轻盈的迷惑。这个"迷惑"针对的是生活、生存、历史、现实……而不是作品本身。但淑英刚才描述的心理过程始终围绕着作品本身的搭建过程——这个可以吗？好像不行？噢，不行！噢，可以——是一种"走钢丝"的阅读。

只有当作品把读者拉入叙述世界时，才能让他们生发出对自身存在的世界，或者对自身的强烈反思。现在的作品可能让我们这些所谓阅读经验丰富的读者，比如淑英和我，更多地停留在对叙事层的思考。做研究和分析时是需要这种思考的，但我们在初次阅读时，就产生了很多对作品叙事层的犹疑，说明作品这方面的处理还有改进的空间。

"无事之事""无人之境""无言之言"是在冯与蓝原来的成人短篇小说创作中，让我喜悦的、非常佩服的东西。这些东西到了儿童文学的写作中，发生了一定程度的变化。这是一个简单的对比，也是我讲的第一点。

第二点跟小说的核心有关。整部小说的脉络非常清晰，包括弘真听到传说、想去挂龙灯，要去实现爷爷的愿望，后来爷爷去世了，所以最终转化成自己的愿望，这样的逻辑框架和构思我个人是认同的，但我不觉得它被很好地传达或表现出来了。比如说主人公到底想干什么？他所背负的愿望价值何在？在我看来，弘真会痴迷于龙灯，一定程度上讲，爷爷的因素占了80%。他对地龙传说的痴迷，主要是因为承载着爷爷的愿望。

不光是冯与蓝的这一部作品，我们当下的许多原创小说都存在着近似的问题。在我们的儿童小说中，儿童主人公往往没有基于自身的欲望，他们承载的往往是来自父辈，甚至祖辈的愿望。比如某部获奖小说，儿童主人公历经千辛万苦，实现了爷爷怀旧的愿望。这样的创作在我们国内好像成为一个普遍的套路。我读这些小说的时候，常常会产生疑惑：我们写的是儿童文学吗？还是"爸爸文学"？或者是"爷爷文学"？读者到底是谁？当然不是针对冯与蓝的这部作品，是我把话头引开了。

当然，很多时候，长辈对孩子的影响是巨大的。但在中国的儿童小说里，大部分孩子背负的东西往往比外国儿童小说里的孩子多。每当我读到这些的时候，都会想到鲁迅在《我们怎样做父亲》里说的一句话："肩住黑暗的闸门，放他们到宽阔光明的地方去"。一百年过去了，我们的孩子依然在背负着父辈甚至祖辈的愿望。如果这个愿望值得背负的话还好，但我看到的愿望大多是不值得的。比如电影《老炮儿》里男主角的愿望：让他的儿子完全放弃自己的个人追求，去开一个爸爸当年想开的饭店或者茶馆。我觉得这都是对生活、对孩子、对现实，乃至对未来的扭曲，是一种有问题的处理方式。

《挂龙灯的男孩》里的爷爷没有《老炮儿》里的爸爸那么糟糕，但会不会有人觉得爷爷说话特别"占地方"？爷爷的影响力很大。弘真的爸爸与他们这么疏远，其实跟爷爷有关系。爸爸曾说，他选择了为他人而活着，为了实现祖辈的愿望，远离了爷爷。爷爷不但影响了爸爸，塑造了爸爸的人生，还在无形中塑造了孙子的人生。孩子在后来选择了守护，在我看来，是因为他想成为下一个"爷爷"。但就我个人而言,我不理解孩子为什么要做出这样的牺牲,为什么要放弃更多的可能性,去选择这样的生存?

我举两个例子,一个是《火影忍者》,一个是《海贼王》。《火影忍者》里的鸣人,他的愿望是像三代老爷爷一样成为火影村的村长,《海贼王》里路飞的愿望是要成为像被世界政府处死的海贼王一样的人。哪一个愿望会让我怦然心动呢?是路飞的愿望。在我看来,想当一个村长的愿望,对孩子来说,实现或者不实现都一样,因为村长一直都在,我们都能看得到。弘真的爷爷也是,我们都能看到爷爷的特点、不足或是各种问题,他对孙子的保护甚至都是不全面的。所以我不觉得爷爷是可以作为金字塔的顶端的,或者说是值得让孩子去追逐的。但是路飞想要成为的是海贼王,一个孩子为什么想成为一个被处以死刑的人?这里面就有无数的、激动人心的秘密,我觉得这种东西会让人……

赵霞:忍不住插一句,可不可以?

常立:可以。

赵霞:我觉得这里涉及一个问题,就是在儿童小说的语境中如何处理现实和理想之间的关系。我个人觉得,理想有可爱之处,是让人羡慕的,就像做海贼王,但也不要因为孩子心中有成为海贼王的愿望,就去否定成为村长的愿望。

常立:我的意思是,从我个人角度来看,哪种更让我怦然心动,我认为是后者。

赵霞:那两者之中,我觉得从一个更高的角度来看的话……

常立： 没关系，《火影忍者》有很多粉丝，我不反对《火影忍者》也有很多粉丝啊。

赵霞： 从更高的角度来看，表现什么愿望，只是一个选择。

常立： 我只是在说我个人的理解，你接着说。

赵霞： 我觉得爷爷的形象能够被塑造得理想化，但他在真实的生活境况里可能就是这样的，他会有缺陷。

常立： 而且很多。

赵霞： 他身上也有优点，这就是生活的复杂之处。

冯与蓝： 我不觉得爷爷有很多缺点，他就是一个真实的爷爷。

赵霞： 爸爸选择去实现爷爷的愿望，我觉得可能是因为爸爸比较敏感，自己在揣摩爷爷想要他这样做，然后他就这样做了。

冯与蓝： 他在反思。

赵霞： 爸爸不见得是一个理想化的角色，但他是一个真实的角色。

常立： 我的意思不是说要塑造一个理想化的爷爷，让孩子实现他的愿望。不是的，我的意思是孩子最好有自己的愿望。

冯与蓝： 这是关键。我在揣摩一个小学四年级孩子的生活需求时，我觉得他没有想过要征服世界。他也许只是觉得外面的世界吸引他，小说里弘真对外面的世界是充满好奇的。

赵霞：嗯。

冯与蓝：我们成年人有时会觉得，哎呀，不要让一个小孩背负这么多责任。但是，孩子在成长过程中，他会需要来自家庭的认可，需要来自家庭的安全感。他会意识到：我是一个独立的人，然后慢慢萌生一种想法：我要承担家庭的责任，让大家认可我的能力。他积聚了力量之后，再向外扩展。所以，弘真会觉得，对爷爷的照顾是必要的。

想保护孩子，不让他承担很多责任，其实也是我们成年人加诸孩子的一种观念。

常立：那个更让我怦然心动的愿望，不是征服世界。《海贼王》里有人问路飞，你做好准备征服这片大海了吗？路飞说，我才不要征服什么大海呢，在这片大海上谁最自由谁才是海贼王！当然，路飞是一个少年，他说的话可能超出了弘真的年龄和思考。但我说的是，这样的愿望会更让我怦然心动，只是在讲我个人的一种观感。

赵霞：就是说我们现在太缺这个了，是不是？所以我们强烈地呼唤它。

常立：对，因为我们现在的"爸爸文学"和"爷爷文学"太多了。

钱淑英：关于这个期待和呼唤，与蓝她应该会……

冯与蓝：他把问题投射出去了。

常立：对，刚才说了，我不是针对这本书说的。我只是想到，目前有非常多可以用"爸爸文学"和"爷爷文学"来概括的作品，感觉很疑惑。

赵霞：对，现在电视剧都这样。

常立：如果有一部作品来承担一个爸爸的愿望，我觉得这是一种选择，完全没问题。我讲的是这样的现象太多了，所以我不是要去比较……

赵霞：两个愿望之间的区别。

常立：对，我只是说，我更盼望看到孩子基于自身的东西。不是要把弘真拔高到十七岁的路飞那样去追求自由，不需要。但是四年级的孩子有没有自己的愿望？还是涉及挂龙灯的动机，我觉得它可以处理成属于弘真自己的东西。所以我刚才提到的问题，只是针对现象，不一定基于与蓝的文本。

第三点我也是离开这个文本说的。比如说我一开始看到这个故事的时候，会有一点像在读《堂吉诃德》的感觉。

冯与蓝：没有。

常立：只是我自己的感觉。在现实当中，很多人可能已经不相信地龙的传说了，因为传统在衰落，故事在消逝。在这样的大背景下，如果一个孩子仍然坚信传说，因为传说去做事，去寻找。那么在我的理解和想象中，这个故事可能会成为有点堂吉诃德精神的文本。

但我最后发现它不是。堂吉诃德的精神是，不管他与他所生存的世界有多少矛盾，有多少冲突，有多少隔阂，他都忠于自身。他一直忠于内心的疯狂去做事，这其实是个人意志的体现。在这本书里，"张疯子"身上有点个人意志的影子，但在主人公身上没有。如果我来处理的话，我可能会加一些张爷爷的疯狂气质在弘真身上，让这个孩子与众不同一点，可能会让他对传说的痴迷程度更深。当然，他面临的质疑可能会更大。但是我想，故事永远会站在孩子和传说这边。

因此，我以为故事会这样：大家都怀疑地龙传说，但有一个孩子相信。故事将会有许多冲突、矛盾，但最后会以一种写实主义的方式，让人看到传说的真实性。虽然刚才你说没有堂吉诃德式的感觉，但是我想，这些应该是你创作构思中的一部分吧？

所以，如果这个人物身上带着更强有力的"疯狂"，可能会更令人信服。我们读《堂吉诃德》的时候，会慢慢因为堂吉诃德个人的疯狂和意志强大而深陷于他的叙述，到最后我们会觉得其他人才是疯子。四百多年后，我们发现，那些质疑传说和骑士精神的存在的人，嘲讽的不是堂吉诃德，反而是他们自身。这样就有可能让传说最核心的虚构和幻想传递出最真实的力量。

当然，这可能又远离你的文本了。前两位老师都比较贴近文本，我在后两点就跳出来了。

冯与蓝：这个文本不能说服常老师，所以还是跳出来说比较自由。

方卫平：还是有所联系的。与蓝有什么想说的吗？

冯与蓝：常老师读过我以前的许多小说，再读我的这本小说，肯定会不适应。我要解释一下。

从先锋小说、实验小说转型到儿童小说，是我个人内在的一个转变。常立老师希望能看到一些外倾型的语言，能让读者产生对外部世界的质疑。这部小说可能很难达到他的预期，因为我的作品和我自己的性格很像，是内倾型的。我自己在写作时会有矛盾和说服的过程，总要说服自己，会有内在对话，所以钱老师在读的时候也会有内在对话。

我之前写"无事之事"，对着一堵白墙在那边抒情，其实蛮痛苦的。从

2007年到2008年，我学习心理学，一开始是因为我觉得了解人物的内在情感后可以更好地写作。但学了两年后，我发现最重要的还是要先理平自己内在的情结。因此，我忽然决定和这个世界和解，不想把自己当作一个"堂吉诃德"。我尊重堂吉诃德这个角色，但我并不是很喜欢他。现在我会去理解和包容很多人的成长，并柔和地处理。我在之前的创作中学到过许多写作技巧和阅读观念，但写作儿童文学的时候，我感觉到写儿童文学是让我内在最舒服的那条路，这才是我真正要写的东西。

所以在这本书里，我呈现了不完美的家庭模式，包括孩子、爷爷、父亲，其实他们都在反思。爷爷有自己的遗憾和英雄情结，这在中国家庭中是常见的。一个老人的情感很容易影响孩子，这也是真实的。而一个孩子，他不可能不去延续家族的某一些传承。作为独立的个体，即使反感或者不喜欢，也是无法避免的、无法否定的。弘真有所继承，但他没有全盘接受。

为什么他一定要挂龙灯？除了要为病重的爷爷祈福之外，挂龙灯还是弘真摆脱生活泥沼的内在力量。他的生活中有一些矛盾和不快乐的事，使他必须寻找一个更高的内心寄托。可能我没有表达好，但这是我一开始写作时的内在逻辑。

对于弘真整个的性格设定，我当时写在纸上思考过。一种是内倾型的，一种是外向型的，包括那种浪漫的、热情型的，我也想过。但是我觉得，一个四年级的、由老人抚养长大的孩子，似乎并不具备敢想敢做、热情浪漫的性格。作为一个老师，我教过很多单亲家庭、寄人篱下的孩子。我觉得老人带大的孩子通常依赖性会强一点，胆子不是那么大。如果让他变成《海贼王》或者《火影忍者》里的主角，那似乎是无根据的。所以我选择了弘真现在的性格设定，是相对内向的、较柔弱的。

至于父权在家庭中的呈现，我好像没有明确意识到。我再看一看。如果有这方面无意识的流露，我觉得是应该警惕的。在接下去的两部小说里，我会有意识地梳理一下。谢谢常老师。

常立： 我再补充一下。堂吉诃德式的人物不一定都是外向的，因为"在现代小说里面，很难有人物能够摆脱堂吉诃德的影子"，这是拉博科夫说的话。我们可以从很多人物甚至贾宝玉身上看到堂吉诃德的影子。还有读者对自我、对世界的质疑，它不是一种外向的质疑。它质疑的是自己的生存、自己的思想，以及自己与世界的关系，是一种内倾的质疑。

所以我不是指我喜欢外倾的、浪漫的作品。我不排斥内倾的作品，像卡夫卡、普鲁斯特、伍尔芙的作品都是内倾的，但他们都是会让你对自我、对存在、对世界本身发出疑问的。所以不是所谓外在的疑问，我想补充这一点。

我跟冯与蓝是很久的好朋友了，算是网友，所以我也敢说话。

冯与蓝： 之前就有过争论，很多年前就吵过架。（笑）

常立： 对，在网上吵过架，但是也没有损害友谊。（笑）

胡丽娜： 我接着说吧。我想先讨论一下常老师刚说的问题，就是我们会看到，在许多儿童文学作品中，孩子的自我主体性和内心的愿望体现得不是特别鲜明。成人常常会试图让孩子顺应典型的环境和大人的期待成长。图画书《胡萝卜种子》里的男孩，他内心坚定，要种一颗胡萝卜种子。他的爸爸、妈妈、哥哥都说它不会发芽，但是他依旧去浇水、拔草，做他应该做的事情，最后收获了胡萝卜。但在许多作品里，大人一否定孩子，孩子就会顺着大人，按照成人经验的传递去做另外一件事情。这也是让我感到无奈的地方。

我说回作品。这本书非常好读，看得出作家关于文本叙述、作品题旨的精巧考虑。作品在素朴、缓慢的文字叙述中，渗透出一些厚重的、值得思考的东西。我很喜欢作品里带有浓郁的生活气息的描述，主人公的感官是敞开的。在生活感觉和历史故事的融合过程里，主人公背负的东西非常多。而背负太多的孩子，往往会慢慢成长为我们现实中常见的形象——试图去理解成人，理解这个社会和现实，但到最后，他们内心的光亮却变得越来越暗。

我一直有些犹疑，弘真选择和妈妈在一起，有多少是真正地发自他内心的意愿。因为在选择之前，即便爸爸和爷爷一直都在对他叙说妈妈的不易、善良和对孩子的关爱，可他和妈妈之间是很少有直接接触的。弘真妈妈对弘真的那些默默关注，包括抱着钢筋锅、在他的生日煮面条的细节，其实还是不够支撑弘真选择留下来的情感力量，还不够强烈和浓郁。这是我的一点感觉。

另外说说刻板的人物形象。小说如果要让弘真达到对自我的接纳和对生存环境的理解的话，是离不开众多人物的支撑的。因此，人物的出场如果仅仅是为了某种叙事功能，或者说增加弘真的磨难系数，那是不够的。阿胖、李志斌奶奶、秋良的妈妈等人物的形象都有生活的印记，是可以理解的。但温福生这个角色有许多行为是让人不解的。按旧俗来说一个男性不会选择去做倒插门。我们是否可以在一个不可解的人物背后，尝试把他的内心的某些凄苦的东西，做一个简单的交代。虽然爷爷理解了他，但是读者并没有完全理解。

在这部作品里，女性角色都是相对静默和被动的，男性的力量更加强大。在弘真的成长里，影响他更多的是老张、爸爸、妈妈。而且弘真很多时候不是发自内心地去感受，而是通过爸爸、和尚等人的讲解被影响，我们是否可以让他在自己的行动中慢慢去揣摩、体悟呢？

另外有一点，弘真去寺庙里面喝腊八粥，是因为爷爷跟和尚认识；爸爸跟弘真说可以到某个学校去，因为学校的校长是隐牛镇人，我觉得这些是成人在人情社会里的一种价值观，父辈会把这些价值观传递给孩子。但我觉得作家在创作时需要对这样的价值观保持某种警惕和距离。比如说，在结尾的时候提到了电视台的人来采访他，尽管有老师认为这个结尾偏弱，但是我觉得是一种比较智慧的处理。因为弘真避开了电视台的采访，他没有顺应现在所谓的媒体宣传，没有一定要去与时代的主流相融合。

而某些情节的设计可能又过于简单了。比如，制作龙灯是一个非常重要的环节，在这个过程中，弘真作为个人主体的力量、参与度，或者说重要性并不凸显。弘真可不可以是一个内心更加坚定的孩子？他能不能拥有自己真正的声音？秋良是他的榜样，爷爷跟他讲父辈的艰辛……这么多复杂因素包裹着孩子的时候，他很少有自己强烈的声音。当孩子处在内心的犹豫和彷徨中时，儿童文学作品是否该给他们坚定的光亮？但我们看到很多作品告诉孩子们：我们的现实是无奈的，你只能在无奈的现实中做一点点被允许的事情。

　　和其他老师一样，我在考虑这些问题：弘真的逻辑的出发点和情感的浓烈度是否足够支撑他挂龙灯？地龙的传说和孩子自己生命的交织点在哪里？他为什么一定要选择去挂这个龙灯？这些可能就是个体生命与故事的交织和融合的点，但我没有看到特别有说服力的点。

四、现实与虚构之间的趣味性表达

　　徐静静：我的孩子丫丫是一年级的小朋友，她对于我们这本书所预设的读者而言，年龄有些小。但我在给她读的时候，她一直在问"龙灯什么时候出来呢""龙灯是怎么做的呢"，还有"那个小朋友有没有学会怎样做龙灯呢"，这些是孩子关心的重点。冯老师的写作是把生活的细节慢慢地展开。我作为成熟的读者，是可以慢慢看下去的。但我很担心有读者会因为一直等不到龙灯的出现，因为这个缓慢的过程而放弃阅读。当然，这不是要迎合孩子去写作的意思。

　　钱淑英：我的孩子兜兜读到第 100 页的时候，有点忍不住了，就直接看结局……

徐静静：对，因为他要看龙灯。

钱淑英：然后兜兜第二天再读前面的部分。

徐静静：丫丫也是，她要我找出龙灯和地龙传说的片段给她看。还有一个她最喜欢的点，就是秋良和弘真的对话，有孩子和熟悉的同伴之间活泼和张扬的感觉。但是到后来，弘真这样天真的言语和童年的表达就没有了。

还有背负父辈理想的这一点，很多人都会背井离乡，这是人生的无奈。爸爸在做这个决定的时候，是出于现实的考量。他觉得外面的世界会更精彩，可是小镇几十年来没有变化，为了实现父亲的理想，他要改变，要离开。但是弘真为了妈妈，或者爷爷，一定要留在家乡，这其实可以是他发自本心的意愿。跟爸爸的理想对比，我觉得孩子遵从了自己的内心，他为了爱的人留在这里。

我们有想要改变自己、实现人生抱负的愿望，但是也有亲情之间的羁绊，到底该选择哪一方呢？文学作品能否把这个两难问题处理得更好呢？让这个孩子既可以守护亲情，又可以改变这个世界。

赵霞：太理想化了。

徐静静：能否让弘真成为龙灯文化的传承人？既可以守护他的家园，又可以实现某一种人生价值，会不会更有意义一点？

赵霞：文学最重要的应该是表现矛盾，但会让你看到在矛盾之中，生活还是有光亮的。

徐静静：对。

赵霞： 如果没有矛盾了，那样浑然一体的文学肯定是假的：又可以实现这个，又可以实现那个。

徐静静： 所以这就是一个两难的境地。还有一点是地龙飞升到天龙的过程。它隐喻了一个孩子的成长，就是心智混沌的小朋友如何成长为内心坚定的孩子。但是我觉得学习制作龙灯的过程，被放在太后面，而地龙传说的叙述过程太漫长了……

赵霞： 整本书的情节安排是这样的："龙——灯。"（笑）

徐静静： 对，这中间的过程太长。小说里还写到妹妹们从与表哥疏远变得能够帮助表哥。珊珊和瑶瑶本来是跟他有很深的隔阂的，其实孃孃家这两个孩子的笔墨可以利用起来，描写成感受到龙灯文化的两个孩子，被主人公感染。

冯与蓝： 这样弘真的个性与结尾的铺垫就能补上一些。弘真最后为什么会许这么大的愿望，应该也有周围人变化的影响。

钱淑英： 这两个表妹没好好用起来，笔墨太少了。

徐静静： 我觉得是的。

冯与蓝： "丢"了很多，狗也"丢"了，表妹也……（笑）

赵霞： 但是要小心，我觉得一定要小心。这里有个两难的问题。一方面，我们不愿意看到现在的影视作品和文学作品只是仿写现实，我们看不到一点透过现实的光亮，但另一方面，我也不愿意看到作品在写一个完全虚想的、不可能存在的、自己不能相信的东西。这两者之间怎么样保持平衡呢？

常立：刚才我跟胡丽娜老师讨论了下，还是作者怎么处理矛盾的问题。现实题材是可以的，但作者可以创造一个叙述者，当作品出现"这就是生活，这就是现实"的时候，叙述者可以体现出……

冯与蓝：态度。

赵霞：对，这里人物要拆解……

冯与蓝：我把态度放在后面了。

常立：你对那个记者的处理是有态度的。

冯与蓝：对。

常立：这些现实都可以出现，再用叙述者表达态度。这是完全可以的。

冯与蓝：我不只想呈现生活，应该还要有对情况的判断。

胡丽娜：弘真最后的愿望那么宏大，好像是为所有的人。但他脑海里闪过的，都是在他的记忆中占据一席之地的声音。如果达到了为所有人许愿的程度，那温福生也应该是有闪现的。

冯与蓝：这是我个人的问题，写到这里的时候我还是不想原谅温福生。

胡丽娜：对，但是你又把孩子拔高到为所有人许愿的高度了。

常立：那愿望应该是：希望每一个人幸福（除了温福生）。（笑）

赵霞：他说每一个人的时候，可能就是没有想过温福生，这也是这个孩子本性的展现。

常立：我会觉得，这就是小孩子的想法，挺正常的。

冯与蓝：我还是不喜欢他。

胡丽娜：这是一个巨大的差距。人物所达到的力度，和作家所要呈现的力度之间的巨大差距。

方卫平：大家的讨论都非常好。希望同学们也能抓住机会发言。

刘艺唯：我想讲两个点，第一点是小说里关于女生的描写，比如"弘真才不像班里有些女生那样，为了一点鸡毛蒜皮的小事情斤斤计较"，还有"女孩子就是神经兮兮的""女孩子尖声尖气的"之类的。我觉得男女之间性别的矛盾、冲突是可以写的，但是这样写有点概念化。弘真对于女生的感觉是一种很概念化的印象。虽然有柳娟娟跟弘真这种性别之间的和解，但它与前面的印象描写融合得不是特别好。这让人心里有个坎，我觉得，男孩子和女孩子在这个年龄阶段确实会有性别冲突，但是我们不要去固化这种刻板印象，这样不太好。

第二点是老师们都谈到的弘真自我的塑造。这部作品可以说是弘真自我的寻找和塑造的过程，但他的自我不是自己塑造的，而是他周围的人在塑造他，他没有核心的、主体性的精神力量去支撑他挂龙灯。常立老师提到的《海贼王》里，路飞和伙伴们对于梦想一直非常执着和坚定。《海贼王》从来都没有具体解释路飞的梦想，而是路飞每次用自己的行动去证明。路飞的理想是由具体的行动来支撑的。我们说挂龙灯的动机不够，我猜测可能是因为小说里缺失一种追求理想的核心精神力量。关于孩子负担父辈愿望这一点，我觉得是否可以把他和爸爸、爷爷的联系串成对精神力量的继承，让爷爷感染弘真？

冯与蓝：这样会不会又变成外部对这个孩子的塑造呢？

刘艺唯：嗯，也有可能。

赵霞：这是不可分的。

刘艺唯：我觉得它可以传承的是一种内在、正向的力量，因为弘真身上缺少着某种童年的力量。

冯与蓝：我当时想过，父辈不该对他造成太大的影响，所以我避免把父辈塑造成高大全的形象。

刘艺唯：但是父辈让弘真背负了太多东西。小说最后说了一句话，让人觉得弘真特别累。弘真没有了爷爷和爸爸，但他"要撑起一个家"，可他只是一个小学的孩子。

冯与蓝：你觉得他的力量不够，需要再给他一点力量。这点我再思考一下。

赵霞：艺唯说的第一点还挺有意思的，因为生活中很常见。

冯与蓝：对。

赵霞：我想到一个解决办法：你不要用"女生们"，可以是具体的……

冯与蓝：某个人。

赵霞：这样就没问题了，因为所指是确定的。也许有尖声尖气的女生，但也有男孩子气的女生，各种都有，把话落实到具体的人上就没有问题了，因为读者会知道这句话不是指向所有的女生。

冯与蓝：其实流鼻涕的小姑娘也有闪光的东西，但是写到后来我捉不住了，还是应该让弘真最后觉得她挺好的。我就像做包子一样，放了很多馅儿，最后要捏褶儿的时候发现馅儿没有被包住。

刘艺唯：弘真是个内倾型的孩子，他内心对他周围的人和事有着柔软的情感。我觉得结尾的时候可以不要把王涛和顾大海弄得太邪恶。

冯与蓝：你的意思是能接纳他们，让他们变好？

赵霞：明天睡一觉，顾大海变成了贾秋良。

冯与蓝：坏人都变好人，这个情节设置会不会太刻意了？

胡丽娜：他们需要一种悲悯和理解，让人理解他们为什么会变坏。

冯与蓝：对，这一点可以。弘真在最后许愿的时候也许会注意到——某个他害怕、讨厌的人其实背后有一些无奈和不如意，这样许愿的理由就成立了。

黄如芳：艺唯说弘真对女生的感觉被描绘成了刻板印象。但是在我的经验里，这个年龄段的孩子，他们对男女性别的差异是很敏感的。我弟弟跟弘真一样大，他有时会跟着同班男生喊："男生加油！女生漏油！"

冯与蓝：对，这是我的经验。有的时候男女生还会吵架。

钱淑英：是的。

黄如芳：这是真实的，但艺唯同学说的也挺有道理，因为写出来的时候可能会对读者有所引导。

冯与蓝：对。

黄如芳：我们大家对女性主义好像都特别敏感，看到一点就容易去放大。但我们是该在书里如实描绘性别差异呢，还是因顾及女性主义的观点避开不写呢？

冯与蓝：完全说出了我创作时的矛盾。

常立：其实还是刚才那个观点。不用避开现实，但是叙述者要避开，要隐含作者的态度。

赵霞：可这里的叙述视角是弘真的视角，读者们会对弘真有所认同。一般我们进入阅读的时候，主角的影响力是强大的，弘真对女生的看法对读者是有影响的。我们要考虑这种影响力，但这不是一个女性主义的问题，而是男孩和女孩之间相处方式的问题,因为他们受到传统文化里某些观念的影响,打破它是为了让每个人都更自由、更舒服。

冯与蓝:对,还需要一些具体事件的出现,让他处理自己的观念。

赵霞:如果他成长了,那就行。

常立:他可以这样想,但是后面可以出现一些事情,颠覆这个刻板印象。

冯与蓝:对,这是我丢了的线索。

肖晶:我听得特别过瘾。我从读者和编辑两个角度说说对这本书的认识。

先来说作为读者的认识。从文稿到成书,我一共读了十遍文字内容。但每读一次我都会收获感动,比如弘真艰难成长、走出自我的过程能让我找到自己的影子。还有爷爷的去世,特别虐心,我第一次读的时候差点崩溃大哭。这是我作为成人读者的感受,可能对小读者来说也是有意义的。

再说我作为一个编辑的感受。作为编辑,我对于冯老师的作品比较了解,比如《一只猫的故事》。这个故事后来收入童话集《一只猫的工夫》,钱淑英老师还写了一篇书评。后来冯老师的"犄角镇"获了中宣部的奖。今年开花结果的则是现实主义长篇小说《挂龙灯的男孩》。冯老师的作品能在小说和童话之间自由切换,这跟她本人的创作状态是分不开的。她的写作状态非常认真,用跟自己死磕到底的那种劲儿在写作。

冯与蓝:我写到崩溃的时候会给她发短信,然后把整段划掉。

肖晶:她就像故事中的弘真一样,离开自己的心理舒适区,一步一步地向目标迈进。虽然最后的成品可能有一些不足,但对一个作者来说,认真地写自己的东西，然后在每一部作品中都能够成长，去做得更好，这难道不是最好的状态吗？这是我作为编辑的感受。

方卫平：如果说冯与蓝是这本书的妈妈，你就是助产士啊。最后我们请今天的女主角发言。（鼓掌）

五、结语

冯与蓝：谢谢红楼的各位老师、同学们，我三次来红楼都是因为"拾光者"这套书。红楼是一个理想的、做学问的地方。今天非常感动，因为我已经很久没有经历这种非常真诚和深入的讨论了，让我受益良多。每次从红楼回去，我都会对自己的创作有一种不满足的感觉。写完这本书，还有更多新的、未知的篇章等待着我继续创作。我回去后会把各位老师、同学的建议和意见重新做一下梳理，希望在以后的作品中能有更好的呈现。谢谢！

方卫平：好。谢谢与蓝。感谢大家参与今天的讨论。大家都做了非常充分的阅读和思考，像朋友一样来讨论这部作品。红楼研讨会走过十年，差不多变成了我们的一种习惯。这是一个讨论文学的地方，一个建立友情的地方，也是师生交流、共同成长的地方。

整理者：梁芝燕　黄如芳　洪晨莹　刘艺唯

神奇的红楼之缘

冯与蓝

2016年5月初,我第一次来红楼。那是一栋非常有名气的、被层层叠叠的绿叶掩映着的、对我这样一个进入儿童文学不久的新人来说曾经只存在于传说中的建筑物。初夏光景,天已有些热了,红楼里却是阴凉的,整洁而安静,我的脚步放慢了,连呼吸也变轻了。往楼梯上走,看见大片浓绿从窗户外透进来,我心想,能够在这里学习和工作,是多么幸福的一件事啊!

第一次来红楼,是因为明天出版社计划出版的"拾光者丛书",就像被上帝的手指点中,我梦幻般地成为写作者中的一员。方卫平教授——著名的红楼"楼主"——建议通过编辑、研究者和作者之间的深入互动研讨,促成一批有质量的原创儿童文学作品的诞生。所以,我和其他几位小伙伴,有机会坐在红楼的会议室里,畅谈自己对于优秀儿童文学作品的种种认识。现在想来,当时自己的滔滔不绝实在是不知天高地厚,许多观点说来容易,真正落实到笔端,必须经历多少山穷水尽、峰回路转啊,但那时我一点也不知道。

第二次来红楼,是2016年12月,我们带来了小说的初步构思。为了一个情节的走向,一个人物境遇的合理性,甚至只是为了一个书名,红楼师生们展开了热烈的讨论。听"拾光者丛书"的策划徐迪南老师说,像这样形式的研讨在国内儿童文学界尚属首次,所以,托红楼的福,我们也算是开创了一项新纪录。

2018年11月3日，我第三次走进红楼，带来了已经出版了半年的《挂龙灯的男孩》，和这本书的责编之一肖晶一起参与红楼的研讨会。会前我偷偷地做过一些假设，预估会听到一些什么样的评价和反馈，以免需要我应答时张口结舌接不上话。这本书的写作过程中我遇到了不少困难，尤其是自我质疑，肖晶说我写作时会跟自己较劲，她很了解我。据说王尔德为了标榜自己生活的悠闲，扬言："我整个早上都在校对自己的一首诗，去掉了一个逗号。"后来又说："下午我又把它加回去了。"把"诗"换成"小说"，把"悠闲"变成"死磕"，对我也是适用的。故事中的陆弘真需要一个强大的动因促使他去寻找天龙，去悬挂龙灯，作为作者的我也需要坚定的力量讲完故事，最后把龙灯挂到天上去。我有时会想起在红楼的前两次研讨，想起那么专业、严谨的一群人，想起那些闪着光芒的讨论，想起初来红楼时的雄心壮志……勇气就像气鼓鱼一样慢慢充盈起来，于是就继续慢慢地写下去。

不管怎样，最终，我带着书又回到红楼，这种感觉，就像带着一个在此地孕育、在外乡分娩的小生命回乡省亲，欣喜，憧憬，还有意料之中的忐忑。

研讨会比我预料的还要激动人心。无论是充满温暖的肯定，还是字字珠玑的批评建议，都让我感受到了巨大的鼓舞。比方说钱淑英老师提出的弘真许愿的铺垫问题；赵霞老师提出的结尾部分节奏太快缺乏动人细节的问题；常立老师提出的对话过满、方式不够新颖的问题；胡丽娜老师提出的人物刻板印象的问题；徐静静老师从儿童本位出发提出的趣味性问题；研究生代表提出的主人公精神力量的问题……以及始终在关键时刻频出妙语，以四两拨千斤之势串联整场研讨活动的方卫平教授。许多的金玉良言，既是清醒剂，又是兴奋剂，让我有一种脚踏实地行走的坚定感，也激发了我要写出更好作品的斗志。回程的高铁上，我的耳畔依旧回荡着红楼的声音，有什么比作品真的被人用心"看见"了更幸福的事呢？我觉得自己实在太幸运了。当天晚上，我一口气看完《生活在童话中——红楼儿童文学对话Ⅱ》，激动得一夜无眠。必须强调一下,本人睡眠一向不错,一旦睡不着,肯定是发生了震撼心灵的大事情。

如今我又回到了上海,生活和工作在继续,看上去一切如常。但是我很清楚,对于写作,很多东西正发生着神奇的改变。我希望这些变化能呈现在我的下一部新作中,也期待着能第四次、第五次……回到那栋被葱茏绿意掩映着的小楼,去聆听,去思考,去碰撞激荡。

感恩红楼,祝福红楼!

冰波"孤独狼"系列童话研讨会

"孤独狼"系列(《巨大的恐龙是宠物》《香香的香水味》《荷花小精灵》《人鱼变丑八怪》《蚌的脾气变坏了》)

作者:冰波

责任编辑:赵平

出版信息:新蕾出版社 2019 年 3 月版

作者简介：

　　冰波，本名赵冰波，杭州人。国家一级作家。浙江省文联委员。1979年开始儿童文学创作。主要作品有《狼蝙蝠》《阿笨猫全传》《孤独的小螃蟹》《月光下的肚肚狼》《蓝鲸的眼睛》。获全国优秀儿童文学奖（3次）、全国"五个一工程"奖（3次）、中国国家图书奖（2次）、冰心儿童图书奖及新作奖等奖项。

"孤独狼"系列童话：从讲故事到"演"故事的转型

时间：2018 年 11 月 24 日
主持人：方卫平

引语

方卫平：各位老师、同学，红楼儿童文学系列研讨会的第三十场——"冰波'孤独狼'系列童话研讨会"现在开始。冰波老师的这一套童话作品即将出版，儿童文化研究院和新蕾出版社联合主办本次会议。冰波老师是二十世纪八十年代以来抒情派童话的重要代表，其实这个标签不足以涵盖他的创作。"孤独狼"系列童话还没有出版，但是新蕾出版社已经做了很多的前期工作。我想先请新蕾出版社的编辑焦娅楠来说明一下。

焦娅楠："孤独狼"系列童话一共五本，定位为桥梁书，目标读者是五到八岁的孩子。我们已经将《香香的香水》这本书的版式设计好了，书的开本为 24 开的方形。前环页富有童趣，图里隐藏着一瓶香水，这涉及童话的背景——南瓜堡和森林。每本书都有一个总序——"欢迎进入南瓜堡"，内容是通过孤独狼的身份介绍南瓜堡。这套书是情境童话，故事里的人物、地点都有明确的位置。阅读时，我们可以根据具体的情境进入故事中。随后是人物介绍，包括人物的性格和语言。整套书是注音版的。谢谢大家。

方卫平：小焦的介绍让我们看到了正在制作当中的书。谢谢。

冰波二十多岁时写了一系列很有影响的短篇童话，比如《秋千，秋千……》《窗下的树皮小屋》《梨子提琴》等。在以郑渊洁为代表的热闹派童话之外，冰波的作品在当时的童话界独树一帜，班马说"冰波为中国的童话创作带来了一个很好的美学结构"。他常因为作品抒情、美好的气质而被小读者误认为是女作家，所以他当时常收到小读者的来信，称他为"冰波姐姐""冰波阿姨"或"冰波奶奶"。那时候冰波血气方刚，为了证明自己是男子汉，写了很多探索实验性的童话，以及像《怪蜗牛奇遇记》、"阿笨猫"系列等幽默诙谐的作品。1987年12月，我曾写了一篇《冰波童话的情绪变调》，冰波告诉我，那是关于他的作品的第一篇评论。今天，用一个简单的标签来定义冰波显然已经不够了。

一、为童真写作：低幼童话的人物塑造

周晓波：我跟冰波认识应该是在1984年举行的浙江省儿童文学创作年会上。我看着他的作品一步一步走向辉煌。这其中，冰波作品的艺术变调让我印象深刻。冰波是不甘平庸的作家，他总是在探索新的领域。当大家热衷于热闹派童话时，他以非常清新、温婉的方式写童话；当大家熟知了他以后，他的创作又发生了变化，比如《狼蝙蝠》《月光下的肚肚狼》《蓝鲸的眼睛》等，每一部作品都有不同的风格。可以看出，他是一位有才华的作家。

当我研究童话美学时，我是把冰波列为抒情派童话的代表来阐述的。我认为，虽然他不断尝试变化，但他仍然保持着自己的写作风格。"南瓜堡"系列童话延续了冰波"阿笨猫"系列作品的创作特色：接近生活，靠近小读者。他重视人物设计，围绕人物特点设计童话情节。这个系列的主人公"孤独狼"，不同于肚肚狼，而是融合了好人和坏人两方面的特质。孤独狼常有

馊主意，会捣蛋，但又不是穷凶极恶之徒，就像是一个非常调皮的孩子。可能冰波在内心深处还是一个小男孩。

这套书的故事以主要人物来进行串联，故事既独立成篇，又有延续和发展，整体设计也是成功的。听了焦编辑的设计，我认为这套书用桥梁书的形式来呈现是很好的，但我建议要把孤独狼的调皮劲儿凸显一下，更童趣化一点，造型上可以有些变形，不要太写实。

阅读完这套童话，我还是有一种不满足感，感觉比起以往的作品，这套童话的突破和创新还是少了一点。或许是我的要求太高了。

汤素兰：很高兴能来参加冰波老师的作品研讨会。我跟冰波老师认识还是在浙师大读研的时候。我见冰波之前，已经读过他所有的早期童话。现在我在给学生上课时是必讲冰波的抒情童话的。

今天，首先要向冰波老师致敬。他真的是不满足于自己的成就和地位，一直在突破自己。作为儿童文学的写作者，我要向冰波老师学习。一个作家沿用自己的一种风格是最保险的，但冰波老师在不断地突破自己。他曾经有过那么重的病痛，几乎是重新开始学习语言，但他仍然保持这样的创作态势。

冰波：生病那时，我基本上话都不会说了。

汤素兰：是的，所以您能恢复到现在的创作状态真的很不容易。

我想说说我的感受。第一点，"孤独狼"系列童话坚持了儿童立场的写作，坚持"儿童中心"的写作。他是为孩子在写作，他作品里的游戏、人物的设置都特别地以孩子为中心。他把作品和童年的游戏、童年的精神充分地结合起来，为孩子建造了一个游乐的天地。尤其是当作品被编辑用这样的一种方式来呈现时，更加充分地展示了童年的天地。所以我觉得这是一部以儿童为中心写作的、坚持童年立场的作品。

这也是一部充满了人生智慧的作品，因为仅有童年立场，肯定是不够提升作品的。在塑造人物形象的时候，写坏人是很不容易的。写了坏人，就要"魔高一尺，道高一丈"，得把这种坏消解掉，引导到一个正确的价值观上来，这需要极大的人生智慧。虽然冰波写了孤独狼的坏，但他总有化解的办法，这一点设计很不容易。

第二点，冰波的幻想是建立在现实的基础上的。他是贴着人性本身来写的，也是贴着故事的逻辑来写的。他的每一个故事都遵循着生活和故事的逻辑，最后走向一种荒诞和反讽的风格。这是我要学习的。

第三点，我觉得他展现了多媒体时代的写作特征。他充分地运用了现代的各种媒介，包括动画片的脚本、场景的设置、游戏等，把它们用到了作品里，但是又坚持了故事性和文学性。他的作品可以把游戏性和文学性结合得相当好。

那么我稍有一点不满足的是，作品里面人物很多，但是其中真正有故事的、丰满的人物却只有几个，比如眉眉、孤独狼，还有大熊。其他的人物好像只显示出了一个侧面。

周晓波：比较弱一些。

汤素兰：是，这是一个缺点。

周晓波：书里的三胞胎也是。

冰波：有些形象其实就是标签，没有故事。

汤素兰：大熊还有故事。如果其他的人物也像大熊这样，我觉得可能会更丰满一些。还有孤独狼，前面几部中他有个口头禅"呀呸"，到后面两部就没有了。

冰波：你认为是要还是不要？

钱淑英：如果说之前多次出现，后面突然不要了，那前面怎么出现这么多"呀呸"？

汤素兰：对，应该要吧。

冰波：当时我纠结了很久，后来跟编辑说全部都去掉。其实我自己是喜欢的。

赵霞：我发现那个"呀呸"从什么时候开始不出现了，就是孤独狼想说"呀"的时候，"呸"说不出来了。因为有着温暖的、让他感动的氛围，他说不出来了。

冰波：对，是这样的。

汤素兰：但是我一直在想他不是应该说"呀呸"的吗，怎么又没有了？

钱淑英：我提一个建议，按照他的本性是要出现的。

汤素兰：对，我会要。如果是我的话，设计成"呀呸"有的时候说都说不出。

冰波：其实这个蛮生动的。

钱淑英：是的，要出现。

冰波：这个粗话是我自创的，很少有人"呀呸""呀呸"这样叫。

钱淑英：作品里第一天"呀呸"特别多，其实可以少一点。中间要怎么穿插的问题，我觉得可以再考虑。

冰波：这是个大事情，我要好好研究一下用不用。这个建议太好了。

汤素兰：我的学生看出来一句话，书里说"我孤独狼烂命一条"，这句话显得很江湖气。

冰波：这的确也有点过。谢谢。

钱淑英：我想接着说。我其实对冰波老师的作品还有您个人生命的转折和突破带着同样的敬意。

我是从文学史当中认识冰波老师的，其实您是属于会写又会说的作家。您在会上带着笑意，大声地、坦率地表达自己的创作过程，足以让人看出您的写作自信，以及对自己创作的一些把握。这是我特别喜欢的一种创作姿态。

我想从您写的《被发掘的狼蝙蝠》说起。我发现您说了结构、逻辑、幽默元素、反映现实这四个方面，应该说很好地表达了您对童话的理解和创作想法，我的看法也由此展开。

第一方面先说结构。我想我还是从形象开始，刚才您提到了标签化，汤老师也提到了形象塑造的问题，包括那个细节"呀呸"，我也注意到了。我觉得这种生动的语言表达和角色个性、人物关系、童话的结构等，其实大多是相互影响的。但标签化一般会带来类型化，会带来一些问题。我们把这套书定位给了低年龄段的孩子，这种类型化是可以接受的。

汤老师的建议非常好，就是主要人物和一些局部人物的形象还可以更加鲜活,更加丰富。像老神仙,他有很多法术,"但他一般不肯用出来",这个"不肯用出来"是有机缘的,有的时候是不知道怎么用,有的时候是时机没到,这代表着一种智慧。老神仙的角色可以发挥更重要的作用。总体来看,有些部分我觉得表现得很好,有些部分好像还不够。至于岛岛和三胞胎,三胞胎在我看来就是一种背景音,我觉得没关系。

冰波: 对,他是一个串场。

钱淑英: 对,串场,我觉得也没有关系。大熊还可以更加丰富,因为他这个角色有戏。

冰波: 我插一句话,像岛岛这样的人物,他的故事在后面,他也是有故事的。

钱淑英: 对,我想也是。

冰波: 以后还会专门写大熊,大熊肯定很好玩。

钱淑英: 对,您是很有经验的作家,肯定不会忽视这个问题。这种类型化是可以接受的,但是我觉得在人物塑造的过程当中,可能还要避免概念化,让角色鲜活丰富一些。概念化是什么呢?譬如说,眉眉"有很多优点,但有时候也有不少缺点",这个话就等于没有说。因为每个人都是一样的,有很多优点和缺点,而眉眉是怎么样的,需要具体的情境呈现出来。

冰波: 嗯嗯。

钱淑英: 我喜欢的是老神仙会用蔬菜、水果、坚果和各种药材来炼丹。

好好玩，孩子也会很喜欢。其实孩子在看到人物介绍的时候，概念化便已经出现了，所以最好要把人物形象在具体的场景、具体的情境、具体的人物语言里塑造出来。比如老神仙，说他很啰唆、唠叨，"好好学习，要爱惜，团结"，这些词可以变化一下，变成文学情境的语言，提炼一下。"岛岛喜欢帮助别人，他有数不清的特点"，这个特点就比优点、缺点要好一些，但是我觉得还可以优化。我是从人物介绍的文字谈起，其实作品当中也有，刚才汤老师说到那个什么词？

冰波："烂命一条"。

钱淑英：其实书里的一些细节、语言的表达很生活化，生活化是对的，但是太世俗化的话就容易走低。对这些部分，冰波老师也许可以稍微调整一下，具体的例子我就不举了。

人物形象的塑造过程也会影响到作品的结构。早期您的抒情童话是从意象出发的，《秋千、秋千……》《窗下的树皮小屋》《夏夜的梦》就很有意境。最后营造的意境其实是一步步用情感呈现出来的，它最后会慢慢地落到你心里去。

"阿笨猫"系列和"孤独狼"系列的人物形象的概念都很明确，标签是直接在里面的。但我觉得标签不是最主要的问题，最主要的问题是如何通过人物的语言、故事的情境、情节的结构去更好地优化作品。

譬如说，我联想到汤老师的《笨狼的故事》，也是一个标签，狼很笨。但其实它有丰富的形象意蕴，因为它打破了一种我们原有的思维模式。我又想起王尔德的一些作品，因为王尔德在创作时信奉"悖论之道乃真理之道"，比如自私的巨人并不自私，快乐王子并不快乐，忠实的朋友并不忠实，了不起的火箭很平庸，这里有种概念的转换。孤独狼这个形象我也很喜欢，我觉得在未来的创作上，冰波老师可以有更好的创作的语体，可以通过多种角度和人物关系让人物形象更丰富。

第二点谈逻辑。在看《阿笨猫》和《孤独狼》的时候，我觉得冰波老师非常注重故事的编织和趣味的传递。毫无疑问您是会写故事的，而且写得很有趣，语言也有幽默感。但是这些作品给我更多的是情景剧的感觉，里面会有些冲突和模式，甚至会让我想到童话小品的表现模式。这种创作是一种新的模式，至少我很少看到其他作家这样去创作。

但是逻辑不能太随意地去编织，情景剧容易为了制造冲突而掩盖一些东西，这种情景剧的模式就会带来一些问题。譬如说，孤独狼的这个形象，您怎么交代？他的孤独从何而来？在具体事件当中，每一个故事的逻辑怎么样推动我们去体会他的心境？他为什么有的时候想捣蛋？就像您说的，他其实有的时候就是想让别人注意自己，就是孩子的那种心性。但是他需要更多的事件、情境去铺垫。我在看书的时候经常会觉得过于跳跃，使得我对孤独狼这个人物的内心的把握欠缺一个机缘。

再谈到幽默元素。当年您在抒情派是很寂寞的，因为热闹派有那么多人从事创作，而您基本上是一个人扛着大旗。我觉得抒情不仅仅是您的作品风格，还是您的内在气质。如果您不好好利用这种内在气质去经营作品，可能会让作品缺少一点点可以达到的深度和高度。

当然，有可能会像之前我们担心的，那样的作品会不会只有高年级的小读者才能接受，比如冰波老师早期的抒情作品，以及后来《毒蜘蛛之死》《如血的红斑》里的意象和实验探索，更小的孩子可能根本没法体会。可我觉得抒情的意境是在简单、浅白里面的。

说到反映现实这方面，关于电子游戏，我不知道该怎么去评判，我对这个世界比较陌生。对于童话来说，它应该有自己的一个体系和逻辑去创建那个游戏化的生活。

最后讲读者的期待，我觉得冰波老师一直在往前走，您有自己的追求、计划和步调，用读者的期待来要求您做一些转变其实是不公平的。但是我想，如果说有很多人有这样共同的想法和期待。您是不是可以考虑一下，在抒情和故事的结合中创造出让人经久回味的东西，那些真的是文学最富魅力的部分。也许在冰波老师这里都可以实现。

我就讲这些，谢谢。

韦苇：冰波早期童话的普及力，流播之广，流播之深，涉及幼儿教师、小学教师以及孩子的心灵，是我所在意的。冰波和汤素兰是我最早编写入《世界儿童文学》中的中国童话作家。另外，就这部童话本身，我觉得有两个问题，一个是对"孤独狼"的孤独缺乏铺垫；另外一个是不接地气。要注意，早期的冰波、张秋生、萧袤这几位作家的作品都有巴掌童话的性质，但我觉得在这部作品里并没有得到更大的发扬。所以我希望冰波能够越写越接地气。

二、图文的平衡：桥梁书的功能与版式设计

陈恩黎：昨天晚上我跟冰波老师有过很短暂的交流。冰波老师讲述了他这几年创作的心态，引起了我强烈的共鸣。他说他六十岁以后的写作，有一种急迫感，并不是为了去获得销售量，也不是为了获奖或知名度，只是为了写出自己此时此地的生命的愉悦和幸福。我觉得，我们所有文学最终的写作，也包括做研究的最终境界，也只是为了让自我的生命变得更加丰富和圆满，这样就够了。在创作和研究之间，会有一种很深的灵魂纽带，就是对于文学与审美的一种共同体认。

我和其他老师的共同感觉就是说，"孤独狼"非常好，这个创意非常好，但是还不够有逻辑，你可以把它做得更深、更强、更大，就是以"孤独狼"为聚焦点去展开。

我个人感觉不太满意的一些地方，是"孤独狼"桥梁书的属性。桥梁书在国内是一种很新颖的品种。桥梁书的功用是引导幼小的读者从图像过渡到

文字，同时又不抛弃图像。我们曾经一直以文字为主，好像文字一定要盖过图画。现在我发现，我带的本科生的读图能力极弱。我曾在上课的时候把桑达克的图画书《在那遥远的地方》（Outside over There）带去，但学习好的同学都说看不懂。许多家长和老师不愿意让孩子上学后还读图画书，我们桥梁书就要解决这样的一种偏见。

图画它本身是一种隐喻，读懂图画需要很强的抽象逻辑能力，文字是帮助我们去认知图像的奥秘和神秘的。在文字和图像之间，它怎么达到一种平衡，是我们的桥梁书可以去做，去尝试的。在我目前看到的版式设计里，图像还有点弱，它只是以一种静态的形象出现，那是否可以赋予它动态呢？将童话的核心情节用图像的方式表现，用图像来展示你这个故事的高潮，达到图像和文字的平衡，这是我的一种期待。

桥梁书还有一个功用是，慢慢地引导不识字的孩子去阅读文字。那么能不能在图像里加进文字，比如漫画中气泡式的人物对话，使得桥梁书的特质更明显一点？孤独狼是一个系列，共五册。如果我们是针对低龄段的读者写的，就语言而言，能不能更简练扼要一点？有时候我觉得作品铺开的东西有点多，语言的凝练度能否更高些？比如就题目来说，不够朗朗上口："巨大的恐龙是宠物"。

钱淑英："恐龙宠物"就可以了。

陈恩黎：如果我写题目，我会选择"宠物恐龙"，这样不是更朗朗上口吗？因为同是一个系列嘛，题目参差不齐，让人不是很舒服。第二本是"荷花小精灵"，那我还不如"荷花精灵"。然后第三本"人鱼变丑八怪"，这里分别是两个音节、一个音节、三个音节，直接改成"人鱼丑八怪"好不好？

赵霞：不不不，我建议"人鱼变丑八怪"变成"丑人鱼"。因为"丑八怪"这个概念……

钱淑英：题目可以改。我也觉得"丑八怪"这个概念形象不好。

赵霞："丑人鱼"，本身是美人鱼嘛。

方卫平：冰波早期的一些语言有一点铺陈的风格，所以形成他的特点，也是他这个抒情童话的某种需要。

钱淑英："香香的香水"会怎么改，我觉得这个很难改。

陈恩黎：我不知道，但是我觉得这个语言张力不够，因为香水本身是香的。

钱淑英：对，我也觉得，这两个"香"……

陈恩黎：如果是"臭臭的香水"，我会想去看一看。

赵霞：冰波老师写过《秋千，秋千……》，那就改成《香水，香水……》，前一个香水和后一个香水不一样。

冰波：我是故意起这个题目的，总共五个字，重复叠加。

陈恩黎：如果整个系列全部用一种叠加，我们就能看出你的意图。

冰波：不，那样的话会太规整了。

钱淑英：前面几个我觉得可以改，印象会变得更明确。

冰波：这样的书名，我也是想过很久的。我故意让它有点悬念：怎么是香香的香水呢？它有个悬念在那里。标题要不一样，都一样的话会显得机械化。我发现碰到封面或者标题，经常会引发争论，大家各有立场，各有想法，都很棒。但有时候很难，我只能写一个。

韦苇：这个书名确实有问题。你得放在心里面琢磨，反复地琢磨。

陈恩黎：我继续说，关于每一册当中出现的小标题。比如，在第27页，有一个排比式的递进："孤独狼果然出现了""孤独狼的遭遇比梅梅都惨""孤独狼有一个逃跑计划"。这就勾起我的阅读欲望。但是也有一些让我觉得太平淡，比如说第1页的"巨大的恐龙是宠物""老神仙这炼的是杏仁丹"，我觉得这两句有趣，"但是要七天才能炼成"，我觉得有点平了，还有"一说到责任心，梅梅就不想听了"，我觉得这更平了，因为这又变成教育性童话了。我觉得可以让题目更有趣一些，如果把"但是要七天才能炼成"改成"要用九百九十九个小时才能炼成"是不是游戏性会更强一点？就是一种更复杂的表示。目前书里有一些标题设计得很成功，但有一些显得比较随意，无法勾起读者的阅读兴趣。要实现整体的平衡的话，有些小标题是不是可以设计得更好一点？

冰波：我解释一下这个标题，它有时候是故意的。为什么叫故意？你不能在上面都讲完，要有悬念。所以涉及这样的事情，有些故意不说，只是点一下，然后不解释。

陈恩黎：对，最后就是点到为止，但是又有悬念，如果全部都剧透了，我们就不想读了，这个平衡度是蛮难掌控的。另外，前辅文设计和后辅文设计，还有一个游戏，这个创意很好，但是跟整一册的圆融度不够高。

钱淑英： 它是故意这样设计的吗？我也有这个疑惑。

陈恩黎： 它有把一本书变成两部分的感觉。

焦娅楠： 这方面的设计是我们来做的，是我们加的。

陈恩黎： 我有一种感觉：前辅文不看，后辅文不看，并不影响这本书的完整性。

儿童文学写作可以分为职业性写作和自白性写作。职业性写作呢，会更多地兼顾市场和读者的欢迎度，会尽可能让读者去更明白一点。自白性写作呢，不太会顾及读者，就完全是往作者的自我的心灵去挖掘，写出来的东西可能不那么可爱，有点"面目狰狞"，但是恰恰可以触及儿童文学的一种神秘、核心的东西。

所以我在最后提一点愿景。我觉得，冰波老师以前写过《狼蝙蝠》，所以有没有可能偶尔往自己内心深处去挖掘，继续尝试这种不太顾及市场的写作？这种旅程会很痛苦，因为很多作家在职业性写作时是很顺滑的，转向自白性写作却很痛苦、很艰难。但有没有一种可能性呢？这是我蛮好奇的一个点。

冰波： 陈老师讲得非常准确啊，其实对我来说，刚好是倒过来：年轻的时候，实验性的作品比较多；到后来，年龄大起来了，阅历多了以后，反而越来越回到纯真的那种感觉。别的一些作家可能也是这样。越到后来越回到童年，我写的东西也是，适读年龄越来越低，往低里写。

周晓波： 原来写少年。

冰波：对，现在主人公的年龄反而越来越低了。

陈恩黎：可能我的话没说明白，我的"年龄越低"的意思是——以桑达克为例，他的一系列写作其实都是向着自己的潜意识去挖掘。他也是在向低龄走，但其实是向他的婴儿早期、生命的前阶段和潜意识挖掘。桑达克通过这样一种写作来治愈他童年的某一种阴影和创伤。所以，他的三部曲成为巅峰之作。我指的向低龄挖掘，是走向自己某一种童年时代的潜意识，我是这个意思。

冰波：这个难度有点高，我可能做不到。

赵霞：刚才恩黎老师说了，桑达克是因为童年有创伤，他要去治愈，去挖掘，可是您没有。

钱淑英：没有这个情结需要去自我拯救。

方卫平：作家怎么去挖掘自己生命当中的深刻的内容，我觉得也有多种途径，是不是都要深入到潜意识的层面？很难说。去年我们在这里开的《阿莲》研讨会，也是在挖掘自己的童年记忆宝藏。因为在汤素兰的作品当中，如此大规模地调动童年生活经验，恐怕也没有了吧？那应该是她第一次回归童年，回归自己记忆深处的某种方式。

赵霞：《驴家族》中也有一点调动。

汤素兰：嗯，《驴家族》。

钱淑英：《驴家族》有非常深层的东西，特别好。

方卫平：对对。

钱淑英：刚才恩黎老师提到后辅文，可不可以请编辑来讲解一下？

方卫平：好啊，恩黎刚才涉及的文本设计我也觉得讲得很好。

焦娅楠：我来谈谈我们的一些想法吧。辅文的设计是基于这套书的，我们和冰波老师有一个比较庞大的规划。新蕾出版社早在2012年就想启动"孤独狼"这个文学项目了，后来因为冰波老师的身体欠佳，项目一直搁置。当时我们给集团报了一个庞大的项目规划，包括文学图书、游戏书，甚至是动漫产品，是一个综合性的大体量的设计。我们希望能够让孩子对于"南瓜堡"建立一个整体概念，比如说，希望里面的地图设计能给孩子一种情景式、体验式、浸入式的感受；人物设计则是希望能对有特点的人物语言进行展现。后辅文的设计本身是希望在文学阅读中给孩子带来一些快乐。当然，我现在想想呢，这种做法比较有商业化的感觉。所以听完大家的想法后，我觉得可以把游戏部分撤出来，让它更多地体现文学性，不去减损冰波老师文字的魅力。游戏部分呢，可以编一个小册子作为这套书的小赠品，作为商业营销的一种手段来推广。

赵霞：后辅文有几个故事挺好的，可以把这些故事单独拉出来。

钱淑英：游戏拿掉挺好。

焦娅楠：嗯，就是想把游戏拿掉。

钱淑英： 后面小短文的独立性是故意这么设计的，对吗？

焦娅楠： 对，我们想打造类似电视剧花絮的感觉。我们这个设计的用意在于，整个小短文和正文是没有任何关系的，但是通过这个小短文，读者能够窥探到人物的性格。相较前面的部分，它更加有趣，也更加活泼。嗯，有一种小点心的感觉。

钱淑英： 刚才恩黎老师提到的三句话的设计是放在一起的吗？

焦娅楠： 对，那三句话都在扉页。

钱淑英： 我没有经验，但是设计上是不是可以做一些技术处理，设计得更有悬念一些？这是我的个人想法。

周晓波： 把它做成一个圆形？

赵霞： 其实就这些标题的总体水平来说，我几乎有点落入西方经典童话的那种氛围中，还挺好的。但我们目前看到的设计会有更趣味性的呈现方式和可能吗？

焦娅楠： 嗯，我们回去再把这块儿设计一下。

三、低幼童话的语言魅力与审美感觉

赵霞： 刚才恩黎老师跟冰波老师的对话挺有意思，我觉得他俩说的不矛盾。冰波老师说他早期是通过先锋性的探索表达自己，到了现在，他更多地写童年本位的东西。某种程度上是说由"深"到"浅"，这里的"浅"不是肤浅，而是说从"深"里面发现了"浅"的价值。恩黎老师说的意思是，"浅"里面有没有可能再有"深"的东西？但是这里的"深"不是说回到先锋状态，对不对？而是作家用全部的文学才华、能力、思考和智慧给孩子写一个最完好的、最精巧的童年的故事，是这种感觉。

冰波：这样的话，我觉得肯定要写长篇，而不是写短篇。

赵霞：冰波老师，我正想说，我觉得您的短篇童话和汤老师的《笨狼的故事》是当代短篇童话中的佼佼者。我跟淑英老师曾经说起过《甜甜的手掌》，这一类的故事很简洁，但里面有童年的生命感觉。您仔细回味，它有那么"重"吗？其实没那么"重"，反而很轻巧。

您的写作有两脉，而我觉得您最好的作品是既抒情又进入到故事的传统当中的。说到"三胞胎"的设计，虽然有些符号性，但迪士尼的电影里面也有这样的设计，主人公没有什么特别的个性，出现就是为了争论三句话，只是好玩。

我特别想说的是，冰波老师的低幼童话作品里特别打动和吸引我的地方就是语言。低幼童话的语言是非常难写的，它要用最少的生字量、最简单的语言造成最生动的效果。它不可能用成人式的高深修辞来说这些话，这是很难的。我读您最棒的那些短篇童话作品的时候，会想：这里加一个字，可不可以？不行。那里切掉一句，可不可以？不行。某一句也许只有三个字或者五个字，但是读起来很有滋味，这就是最好的语言状态。

说回"孤独狼"系列，我觉得这不是您最好的童话语言状态。虽然它有我熟悉的您最棒的童话的感觉，但因为它的篇幅拉大了，使我读到另外一些感觉。

对低幼童话的体式来说，语言在至洁至简这方面是有要求的。我想说书里第3页的开头,"把挑选出来的好杏仁(注意千万不能有烂的)",好杏仁不就是没有烂的吗?另外,我觉得在稍微高一点的年龄段的童话作品里,故意在括号里加一些啰唆性的语言,和前面的语言形成反讽是可以的,但是在低幼童话里,这个括号可以去掉,就是"注意千万不能有烂的,把挑选出来的好杏仁……"意思就已经很明白了。还有,"电子宠物又响了,这回声音里说的是……"我觉得不用"声音里",说"电子宠物又响了,这回说的是……"就可以了。给孩子讲故事的时候,口语化没问题,但是放在印刷文字上,这种感觉可能就需要再斟酌一下,因为低幼童话强调至简的语言感觉。还有第6页说"一个很粗的针筒,把药剂注射到小乌龟的背上,小乌龟正一边大哭一边把药剂注射完了。"这里的主语是谁?到底是谁注射药剂?不是小乌龟注射药剂吗?这句话的主语其实有跳跃。这一页还有,"上面果然有一个便便的图标,图标上看起来还是热气腾腾的",我觉得把它改成"上面果然有一个便便的图标,看起来还是热气腾腾的"就行了。您也许可以进一步修改它。在草稿里,我们往往会不自觉地加上口语,但是在最后成文的时候,是不是还有一次最后的语言的细修?这些是关于用语和句式层面的看法。

  我还想说一个例子,也跟语言有关系,但是它可能不仅仅是用语怎么用和句式怎么来排列的问题了。比如说第12页,在孤独狼趴到恐龙的后面去看的时候,恐龙突然放了个屁,"这大概是世界上最大的屁,只见一股黑烟从恐龙的屁股里喷出来,全部喷到了孤独狼的脸上"。我们在读故事的时候,自然会有一种角色站位的感觉。虽然我们不一定会完全认同孤独狼,但在这一个故事中,我们至少是从他的视角来看待的。当这样的场景出现的时候,孩子会觉得好笑,但是这个好笑的感觉当中,是不是有那么一点点"粗"的成分?这也是淑英老师说到的"俗"的成分,这样的场景和状态固然是好笑的、滑稽的,可是它的美感在哪里?哪怕是一个滑稽的场景,也该有它的美感。

  其实冰波老师写低幼童话中的禁忌性的话语和题材时,也有《小老虎的大屁股》这样很棒的作品。大屁股没关系啊,您就写得轻快活泼,哪怕写的是一件跟屁股有关的事情,我觉得也非常清简、好玩,让人想不到跟排泄有关的东西。我不排斥人的生理当中有很世俗的方面,但是像刚才放屁的场景呢,我就认为它的滑稽和调笑的成分过了一点,不是很有审美的感觉。

当然,我一点也不认为童话不能写这种场景,或者低幼的儿童文学作品不能写这样的场景,比如说达尔写放屁,他把它写成"下气可乐","屁啊噗"对不对?喝下去以后,这个巨人说:"你们不知道吗?这是世界上最美妙的事情,会有气从你的下面排出来。"小姑娘问这样会不会不太好?他说:"这不是很好吗?每个人都要这样啊。"我觉得冰波老师也可以让这样的地方往单纯的审美的方向靠一靠。还有第64页,老神仙说做南瓜饼好香,大熊就跟着说"我浇粪的时候也是这样的,要不浓又不稀"。我想这同样是一个好笑的对象,但是往"粗"的方向稍微靠了一点。我认为大熊的这句话可以不放,因为不放,您的幽默也是在的。

我们也许会觉得这样的想法有一点过于清洁,难道就不能写这样的感觉吗?其实这不是说我们不能谈屎尿屁的问题,而是更深一层的。我想用这个童话里的一个例子来验证。第13页,说到孤独狼,"他悄悄地下山,寻找报仇的机会"。其实我觉得您笔下的这个形象是很吸引人的,因为他似乎是坏的,但是他不是简单地想要做坏事,而是想要引起你的注意,他不想这么孤独。正因为他在这里活蹦乱跳,生活才变得好玩。

真正的坏人是不会成为整个幼儿童话故事的主角的,所以您才会取名"孤独狼"系列。孤独狼其实不是一个坏人,而现在"他悄悄地下山去寻找报仇的机会","报仇"这个词,好不好?就像第11页,说到孤独狼"恨"恐龙,也"恨"眉眉喜欢恐龙。我想这个"恨"和"报仇"的感觉放在理解孤独狼和人物之间的关系,以及这个形象身上的特殊之处,到底好不好?因为"报仇"这个词是带有恨意的,就像"恨"这个词有着对身边的生命完全排斥的负面感觉一样。但孤独狼打动我的不是这种感觉,他可能就是想要用他的行为引起大家对他的关注。所以,这一类词是不是可以做一个替换?还有三胞胎——大丫二丫三丫。三丫后面的半句话颠覆了她说的前面那句话，可是又好像在说自己的话，符号性的形象魅力就出来了。大丫二丫说："什么自己的想法啦！她说的就是我们说过的话嘛！"我想这句话可以不要。因为这句话有了以后，这三个形象之间有了情绪，这种情绪放在一个低幼童话里不好。

还有第40页，因为眉眉请求老神仙把自己变成人鱼，所以她要把头发弄得乱一点，还要把发夹弄歪，再捡两根稻草粘在头发上。就整个童话故事的感觉来说，眉眉在这时有点像扮演一个丑角。其实眉眉在您笔下就是一个普通的孩子，所以我更希望看到她能用她的本能的、天真自然的方式去打动老神仙，那会更好。

整个童话故事里面有两次跪的动作。第一次是眉眉面对老神仙，她"扑通"一声跪下。我觉得这个动作不管是在小说还是童话故事中都要小心：第一，这个举动本身对幼儿有直接的影响；第二，所传递的价值观不好。一直以来我们的膝盖头都太软了，好不容易已经站起来，我们不要仅仅为了追求一种滑稽的效果就又软了。第二次是孤独狼跪下来说，大熊饶命！大熊饶命！我想这个举动可以不要。

这些可能都是很小的地方，但我觉得这指向一种感觉：我们要给孩子呈现一个什么样的世界，什么样的生活。这也是为什么刚才说到题目的时候，我建议《人鱼变丑八怪》改成《丑人鱼》。因为"丑八怪"这个词是好笑的，孩子会很快就抓住它，马上就会说。但是当他们说这个词的时候，这种行为本身的价值到底有几何？虽然它好笑，但是好笑的价值在哪里？那我就想用什么题目？"丑人鱼"也是突然跳出来的，因为"美人鱼"是一个大家都知道的词了，用"丑人鱼"就不会把"美人鱼"过分地扭转过来，而且带有一定的雅意。这时我想到了冰波老师的《小丑鱼》，它既是对"美人鱼"的精致感觉的颠覆——只能写美人鱼吗？"丑人鱼"挺好玩的，挺有趣的，但又保留了雅致的感觉。因为我们讲述一个好玩的故事的时候，对故事背后所传递的意境和感觉的层次有着本能的敏感。

还要提到的是开头的"作者寄语":"欢迎进入南瓜堡。"我觉得这个寄语很吸引我。这就是冰波老师的语言,是好玩的,幽默的,有时候还会给你那么一丁点儿讽刺的感觉,但是这种讽刺是轻快的,是善意的。而在第二段,我有一个建议,是不是可以把"这是一个神奇的地方,它令我思绪飞扬;这是一个迷人的地方,它令我心旷神怡……"改为"这是一个神奇的地方,这是一个迷人的地方,这是一个充满幻想的地方,这是一个充满幽默的地方"。为什么呢?因为我觉得在一个低幼童话开篇的时候给我"神奇",给我"迷人",给我"幻想",给我"幽默",我已经可以想象后面解释的词,目前缀上去以后,反倒让我觉得,让"神奇""迷人""充满幻想""充满幽默"这些词的感觉下来了。

也许我说得挑剔了一点,但这是因为我心里对您的作品怀有那么强烈的喜爱和热爱。我们越是热爱一个作家,在心里就越是觉得他应该是完美的,谢谢!

冰波:大家看得很仔细,赵老师可以说是在做编辑的工作了,比如说改成这样的语言,改成那样的语言。

我是这样认为的,"恐龙放屁"是情节中非常重要的一环,不能随便改。从写作的角度说,当时我想过粗话这个问题,其实在我的书里面很少出现,因为我非常小心此事,但我还是碰到了。可我想到一个问题,真的弄到这么"纯"了以后,这个东西还好看吗?好听吗?好玩吗?太"纯"了呀!

当然也有一些东西过了。比如说"报仇"这个词不准确,我会找到更合适的词,一定会的。但是有一些意见涉及个人喜好的,我喜欢把音节拉长,不喜欢它是缩短的。

赵霞:可能是这样,因为我读您的短篇读得太有味了,我反复去读。而低幼童话的语言很多时候是经不起反复读的,当你反复读语言的时候,就觉得干巴了。我刚才说的寄语的改动,就是从这个感觉出发,可能的确是个人喜好的问题。

冰波： 对。

赵霞： 另外您说的写"屁"啊这一类，我也同意您说的，幼儿童话绝对可以写。而且其实是孩子生活中非常正常的内容，可以写。

冰波： 我倒没太注重它能不能写。

赵霞： 我看到它的时候，我绝对不是认为写放屁不好。

冰波： 因为这个故事里面涉及一个问题，烟从哪里来呢？实际上是为了这个，它需要一个"屁"，否则逻辑性……

赵霞： 我知道了，您等于是把它当作一座炉，既是恐龙又是炉，是这个意思？

冰波： 对对对。

方卫平： 讨论得非常细、非常好。在审美的领域里，其实是没有标准的。

纪兵兵： 2016年，我们在辽宁少年儿童出版社为冰波老师成立了冰波工作室，非常感谢冰波老师能够帮助我们辽少一起来发展。我们的工作主要是整合冰波老师的作品，不断进行更新和出版，同时我们也要集中地宣传推广作家，把他更多、更好的作品推给市场。

说一下我对冰波老师作品的理解，我非常喜欢冰波老师的作品。我最早读他的作品是在汤汤的推荐下，读到了《月光下的肚肚狼》，感觉非常有魅力。于是，我就慢慢去认识冰波老师，向他约稿。就这部作品来说，我的理解是这样，冰波老师毕竟是在生过一场大病之后重拾写作，他在这部作品里非常出色地延续了他卓越的写作才华和创造力。2016年，在北京冰波工作室成立仪式上，方卫平老师发来的贺词说冰波老师是一位非常智慧、丰富、深厚、独特的童话作家。冰波老师在写作中多方面拓展，都取得了很丰厚的成绩。我们这个时代是一个非常快节奏、复杂的时代，但冰波老师活得非常简单、非常通透，他始终充满了孩子的智慧。

读完他的"孤独狼"系列，我觉得他回归到孩子的世界，用写作向童年致敬。让我印象比较深的就是冰波老师对童话角色的语言和设计，他通过这些人物的语言，找回到自己满意的状态，这里边有一些非常精巧的语言的重复，其实我是喜欢以及欣赏的。因为时间的关系我就说这么多吧，衷心感谢各位老师和同学。红楼是一个很迷人的地方，希望以后还有机会来到这儿，谢谢大家！

胡丽娜：其实我是带着一种敬意和困惑在读这部作品。冰波老师自20世纪80年代以来的创作给我们展现了多元的思考和智慧，但我觉得您在优美抒情的童话之外还有一些野性的想象，还有一种顽皮的少年心。这种感觉在这本书里表现得特别明显。我觉得这本书在一种轻松明快的叙事语调中写出了亲切好玩的东西，有种"欲擒故纵"的感觉，比如《眉眉变成美人鱼》这个故事里冰波老师对叙事节奏的把握，他一步一步让读者跟着紧张，却始终淡定地操控这一切。这种节奏感其实是很需要功力的。

还有，孤独狼有一个神奇的大麻袋，这个设计特别棒。他为了装南瓜而不断滑行的过程非常可爱，会让我们在阅读时发自内心笑出来。所以我觉得这个作品带有一点点调皮、有味的东西，是原创儿童文学中少见的。这种轻松和调皮背后应该是您这几十年创作历程当中的一种积淀。

冰波老师有着很好的理论的自觉思考，是一位勇于尝试和探索的作家。您在这样一个儿童文学明显被传媒文化所裹挟，甚至有一点点被"绑架"的时代，以一个儿童文学作家的自觉和敏锐去介入儿童文学的一种类型化生产，比如"阿笨猫"系列。其实您已经在寻找具有审美品质的儿童文学创作和向大众传播的儿童文学创作之间的一种衔接。

作品里总有貌似不经意的一两句话，包含了您人生思考的智慧和对现实的反思，比如堆雪人时有一句话："照着模特堆雪人是很难的事，只有艺术家才能做到。"这样精简的话让我们读到了很多很好的东西。

我们对这部作品有很多期待，但也会觉得有一些不过瘾的地方。因为我当了妈妈之后，会特别警惕作品中套用俗语，以及作家在人物的塑造方面所流露出的观念问题。当您塑造了"孤独狼"这么一个具有强烈的代入感的角色的时候，孩子作为读者会对他产生艺术的认同，甚至是一种价值观念的认同。从这个层面来说，我们是不是应该有一种更加警惕的自觉和克制？比如，老神仙这个人物是一个智慧的长者，但又很生活化。从人物介绍中我们可以看出，他是一个教育者的形象，但是他批评眉眉说："你太没有责任心了！"其实这是很直接地贴标签。我觉得可以不直接说出来，或者说转换语气，说另外一个话题。

还有就是童话的逻辑，我觉得童话不一定要完全按照科学的理性逻辑来写，比如说提炼香水的过程，那就是"赵氏风格"的香水提炼法，在童话当中我们觉得这是一种有意味的、孩子式的操作方法，这个逻辑是合理的。但是对某些逻辑，我们可能会苛求，比如说当鲸鱼冲上来的时候，大家努力地把鲸鱼拉回大海，可是明明会法术的老神仙没用法术。我在想，这样的细节是不是有一种更好的处理方法，比如挖一条水渠把水引过来。把一条人鲸鱼抬回大海是不太可能的，尽管这是一个艺术的处理，但还是有一点点不科学。我是从一种苛求的角度来说，可能有点挑剔。

眉眉是童话里很特别的一个女孩，您对她倾注了很多的笔墨和情感，但有时会流露出某些对女性的刻板印象。在故事的具体行文中，除了人物的声音之外，还有作者的声音，就是作者通过文字和故事所渗透出来的理念、情感判断或者说价值观。如果读者理解到的只是文字表现的层面，没有读出背后更深层的意蕴，那可能会造成另外一种影响。如果这本书是作为五岁到八岁这个年龄段的孩子的桥梁书，就需要一种极为简单的、直白的，却又令人回味的呈现方式，但书里有许多成语和关联词。孩子刚开始学习语言时，都很喜欢说"因为……所以……""不但……而且……"，但是不用这些关联词，我们照样可以把话说得很顺畅、很到位。比如第35页，"竹林里不但安静，而且空气里还有一股淡淡的清香"，这句话把"不但……而且……"去掉的话，其实也是很舒服的，而且不加修饰。

冰波老师的系列化写作是尝试与影视衔接的，并由此去设定故事。比如，三胞胎这样的角色就是为了完成一个搞笑的叙事功能，是扁平化的人物，不需要性格发展，也不需要有太多丰富的东西，这些设定其实都是很好的探索。目前儿童文学的系列化写作、类型化写作现象很多，但冰波老师的这部作品可不可以改变大家对类型化写作的一些偏见？这是我的一点期待，谢谢。

焦娅楠：我们还在后期的编辑过程当中，这个是初稿，还会有一些改动。我们会关注各位老师提出的问题，因为我觉得这些意见很宝贵。

赵霞：我有个想法，低幼童话的语言是不是可以尝试不断删掉？如果删了之后还能表达同样的意思，那就直接删掉。刚才胡丽娜老师说的关联词就可以不用。有时候我们不停地做语言训练，可是只学会了用关联词，却不知道怎么样用语言来表达文学的感觉。那文学的氛围意境就没了，没办法。

陈巧莉：冰波老师是我最喜欢的童话作家，国内我读得最多的童话书就是他的作品。我特别喜欢他之前的抒情的作品，经常会去反复读，我觉得他的《好天气和坏天气》把生活里面所有会遇到的两面的东西都涵盖了。他的语言、抒情、智慧等等，是我十多年来一直喜欢他的童话的原因。

今天大家可能都是以研究者、编辑或者专家的身份来讨论，我则是以写作者的身份。我是在读到他的《孤独的小螃蟹》之后,才开始从原来的散文创作转到儿童文学写作。所以,我对冰波老师的童话的情感可以说有十多年了。

我个人的感受是,冰波老师的"孤独狼"系列的语言、意境看似特别自然,实则呈现了孩子天性上的多面性。他的故事总是一波三折,给人的感觉是他的好点子都没有浪费,并且能在情节过渡中很好地转换。"孤独狼"系列作品的结尾总是很特别,孤独狼每次的失败都特别有意义,就像《香香的香水》里,他挖空心思行动的结果往往是失败的,但是在这个时候,他身边的人的善良就会显现出来。眉眉给孤独狼一个蛋糕,孤独狼就认识到了自己的坏心眼,这个结果是好的。童话之所以有魅力,是因为它能同时被孩子和大人阅读,所以冰波老师非常重视精神的传达与心灵的寄托,这是他的童话令人满足的一点。

"孤独狼"系列的语言有着独具魅力的抒情。比如第70页,"今天的孤独狼,好像一个踏上征途的战士。告别大家,孤独狼真的上路了。眉眉远远的,还在招手。距离越来越远了,声音也越来越轻了。忽然,眉眉又喊着:'孤独狼,早点回来哦,我们等你回来……'听到大家的声音,孤独狼忽然想流泪了。最后,孤独狼啥也没说,只是招了招手。'啥也不说了,'孤独狼说,'我去采搅搅草去了……'因为,孤独狼的眼里,全是感动的眼泪。"孤独狼系列是说故事与抒情并存的,我一读,就会觉得,这就是冰波老师的童话,我还是很喜欢!

赵霞老师、胡丽娜老师读得那么仔细,让我特别感动。我觉得有些用词可能是她们说的那种情况。但是,有些情节的设计我是理解的,我觉得作品特意营造了一种看似细碎但特别接地气的感觉,我跟孩子之间的互动也是这样的,所以特别有亲近感。

前面有老师讲到《月光下的肚肚狼》,我印象特别深刻。冰波老师的童话延续着他的诗歌的语言魅力,比如,"老天,老天,看看我在风里抖啊,请给我一颗靠靠的树。老天,老天,看看我在山里转啊,请给我一条走走的路"。这两句歌词看似简简单单,却把你心里面的忧伤、倔强写到极致。

总的来说,冰波的童话的语言、节奏、想象的方式和故事的结构取向以及一些细节的意趣和隐喻,给我们一种直接的天真、明亮、率性、温暖、宽容、忍耐、纯真、自然以及充满天意的感觉,这是我十多年来阅读冰波老师的童话后汇合起来的感觉。

再次谢谢方卫平老师,让我今天第一次有勇气坐在这里,谢谢!

黄如芳:刚刚在听各位老师讨论关于后辅页设计融合度不高的问题。我想到的一个方法是,把后辅页改成除了孤独狼之外的其他五个小人物的故事。这样的话,小故事能彰显人物的性格,就可以对符号性、标签性的人物形象起到补充作用,人物在大故事里就不会变成标签。

好比电影中的彩蛋往往会提供一个线索,去引出下一个系列,或者是要出场的人物,我觉得后辅页的设计也可以做到这一点。比如,大熊在做南瓜的时候是一个主要角色,那么,我们可以在第一册的后辅页里讲大熊的歌声的故事,让大故事跟小故事有一个联系,让后辅页发生作用。这是我的一个小想法。

方卫平:挺好的,建议仅供参考。浙师大和湖南师大的同学们都认真看了作品。

杜妍:我大概通读了三遍冰波老师的"孤独狼"系列作品,有两点让我感触非常深。

第一点就是,冰波老师太会抓小孩子的心了!他的童话故事里,对孩子的心理、动作描写都特别到位。我印象最深的是第 79 页,眉眉想用南瓜去换呀呀豆,但被很多人拒绝了,眉眉就跟老神仙撒娇。我觉得这段描写特别到位、特别形象。最终都是老神仙妥协了,说:"算了算了,大熊你就给她吧。"我觉得这处描写很像家庭里亲子相处的感觉,所以这点很打动我的心。

我的第二点感触是,这个童话故事始终有大人的角色在发光。比如在第 31 页,孤独狼威胁老神仙:"你要帮我一个忙,我才把眉眉的下落告诉你。"这时候老神仙就在想,把小岛变美丽这个想法很不错,只不过孤独狼用这种绑架的手段实在太坏了。我觉得,冰波老师在这里是想让老神仙,或者说是家长的角色在孩子的世界里起到引导和帮助的作用。我就简单说这两点,谢谢各位老师!

方卫平:谢谢!后面请娅楠和冰波老师简单地说一说。

焦娅楠:红楼对于每一个做儿童文学的人,都是一个让我们非常敬仰的地方。

我这次来之后,真切地感受到了两点。第一点是非常感动,感动于我们所有在座的人对于儿童文学的热爱,对于冰波老师以及他作品的热爱。老师们和同学们专业的学术精神让我非常感动。第二点,还是想表达感谢。很感谢浙师大,感谢红楼,感谢方老师,给了我们一个非常好的机会,让我还能有时间根据各位老师的意见在出版之前完善这套书。

其实我跟冰波老师有着非常深的情谊。我是 2002 年到新蕾出版社工作的,幸运的是我在 2004 年担任了冰波老师《月光下的肚肚狼》的责任编辑,那本书最早是在新蕾出版社出版的。到了 2007 年,我们把冰波老师所有的作品(包括长篇和短篇)合在一起,出版了一套十册的"冰波童话完全珍藏版"。后来,2009 年,冰波老师生病了。整整十年,我的出版工作缺失了很重要的一块。十年里我一直等他,我很坚定地、很执着地、很认真地在等着他。我很高兴的是,"孤独狼"让他重新拾起了笔。在我们交流的过程当中,他一直在跟我说,"我找到了文学的感觉"。我觉得这一点是让我非常激动也非常期待的。

我很感谢冰波老师,他在我入出版行业之初就给了我一个很高的"起点",让我建立了对于儿童文学的非常纯正的一个观念,也让我树立了把精品的儿童文学作品出版下去的信念。所以说,我今天非常激动,我会根据大家的意见把"孤独狼"系列作品进一步完善。我期待冰波老师下一部长篇新作,也期待他能够把这份信任给予新蕾,给予我,期待我们更多的好书能够到红楼这样的平台,让大家给予我们指导和帮助,谢谢大家!

方卫平: 好,我们把时间留给冰波。

冰波: 我非常非常高兴。其实我到这里来是不容易的,因为我生过病,幸好我现在还能够站着,没有瘫痪,只是语言有点障碍。我身体恢复之后,只有一个心愿,就是写作。我只想写作,其他的东西统统不要。

我先针对各位老师的意见解释一下,就不一一感谢了。

"孤独狼"系列其实是我准备的一部非常庞大的作品,我想稍微解释一下。

第一点说的是人物。"孤独狼"系列的主要人物其实就是孤独狼,还有两个,眉眉和岛岛。其实孤独狼这个人物是有原型的,我有一个朋友,他浑身是戏,故事都是从他这里来的。我写故事想到他,就会有好像写不完的感觉。我的运气很好,有这样一个人物原型。

我不知道大家有没有这个感觉,一讲到儿童文学,我的印象就是"写故事"。我们中国的儿童文学大部分都是讲故事,但我想,光讲故事是不够的。为什么?因为在幼儿类的作品里,人物缺少性格,尤其是桥梁书。我不希望自己是在"写"故事,而是想"演"故事。为什么说"演"?因为我想把"孤独狼"系列打造成以人物性格为主的故事,想刻画人物的性格,这是大多数儿童文学作家做得比较少的。

第二点,我讲环境。"孤独狼"系列的每一个作品都是有地图的。在写故事之前,我就已经设计好了地图。每一个故事都发生在一个地图上,都有一个固定的环境,而这个环境,我想,一定要是中国风格的,比如要有麻袋和塔这些东西。为什么要有这些地图呢?我觉得是为了逼真的效果。在我们的儿童文学里,这样的东西几乎是不大有的。我觉得,逼真的情景是儿童文学的一大特征,成人文学可以没有,儿童文学必须要有。我以前当编辑当了二十一年,要管理插图,所以会注意到情景、环境的描写,比如电话机在故事里有自己的特点,我们不能随便改,应该把它永远定下来,作为情景的一个特征。

第三点,我想讲讲情节。故事是需要脉络的,要让故事的脉络做到"牵一发而动全身",但是我们的很多儿童文学作品并不一定做得到。低幼故事里有很多"胡编"的东西,"胡编"有一个非常好听的词,叫作"想象奇特",我觉得这是一个误导。"想象奇特"只是一种风格而已,但是如果我们一讲到"想象"就想到"奇特"的话,就会出现"胡编"。

我想说,"想象奇特"的底线是逻辑性,一部作品如果没有逻辑性,就不是好作品。所以,我在这个想法的基础上开始写"孤独狼"系列。"孤独狼"系列写的都是童话,但是大家有没有发现,它们都像是在身边发生的事情。这是我故意为之的,因为我想写那些确实会发生在身边的童话。如果让我自己来说,我会觉得"孤独狼"系列好在它的故事性。它在面向年龄比较小的读者的情况下,文字量不多,情节曲折,结束以后,又让人觉得很有道理。

刚才讲到"坏人"这一点,也是我想好的,我想让孤独狼看起来是一个坏人,他想做坏事,结果他做的都是好事,结果让旁边的人(比如眉眉)感动,他们感动了就是读者感动了,我想打造这样一个角色。这是情节。

我认为,只有故事让读者幸福,读者才会反复地诵读,或者感动,或者发笑。

我还认为,你写的故事让读者喜欢,这不是本事;你写的故事让大人喜欢,那才叫本事。我们有时候会颠倒:哎呀,小孩子喜欢嘛,喜欢有什么好坏的?你是大人,你要引导他,你应该教他,这个东西少看,那个是不好的。是不是这样子?我觉得大人有责任引导、教育孩子。所以我认为,我写的作品要让大人觉得好,让大人再去传给孩子——"好好读哦,很有意思,你应该读"。

我要讲最后一点，那就是语言。刚才陈老师一直在讲桥梁书，我认为桥梁书是一个方向。我们现在需要读整本书，怎么样让孩子读？从图过渡到文字，是需要桥梁的，这就是我们现在做的事情。有时孩子不愿意看，那要想办法让他看。我们需要启发孩子的阅读兴趣和欲望，所以需要有好的语言。

什么是好的语言？我的想法是，好的语言就是朴素的、简洁的、生动的，同时是适合叙事的，这才是好的语言。也就是说，故事情节读者都想不到，一直读到最后，才会觉得"噢！问题在这里"。我写的"阿笨猫"系列，讲的都是上当的故事。从第一篇第一个字开始，他在哪里上当？请注意，你看不到的。阿笨猫都觉得是对的，他觉得这个对，那个也对，就照着事件发展走，结果上当了。上当是让读者看不出来的。写阿笨猫的时候，故事的语言是什么？是非常直观的表达。但"孤独狼"好像不是，它的语言都是非常浅显的，这是桥梁书要考虑到的。还有我的故事是简洁的，很短，一个长叙都没有。另外，很多细节不都很生动吗？所以在"孤独狼"这个故事里面，从叙事的角度来说，我还是比较得意的。

赵霞老师刚才说的细节，让我非常感动。你讲得那么细，我真的没想到，你是做了相当于一个编辑的事情，好多东西我会改。

赵霞：听您这么说下来，我不仅直观地感受到了您的文学观念，还发现您完全是把文学当作生命的一部分。您说得太生动了。

四、结语

方卫平：我跟冰波认识的时间长，我觉得冰波特别有慧根，他对创作的思考和体悟比较深，这在儿童文学作家中并不多见。我们一般会放到文学理论课堂上讨论的话题,他的很多感悟跟我们是相通的。除了相通之外,他还有很多自己的体验和见地。我觉得这些都来自他最真切的体验和思考。十多年前我就跟冰波说过,"冰波,你的这些思考都很有价值",我说了很多遍,而且我说"是可以写成一本书的"。

感谢所有参会的老师们和同学们,我们的编辑小焦和小纪远道而来,汤老师一如既往地支持我们,带领她的"娘子军"来到这里,给我们带来友情和专业的交流。

今天还有特别的几句话想说。2008年10月,我们在这里启动了红楼系列研讨会的第一场——《腰门》的研讨会。一转眼整整十年过去,今天是2018年11月24日。我有很多感慨,感慨我们对一种文学精神和批评精神的坚守,也很感慨这么多年来,三十位作家和众多的编辑朋友走进红楼,来到这里,跟我们一起来探讨儿童文学的艺术之道。我们探讨儿童文学创作和文本,以及一些最新的行业动态和进展——在这个过程中,我们共同体现的对儿童文学事业的敬畏之心,共同体现的学术伦理,还有我们最美好的友情,这些都跟红楼的生命结合在一起,并成为它的一部分。所以我非常感谢大家一起走过的这十年时光,谢谢大家!

整理者:洪晨莹 黄如芳 梁芝燕 刘艺唯

"孤独狼"系列童话创作感言

冰波

在创作四十周年的前夕,我在浙江师范大学的红楼中,和老朋友、新朋友一起讨论"孤独狼"系列作品,我觉得特别有意义。我就谈谈写这个故事的过程中我的思考。

一、角色塑造需要原型

孤独狼显然是童话故事里的角色,但并非纯粹虚构的,它是有生活原型的。原型是我的一位朋友,我认识他四十年,他有些粗糙,也有些冷幽默,生活随意,读书很多。我很了解他,一想到他,就觉得他浑身是戏,我很清楚他的每一个动作、每一句话,都与他内心某一个想法是相配合的,因此,我一直想写他。当我写孤独狼的时候,我感觉我在演他,演出来的他既有朋友的性格特征,也有狼的特征。

如果说,二十五年前,我写阿笨猫是在编织,在刻意写阿笨猫的形象,写得还有些吃力,那么,写孤独狼就是在演,从编到演,显然参与性更强,化成文字也更加自然。我觉得自己进入了更加高级的写作阶段,是在刻画人物的性格。

有性格的人物形象在中国童话的创作中很少,我和很多童话作家都在为之努力。

二、童话环境也要逼真

我写的每一个故事都发生在某个特定的环境中，南瓜堡是这个故事的地图，孤独狼就生活在南瓜堡一个偏僻的半山腰上，这和他的角色设定相配。故事中的环境都和人物、情节相配，都经过预先的设置，心心塔、古井、清明河……都是故事情节展开需要的环境。随之而来的就是和环境相配的摆设，或者说是道具，这也需要用心设置。一个麻袋、一把锄头……都是为了给故事提供情境、达到逼真的效果才写进去的。

这里的逼真不是指真实生活中存在的逼真，是指透过文字，小读者可以清晰地再现故事场景，以便更好地理解故事。因此，我认为环境的逼真应该也是儿童文学的一大特征，这更符合儿童的阅读习惯，远远超过成人文学的需要。

三、情节要有内在逻辑性

故事需要脉络，需要牵一发而动全身。绝对不能胡编，不要把胡编和想象奇特画等号，想象奇特的底线是逻辑性。孤独狼的故事是一环套一环的，是和人物特征以及故事背景紧密结合的。

写出的故事让读者幸福，读者才会反复诵读，或感动或发笑。因此我认为，故事情节的编织更需要智慧，因为写一个直白的故事让小读者喜欢这还不是本事；写的故事有点智慧，让大人也同样认可，这才叫本事。因此，内在的逻辑性很重要。

四、语言朴素、简洁和生动

小读者在成长过程中要发展书面语言，所以文学作品要想办法去驱动他们读整本书。这需要触动小读者的阅读兴趣，让他们从生理和心理上都接受这个故事。我一直追求语言的朴素、简洁和生动，所以用怎样的语言来叙事就变得极其重要。

孤独狼系列定位是桥梁书，我希望带给读者快乐轻松的阅读体验。我将继续这类写作。

现场与回声

难忘红楼对话十年

周晓波

从 2008 年 10 月 30 日儿童文化研究院举办了第一场红楼新作研讨会——彭学军新作《腰门》研讨会，至 2018 年 11 月 24 日第 30 场——冰波"孤独狼"系列童话研讨会，不知不觉已走过了整整十年。

多年来，红楼新作研讨已成为红楼人非常看重并习惯参与的一种学院式的儿童文学研讨形式，它有着浙师人鲜明的文学研讨特色：始终坚守着自由、独立、纯粹、真诚的批评品格，红楼对话几乎成为浙师大儿童文学研讨的一个品牌；也成为众多作家非常渴望参与，而又有点忐忑，很想真正见识一下这一与众不同的"面目狰狞"的作品研讨会。

红楼新作研讨会能够坚持十年，以每年三四场的频次维持下来，的确不容易，作为组织者、召集人，方卫平院长尤其付出了很多心血。而我作为浙师大儿童文学研究者中的一员，参与了其中的大部分探讨，也是相当幸运的，一方面我为我是其中的亲历者曾努力参与过而感到欣慰，另一方面也为我从中获益匪浅而深深怀恋每一场真诚而坦率的研讨。哪怕我在 2014 年退休以后，只要我在学校，都会毫不迟疑地去参加每一次珍贵的研讨会。我喜欢这样的研讨氛围：在绿树环绕、鲜花点缀的充满了人文气息的红楼不大的会议室里，满满坐着作家、编辑、批评者，他们面对面，不分名作家，还是普通老师、青葱学生，大家侃侃而谈，畅所欲言，各自交换着阅读的真实感受和体会，真诚地交流思想、提出自己心中的疑问；也坦陈创作的初衷和内心真实的想法，虚心接受批评。哪怕"刀光剑影"、面红耳赤地争辩之后，最后结束都会以十分愉快的心情感谢研讨会带来的满满收获。

正如有作家回想起当时的情形仍觉得诧异：在这个文学批评已经沦为促销手段的时代，还有这样一群人，他们用专业的眼光、诚实的批评精神和严肃的、忠于艺术的态度，去分析作品的语言、结构、人物、细节、开头、结尾，并由此拓展开去，比对这个作家的以往的和现在的创作。没有虚伪的奉承和敷衍的称颂……能听见一群人出于爱护和尊重对你说真话，是一种非常美妙的感觉——这绝对也是真话（参见彭学军《红楼里的那个秋日》，载自《红楼儿童文学对话》，明天出版社 2014 年 3 月出版，第 31 页）。这是作家们参与研讨后最真实的想法，也是我们喜欢这样的氛围、喜欢积极参与其中的真实原因。

给我留下最深刻印象的还是那些曾经参与研讨的名作家们，他们都能放下大牌的架子，认真、虚心地听取大家对他们作品毫无保留的批评和赞扬，哪怕只是细小的用词、用句、标点符号的挑刺，都会时不时地与批评者回应交流，真正做到虚怀若谷、从善如流，哪怕批评者只是一个没有任何阅历的年轻学生，他们也都能给予足够的尊重和赞赏。而他们深入艺术创作初心的回应与创作经验的交流，同样也给了与会者很多的启迪与收获。

虽然红楼新作系列研讨会已经告一段落了，但红楼文学批评的品格还在，红楼文学批评的精神还在，且已深入了每一个红楼人的内心，也印在了每一个从红楼出去的学子们的骨子里，他们会一直坚守着这一文学批评的本质，也会把红楼的批评精神永远地坚持下去。

问渠那得清如许

周晴

对红楼的印象,大概可以追溯到2006年的一次儿童文学创作与创新论坛。印象深刻的,则是2011年周晓老师的研讨会,一间朝南的房间,阳光很好,安静,纯粹,有着浓浓的学院氛围,说着儿童文学的过去与未来,沉浸其中时,内心会滋生出一些幸福感,当时并不明确地了解,这幸福感缘何而来。

之后,还去过红楼几次,一次是第十五场谢倩霓的作品研讨,那一次,好像是红楼第一次将批评前置到图书出版前;另一次,是2017年10月,为刘绪源的《中国儿童文学史略》开的研讨会。我记得,我在会上都是第一个发言,为的是之后可以安静地聆听,去发现和感受每一次发言中的光亮和精彩,发现不同的角度和不一样的切入点带来的新鲜和独到见解;还有,让自己沉浸在现场的气氛中,为忠于内心的表达叫好,为研读作品后的率真发言感动。于是,它们成了记忆中的点点光亮。

我至今仍记得做编辑的快乐,很大一部分源于发现了一部好作品后的"沾沾自喜",这当中,有对作者灵气和匠心的首肯,也有对自己判断和审美的自信。而这种自信,需要时间的历练和经验的习得。一个编辑的鉴赏和眼光,是在大量的阅读和比较中慢慢体会出来的;也是在与同好的争辩与讨论中领悟出来的——探讨时的高谈阔论、交锋时的真知灼见、聆听与钻研时的豁然开朗，包括理论的高屋建瓴，恰似不断向上的阶梯，都会提升编辑对作品的判断力和领悟力，带给编辑自信，让编辑拥有发现好作品的快乐。

红楼的研讨会，便是带来这样的快乐与幸福感的地方。那些耳目一新的见解和独立酣畅的评判，多方位多角度的基于文学的评论，仿佛那阶梯，不仅打开了视野，也拓展了思路；它会让每一位参与者耳濡目染且各取所需；它为作者的创作提供了重要营养，也让编辑收获对作品的理解和品鉴的能力；从这个角度去看红楼研讨会之于中国儿童文学创作和理论界想要树立的风气和风骨，它的坚守，那种"好处说好，坏处说坏"的研讨氛围，那种对文学的虔诚之心，实在是值得给它一个大大的赞的。

我一直觉得，真正优秀的作品是可遇不可求的，它需要作者的真情流露，需要时间的历练，更需要站得高一点的批评的声音。那么，绿荫掩映中那超然脱俗的学术探讨和自由恣意的真情表达，正是一种理智和安静的姿态，这清流涓涓而来，不急不躁。谢谢方卫平先生和红楼的师生们为此所付出的劳动和智慧。

红楼：一种传奇，一种精神

胡丽娜

和红楼的最早相遇是在二十年前了，那时候的我还是好奇又懵懂的高中生，日复一日埋首于望不到头的题海，依循着单一的节奏苦读。一墙之隔的红楼是师大艺术系的教室，那些从红楼荡漾开来的美好颜色和声音，那种满溢在师生脸上的自在惬意，部分满足了我对大学的想象。多年之后，有着丰厚积淀的儿童文学竟然与红楼相遇了。每隔一段时间，那些活跃于儿童文学创作、出版、评论等领域的人们就会走进红楼，与浙师大儿童文学学科的师生们相会，以红楼儿童文学研讨会之名，探讨儿童文学的种种。渐渐地，因为红楼儿童文学研讨会，因为那些被研讨的文本所传递的美好故事，因为那些作家和批评者在坦率交流中碰撞出的智慧与经验，因为共同的对儿童文学发展建设的热忱与厚望，与儿童文学相遇的红楼，生发出了更多传奇与故事。

回首细想，最早一期的红楼儿童文学研讨会，却已是十年前的事情了。那时研讨的是彭学军的《腰门》，正是"腰门"这一盈满童年感觉与言说可能的意象开启了红楼的研讨。第一次的研讨显得刀光剑影又酣畅淋漓，其研讨姿态真真是"面目狰狞"，但在这种计较、在意、本着评论者深切阅读体验的诚恳批评与交流的背后，流露的却是当下评论所匮乏和渴望的一种认真而执着的专业精神，是一种顽强而坚韧地"在充分的学术碰撞中建立起一个新的学院研讨体制"的追求。

十年来，被研讨的作家一共有三十位。三十位作家的名单不算太长却有着格外的分量，覆盖了小说、童话、诗歌、图画书等不同文类，囊括了海峡两岸不同年龄的创作者和批评者，延伸出了战争与苦难、死亡与诗意、成人儿童文学创作等不同维度的话题……红楼儿童文学研讨会展现的是"红楼"以宏阔视野与严苛批评眼光对当代优秀儿童文学作家和作品的一种选择，是以一种严谨犀利又真率关切的姿态对儿童文学发展现场和生态的干预与批评。这种批评有的是基于中外儿童文学发展历程宏大背景对作家作品的审视和定位，有的是以大量经典文本阅读与思考中建构的期待视野对作品的微观探查，有的是拓展一种更有深度和开放性的批评格局的尝试……从某种意义来说，一场场红楼儿童文学研讨会就是一次次别开生面的儿童文学史写作，是一次次兼具国际视野和本土情怀的对中国儿童文学发展前景的引领与想象，也是一种可能的儿童文学独立批评品格与学术立场的演练。

因为儿童文学，红楼，这一幢温暖美丽的小楼，有了更多传奇的可能，更难得的是这种不断延续的传奇背后还有一种值得坚守的精神。

就算分不清欢笑悲忧

王慧

大学时我旁听过一次哲学研讨会，与会者被分为"笛卡尔前"和"笛卡尔后"。在众多"笛卡尔后"的大学教授中，一位又高又壮的人起身，气定神闲，微微鞠躬自我介绍说："商务印书馆，某某某。"至今我还能感受到当时心里的震撼。或许就是这一次震撼默默引领着我，毕业后，我也成了一名编辑。

2012年的一天，在浙师大美丽的校园里，我在儿童文化研究院办公楼前驻足，这是我第一次与红楼对视。青砖在南方湿润的空气中凝神伫立，红瓦经时间的漂洗透着沧桑，青砖红瓦后，高高的杉树林露出正直而温柔的面容。在林间小道上，方老师细述红楼的历史和现在，他一定给慕名而来的访客介绍过多遍，但声音仍充满新鲜和激情。

这里已来过许多编辑，而我有幸成为其中之一。第一次拜访后，我又去过三次。很难说清每一次在红楼的感受，但呈现在脑海中最生动的记忆，是研讨会上书与人的相遇、对话。

红楼是作家、研究者的福地。从2008年10月第一次研讨会至今，红楼已成为中国儿童文学理论研究与批评的一道独特景观。作家、研究者、出版人、画家、编辑从远近各地来到红楼，为一人一书提供颇有创见的观察、分析、细读。方老师在多篇文章、多个场合中都提出了红楼精神，这是独立、纯粹的批评精神。蒋老师的开阔、韦老师的精致、方老师的睿智、周老师的丰富、赵霞的灵动、常立的峭拔、淑英的从容、丽娜的娴雅……如八心八箭钻石切割，让每一场研讨会都闪耀着独特的光芒。十年来，红楼为她热爱的作家共举办了三十场研讨会，其中有两场是为我们山东教育出版社的作者举办的。一是王秀梅《魔术师的荣耀》研讨会。作家王秀梅在小说领域已取得成就，这是她的第一部童话作品。红楼师生基于作品的细读做足功课，给了她真诚的鼓舞。二是刘海栖《有鸽子的夏天》原稿研讨会。对原稿进行研讨，这在红楼是少有的。大家对作品的喜爱，可以说就像作品中海子对黑小白、白小黑的喜爱，让养出这"鸽子"的"海子"感动；作家的天赋才华和谦虚包容，又令批评者赞叹。像两位高手过招后，惺惺相惜一抱拳，创作和批评的呼应最激荡人心。

红楼也是编辑的理想课堂，最生动的审稿课、编校课和装帧课。一针见血的点评，编辑在平静的外表下，心里已是山呼海啸。结构、语言、主题、意境；篇章、造句、用词、标点；封面、开本、页眉、用纸。经过这样的锤打和淬火，编辑能慢慢理解好作品的标准，建立对文学性的感知，同时形成对书装审美的认知。我在红楼找到了不少学习的路径，可以说，红楼也是我的老师。

红楼就像一首诗，她的诗意无可比拟。红楼代表着独立、严谨、坦诚、纯粹的批评精神，代表理想主义，也代表一种美。十年了，红楼已深深浸入儿童文学作家、批评家和编辑们的生命里。

我时常问自己，如果现在回到十几年前的研讨会，能不能像当年那位编辑一般气定神闲？虽然没有答案，但红楼给了我勇气。借用一首歌的歌词，"就算分不清欢笑悲忧，仍愿翻百千浪，在我心中起伏够"。

认真地坚持自己，深情地凝望世界

洪浪

方老师嘱我写一则关于红楼研讨或红楼印象的小文。

大大小小的交流和研讨，我的确参加了好多。可我真是个糊涂的人哪，我在记忆中搜寻……孙晴峰老师讲座那天我的脑子激荡到后半夜还清醒着；《一园青菜成了精》童谣图画书研讨会时发现周翔老师穿的袜子是绿色的；刘绪源老师在《中国儿童文学史略》一书上为我们签名时手微微发颤；李姗姗老师《太阳小时候是个男孩》里的诗我都很喜欢；董宏猷老师在赵霞老师分析作品细节时竟感觉到腿部发麻；台东大学儿文所的师生坐满了红楼会议室；方老师每次都穿着衬衫，因为再冷的日子红楼也是温暖如春……

最初，我因自己学院教师的培训工作，走进方老师的儿童文学课堂，从此流连忘返。在刘绪源老师获理论奖那天，我又偶然闯入红楼。原红楼团队的每位老师都给过我帮助，尤其在幼儿教师培训工作上，蒋老师和钱老师都曾给过我很大的帮助与支持。

2015年9月，我正式来到红楼跟着方老师访学，方老师不像传说中那样难以接近。当时在方老师这里访学的还有厦门的怡玢、宁波的欣媛。这一年方老师开始带妍娜，程程还未毕业，禹微、敏姣研二，晨屿研一，坐下来，就是一大家子。

红楼追求的是真诚、纯粹、自由、独立的声音，惭愧的是我以前常觉得红楼太过书卷气，不够亲切，如今我只为它的勇气与坚持而感动。

红楼最受人关注的是研讨会。在我看来，举办研讨会真不是一件容易的事。每次研讨会前的准备工作都认真而到位，不是真正热爱的人绝不会如此费心费力，从作家作品的挑选、与出版社及媒体的沟通、嘉宾的邀请、各个环节的协调……方老师又总会郑重地把样书提前发给每个人，以便认真解读，熟悉作品。而从嘉宾的迎来送往到作品资料的课件制作、录音录影及后期整理，红楼团队真的是尽心尽力，尤其是文忠老师和静静，忙里忙外，像极了红楼的管家。钱老师说她做事时经常提醒自己"是方老师的学生"，如今我也算得半个学生，却远不曾学会如方老师那样严谨治学，细致做事，真诚待人。我真是个榆木疙瘩。

研讨会上我是极少说话的。书看得太少，怕自己说出肤浅的话而丢了红楼的脸。周老师亲切、钱老师犀利、常老师博学、胡老师睿智，他们都是极好的园丁，还有那些青春年少的声音……我静静地听着他们说，哪个果子长歪了，哪个果子未熟透，哪里有虫眼，哪里有裂缝……有理有据、层层剥茧。那些勇敢的来访者或微笑点头，或托腮沉思，或据理力争，但个个真诚快活。蒋老师、韦老师如果刚好也来参加，就更完美了。女儿有时也会跟着我去红楼。我特别喜欢听韦老师不紧不慢地大声说话，一旁的蒋老师慈祥地看着他，那种时候常觉得红楼的一切都是从童话里长出来的。赵老师来得似乎不算多，但内功极深，像是从五四时期穿越而来的女子。有个很奇怪的现象，我在红楼常会莫名其妙地流泪，大概我本来就是个爱哭的人，只是自己忘记了。

红楼的松鼠还在旁若无人地寻食吗？门前那条小路，依旧安静而美好吧。时常想起方老师赠书给我们，想起方老师有次上课时带来赵老师烤的小点心，想起方老师吃了止痛药后一瘸一拐地给我们上课，想起方老师为我们留《文学报》，想起方老师带着我们拜访周晓老师，想起林老师退休时方老师带着我们在明信片上写下不舍的话……还想起在启明楼前和欣媛、妍娜来来回回的送别，想起敏姣、萌萌的微笑，想起晨屿做的美丽拎包……

那些惺惺相惜的情谊怎是几句话能诉说得完的？

今日春分，万物生长。在这儿童文学事业红红火火的时代，祝愿美丽的红楼生长得更美好！

方老师，我们什么时候去怡玢那里啊？！

那座楼教给我的

熊慧琴

流年似水,沧桑如梦,转眼已从红楼毕业三年有余。

梦回红楼,很多时候追忆的是作为个体与红楼存在着的独特的生命经验。

从学生公寓出来,要跨越长长的道路,我骑着那辆半旧的自行车优哉游哉地向红楼去。等到了一片树林,要穿过幽静的羊肠小道,那绿树掩映着的、从容地立在树林中的一幢楼便是红楼。踱着步子走进,右转,在长廊尽头的那间珍藏着大量图书的小屋是我的第一个目的地。探着头往里望,正好面向的是坐在办公桌前的林敏杏老师。"你来啦!"她微微抬头,亲切熟稔地问候,露出最温柔的微笑。等带着精神的富足和愉悦,再次踱步走向红楼的大门前时,我会提起裙裾,随意地旋转。

导师方卫平教授的办公室在二楼,有事情要当面请教时,怕贸然叨扰,我便会在图书室里或者其他老师的办公室里多些逗留,等到方老师忙完手头的事,便立马蹦跳着前去请教。在红楼里等待,是我与方老师之间无须说明的默契与信任,是珍藏于我心底的"程门立雪"式的最美好的师生情谊。有时候,方老师安排了功课,到了晚上,同门的师兄姐妹会一起在红楼里安静地阅读、思考、工作,共同探讨,表达观点,方老师也常会下楼参与我们的讨论。结束后,师徒几人从红楼出来,我们簇拥着推着自行车的导师,或继续刚才的争鸣，或聊聊生活家常。看着月光透过树木洒下的点点银辉，周身都充盈着获取智慧的满足与快乐。

红楼用她的真诚、专业、包容凝聚了海内外众多儿童文学作家、批评家、出版人、教师、阅读推广人和儿童文学爱好者。二楼东面的小小会议室里有唇枪舌剑的争鸣，有前沿科研的高峰论坛，有传道授业解惑的日常课堂，有自由平等、坦率真诚的创作对话，也有感人至深的故事分享。红楼的丰富有趣从不让每一个走进她的人失望。

"红楼儿童文学对话"举办了十余年，已经成书两册。时常翻阅，仍会被发言者或犀利或一针见血的观点惊艳，更看到红楼研讨在儿童文学写作批评上的前瞻性。

2016年，一篇火遍网络的微信文章引发了大众对沈石溪动物小说写作的争论。一方面我看到新时代的家长在儿童文学的审美认识上有了长足的进步，另一方面也让我对已经形成了套路的激烈的网络批评感到不适。文章写作者用了大量戏谑、挑衅、不雅的语句，甚至攻击作家的容貌。实际上在十余年前，沈石溪动物小说风靡市场时，红楼研讨就已经对他的动物小说写作做过负责任的、铮铮直言的、不留情面的批评。沈石溪后来行文回顾这次研讨，直言许多意见切中要害，让他汗颜，让他警醒，也让他后来的写作更多了份谨慎。这就是为什么这么多年来红楼研讨在作家们心中始终是那样神圣。走入这个会场的每一个人既要做足功课、带着自己的全部才华洞见，更要放下所有世俗的荣耀，以纯粹的立场参与讨论。红楼研讨是用探讨真理的认真、敬畏去探讨文学写作，批评者和接受批评者都在这个空间里得到了应有的尊严和得体的尊重。因为认真，所以"唇枪舌剑"这样好看；因为真诚，所以批评才有了赞誉的回声。

刘海栖老师的《有鸽子的夏天》在红楼研讨之后，业内反响热烈，研讨的氛围也蔓延到了会场之外。2018年3月在福建漳州，张之路老师因未亲临那次研讨现场，一见到刘海栖、方卫平两位老师便迫不及待地询问关于这部书在会场的讨论。幸运如我，全程安静地聆听着这三位中国顶级儿童文学批评家、作家如何发掘、评述一部优秀的儿童小说，这样一部可能成为经典的儿童小说存在的问题是什么，以及如何运用高明的文学技巧能让它更好。亲历这场讨论的我，内心的喜悦、激动几乎是爆炸式的。

我坚信，红楼的批评是有光芒的。她不追逐流行，既特立独行，又全身心地融入文学现场；她不自矜，不浮夸，忍受着批评的寂寞，坚守批评的尊严和姿态。她的存在不是为了阻碍创作，不是为了让作家们不敢下笔，而是让真正热爱儿童、真正相信儿童文学独特价值的作家和读者坚定不移地热爱，持之以恒地努力。

2015年初夏，研究生毕业的我与红楼惜别，踏上了南下的火车，从此偏居东南一隅。我始终在思考，从红楼走出来的我究竟要成为一个什么样的人，要走一条什么样的职业道路。我想我大可不必忧虑惊慌，因为红楼已将她的种子留在了我的身上。

红楼的薪火相传让红楼人多了份如血脉相连的亲人般的终生情谊。只要红楼的精神还在，咫尺天涯，各在一方的红楼游子们会懂，即便人生处处有困境困惑，即便人生大多数时候都像是一条在茫茫大海中飘荡的孤舟，红楼始终是一盏为我们点亮的灯。想至此，我心底就会生起一股支撑的力量。

边　界

童潇骁

每次研讨会来了北京的朋友，方老师在介绍时总会说："红楼是北京的365环。"这句玩笑似的话也总能引起大家的会心一笑。当我想着该如何概括红楼研讨会的位置时，方老师的这句话便很自然地跳进了我的脑中，无比贴切。在这个到处都在争中心的时代里，红楼代表了儿童文学批评的边界，而红楼研讨会正是其不断开拓边界的重要阵地。

在红楼学习的三年里，我参加了七八场研讨会，每一次经历过各种观点的碰撞之后，都觉得自己对儿童文学的理解又深了一点，视野又开阔了一点。从管家琪作品研讨会上对儿童小说中性别意识的讨论，到玉清作品研讨会上对如何在儿童作品中表现残酷的争议；从赵丽宏作品研讨会上对儿童小说面对灾难时遮蔽与呈现的取舍，到王秀梅作品研讨会上对故事如何获得超越沉重现实的轻盈的强调。这些话题既来自当时所讨论的作品本身，也是红楼的诸位老师长期以来对儿童文学的思考。儿童文学的独特之处在哪里？优秀的儿童文学的标准是什么？中国的儿童文学作品还缺少什么？与其说红楼的老师们给过我这些问题的标准答案，不如说在一场场红楼研讨会上，他们用自己对每一部作品认真的态度与仔细研读文本后得出的观点告诉我，这些问题并没有唯一的标准答案，这里也不是尽头。我们都需要往外多跨出一步，再一步。

当然，红楼研讨会之所以可以不断开拓儿童文学批评的边界，也得益于作家们不断开拓着原创儿童文学创作的边界。林世仁的《流星没有耳朵》、玉清的《地下室里的猫》、赵丽宏的《渔童》、管家琪的《美少年之梦》等作品都勇敢地进入了之前的儿童文学创作实践尚未涉足或是较少涉足的领域。无论是对童年阴暗面的思考，还是对历史敏感题材不回避的态度，都让置身批评现场的我十分兴奋。来自创作者第一时间的回应总是能给我很大的启发，其中最值得一提的就是林世仁老师与我的一次简单交流。我向他提了一个关于他不同时期作品风格差异的问题，他告诉我"儿童文学作品应该以儿童为中心，而不是以儿童为边界"。现在回想起来，这句话不仅显示了一个儿童文学创作者的智慧，也暗合了红楼研讨会的精神。我毕业进入出版社做了一名童书编辑之后，也一直用这句话来提醒自己不要自我设限。在面对国外浩如烟海的儿童文学作品的时候，我总会尽可能多地接触那些看上去不那么符合自己阅读趣味的作品，从中发现儿童文学更多的可能性。

著名的文学理论家乔治·斯坦纳曾在他的自传中写道，求学中的男女"一旦看见、听到或是'嗅到'那些追求无私真理的狂热，那么那种余晖自然会持续下去。或许在他们相当正常但可能公私生活难辨的余生里，会具备抵御空虚的防护措施"。对于我而言，红楼研讨会赋予我的正是这种抵御空虚的力量。我也愿每个来过红楼的人都能获得这种力量，愿他们能用这种力量抵达那些尚未有人涉足之地。

与红楼相伴的日子都有余温

黄晨屿

六年前,还在读本科的我误打误撞地闯进了一场红楼研讨会,那感觉像是掉进了一个神奇的兔子洞,幸运地蹭到了一场盛大的聚会。席间各种掷地有声的观点向我扑面而来,儿童文学神秘而迷人的帷幕突然被掀起了一角。从此,它成为我学习生涯中一段难忘而闪亮的插曲,也成了我人生中一个无比重要的转折。或许可以不无夸张地说,关于儿童文学,我所知道的一切都来自红楼研讨。

我们知道,红楼研讨会是浙师大儿童文学专业的"保留节目"之一,十年来,在方卫平教授的积极组织、推动下开展得有声有色。自2014年暮春至2018年初夏,我先后参与了林世仁、周锐、张玉清、周翔、赵丽宏、董宏猷、王秀梅、程玮、刘绪源、汤素兰、刘海栖、黄蓓佳这十二位作家的新作研讨会,研讨的内容涵盖了小说、诗歌、童话、图画书、文学理论等多种体裁。而在一次次思想的洗礼中,这些灿若繁星的名字早已不再是一个个简单的符号,而成为我深入了解儿童文学的一个个重要窗口。

在那么多场思想的盛宴中,我收获最多的无疑是"好的"儿童文学观念。无论是周翔《耗子大爷在家吗》研讨会中对图画书历史传承与现代品格的剖析、对隐含细节与读者接受的关注,还是赵丽宏《渔童》研讨会上关于儿童文学虚构如何呈现历史真实的讨论，或是程玮《海龟老师》研讨会上对现代教育生活与"童年天真"的反思，都能够给我带来最深刻的启迪。在一次次研讨会的累积中，我可以确信，在优秀的儿童文学作品中，所有创作内容都该以一种经过深思熟虑后的文学的、审美的方式呈现出来。要知道，儿童文学写作者并不是在从事一份看似门槛很低的简单工作，而是需要在真正富有同理心、包容性的现代儿童观之下，极尽自己所有的智慧去书写一个个清浅之中不乏深邃质地的故事。

同样令我印象深刻的，还有红楼研讨会独树一帜的研讨氛围。依托红楼这一学术平台和其儿童文学学科的传统与积淀，研讨会始终倡导着一种独立、严谨、坦诚、纯粹的批评精神，努力营造尊重、开放、自由、包容的批评氛围。在方卫平、赵霞、钱淑英、常立、胡丽娜等老师身上，既有对写作者的尊重和体贴，也有观点犀利的批评与交锋，常常会令在座的聆听者感到如坐针毡、手心发汗，同时却也觉得醍醐灌顶、畅快淋漓。这份不卑不亢的专业态度，也始终激励着我。

当然，与会作家们的大气、坦诚也常常令我动容。他们不断开拓着儿童文学写作的边界，不愿重复自己，带着对儿童文学特有的责任感跋涉在文学艺术的探索之路上，苦心孤诣；对批评者的回应也总是那么大度从容，让人如沐春风……

每当我想起红楼研讨的场景和伙伴们为之前后忙碌的身影，总觉得像是又从岁月老人那里偷回了一点点宝贵的时光。它也让我回忆起儿时最珍爱的《微小小说》里，有一个关于麦兜的故事——《一条简单的道路》，说的是一条坚持善良的路，多么易走，却也多么难走。我想坚持儿童文学的路途也是这样吧。那么不妨就以此自勉，也与从红楼走出来的兄弟姐妹们共勉，愿红楼给予我们的知识、眼光和观念，能够陪伴我们在这条"光荣的荆棘路"上身心澄澈，温暖如一。

风乎红楼，咏而归

周琼华

当你沐浴在红楼会议室里的春光中时，可能想象不到这个小小的会议室曾接待过多少童书界的贵宾：张之路、沈石溪、桂文亚、张炜、刘绪源、程玮、汤素兰、刘海栖、黄蓓佳、冰波、鸟越信、薛蓝·约纳科维奇、伦纳德·马库斯……来自世界各地、各个专业领域的作者和评论者围坐在红楼里，手指不停地翻动书页，眉飞色舞地描述着自己倾心的儿童文学愿景。

在红楼做学生的日子里，我参加过大大小小的会议，看着老师们一遍一遍地聆听、反驳、辩论。他们激动热切的声音在会议室上空碰在一起，或是共鸣，或是反对，不为盛气凌人、让自己的观点力压群雄，亦不是为了和和气气而人云亦云。在红楼，这是很常见的风景，就如曾皙所描绘的那般，有着人们结伴出游，"浴乎沂，风乎舞雩，咏而归"的适意。学术功底深厚的与会者欢聚一堂，将读者的注意力从经纶世务的烦琐中拉回到作品本身，仿佛清风拂过红楼，令人舒爽酣畅。末了，人们回味和思考着会场上争鸣的余韵，咏而归。

所以，我更愿意称呼"红楼新作研讨会"的另一个名字——"红楼儿童文学对话"。

在商业化浪潮席卷整个市场的今天，作品研讨会常常被视作书商的广告牌。由于写作者的自尊心、评论者尴尬的定位或是市场经济等因素，研讨会主动或被动地刨去作品的负面评价，这不啻给读者们造成一种错觉，似乎任何作品一经出版就能享受研讨会的权威呵护，身载数不清的"美誉"。好在，参加红楼作品研讨会的这群人，无论是作家还是评论者，都不太喜欢如此。他们总是怀着冒犯作家本人也不怕的轻松心态（包括作家自己），得体地表达自己对书籍本身的看法。小到一个语气词的使用频率，大到一部小说的故事逻辑，都会成为他们信手拈来、侃侃而谈的对象。若是此时，恰巧在座的另一位与会者无法赞同，听众即刻便能欣赏唇枪舌剑、争论不休的场面。

我犹记得2017年5月的那场研讨会，红楼迎来了美丽的作家程玮。与会人员清晰地分为两派，为她的新作《海龟老师》中童趣表达是否合理、小说逻辑是否符合当下的教育语境等话题展开了争辩。因着对作家的喜爱和对作品的期待，大家唇枪舌剑，互不相让。研讨会开到了夜深，却始终没有得出一个让双方都点头认同的结论。不过，这不影响它成为一场精彩深刻、让人心旌摇荡的研讨会。程玮老师笑呵呵地坐在争论的漩涡里，平静地看着大家。最后发言时，她淡然一笑，道出了她写作的初衷：只是为了写一部好玩的、让孩子会心一笑的作品，同时她谦逊地为今天的争论表示感谢，因为真诚的建议将让她更加慎重地对待自己的写作。这份大气从容的修养和风度当下令人心折，为研讨会画上了一个完满的句号。

当这些对话在红楼剑拔弩张地展开时，其实是在说些什么呢？是在评判某部儿童文学作品的优劣吗？是为它送上星光璀璨的桂冠或者是把它痛斥得面目全非以显示学院派的精英姿态吗？又或是让不同立场的讨论者各持己见、渐行渐远吗？我想，那些创作与批评交锋的瞬间绝不是为此而发生的。每个走进红楼的作家、编辑、老师、学生，无不真诚、坦率、温暖、纯粹地分享着自己的观点，"好处说好，坏处说坏"。

作家走入红楼，不是因为想听到更多的赞美，而是希望探寻自己写作的可能性；评论者走入红楼，不是为了盖棺定论，贴上标签，而是为了沿着文本的脉络，观察和记录原创儿童文学作品迈向经典的步履。我们的目的绝不是决定一部作品的优劣，判定它的艺术高度，而是为了欣欣向荣、日臻完美的原创儿童文学气象的形成。

写下这些与红楼有关的文字时，我的导师钱淑英老师正好发来简讯，说她收到了我寄去的第一本编辑样书。此刻，我身居杭城，案头摞着被我圈圈画画过的稿件。我这只丑小鸭终究在红楼的引领下，成为一名童书编辑，如安徒生在童话结尾所说的那样，"走到更广阔的天地去啦"。在红楼学习的日子让我相信，当我们因循着心仪的文字前进时，一定会遇见同样在童话里做梦的人。

由衷祝愿红楼的儿童文学对话可以长长久久，激起更多宝贵的思考与回声。